莫砺锋 著

江西詩派研究

凤凰出版社

图书在版编目（CIP）数据

江西诗派研究 / 莫砺锋著. -- 南京 ： 凤凰出版社，
2024. 6. -- ISBN 978-7-5506-4214-0

Ⅰ. I207.209

中国国家版本馆CIP数据核字第2024GY9907号

书　　　　名	江西诗派研究
著　　　　者	莫砺锋
责 任 编 辑	郭馨馨
特 约 编 辑	莫　培
装 帧 设 计	陈贵子
责 任 监 制	程明娇
出 版 发 行	凤凰出版社(原江苏古籍出版社)
	发行部电话025-83223462
出 版 社 地 址	江苏省南京市中央路165号,邮编:210009
照　　　　排	南京凯建文化发展有限公司
印　　　　刷	南京凯德印刷有限公司
	江苏省南京市江宁滨江开发区宝象路16号，邮编:210001
开　　　　本	890毫米×1240毫米　1/32
印　　　　张	9.75
字　　　　数	244千字
版　　　　次	2024年6月第1版
印　　　　次	2024年6月第1次印刷
标 准 书 号	ISBN 978-7-5506-4214-0
定　　　　价	58.00元

(本书凡印装错误可向承印厂调换,电话:025-52603752)

目　次

绪论　江西诗派的研究价值

江西诗派是宋代诗坛上最重要的一个诗歌流派,也是我国文学史上非常独特的文学现象之一。

江西诗派的重要性和独特性主要体现在以下几个方面:

一、成员众多且不断发展。

北宋末期,吕本中在《江西诗社宗派图》中首先提出"江西诗派"这个名称,尊黄庭坚为诗派之祖,并开列了陈师道等二十五人的诗派名单。此后,这份名单又不断地得到补充。到南宋赵彦卫写《云麓漫钞》时,吕本中本人已被归入诗派①,刘克庄则把曾几等人归入诗派②,严羽把陈与义归入诗派③,宋末的方回更把黄庭坚、陈师道、陈与义三人尊为江西诗派的"三宗"④。此外,陆续被归入江西诗派的较次要的诗人尚有曾纮、曾思、赵蕃、韩淲、方回等。

二、活动时间长。

从黄庭坚开创江西诗派到方回替江西诗派作出总结,其间师友传授,绵延不绝,江西诗派的活动前后持续了两百多年。

三、成就高。

江西诗派中成就较高的诗人比较多,如黄庭坚、陈师道、陈与义三人,是中国文学史上的著名诗人。其他如曾几、吕本中等,也不失为宋代诗坛上的重要诗人。他们以各具特色的诗歌创作,在我国古典诗歌

---

① 见《云麓漫钞》卷一四。按:《云麓漫钞》成书于开禧二年(1206)。
② 见《茶山诚斋诗选序》,《后村先生大全集》卷九七。
③ 严羽说:陈与义"亦江西之派而小异"。见《沧浪诗话·诗体》。
④ 见《瀛奎律髓》卷二六。

的百花园中增添了一丛奇葩。此外,江西诗派的诗歌理论,也在我国文学批评史上占有重要的地位。

四、影响大。

江西诗派的影响在南、北宋之际已经非常显著,当时有不少诗人虽然没有被看成是诗派的成员,但是在创作上也受到黄庭坚和陈师道较大的影响,如汪藻、刘子翚等人。到了南宋,江西诗派的影响更是笼罩了整个诗坛,如杨万里、陆游、姜夔等著名诗人都曾在艺术上受到江西诗派的熏陶,虽说他们后来都摆脱了江西诗派的影响而形成了自己的风格。即使在南宋后期"时人不识有陈黄"①的风气之中,某些江湖派诗人也还受着黄庭坚的影响。而标榜自己"说江西诗病真取心肝刽子手"②的严羽,实际上也受到江西诗派诗论的一些启发。江西诗派的影响在宋以后也不绝如缕,直到晚清的同光体诗人身上还反映着它的绮丽余波。

为了有所比较鉴别,我们不妨看看宋代的其他诗派。宋代在江西诗派之前有西昆派,在它之后有四灵派和江湖派。西昆派在宋初曾风靡一时,"杨刘风采,耸动天下"③,但是"不隔一朝,遽尔湮没"④。四灵派成员只有四人,虽然叶适曾对他们大力称扬,但毕竟因才薄境仄而很少有人追随仿效。江湖派虽然成员众多⑤,但刻过几部总集之后,随即一蹶不振。这三个诗派不仅历时短促,而且都没有产生可与江西诗派巨子相媲美的重要诗人,对当时和后代的影响更是不可与江西诗派同日而语。

---

① 戴复古《昭武太守王子文日与李贾、严羽共观前辈一两家诗及晚唐诗,因有论诗十绝。子文见之,谓无甚高论,亦可作诗家小学须知》其一,《石屏诗集》卷七。
② 《答出继叔临安吴景仙书》,《沧浪诗话》附录。
③ 见欧阳修《六一诗话》。
④ 清人冯武语,见《重刻西昆酬唱集序》,《西昆酬唱集》卷首。
⑤ 江湖派的总集已佚。清代四库馆臣据《永乐大典》辑成《江湖小集》和《江湖后集》,去其重复,尚收有九十四人的作品。

　　可是，人们对于江西诗派的研究是做得很不够的。在前人的诗话、笔记中，虽然常常有涉及江西诗派的断言片语，但那些言论往往是针对黄庭坚等个别诗人而发。即使有谈到整个江西诗派的，也大多是针对某一个侧面，很少有全面的研究和评价。所以有许多关于江西诗派的问题一直就没有弄清楚。比如江西诗派到底包括哪些诗人，就是一个众说纷纭的问题。照理说，江西诗派中最重要的诗人首推"三宗"：黄庭坚、陈师道、陈与义，应是没有疑义的，但人们在批评江西诗派时，却往往把他们排除在诗派之外。例如金人元好问说："论诗宁下涪翁拜，未作江西社里人。"①清人钱大昕说："后山与黄同在苏门，诗格亦与涪翁不相似，乃抑之入江西派，诞甚矣。"②今人所编的一种文学史著作中又说陈与义学杜"比江西诗派中人取得较高的成就"③，等等。对这种基本问题的论述尚且如此，遑论其他。到了现代，学术界对江西诗派的重视也很不够。迄今为止，尚未有研究江西诗派的专著问世。在一些文学史和文学批评史著作中虽然都论及了江西诗派，有的还辟专章予以论述④，但限于体例和篇幅，这些论述都比较简略，而且对江西诗派的缺点和消极影响谈得较多，而对它在文学史上的重要地位则没有给予应有的评价。

　　我们认为，不对江西诗派进行深入的研究，不但会影响对诗派本身作出公允的评价，而且会影响对整个古典诗歌发展史的研究。因为，一，江西诗派是古典诗歌发展到宋诗这个阶段时的重要环节，如果不把江西诗派的来龙去脉弄清楚，也就无法了解宋诗是如何在唐诗的基础上继续向前发展的；二，江西诗派在当时和后代都产生了巨大的影响，如果不把江西诗派的庐山真面目弄清楚，也就无法对受它影响

---

① 《论诗绝句三十首》其二八，《遗山先生文集》卷一一。
② 《十驾斋养新录》卷一六"江西派"条。
③ 中国社会科学院文学研究所编《中国文学史》第六二七页。
④ 例如郑振铎《插图本中国文学史》和郭绍虞《中国文学批评史》。

较深的诗人如陆游、杨万里及清代同光体诗人作出全面、正确的评价。

对江西诗派进行深入研究,是一个重大的学术课题。为了引起学术界对这个问题的重视,我不揣浅陋,试作初探,并把自己研究所得的一孔之见撰成此书,以期得到学术界的指教。

第一章　江西诗派的产生

一　时代背景

公元 960 年,赵匡胤建立了北宋政权,结束了政权割据的长期混乱局面。经过太宗、真宗、仁宗、英宗四朝一百多年的休养生息,封建经济有了较大程度的发展。据《文献通考》卷一一《户口考》二记载,英宗治平三年(1066)全国载入版籍的人口已达二千九百零九万,创造了自唐代安史之乱以来的最高纪录。但与此同时,宋王朝内部的危机也越来越严重。大地主、大商人的土地兼并和重利盘剥,空前庞大的官僚阶层和军队,对辽和西夏的巨额岁币等沉重的负担使广大农民陷于悲惨的境地,阶级矛盾也因之日益尖锐。面对这种局势,统治阶级内部的有识之士纷纷提出挽救之方。仁宗嘉祐三年(1058),王安石上万言书言事,提出了变法的纲领。神宗即位后,于熙宁三年(1070)任命王安石为宰相,新法开始付诸实施。但是,新法一开始就遭到了以司马光为首的保守派的猛烈反对。由于保守派的破坏和整个官僚阶层的腐败,本来是对人民较为有利的新法在实行过程中不仅困难重重,而且时生弊端。神宗去世后,高太后执政,退居洛阳十五年的司马光东山再起,一年之内尽废新法。以后新旧两党此起彼落,斗争愈演愈烈,革新和保守的斗争逐渐蜕化成为官僚集团之间的争权夺利。到徽宗崇宁元年(1102)蔡京入相时,虽然仍打着王安石的旗号,但此时的"新法"已经名存实亡,北宋王朝不久也就被女真倾覆了。

江西诗派就产生在北宋王朝由盛转衰的时代里。有些论者因此认为"江西诗派的产生和发展","和北宋末和南宋的国力很弱、对少数民族割据者主退让、力求维持暂安局面的情况分不开"①,我们认为问题并不这么简单。文学是一种十分复杂的意识形态,它与当时的社会历史条件(包括经济基础、上层建筑以及除文学之外的其他意识形态)之间的关系也是错综复杂的,而文学现象与政治背景之间的关系更是间接的而不是直接的。所以,一个文学流派的产生,确实与它所处的时代有密切关系,但是我们不能用庸俗社会学的观点去看待这种关系,不能认为这个文学流派就一定是当时的政治形势的产物,更不能认为它的产生一定体现了当时的统治阶级的政治需要。对于江西诗派的产生与其时代背景之间的关系,应该进行具体的分析。

以黄庭坚、陈师道为代表的早期江西派诗人都经历了王安石变法所引起的新旧党争,而且基本上都站在旧党一边。但尽管如此,江西诗派仍然只是一个纯粹的文学流派,并不带有政治色彩。这有以下两个原因:

第一,黄庭坚等人大多出身于中小地主阶级,他们虽然在政治上站在旧党一边,但并不像司马光那样极端顽固,也就是说,他们在新旧党争中的立场是比较消极的。比如黄庭坚的政治态度就相当开明。虽然他十分尊崇旧党领袖司马光,在挽司马光的诗中说:"毁誉盖棺了,于今名实尊。哀荣有王命,终始酌民言。蝉冕三公府,深衣独乐园。公心两无累,忧国爱元元。"②可谓极尽推崇之能事。他与旧党人物苏轼的关系十分密切,是"苏门四学士"之一,并屡次与苏轼一起被贬谪。他极口赞颂苏轼的政治立场和文才:"眉目云开月静,文章豹蔚虎炳。逢世爱憎怡怡,立朝公忠炯炯。"③当苏轼被谪过海后,他对之

---

① 王达津《论〈沧浪诗话〉》,《文学评论丛刊》第十六辑。
② 《司马文正公挽词四首》其四,《山谷内集》卷五。
③ 《东坡先生真赞三首》其三,《豫章黄先生文集》卷一四。

怀念不已:"东坡海上无消息,想见惊帆出浪花。"①但另一方面,黄庭坚对新党领袖王安石也非常尊敬:"然余尝熟观其风度,真视富贵如浮云,不溺于财利酒色,一世之伟人也。"②熙宁八年(1075)王安石拜相后,庭坚作诗说:"圣绪今皇缵,真儒运斗枢。"③甚至在王安石已经罢相以后,黄庭坚还把安石比作吕尚、傅说和箕子:"钓筑收贤辅,天人与圣能。""昔在基皇极,师臣论九畴。"④他还高度评价王安石的学术成就:"荆公六艺学,妙处端不朽。诸生用其短,颇复凿户牖。"⑤"草玄不妨准易,论诗终近周南。"⑥陈师道的政治态度比黄庭坚更为保守一些,他对王安石颇抱偏见,说:"范文正谓王荆公长于知君子,短于知小人。由今观之,岂特所短,正以反置之耳。古之所谓腹心之臣者,以其同德也。故武王曰:'予有乱臣十人,同心同德。'而荆公以巧智之士为腹心,故王氏之得祸大也。"⑦他尤其反对王安石的新学,《宋史》本传说:"熙宁中,王氏经学盛行。师道心非其说,遂绝意进取。"他自己也在诗中表示要"探囊一试黄昏汤,一洗十年新学肠"⑧。但师道很少从正面攻击新法,而且认为司马光的做法也为过激:"尝谓士大夫视天下不平之事,不当怀不平之意。平居愤愤,切齿扼腕,诚非为己。一旦当事而发之,如决江河,其可御耶?必有过甚复溺之忧,前日王荆公、司马温公是也。"⑨至于黄、陈周围的其他早期江西派诗人,多数是黄、陈的晚辈,他们在政治上一般也站在旧党一边,但态度都很消极。而且

---

① 《和蒲泰亨四首》其二,《山谷别集》卷下。

② 《跋王荆公禅简》,《豫章黄先生文集》卷三〇。

③ 《奉和王世弼寄上七兄先生用其韵》,《山谷外集》卷二。

④ 《神宗皇帝挽词三首》,《山谷内集》卷二。

⑤ 《奉和文潜赠无咎,篇末多以见及,以"既见君子,云胡不喜"为韵》其七,《山谷内集》卷四。

⑥ 《有怀半山老人再次韵二首》其一,《山谷内集》卷三。

⑦⑨ 《上苏公书》,《后山先生集》卷九。

⑧ 《赠二苏公》,《后山诗注》卷一。

其时的新旧党争已经逐渐演变成官僚集团之间的宗派斗争。比如饶节曾为丞相曾布之客，后因上书论新法与曾布不合而离去①。此时王安石早已去世，曾布、蔡京之流虽然打着王安石的旗号，但所谓的"新法"早已面目全非了。

第二，黄庭坚等人在仕途上不甚得意，没有担任过什么重要职务，他们虽然置身于旧党中，但只是一批追随者而不是主将。比如黄庭坚踏上仕途后，一直担任下级地方官吏。哲宗元祐年间旧党得势，他也只任神宗实录检讨官，在新旧党争中没有起什么重要作用。陈师道更是仅做过州学教授之类的学官，始终没有参加实际的政治斗争。其他的早期江西派诗人，有的是沉沦下僚的小官吏，如江端本、夏倪、汪革等人；有的是终老林泉的隐士，如潘大临、谢逸、谢薖、林敏功、林敏修等人，都没有在政治舞台上扮演过重要角色。而仕宦较显的吕本中、陈与义等人都是在南宋才担任较重要的职务的，其时虽然司马光和王安石的牌位还在孔子庙和神宗庙里争夺一席之地②，但这种新旧之争已完全失去当初的意义了。

所以，黄庭坚成为江西诗派的领袖，不是因为他的政治态度，也就是说，江西诗派的形成不是因为这些诗人有同样的政治观点。黄庭坚是"苏门四学士"之一，他与苏氏兄弟等人在政治上同属旧党，在宦海中一起浮沉，可称是亲密无间的同志。如果相同的政治态度能形成文学流派，那他们早该形成一个"西蜀诗派"了。但事实上苏轼兄弟与门下的"四学士"并未形成一个诗派，这说明江西诗派的产生与北宋的新旧党争没有必然联系。

北宋建立以来，对外政策一贯是以妥协退让为基本方针的。而自从受到女真人的侵扰之后，宋王朝更是实行民族投降主义的路线，对

---

①　见吕本中《东莱吕紫微师友杂志》，张邦基《墨庄漫录》卷五。
②　见《宋史》卷一九《徽宗纪》一、卷二一《徽宗纪》三、卷二三《钦宗纪》、卷二五《高宗纪》二。

咄咄逼人的女真人一味退让,只求保住半壁河山的苟安局面而不图恢复中原。黄庭坚等人虽然在政治上比较保守,但是他们对朝廷一味妥协的对外政策也是不满的。黄庭坚曾对割地纳币的外交政策加以讥讽:"百里弃疆王自直,万金捐费物皆春!"①他认为对于边事应取积极的态度:"百年休战士,当日纵前禽。欲断匈奴臂,不如此留心!"②并讽刺朝廷无意收复失地:"耆老深望幸,銮舆不好游!"③陈师道很少对政事表示意见,但他在送杜纯赴边时说:"国家有急君得辞?徐人不劳叩关请。陇上壮士莫扪舌,河西狂王防系颈!"④也是要求抗敌御侮的。黄、陈之后的江西派诗人中,很多人亲身经历了靖康之变前后的民族斗争。他们在这场斗争中的态度和立场不尽相同,个别败类如洪刍曾在靖康事变时替金人敛财,完全丧失了民族气节。但绝大多数人都主张抵抗侵略,拥护爱国将士的抗金斗争,其中如吕本中、曾几、陈与义等人还写下了许多闪耀着爱国主义思想光辉的诗篇,替宋诗增添了光彩(详见附录一:《江西派诗人的政治态度》)。那种认为江西诗派的产生和发展与宋王朝对外主退让的情况分不开的观点是完全没有根据的。但是,江西诗派的形成也不是因为这些诗人在民族斗争中有着基本一致的要求抗敌的立场,毕竟在当时主张抗金的文人中,也有一些人是对江西诗派深表不满的,如张戒、黄彻等。这说明江西诗派的产生与北宋末的民族斗争没有必然联系。

那么,江西诗派的产生与其时代背景之间到底有什么关系呢?要回答这个问题,必须先考察一下北宋的经济、政治等因素对整个诗坛有些什么影响。

第一,北宋建立以后,封建经济有了较大的发展。农业的恢复,工

---

① 《和谢公定河朔漫成八首》其八,《山谷外集》卷四。
② 《次韵公定世弼登北都东楼四首》其二,《山谷外集》卷四。
③ 《次韵公定世弼登北都东楼四首》其三,《山谷外集》卷四。
④ 《送杜侍御纯陕西转运》,《后山诗注》卷二。

商业的繁荣,都市的发达,使得中小地主阶级的士人也有相当好的物质享受。尤其重要的是,北宋政权从一开始就采取了优待官僚阶层及其候补者——士人的政策。北宋科举取士之多,官吏数目之冗滥,俸禄之优厚,都是史无前例的。诚如清人赵翼所云:"恩逮于百官者唯恐其不足,财取于万民者不留其有余。"①这样,多数士人都能得到做官食禄的机会,甚至隐居孤山不入城市的林逋也曾两次接受朝廷所赐的粟帛②。我们试读孟元老《东京梦华录》、魏泰《东轩笔录》等宋人笔记,便会惊讶当时士人生活之奢华,像陈师道那样一贫如洗的士人是非常罕见的。安定、优裕的生活使诗人有条件从容酬唱,钻研诗艺,但同时也使大多数诗人与人民群众的距离变远了。虽然王禹偁、梅尧臣、苏轼乃至江西诗派的黄庭坚等人都写过一些反映民生疾苦的诗篇,但毋庸讳言,这些作品在反映人民痛苦生活的深度和广度上都不能与杜甫等前代诗人的作品相比。

第二,北宋统治者虽然对士人予以优厚的物质待遇,但在思想上的禁锢却比唐代严密得多。到了黄、陈的时代,新旧党争又异常激烈,文人很容易因文字而得祸,苏轼的乌台诗案就是一个明显的例子。所以,宋代的诗人在用诗歌讥刺时弊、揭露统治阶级的罪恶这方面远远比不上唐代诗人那么大胆。南宋的洪迈说:"唐人歌诗,其于先世及当时事,直辞咏寄,略无避隐,至宫禁嬖昵,非外间所应知者,皆反复极言,而上之人亦不以为罪……今之诗人不敢尔也。"③这段话很符合北宋的实际情况。

第三,北宋的理学空前发达,儒、道、释三家思想逐渐融合,私人讲学蔚然成风。风气之下,士大夫都喜欢抽象思辨。且不说柳开、穆修、石介的宣扬道统和邵雍、二程的高谈性理,即使像欧阳修那样杰出的

---

① 《廿二史札记》卷二五"宋制禄之厚"条。
② 见《宋史》卷八、卷九。
③ 《容斋续笔》卷二"唐诗无讳避"条。

文学家,也常常在诗文中阐述圣贤之道。而且,北宋王朝从一开始就处于外患的威胁之下,内部也危机四伏,有识之士对这种形势颇感忧虑,常常要对国事发表议论。风气之下,北宋的诗人们都喜欢在诗中发议论,说道理,进一步发展了从韩愈开始的以文为诗的倾向。

第四,北宋的文化事业比较发达,造纸业和印刷业空前地兴旺。早在北宋初期,成都刻大藏经已达十三万板,国子监刻经史也达十多万板。到仁宗庆历年间,布衣毕昇发明了活字板。东京、杭州、蜀中、福建成为举世闻名的印刷业中心①。这样,国家和民间的藏书都非常丰富,人们有条件博览群书。所以,北宋的诗人大多数是读破万卷的学问家,他们作起诗来也就比唐人更喜欢用典故,显学问,并且喜欢在这些方面争奇斗巧。

所以,与唐代相对而言,北宋的诗人容易产生这样的倾向:比较轻视诗歌的思想内容而更加重视诗歌的艺术技巧。虽说许多杰出的诗人努力摆脱时代的不利因素的影响并取得了相当高的成就,但总的说来,这样的倾向确是存在于北宋诗坛的。江西诗派就是在这样的时代背景之下,由一群注意探讨诗歌艺术技巧的诗人们组成的诗歌流派。

然而,上述的经济、政治等方面的因素只是江西诗派产生的间接原因,而更重要的直接原因,必须从文学本身的发展中去探索。

二　北宋诗坛概况

与唐诗一样,宋诗也经历了一段曲折的过程才走上健康发展的道路,并逐渐形成了它的独特风貌。

---

①　见蔡美彪等著《中国通史》第五册第七〇页《印刷业的发展和活字印刷术的发明》一节。

宋初诗坛上活跃着不少诗人,其中如王禹偁等人在创作上还取得了一定的成就,但总的说来,此时的宋诗仍停留在模仿前人的水平上,而缺乏在唐诗藩篱之外自立门户的气概。

王禹偁是宋初最有成就的诗人,他的诗歌在思想性和艺术性两个方面都达到了一定的高度,是宋诗的一个重要组成部分。可是,正如他自己所说的:"本与乐天为后进,敢期杜甫是前身。"①他在论诗主张上崇拜杜甫,在创作实践上则受到白居易很大的影响。例如王禹偁集中较优秀的代表作《感流亡》《对雪》等,在思想内容和艺术形式上都与白居易的《观刈麦》一类诗很相似,有模仿白诗的显著痕迹。所以,尽管当时就有人称赞他"纵横吾宋是黄州"②,我们也应该重视他的创作成就,但必须指出,王禹偁在诗歌艺术上缺乏鲜明的独特风格,他的诗歌还没有体现出宋诗的特色。

与王禹偁同时的诗人还有寇准、林逋、潘阆、魏野等,其中林逋诗名较著,他的咏梅诗脍炙人口,受到黄庭坚激赏的"雪后园林才半树,水边篱落忽横枝"一联③,遗貌取神,瘦硬生新,已微呈宋调。可是这种诗在林逋集中毕竟很少,林诗的基本风格很接近白居易的闲适诗。潘阆、魏野等人则以中唐的贾岛为学习的典范。总的说来,这些诗人的作品情调柔弱,意境狭小,在思想内容上缺乏时代气息,在艺术形式上也没有自立的气魄,仍然没有摆脱唐末五代诗风的影响。

比王禹偁稍晚而在诗坛上煊赫一时的西昆派,其主要成员都是朝廷的文学侍从之臣。他们在当时的名声比王禹偁大,但创作上的成就却远不如王禹偁。这首先是因为他们的诗歌缺乏充实的思想内容,其

---

① 《前赋春居杂兴诗二首,间半岁不复省视,因长男嘉祐读杜工部集,见语意颇有相类者,咨于予,且意予窃之也。予喜而作诗,聊以自贺》,《小畜集》卷九。

② 林逋《读王黄州诗集》,《林和靖先生诗集》卷三。

③ 林诗乃《梅花》,《林和靖先生诗集》卷二。黄庭坚欣赏此联,见《书林和静诗》,《豫章黄先生文集》卷二六。

次也是因为他们在艺术上单纯模仿李商隐,过分地发展了李商隐诗歌追求形式美的倾向,从而使他们的诗歌徒具华丽的外表,却缺乏艺术生命最重要的因素——独创性,所以在当时就落得"捃扯义山"之讥①。虽然《西昆酬唱集》中也有一些好诗,但那些诗也只是对李商隐诗较成功的模拟。总的说来,西昆派诗人在艺术上并无建树。

所以说,在宋初的六十多年中,虽然诗坛并不寂寞,但整个诗坛仍然笼罩在晚唐五代诗风的影响之下,宋诗还没有呈现出自己的特色。

欧阳修领导的诗文革新运动给诗坛上带来了清新的空气,自此,宋诗才走上了健康发展的道路。

欧阳修是当时的文坛领袖,也是当时的重要诗人。总的说来,欧阳修部分地吸收了韩诗议论化、散文化的特点,却避免了韩愈的险怪生僻。诚如叶梦得所云:"欧阳文忠公诗,始矫昆体,专以气格为主,故言多平易疏畅。"②欧阳修的诗对于革新西昆体的浮艳诗风是起了一定作用的,但是,就建立宋诗的独特风貌这一点而言,他远没有梅尧臣来得重要。可以说,宋诗的特色是在梅尧臣笔下开始形成的。

梅尧臣在诗歌理论上主张写实,要求诗歌有"兴寄""刺美"。他的创作实践也部分地实现了他的主张,在思想内容上具有进步意义。尤其重要的是,梅尧臣在诗歌艺术上对宋诗的发展做出了很大的贡献。宋人龚啸说他"去浮靡之习,超然于昆体极弊之际;存古淡之道,卓然于诸大家未起之先"③,很确切地指出了他在宋诗发展中的重要作用。梅尧臣的诗,"其初喜为清丽,闲肆平淡,久则涵演深远,间亦琢刻以出怪巧"④。宋诗的构思偏巧、色泽较淡等特点,都已在梅诗中露其端倪。

比欧、梅稍后,王安石和苏轼先后登上了诗坛。王安石对唐代诗

---

① 见刘攽《贡父诗话》。
② 《石林诗话》卷上。
③ 见《宛陵先生集》附录。
④ 欧阳修《梅圣俞墓志铭》,《欧阳文忠公文集》卷三三。

人,在思想内容上推尊杜甫,在艺术形式上追随韩愈。但是,他毕竟是有独创精神的诗人,所以他除了模拟古人之外,仍然创造了自己的独特风格。我们试读他的代表作《杜甫画像》,同样是运用散文句法,但不至于佶屈聱牙;同样是在诗中大发议论,但抒情气氛仍很浓厚,与韩诗风格大不一样。王安石晚期的诗歌多为写景小诗,这些诗的意境之美很像唐人绝句,但观察的细致入微和辞句的精丽工巧又超过了唐人。王安石诗歌艺术风格的独特性正是宋诗特点的一个组成部分。

苏轼是宋代最有才气的诗人。他的诗歌呈现着多样化的艺术风格,其中堪称为宋诗特色的主要有这么几点。第一,"以议论为诗,以才学为诗"。苏轼很善于在诗中大发议论,韩愈所开创的"以文为诗"的手法在苏轼手中有了很大的发展。他常常用流利畅达的诗句来说理论学,品书评画。成语典故,信手拈来,左宜右有,无不如意。第二,务求畅尽,不事含蓄。苏轼才大学富,笔力充沛,状物时总是妙喻连生,毫发无遗;抒情时也往往直吐胸臆,不留芥蒂,所以苏轼总是给人一泻而尽的印象,不再像唐人那样务求含蓄。第三,富于理趣。苏轼善于在一些写景抒情的小诗中通过艺术形象来揭示生活中的某种哲理,诗情理趣,融为一体,很耐人寻味。由于苏轼在创作上的杰出成就,他成了当时诗坛上的盟主,在他门下聚集了许多诗人,其中包括江西诗派的祖师黄庭坚。

在苏轼主持诗坛时,宋诗的主要特色都已形成。五、七言古典诗歌继唐诗之后又呈现了新的繁荣。在艺术上业已成熟的诗人已经有了自立的气概,他们满怀信心地打破唐人的藩篱而创造了自己的独特艺术风格。青年诗人们也不再总是用仰慕的目光盯着唐人,他们有了同时代的杰出诗人作为自己学习的典范。至此,一个完全体现宋诗特色的诗歌流派产生的条件已经成熟了。

三　黄庭坚在江西诗派中的领袖作用

黄庭坚所以能成为江西诗派的开山祖师,原因是多方面的。

第一,黄庭坚在诗歌创作上成就很高,在诗坛上享有盛名。他幼年读书警悟,八岁能诗。治平三年(1066),二十二岁的黄庭坚参加乡试,即因诗句杰出而膺首选,试官且预言庭坚"异日当以诗名擅四海"①。元丰元年(1078),黄庭坚写信给苏轼表示钦敬,且附诗二首。苏轼读后大加赞赏,说庭坚《古风》二首"托物引类,真得古诗人之风!"②从此庭坚蜚声诗坛,初时名列苏门,与秦观、晁补之、张耒并称"苏门四学士";后来进而与苏轼齐名,并称"苏黄"。黄庭坚的诗歌,在当时"天下固已交口传诵"③。他既然在诗坛上有如此重要的地位,就理所当然地成为晚辈诗人们仰慕、学习的泰斗。

第二,黄庭坚喜欢指点青年,奖拔后进。他对青年诗人的教导包括修身之道的指引,比如他对洪刍说:"所寄文字,更觉超迈,当是读书益有味也……然孝友忠信是此物之根本,极当加意,养以敦厚醇粹,使根深蒂固,然后枝叶茂尔。"④又对高荷说:"行要争光日月,诗须皆可弦歌。"⑤而更多的则是诗歌艺术的传授,在谋篇、造句、炼字等各个方面对后学细加指点,这在今存黄集的书信、序跋中可以找到大量的例子(详下)。黄庭坚对于有才华、肯用功的青年诗人,总是奖誉不遗余力。例如他称赞徐俯作诗"辞皆尔雅,意皆有所属"⑥;又称赞王定国

---

① 黄𪩘《山谷年谱》卷一。
② 《答黄鲁直书》,《东坡七集·东坡集》卷二九。
③ 李之仪《跋山谷二词》,《姑溪居士文集》前集卷三九。
④ 《与洪甥驹父》,《山谷老人刀笔》卷一。
⑤ 《再用前韵赠子勉四首》其二,《山谷内集》卷一六。
⑥ 《与徐师川书》,《豫章黄先生文集》卷一九。

作诗"不守近世师儒绳尺"①。甚至当他发现一个诗坛新秀时,还为亡友苏轼不及见之而感到惋惜:"可怜金石友,去不待斯人!"②这样,在黄庭坚周围便自然而然地聚集了一群青年诗人。有一次,黄庭坚同时赞扬好几个后辈诗人:

> 潘邠老晜得诗律于东坡,盖天下奇才也。予因邠老故识二何,二何尝从吾友陈无己学问,此其渊源深远矣。洪氏四甥,才器不同,要之皆能独秀于林者也。师川亦予甥也,比之武事,万人敌也。因五甥又得潘延之之孙子真,虽未识面,如观虎皮,知其啸于林而百兽伏也。夫九人者,皆可望以名世。予犹能阅世二十年,当见服周穆之箱,绝尘万里矣。③

隐然已有开宗立派的意思了。

上述两点是黄庭坚成为江西诗派之祖的必要条件,但还不是充分的条件。在北宋的诗坛上,具备这两个条件的还有晏殊、欧阳修、苏轼等人,特别是苏轼,诗名既在黄庭坚之右,对后辈的指点汲引也很热情,门下济济多士,连黄庭坚本人也身列苏门,可是苏轼并没有创立一个诗派。所以,黄庭坚成为江西诗派的领袖,还有更重要的原因。

第一,当时诗坛上创作成就最高的诗人是苏轼,但最突出、最集中地显示宋诗特色的诗人却是黄庭坚。钱锺书先生曾说:"唐诗多以丰神情韵擅长,宋诗多以筋骨思理见胜。"④宋诗的主要特色如多议论、富理趣、好奇尚硬等,都可用"筋骨思理"四字来概括。苏轼的诗歌风格包含"筋骨思理"的一面,但是他的风格是多样化的,而且也不乏"丰

---

① 《王定国文集序》,《豫章黄先生文集》卷一六。
② 《次韵高子勉十首》其二,《山谷内集》卷一六。
③ 《书倦壳轩诗后》,《豫章黄先生文集》卷二〇。
④ 《谈艺录》第二页"诗分唐宋乃风格性分之殊非朝代之别"条。

神情韵"的一面,所以"筋骨思理"在苏诗中不是显得很突出。而黄庭坚的情况就完全不同。黄诗的主要特点是:在诗中谈禅说理,吞吐腾挪,有峰回路转之妙;刻厉思深,即使是写景抒情的小诗,也往往显得气象森严;在语言上追求瘦硬生新,在章法上讲究急转陡折。使人读后如见危峰古松,筋骨嶙峋。所以,如果把"筋骨思理"四字移作对黄诗的评语,是十分贴切的。这说明黄庭坚确实是宋诗独特风格的最典型的代表。

第二,苏轼写诗主要是凭着奔放的才情,大笔淋漓,挥洒如意,诚如赵翼所云:"天生健笔一枝,爽如哀梨,快如并剪,有必达之隐,无难显之情。"[1]这种天才式的写作方式,虽然使人震惊仰慕,却令人难以追随仿效。黄庭坚则不同,他写诗不像苏轼那样随意挥洒,而是严肃认真地字斟句酌,仔细推敲。他在创作实践中逐渐形成了一套完整的方法,在诗歌的谋篇布局、造句炼字等方面都有自己独特的法则可循。陈与义曾把苏轼和黄庭坚作了很形象的对比:"然东坡赋才也大,故解纵绳墨之外,而用之不穷;山谷措意也深,故游泳玩味之余,而索之益远。大抵同出老杜,而自成一家。如李广、程不识之治军,龙伯高、杜季良之行己,不可一概诘也。"[2]我们知道,李广治军是"行无部伍行陈""幕府省约文书籍事"的,而程不识治军则是"正部曲行伍营陈""士吏治军簿至明"的[3]。学龙伯高不得,则"画虎不成反类狗",学杜季良不得,则"刻鹄不成尚类鹜"[4]。苏轼写诗就像李广治军,凭天才而无法度,所以就像龙伯高一样难以仿效。而黄庭坚写诗就像程不识治军,有严格的法则规律,所以就像杜季良一样易于学习。

第三,苏轼在诗歌理论方面发表过不少见解,但那些见解多数是

---

① 《瓯北诗话》卷五。
② 见晦斋《简斋诗集引》,《简斋诗外集》卷首。
③ 见《史记·李将军列传》。
④ 见《后汉书》卷二四《马援传》。

属于鉴赏性质的。而在创作论方面,他常常向自己和其他诗人提出了很高的要求,比如他要求做到"意之所到,则笔力曲折无不尽意"①,这是只有艺术上已经成熟的诗人才能做到的。他在指点后学作诗文时也说得比较抽象,例如他曾写信给侄儿说:"凡文字,少小时须令气象峥嵘,采色绚烂,渐老渐熟,乃造平淡。其实不是平淡,绚烂之极也。"②对于这些话,初学者是难以领会且在创作实践中加以运用的。而黄庭坚的诗论就全然不同。黄庭坚除了鉴赏论之外,在创作论上也详细地阐明了自己的观点。尤其重要的是,黄庭坚的创作论非常全面,既包括对诗歌艺术最高境界的要求,又包括对初学者入门必由途径的指点。

黄庭坚首先要求初学者多读古人的作品,以提高自己的艺术修养。他认为王观复的诗"未能从容"的原因是"读书未破万卷"③,又批评王"语生硬不谐律吕,或词气不逮初造意时,此病亦只是读书未精博耳"④。他甚至还为初学者开了必读书的单子:"意所主张甚近古人,但其波澜枝叶不若古人耳。意亦是读建安作者之诗与渊明、子美所作未入神耳。"⑤"诗政欲如此作,其未至者,探经术未深,读老杜、李白、韩退之诗不熟耳。"⑥

然后,黄庭坚就诗歌艺术的一些具体方面对初学者进行指点。有论谋篇布局的,如《潜溪诗眼》"山谷言诗法"条说:"山谷言文章必谨布置,每见后学,多告以《原道》命意曲折。"又《王直方诗话》载庭坚之言:"每作一篇,先立大意,长篇须曲折三致意乃成章耳。"有论句法的,如《潜溪诗眼》"句法"条云:"句法之学,自是一家工夫。昔尝问山谷'耕

---

① 见何薳《春渚纪闻》卷六。
② 赵令畤《侯鲭录》卷八。
③ 《跋书柳子厚诗》,《豫章黄先生文集》卷二六。
④ 《与王观复书》,《豫章黄先生文集》卷一九。
⑤ 《与王庠周彦书》,《豫章黄先生文集》卷一九。
⑥ 《与徐师川书》,《豫章黄先生文集》卷一九。

田欲雨刈欲晴,去得顺风来者怨',山谷云:'不如"千岩无人万壑静,十步回头五步坐"。'此专论句法,不论义理,盖七言诗四字三字作两节也……"有论炼字、炼句的,如《冷斋夜话》卷五"句中眼"条云:"造语之工,至于荆公、东坡、山谷,尽古今之变……山谷曰:'此皆谓之句中眼。学者不知此妙语,韵终不胜。'"

最后,为了防止后学光在技巧上下功夫,入而不出,黄庭坚又再三告诫青年诗人不要雕琢太甚。他对王观复说:"所寄诗多佳句,犹恨雕琢功多耳。"又说:"文章成就,更无斧凿痕,乃为佳作耳。"①在黄庭坚看来,作诗作文与绘画一样,以自然为最高境界:"如虫蚀木,偶尔成文。吾观古人绘事,妙处类多如此。所以轮扁斫车,不能以教其子。近世崔白笔墨,几到古人不用心处,世人雷同赏之,但恐白未肯耳。比来作文章,无出无咎之右者,便是窥见古人妙斫。试以此示无咎。"②所以他把陶渊明看成是诗歌艺术的最高典范:"宁律不谐而不使句弱,用字不工不使语俗,此庾开府之所长也,然有意于为诗也。至于渊明,则所谓不烦绳削而自合者。虽然,巧于斧斤者多疑其拙,窘于检括者辄病其放。孔子曰:'宁武子,其智可及也,其愚不可及也。'渊明之拙与放,岂可为不知者道哉!"③

在黄庭坚的创作理论中,很明确地为初学者指出了循序渐进的两个步骤:首先要熟练地掌握谋篇、句法、炼字等技巧,这是诗人艺术修养的初阶;然后再求摆脱这些技巧的束缚而达到"无斧凿痕"的更高的艺术境界。前者是后者的必要准备,后者是前者的最终目标。他指点外甥洪刍说:"文章最为儒者末事,然索学之,又不可不知其曲折,幸熟思之。至于推之使高,如泰山之崇崛,如垂天之云;作之使雄壮,如沧

---

① 《与王观复书》,《豫章黄先生文集》卷一九。
② 《题李汉举墨竹》,《豫章黄先生文集》卷二七。
③ 《题意可诗后》,《豫章黄先生文集》卷二六。

江八月之涛,海运吞舟之鱼,又不可守绳墨令俭陋也。"①

　　此外,在黄庭坚的时代,前人诗歌艺术手段的积累已非常丰富,由于唐诗的题材和意境几乎是无所不包,各种修辞手段也已达到炉火纯青的程度。五、七言古今体诗的领域,可以说已被唐人开拓殆尽。清人蒋士铨诗云:"宋人生唐后,开辟真难为。"②确是道出了宋人处境之艰难。在这种情况下,黄庭坚提出了"夺胎换骨、点铁成金"这种在辞、意两方面向前人作品学习的方法,给那些在前人的丰厚遗产面前不知所措的诗人们指出了一条积极利用文学遗产的道路,在当时起了很大的影响(见附录二:《黄庭坚"夺胎换骨"辨》)。

　　由于黄庭坚具备了以上五个方面的条件,他就理所当然地受到许多青年诗人的拥戴追随。比黄庭坚年少八岁的陈师道在见到黄庭坚后,即"尽焚其稿而学焉"③。年辈更少的洪氏兄弟、徐俯、高荷等人更是众星拱月似的围绕在黄庭坚周围。这样,师友传授,切磋诗艺,久而久之,就形成了一个以黄庭坚为首的诗歌流派。大约到崇宁初年,吕本中作《江西诗社宗派图》(见附录三:《吕本中〈江西诗社宗派图〉考辨》),给诗派取名为"江西诗派",江西诗派就正式产生了。

---

① 《答洪驹父书》,《豫章黄先生文集》卷一九。
② 《辩诗》,《忠雅堂诗集》卷一三。
③ 《答秦觏书》,《后山先生集》卷一四。

第二章　江西诗派三宗之一：黄庭坚

一　黄庭坚的作品

黄庭坚（1045—1105），字鲁直，号山谷道人，又号涪翁，洪州分宁（今江西修水县）人，生平事迹见《宋史》卷四四四本传和黄𩆜编《山谷年谱》。

黄庭坚是具有多方面才能的作家，他的作品包括诗、词、文各体，但是他显然是长于诗而短于文。当时已有人认为："黄鲁直短于散语。"①他自己也看到了这一点："庭坚心醉于诗与楚词，似若有得，然终在古人后。至于论议文字，今日乃当付之少游及晁、张、无己。"②他的词和楚辞当时颇享盛名，陈师道甚至把他的词与秦观相提并论："今代词手，唯秦七、黄九尔，唐诸人不逮也。"③洪朋、晁无咎等人则盛赞其楚辞④。在今天看来，黄庭坚的词尚是披沙拣金，偶见佳篇；所谓"楚辞"只是些缺乏独创性的模拟之作。文章也甚为平弱，不足名家。黄庭坚作品中真正有价值的部分是他的古今体诗。

黄庭坚诗集的版本比较复杂。他在绍圣元年（1094，时年五十）曾自己编定《退听堂集》，在建中靖国元年（1101，时年五十七）又欲自编诗文为内、外二编，然未完成⑤。后来他的外甥洪炎主编其诗文集，因

①③　《后山先生集》卷二三《诗话》。
②　《答秦少章书》，《豫章黄先生文集》卷一九。
④　见《王直方诗话》"黄鲁直楚词律诗"条。
⑤　见《题王子飞所编文后》，《豫章黄先生文集》卷二六。

《退听堂集》未收少作，所以只收了黄庭坚三十四岁之后的作品，其中的诗歌部分即任渊所注的《内集》。李彤继洪炎之后续编黄庭坚的《外集》，除了补入洪炎所遗，又将黄庭坚十七岁至三十四岁之间所作的诗文也一并收入，其中的诗歌部分即史容所注的《外集》（编次有异）。所以，《外集》中一部分诗歌的写作年代反在《内集》诗之前，而且二集也不一定有优劣之分。黄庭坚之裔孙黄𤋮所编的《别集》，为洪、李所编内、外二集之补遗。其中的诗歌部分，基本上就是史季温所注的《别集》，所收作品不多，佳作更少。此外，宋人所编的黄诗还有《南昌集》《豫章集》《山谷精华录》等，均已失传。我们据光绪二十六年（1900）陈三立影宋刊本《山谷诗集》进行统计，《内集》收诗七百一十五首，《外集》收诗六百八十五首，《别集》收诗八十一首①，在《山谷诗外集补》等书中所保存的任、史未注之诗还有四百七十五首②，所以，我们所看到的现存黄诗共有一千九百五十六首。

二　黄庭坚诗的思想内容

就思想内容而言，黄庭坚的诗歌可分成三个部分。

---

①　这里要作两点说明：一，《外集》卷一五有《题画雁鹅》一首，五言八句，实为两首五绝，在《宋黄文节公全集·外集》卷一一中就分为两首，分别题作《题画鹅》《题画雁》，可从。《外集》卷一六《松下渊明》一首有题无诗，据注可知此即《内集》卷九之《题伯时画松下渊明》，故不再计入。《外集》卷一七《李濠州挽词》题中未说明是两首，又连在一起刻印，显然，编者误以为是一首，但此诗实为两首七律，今按两首计入。《别集》卷上之《濂溪诗》乃楚辞体，编入诗集殊乖体例（其他六首楚辞均未收入），故除去不计。又集中颇多窜入之伪作，如《内集》卷一二之《谪居黔南十首》之类，但流传既久，甄别非易，故暂仍旧编。二，潘伯鹰《黄庭坚诗选》的"凡例"中说："山谷诗《内集》七百九十五首、《外集》六百六十八首、《别集》八十四首。"潘先生所据之本子与我们的相同而统计结果出入颇大，未知何故。

②　其中包括：《山谷诗外集补》四卷，收诗四百零八首；《山谷别集补》一卷，收诗二十八首。此外，《豫章先生遗文》中有上述各本未收之诗八首，《宋黄文节公全集》中又多出三十一首。

　　第一部分是思想感情比较苍白，在内容上没有多少价值的作品。主要包括挽诗三十七首、与亲友馈赠物品时赠答之诗一百七十六首和咏物诗八十五首，此外，有一部分题咏书画和亭轩堂阁等建筑物的诗也有同样的缺点。

　　黄庭坚所挽的对象多为达官贵人，其中有神宗皇帝、丞相王珪、司马光、韩绛、翰林学士范镇、太中大夫史天休等，妇人则有乐寿县君和"有子今为二千石"①的宋夫人等。这些诗一般都写得典雅庄重，但内容不外是诔墓之词：把死者的业迹表彰一番，或发一通"一死生，齐彭殇"之类的议论，如"大梦惊蝴蝶"②等，很少有真情实感，所以缺乏感人的力量。其中稍佳的只有《叔父给事挽词十首》，把他的叔父黄廉的政迹写得生动具体，颇像一篇人物小传。

　　黄庭坚的交游甚广，亲友之间的馈赠相当频繁，而且他赠人一物，每媵之以诗；受人一物，亦每答之以诗。而礼品的种类又很多，除了纸、笔、砚、墨、画、扇、杖、花、果、茶、酒等常见的礼物之外，还有莲子汤、豆粥、蛤蜊、黄雀鲊、羊、猫等，甚至还包括远方较为难得的惠山泉水③和黄州山中的松枝④，这些都成了庭坚的诗料。不仅如此，他还写诗去乞物：《乞姚花二首》《乞钟乳于曾公衮》《从斌老乞苦笋》等；或用诗答复别人之要求：《次韵答秦少章乞酒》《戏答晁深道乞消梅二首》等。有人索性与庭坚以物易诗：《王才元舍人许牡丹求诗》，又庭坚《跋自书所为香诗后》："天锡屡惠此香，惟要作诗。"⑤即是例证。当然，这种题材的诗不是不能写，杜甫就早已开此先例。如果黄庭坚能像杜诗《野人送朱樱》⑥那样因小见大固然最好，即使无所寄托，偶

---

　　①　《宋夫人挽词》，《山谷别集》卷下。
　　②　《乐寿县君吕氏挽词二首》其二，《山谷内集》卷一一。
　　③　见《谢黄从善司业寄惠山泉》，《山谷内集》卷六。
　　④　见《戏答陈季常寄黄州山中连理松枝二首》，《山谷内集》卷九。
　　⑤　《豫章黄先生文集》卷二五。
　　⑥　《杜诗详注》卷一一。

然以文滑稽也无须苛责，但他既写了这么多，其中多数诗又并无寓意，这就只能算是很不严肃的游戏笔墨了。我们来看一首此类诗中的代表作：

谢送碾壑源拣牙

　　矞云从龙小苍璧，元丰至今人未识。壑源包贡第一春，细荚碾香供玉食。睿思殿东金井栏，甘露荐碗天开颜。桥山事严庀百局，补衮诸公省中宿。中人传赐夜未央，雨露恩光照宫烛。右丞似是李元礼，好事风流有泾渭。肯怜天禄校书郎，亲教家庭遣分似。春风饱识太官羊，不惯腐儒汤饼肠。搜搅十年灯火读，令我胸中书传香。已戒应门老马走，客来问字莫载酒。

文字流动，用韵也妙，"春风"二句尤得谐趣，但如果把它和卢仝的《走笔谢孟谏议寄新茶》[1]相比，就可明显地看出其异同和高下，庭坚此诗的内容是不够充实的。

　　吕本中说："东坡诗云：'赋诗必此诗，定知非诗人。'此或一道也。鲁直作咏物诗，曲当其理。"[2]又说："义山《雨》诗'摵摵度瓜园，依依傍水轩'，此不待说雨，自然知是雨也。后来鲁直、无己诸人，多用此体作咏物诗，不待分明说尽，只仿佛形容，便见妙处。"[3]这两段话很准确地说出了庭坚咏物诗的特点。除了极偶然的例外[4]，庭坚确是专在这一点上下功夫：

---

①　《全唐诗》卷三八八。
②　《童蒙诗训》"赋诗必此诗"条。
③　《童蒙诗训》"黄、陈学义山"条。
④　如《戏咏暖足瓶二首》其二："脚婆元不食，缠裹一衲足。天明更倾泻，颜面有余燠。"刻画呆滞，了无韵味。

咏雪奉呈广平公

连空春雪明如洗，忽忆江清水见沙。夜听疏疏还密密，晓看整整复斜斜。风回共作婆娑舞，天巧能开顷刻花。政使尽情寒至骨，不妨桃李用年华。

方回对此诗的颔联大为赞赏："山谷之奇，有昆体之变，而不袭其组织。其巧者如作谜然，此一联亦雪谜也。学者未可遽非之。"①但此诗还是以白描见长的，至于那些大用典故的咏物诗，就更"巧"了。

和答钱穆父咏猩猩毛笔

爱酒醉魂在，能言机事疏。平生几两屐，身后五车书。物色看王会，勋劳在石渠。拔毛能济世，端为谢杨朱。

王若虚批评说："此乃俗子谜也，何足为诗哉！"②赞成和反对的人都认为此类诗是诗谜，是有一定道理的。我们认为，做咏物诗确实不能太追求貌似，但"遗貌"应能"取神"，重要的是能在所咏之物上寄托作者某种高尚优美的思想感情。老杜咏马诸诗，篇篇是说马，却又篇篇见人。如《房兵曹胡马》一诗③，虽然有"竹批双耳峻，风入四蹄轻"那样的刻画形貌之句，但"所向无空阔，真堪托死生"二句，却是因马及人，寓人于马，此其所以为绝唱。而黄庭坚恰恰缺少了这一点。因此尽管他在技巧上下了很大功夫，其仿佛形容、若即若离的手法也确实相当高明，但写出的作品却近于诗谜，在思想内容上价值不大。

黄庭坚题咏书画和轩亭等建筑物的诗中有不少情文并茂的好作品，但是有的题画诗取貌遗神，滥用典故，如《题刘将军鹅》："箭羽不沾

---

① 《瀛奎律髓》卷二一。
② 《滹南遗老集》卷四〇《诗话》。
③ 《杜诗详注》卷一。

春水,籀文时印平沙。想见山阴书罢,举群驱向王家。"有些诗借题发论,成为"柱下之旨归""漆园之义疏"①,如《戏题小雀捕飞虫画扇》:"小虫心在一啄间,得失与世同轻重。丹青妙处不可传,轮扁斫轮如此用。"再如下面这首:

题竹石牧牛

　　野次小峥嵘,幽篁相倚绿。阿童三尺棰,御此老觳觫。石吾甚爱之,勿遣牛砺角。牛砺角尚可,牛斗残我竹!

有人因其采用李白《独漉篇》格调而誉之为"体制甚新"②,庭坚也自以为"此乃可言至耳"③,但诚如王若虚所批评的:"谓之奇峭,而畏人说破,元无一事。"④

　　此外,黄庭坚在题咏建筑物的诗中也喜欢谈禅说玄,如《寂住阁》:"庄周梦为胡蝶,胡蝶不知庄周。当处出生随意,急流水上不流。"又如《题竹尊者轩》:"平生脊骨硬如铁,听风听雨随宜说。百尺竿头放步行,更向脚跟参一节。"这些诗颇像禅家的偈语,除了一点机锋之外,内容相当空洞。更其甚者,如《颐轩诗六首》,则全用儒、道、佛三家经典中的习语拼凑而成,更没有什么价值了。

　　上述几类诗共四百余首,占黄诗总数的五分之一强。有一种文学史著作说黄诗"内容不外是儒家思想和禅学思想的反刍"⑤,如果仅仅指这一部分诗歌而言,那么确是不为过分的。

　　第二部分是反映时事政治和民生疾苦的诗,在思想内容上具有比

---

①　《文心雕龙·时序》中语。
②　范季随《陵阳先生室中语》,见《诗人玉屑》卷八"陵阳论山谷"条。
③　见吕本中《童蒙诗训》。
④　《滹南遗老集》卷四〇《诗话》。
⑤　中国社会科学院文学研究所编《中国文学史》第六〇三页。

较积极的意义。

　　黄庭坚有一些诗鲜明地表示了他对当时的政治斗争和民族矛盾所持的态度，我们在第一章中已有所涉及，这里不再重复。值得我们注意的是，尽管黄庭坚论诗时反对"讪谤怒骂"（详下），但是在实际创作中，他并没有回避对当时社会的黑暗面。例如《和谢公定征南谣》，据史容注文，这是指熙宁八年（1075）与交趾的战事。诗中反映了战祸给人民带来的苦难："合浦谯门腥血沸，晋兴城下白骨荒。"谴责了大臣好大喜功、轻启边衅："谋臣异时坐致寇，守臣今日愧包桑""天道从来不争胜，功臣好为可喜说。交州鸡肋安足贪，汉开九郡劳臣监"。他指出这是一场劳民伤财的战争："颇闻师出三鸦路，尽是中屯六郡良。汉南食麦如食玉，湖南驱人如驱羊。营平请谷三百万，祁连引兵九千里。少府私钱不敢知，大农计岁今余几？"甚至揭露了"王师"的真面目："至今民歌'尹杀我'！"最后正面提出了"守在四夷"的思想："孝文亲遣劳苦书，稽首请去黄屋车。得一忘十终不忍，太宗之仁千古无。"又如《二月二日晓梦会于庐陵西斋作寄陈适用》，诗中毫无掩饰地抨击了盐政给人民带来的祸害："劝盐惟新令，王欲悍独活。此邦淡食伧，俭陋深刺骨。公困积丘山，贾竖但圭撮。县官恩乳哺，下吏用鞭挞。政恐利一源，未塞兔三窟。寄声贤令尹，何道补黡刖？从来无研桑，顾影愧簪笏。何颜课殿上？解绶行采葛！"这些诗在反映社会弊端时相当尖锐，近于"怒骂"。

　　尤其值得我们注意的是，黄庭坚做过县尉之类的下级地方官吏，他对农民的疾苦有一定的了解。我们来看诗人笔下的农民生活。

　　当时的农民在平时就过着食不果腹的悲惨生活："穷乡有米无食盐，今日有田无米食！"①遇到灾荒更是身陷绝境："老农年饥望人腹，想见四溟森雨足。林回投璧负婴儿，岂闻烹儿翁不哭？未论万户无炊

---

① 《上大蒙笼》，《山谷外集》卷一〇。

烟,蛛丝蜗涎经杼轴。"①"朔方频年无好雨,五种不入虚春秋。迩来后
土中夜震,有似巨鳌复戴三山游。倾墙摧栋压老弱,冤声未定随洪流。
地文划劙水鬻沸,十户八九生鱼头。稍闻澶渊渡河日数万,河北不知
虚几州?累累襁负襄叶间,问舍无所耕无牛。初来犹自得旷土,嗟尔
后至将何怙!"②农民贫困的根源是苛刻的租税:"尚余租庸调,岁岁稽
法程。按图索家资,四壁达牖窗。掩目鞭扑之,桁杨相推抢……苦辞
王赋迟,户户无积藏。"③在穷乡僻壤,农民开始铤而走险,反抗官府:
"穷乡阻地险,篁竹啸夔魖。恶少擅三窟,不承吏追呼……怀书斥长
吏,持杖麾公徒。遂令五百里,化为豺豕墟。"④而产生这种现象的原
因则是官吏的征敛诛求:"清风源里有人家,牛羊在山亦桑麻。向来陆
梁嫚官府,试呼使前问其故。衣冠汉仪民父子,吏曹扰之今如此!"⑤
黄庭坚的这种认识与杜甫的"不过行俭德,盗贼本王臣"⑥的看法是相
近的。这一切,使得虽然身为统治阶级中的一员却又同情人民的黄庭
坚感到难言的痛苦:"按省其家资,可忍鞭扶之?"⑦"民病我亦病,呻吟
达五更。"⑧这种心情与唐人元结的"追乎尚不忍,况乃鞭扑之"⑨是一
致的。诗人在《虎号南山》一诗中更是剑拔弩张地表达了对封建暴政
的愤慨:"虎号南山,北风雨雪。百夫莫为,其下流血。相彼暴政,几何
不虎?父子相戒:是将食汝!伊彼大吏,易我鳏寡;矧彼小吏,取桎梏
以舞……呜呼昊天,如此罪何苦!"如果不是对农民有深厚的同情,如

---

① 《次韵子瞻与舒尧文祷雪雾猪泉唱和》,《山谷外集》卷四。
② 《流民叹》,《山谷外集》卷一。
③⑧ 《己未过太湖僧寺,得宗汝为书,寄山蓣白酒,长韵寄答》,《山谷外集》卷
一一。
④ 《金刀坑迎将家,待追浆坑十余户山农,不至,因题其壁》,《山谷外集》卷一一。
⑤ 《上大蒙笼》,《山谷外集》卷一〇。
⑥ 《有感五首》其三,《杜诗详注》卷一一。
⑦ 《丙辰仍宿清泉寺》,《山谷外集》卷一〇。
⑨ 《春陵行》,《全唐诗》卷二四一。

果不是对诗歌的讥刺作用有正确的理解，是不可能写出这样的诗的。农民的痛苦生活给黄庭坚留下的印象是如此之深，以至于在下面这首戏作的禽言诗上也投下了一层阴影：

戏和答禽语

南村北村雨一犁，新妇饷姑翁哺儿。田中啼鸟自四时，催人脱裤着新衣。着新替旧亦不恶，去年租重无裤着！

诚然，这一类作品在黄诗中占的比重较小，其反映现实的深度和广度也远远不能与杜甫、白居易等相比，但与同时的其他诗人如苏轼、王安石相比，黄庭坚在这方面并无愧色。有些论者对苏轼的《山村五绝》和王安石的《河北民》等诗给予很高的评价，而对黄庭坚这些反映农民疾苦更为深刻的作品却视而不见，一味指责黄诗是"形式主义"或"反现实主义"[1]，这种态度是不够公允的。

第三部分作品包括思亲怀友、感时抒怀、对羁旅行役和生活遭遇的描绘以及一部分题咏书画和轩亭等建筑物的诗。这些诗主要是抒写诗人自己的思想感情，在思想内容上不如第二部分作品有价值，但也不像第一部分作品那样贫乏。这部分作品约占黄诗总数的三分之二，无论从思想内容还是艺术特色的角度来看，它们都代表了黄诗的主流。

思亲怀友的诗是黄诗中数量最多的一类，集中五百三十七首赠答之诗多数是写这方面的内容。黄庭坚对家人、亲友的感情非常真挚，所以这类诗中颇多有血有肉的作品。

---

① 中国社会科学院文学研究所编《中国文学史》第六〇二页、游国恩等编《中国文学史》第三册第六一页都说黄诗是"形式主义"，郭绍虞《中国文学批评史》第二一一页则称黄诗为"反现实主义"，等等。

和答元明黔南赠别

万里相看忘逆旅，三声清泪落离觞。朝云往日攀天梦，夜雨
何时对榻凉？急雪脊令相并影，惊风鸿雁不成行。归舟天际常回
首，从此频书慰断肠。

虽然其中也有熟典如"脊令""鸿雁"，但加上了特定的意境：脊令在急
雪中并影，鸿雁在惊风中离群，就显示出万里飘零、兄弟离散的真情实
感，也就不失为好诗了。

纯洁真挚的友谊，是我国人民十分珍视的一种美德，也是古代诗
人反复歌唱的重要主题，黄庭坚在这方面给我们留下了许多好诗。

他经常由衷地称扬友人的才德，丝毫没有文人相轻的恶习。

次苏子瞻和李太白浔阳紫极宫感秋诗韵，追怀太白、子瞻

不见两谪仙，长怀倚修竹。行绕紫极宫，明珠得盈掬。平生
人欲杀，耿介受命独。往者如可作，抱被来同宿。

和邢惇夫秋怀十首　其九

吾友陈师道，抱瑟不吹竽。文章似扬马，咳唾落明珠。固穷
有胆气，风壑啸於菟。秋来入诗律，陶谢不枝梧。

有时他也跟朋友们善意地开玩笑："王侯须若缘坡竹，哦诗清风起空
谷。"①"张侯哦诗松韵寒，六月火云蒸肉山。"②他关心友人的病情："肺
热今好否？微凉生井桐。"③他怀念被贬谪到远方的友人，并为他们的
命运而担忧："斯人廊庙器，不合从远屏。江湖摇归心，毛发侵老境。

---

① 《次韵王炳之惠玉版纸》，《山谷内集》卷八。
② 《戏和文潜谢穆父松扇》，《山谷内集》卷七。
③ 《和邢惇夫秋怀十首》其十，《山谷内集》卷四。

艰难喜归来，如晴月生岭。仍怀阻归舟，风水蛟鳄横。"①他沉痛地悼念死去的朋友，并对迫害他们的邪恶势力表示愤怒的谴责："年来鬼祟覆三豪，词林根柢颇摇荡。天生大材竟何用？只与千古拜图像！"②

"楚臣去境，汉妾辞官"③是古典诗歌中最常见的题材之一，黄庭坚数遭贬谪，转徙于江湖之间，足迹遍及皖、鄂、蜀、桂等地，羁旅行役之悲，去国怀乡之情，都涌现于他的笔下：

大雷口阻风

号橹下沧江，避风大雷口。天与水模糊，不复知地厚。谁家上江船，狂追雪山走？孤村无十室，旅饭困三韭。黄芦麋鹿场，此地广千肘。得禽多文章，肯顾鱼贯柳。莽苍天物悲，雕弓故在手。鹿鸣犹念群，雉媒竟卖友。商人万斛船，挂席上牛斗。横笛倚柁楼，波深苍龙吼。失水不能神，伐葭作城守。欲寄大雷书，往问长干妇。何当檝迎汝，秦淮绿如酒。

这是在旅途艰难中写成的诗，与那些在书斋中的无病呻吟之作有明显的不同：用典较少，语言自然，诗中所展现的画面和流露的感情都是真实的，是黄诗中较好的作品。

黄庭坚描写他个人生活遭遇的诗，有许多写得很出色，如：

过　　家

络纬声转急，田车寒不运。儿时手种柳，上与云雨近。舍傍旧佣保，少换老欲尽。宰木郁苍苍，田园变畦畛。招延屈父党，劳问走婚亲。归来翻作客，顾影良自哂。一生萍托水，万事雪侵鬓。

---

① 《次韵子由绩溪病起被召寄王定国》，《山谷内集》卷二。
② 《次韵文潜》，《山谷内集》卷一七。
③ 钟嵘《诗品序》。

夜阑风陨霜，干叶落成阵。灯花何故喜，大是报书信。亲年当喜惧，儿齿欲毁龀。系船三百里，去梦无一寸。

这首诗写了故乡景物人事的变迁和自己的心理活动，娓娓而谈，如话家常，给读者一种亲切的感觉。类似的还有《还家呈伯氏》《上冢》《都下喜见八叔父》等，都是言之有物的好诗。

黄庭坚题咏书画的诗中也有不少较好的作品，如《次韵子瞻题郭熙画山》《摩诘画》《题郭熙山水扇》《答王道济寺丞观许道宁山水图》《题阳关图二首》等，往往在精妙的描写中表现了诗人的感情、个性。又如下面这两首小诗：

题宗室大年画

水色烟光上下寒，忘机鸥鸟恣飞还。年来频作江湖梦，对此身疑在故山。

轻鸥白鹭定吾友，翠柏幽篁是可人。海角逢春知几度，卧游到处总伤神。

名曰题画，实为抒情，虚景实写，意境超逸，是值得一读的。

黄庭坚题咏轩、亭等建筑物的诗中也有一部分写得较好，它们所着力描摹的对象往往并不是这些建筑物，而是住在这些建筑物中的人，其中有：箪食瓢饮而不改其乐的高士——"鸟鸟窥冻砚，星月入幽房。儿报无炊米，浩歌绕屋梁。"[1]喜爱读书的隐君子——"万卷藏书宜子弟，十年种木长风烟。未尝终日不思颍，想见先生多好贤。"[2]廉洁爱民的循吏——"春至最先知，雨露遍花药。是日劝农桑，冰销土膏

---

① 《颜徒贫乐斋二首》其二，《山谷内集》卷一八。
② 《郭明甫作西斋于颍尾请予赋诗二首》其一，《山谷外集》卷二。

作。弦歌出县斋,裴回问民瘼。"①这些人都是庭坚所敬爱的,所以他的笔端饱含着感情,内容比较充实。

感时抒怀也是黄诗中一个重要的内容。由于黄庭坚一生仕途多舛,也由于他的世界观中充满了矛盾,所以这类诗的情调比较低沉,叹老嗟卑之作居其大半。

黄庭坚对自然景物的感触非常敏锐,他的情绪常常随着时序的变更而起伏。当冬尽春来之时,他感到由衷的喜悦:"厌听鸦啄雪,喜有燕穿帘"②,"江山也似随春动,花柳真成触眼新"③。当岁聿云暮之时,他又感到莫名的悲哀:"天寒络纬悲向壁,秋高风露声入林"④,"斗柄垂天霜雨空,独雁叫群云万重"⑤。节物的变迁使他悟出了人生的无常:"城中百年木,有鹊巢其颠。鸱鸠来相宅,日暮更谋迁"⑥,"风霾天作恶,雷亦怒阗阗。俄顷花柳静,烟暖谷鸟喧。人事每如此,翻复不常然"⑦。

黄庭坚怀才不遇,郁郁不得志,所以他块垒塞胸,牢骚满腹,在诗中一吐为快:"和氏有尺璧,楚国无人知。青山抱国器,岁月忽如遗。"⑧他嘲笑那些不学无术的达官贵人:"经术貂蝉续狗尾,文章瓦釜作雷鸣。"⑨他鄙视功名富贵:"富贵何时润髑髅,守钱奴与抱官囚。"⑩

---

① 《寄题安福李令先春阁》,《山谷外集》卷一一。
② 《呻吟斋睡起五首呈世弼》其四,《山谷外集》卷二。
③ 《次韵文潜春日三绝句》其三,《山谷内集》卷一七。
④ 《次韵无咎阎子常携琴入村》,《山谷外集》卷六。
⑤ 《再用旧韵寄孔毅甫》,《山谷外集》卷一〇。
⑥ 《次韵感春五首》其五,《山谷外集》卷五。
⑦ 《圣柬将寓于卫,行乞食于齐,有可怜之色,再次韵感春五首赠之》其五,《山谷外集》卷五。
⑧ 《次韵答黄与迪》,《山谷内集》卷一四。
⑨ 《再次韵兼简履中南玉三首》其三,《山谷内集》卷一三。
⑩ 《四休居士诗》其一,《山谷内集》卷一九。

他憎恶世态人情:"作云作雨手翻复,得马失马心清凉。"①他觉得置身官场是受人羁束:"陇鸟入笼左右啄,终日思归碧山岑。"②所以他每作长林丰草之思:"惊鹿要须野草,鸣鸥本愿秋江。"③他最后终于遁入消极的老庄哲学:"贤愚千载知谁是?满眼蓬蒿共一丘!"④

总的说来,这类诗的思想倾向是消极的。但是我们也应该看到,这是封建社会中一个比较正直的知识分子的心声的真实记录,那种受到压抑的感情,那种对现实不满或者怀疑的目光,都从一个侧面反映了当时社会的黑暗,和人民群众的思想感情并不是没有相通之处,所以这些诗在思想内容上仍有一定的价值。

上述三个部分的内容都是黄诗的组成部分,有些论者批评黄诗是"形式主义"或"反现实主义",似乎只看到了第一部分的内容而忽略了其他两个部分内容的存在。但是在指出这种观点的偏颇时,我们也不能过分地夸大第二部分内容的价值,更不能把它们说成是黄诗的主流,因为它们毕竟只在黄诗中占较小的比重。我们的看法是:作为一个长期过着书斋生活的封建士大夫,黄庭坚写了不少卖弄学问、缺乏性灵的应酬无聊之作,就思想内容而言,这一部分诗是黄诗中的糟粕。而作为一个有正义感的诗人,黄庭坚又写了一些积极反映现实的好诗,就思想内容而言,这一部分诗是黄诗中的精华。但是黄诗的主流则是第三部分诗歌,它们真实地描写了封建社会中一个知识分子的生活经历和思想感情,是有血有肉的作品,与无病呻吟的《西昆酬唱集》及粉饰太平的《伊川击壤集》是不可相提并论的。就思想内容而言,黄诗是当时诗坛上很一般化的现象,并无特出之处。所以,黄庭坚之所以成为文学史上一个重要的诗人,不是因为他的诗歌具有特别积极的

① 《梦中和筠字韵》,《山谷内集》卷一八。
② 《次韵答张沙河》,《山谷外集》卷六。
③ 《次韵公择舅》,《山谷内集》卷一。
④ 《清明》,《山谷外集》卷一。

思想内容。同样,黄庭坚之所以受到当时和后代许多诗人的学习模仿并成为江西诗派的开山祖师,也不是因为他的诗歌具有特别消极的思想内容从而"代表了那些闭门读书、空谈哲理、脱离现实的上层士大夫的意识形态和艺术趣味"①。奠定黄庭坚在当时诗坛及文学史上重要地位的唯一因素,是他在诗歌艺术上的精深造诣,是他打破唐诗藩篱而创造的独特艺术风格。

三　黄庭坚对前人诗歌艺术的继承

五、七言诗发展到黄庭坚的时代,已经经历了漫长的过程,并出现了许多艺术上各有千秋的杰出诗人。黄庭坚对前人在诗歌艺术上留下的丰富遗产采取了转益多师、兼收并蓄的态度。受到黄庭坚推崇的历代诗人除了陶渊明、李白、杜甫、白居易、韩愈等大家之外,还有:曹植、刘桢——"赋诗如曹刘"②;鲍照、谢灵运——"句法窥鲍谢"③;谢惠连——"佳句付惠连"④;阴铿、何逊——"诗才清壮近阴何"⑤;王维——"丹青王右辖,诗句妙九州"⑥;孟浩然——"清诗如孟浩然"⑦;刘长卿——"往日刘随州,作诗惊诸公"⑧;韦应物——"清甚韦苏州"⑨;刘禹锡——"刘梦得《竹枝》九章,词意高妙,元和间诚可以独步"⑩;等等。

---

① 中国社会科学院文学研究所编《中国文学史》第六〇三页。
② 《次韵章禹直魏道辅赠答之诗》,《山谷外集》卷一一。
③ 《寄陈适用》,《山谷外集》卷一〇。
④ 《喜知命弟自青原归》,《山谷外集》卷一二。
⑤ 《廖袁州次韵见答并寄黄靖国再生传次韵寄之》,《山谷外集》卷一〇。
⑥ 《摩诘画》,《山谷外集》卷一三。
⑦ 《和东坡送仲天贶王元直六言韵》其四,《山谷别集》卷下。
⑧ 《题刘法直诗卷》,《山谷别集》卷下。
⑨ 《都下喜见八叔父》,《山谷外集》卷七。
⑩ 《跋刘梦得竹枝歌》,《豫章黄先生文集》卷二六。

　　但是,黄庭坚对前人诗歌艺术的继承,并不停留在单纯的学习、模仿上,而是既有继承,又有创新,从而推陈出新,创造了自己的独特艺术风格。下面我们对几条最重要的线索作一简单的分析。

　　(一) 杜甫

　　黄庭坚一生推尊杜甫,并大张旗鼓地以学杜相号召。他对杜诗在思想内容上的意义是有一定的认识的(详见第七章),但是他在创作实践中对杜甫的学习,则主要体现在艺术形式方面。他对杜诗在谋篇布局、用典、炼字等方面的艺术手法都曾加以细心的揣摩,而黄庭坚学杜最特出的表现则有下面两点:第一,对前人语言艺术作有效的借鉴,即所谓"点铁成金";第二,拗体七律。关于第一点,我们将在下文中作较详细的论述(见附录二:《黄庭坚"夺胎换骨"辨》),现在对第二点作一些说明。

　　黄庭坚晚年谪居黔州时,曾"欲属一奇士而有力者,尽刻杜子美东、西川及夔州诗,使大雅之音久湮没而复盈三巴之耳"①。他在指点后学时也说:"但熟观杜子美到夔州后古律诗,便得句法简易而大巧出焉。"②又说:"观杜子美到夔州后诗,韩退之自潮州还朝后文章,皆不烦绳削而自合矣。"③他如此欣赏杜甫在夔州时的作品,主要的当然是因为杜甫晚年在诗歌艺术上已达到炉火纯青、从心所欲的水平,摆脱了具体的艺术技巧的束缚,从而使他的后期诗歌具有一种豪华落尽、不事雕饰的特殊美,这对黄庭坚创造自己的独特艺术风格是很有启发的(详下)。但是对黄诗产生直接影响的却是次要的一点,即杜甫的拗

---

① 《刻杜子美巴蜀诗序》,《豫章黄先生文集》卷一六。
② 《与王观复书》其二,《豫章黄先生文集》卷一九。
③ 《与王观复书》其一,《豫章黄先生文集》卷一九。

体七律。我们知道,杜甫在夔州时曾有句云:"晚节渐于诗律细。"①所谓"诗律细",既指观察和描写的细致入微,也指句法、章法、声律等方面的刻意求新,而拗体七律正是黄庭坚所一眼觑定的奥妙之处。

杜甫是有意识地用拗体写律诗的第一人,并且取得了一定的成效。但是据《瀛奎律髓》的统计,杜诗一百五十九首七律中,拗体只有十九首②,而且没有拗得太甚的例子。而黄庭坚则大大地发展了杜甫的这种新诗体,在黄诗三百一十一首七律中,拗体就有一百五十三首,竟占了七律总数的一半。清人施补华云:"少陵七律,无才不有,无法不备……山谷学之,得其奥峭。"③所谓"奥峭",主要就是指声律的因素。宋人吴可云:"七言律诗极难做,盖易得俗,是以山谷别为一体。"④所谓"别为一体",也即指拗体而言。《王直方诗话》"山谷佳句"条记载说:"山谷谓洪龟父云:'甥最爱老舅诗中何等篇?'龟父举'蜂房各自开户牖,蚁穴或梦封侯王'及'黄流不解浣明月,碧树为我生凉秋',以为绝类工部。山谷云:'得之矣。'"洪朋所举两联的"绝类工部"之处即它们都是七律中的拗句,可见黄庭坚自己对此也是颇为得意的。而拗体确实使黄庭坚的七律具有一种奇峭劲挺的独特风格,在艺术上收到了一定的效果。

题落星寺

落星开士深结屋,龙阁老翁来赋诗。小雨藏山客坐久,长江接天帆到迟。宴寝清香与世隔,画图妙绝无人知。蜂房各自开户牖,处处煮茶藤一枝。

---

① 《遣闷戏呈路十九曹长》,《杜诗详注》卷一八。按:是诗作于大历二年(767),杜甫到夔州之第二年。
② 《瀛奎律髓》卷二五"拗字类"。
③ 《岘佣说诗》。
④ 《藏海诗话》。

这首诗很成功地写出了一个幽僻清绝的境界,除了文字的清奇之外,声调的拗峭也是一个重要原因。我们来检查一下它的平仄:

　　　仄平平仄平仄仄,平仄仄平平仄平。仄仄平平仄仄仄,平平仄平平平平。仄仄平平仄仄仄,仄平仄平平平。平平仄平仄仄,仄仄仄平平仄平。

全诗竟没有一句是完全合律的,而且颈联还失粘。① 然而它于拗中又有见律处,如第二句中第五字应仄而平,以救第一句第六字及本句第三字之拗(第八句同此),又如第六句虽用三平调作结,但第五句相应地用三个仄声字收尾,所以声调既不圆熟又不佶屈,为表现这种特定的内容提供了恰到好处的语音外壳。虽然黄庭坚有少数七律拗得太甚,比如出现了七字五仄的句子"诸将不用万户侯"②和七字六平的句子"江津道人心源清"③,但总的说来,黄庭坚的拗体七律具有一种特殊的韵味,不失为一种成功的艺术尝试。

黄庭坚大量地写拗体七律,除了有意求奇之外,还有其特殊的时代原因。清人赵翼云:"自中唐以后,律诗盛行,竞讲声病,故多音节和谐,风调圆美。杜牧之恐流于弱,特创豪宕波峭一派,以力矫其弊。山谷因之,亦务为峭拔,不肯随俗为波靡,此其一生命意所在也。"④赵翼此言不为无理,但我们还应该注意到:第一,七律的"豪宕波峭"一派,实创于老杜。第二,黄庭坚写"峭拔"的拗体,主要是针对西昆体的。

---

① 方回认为"此学老杜所谓拗字吴体格,而编山谷诗者置《外集》古诗中,非是"(《瀛奎律髓》卷二五)。王士禛则将此诗当作七古,收入《古诗选》的《七言诗歌行钞》卷一〇。高步瀛又将它当作七律收入《唐宋诗举要》卷六。各家说法不一,我们同意方回和高步瀛的说法。

② 《和游景叔月报三捷》,《山谷内集》卷八。

③ 《再次韵兼简履中南玉三首》其二,《山谷内集》卷一三。

④ 《瓯北诗话》卷一一。

在宋初诗坛上，西昆派曾风靡一时，他们的作品以七律为最多①，而这些七律又毫无例外地写得音调和谐圆熟。黄庭坚看到了西昆派在艺术上的弊病，就有意识地反其道而行之。黄庭坚曾说："宁律不谐而不使句弱……此庾开府之所长也。"②事实上，在庾信的时代里，近体诗的格律尚未定形，以庾信等人为代表的一批诗人正在暗中摸索，努力写出声调优美的作品来。所以虽然他们的诗歌中有许多不符合近体诗格律的地方，但是绝不存在什么有意识的"宁律不谐"的问题。黄庭坚认为"宁律不谐不使句弱"是庾信的诗歌有刚健之气的原因，正体现了他自己希望用拗体以矫西昆体律诗圆熟之弊的意图。有些论者认为黄庭坚对西昆体的矫正是"以形式主义来反对形式主义的错误道路"③，我们不同意这种说法。因为当黄庭坚活跃于诗坛时，从思想内容的角度清除西昆体影响的任务，已由石介、梅尧臣、欧阳修他们基本完成了，而西昆体在艺术上的不良影响却还残存于诗坛。所以，黄庭坚从艺术形式的角度来对西昆体的某些流弊进行矫正，实际上正是欧、梅等人反西昆的诗文革新运动的继续和补充。我们认为，对黄庭坚的这一行为的主观意图及其客观效果都是应予肯定的。

（二）韩愈

韩愈是开宋诗风气之先的唐代诗人，诚如清人叶燮所云："韩愈为唐诗之一大变，其力大，其思雄，崛起特为鼻祖。宋之苏、梅、欧、苏、王、黄，皆愈为之发其端，可谓极盛。"④虽然黄庭坚对韩愈不像对杜甫那样推崇，有时甚至颇有微词⑤，但在创作实践上，黄庭坚是受到韩愈

---

① 《西昆酬唱集》共收诗二百四十七首，其中七律就有一百四十三首。

② 《题意可诗后》，《豫章黄先生文集》卷二六。

③ 中国社会科学院文学研究所编《中国文学史》第六〇二页。

④ 《原诗》内篇上。

⑤ 参看程千帆先生《韩愈以文为诗说》，见《古诗考索》。

一定的影响的。这种影响主要体现于以下两点:第一,"陈言务去"的精神;第二,词句的奇险生硬。

黄庭坚是以自成一家自期的诗人,他在创作中继承了韩愈"陈言务去"的精神,充斥于晚唐五代诗中的种种陈辞滥调在黄诗中已一扫而空。但是另一方面,黄庭坚也清楚地看到了韩愈"陈言务去"的局限性,因为在前人诗歌语言艺术的积累已经非常丰厚的宋代,如果一定要"陈言务去",就势必走上怪僻的仄径。① 所以,黄庭坚转而对前人的遗产采取积极利用的态度,提出了"夺胎换骨、点铁成金"的方法。表面上看来,"夺胎换骨"与"陈言务去"是势不两立的,但实际上,前者正是对后者的补充,二者之间是相反相成的辩证关系。关于这一点,我们将在后文中进一步予以论述(见附录二:《黄庭坚"夺胎换骨"辨》)。

韩愈是以善用奇字险韵著称的,黄诗也有这种倾向。宋人张戒批评黄庭坚"专以补缀奇字"②,虽然言过其实,但确也说出了黄诗的一个特点。不过,黄诗并不像韩愈《陆浑山火》等诗有那么多的古怪字眼。黄诗的所谓"奇字",主要是对常用字作别出心裁的用法。例如:"小雨藏山客坐久"③"又似秋虫噫寒草……秋水粘天不自多"④"黄流不解涴明月"⑤"江雨压旌旗"⑥"润础闹苍藓"⑦"一生萍托水"⑧"清风

---

① 例如与欧阳修同时的杜默,作诗一味求奇,"为诗多不合律,故言事不合格者为'杜撰'"(《野客丛书》卷二〇"杜撰"条),他甚至写出"学海波中老龙""圣人门前大虫"之类的诗句,苏轼批评说:"作诗狂怪,至卢仝、马异极矣。若更求奇,便作杜默矣。"(《仇池笔记》卷上"三豪诗"条)

② 《岁寒堂诗话》卷上。

③ 《题落星寺》,《山谷外集》卷八。

④ 《赠陈师道》,《山谷外集》卷一五。

⑤ 《汴岸置酒赠黄十七》,《山谷外集》卷七。

⑥ 《侯尉之吉水复按未归,三日泥雨,戏成寄之》,《山谷外集》卷一〇。

⑦ 《和王世弼寄上七兄先生用其韵》,《山谷外集》卷二。

⑧ 《过家》,《山谷外集》卷一四。

荡初日"①"春虫语交加"②。凡是我们加上着重号的字都是所谓"句眼"，它们确实起到了"传神写照，正在阿堵中"③的妙用。同样，黄诗中的所谓"僻韵"，那些字本身并不很怪僻，只是较少被用作韵脚而已。元人孙瑞曰："山谷作诗，有押韵险处，妙不可言。"并举"句法提一律，坚城受我降"为例，说："只此一'降'字，他人如何押到此？"④又如下面这些例子："风尘化衣黑，旅宿梦裙红"⑤"朱弦已为佳人绝，青眼聊因美酒横"⑥"系船三百里，去梦无一寸"⑦"春去不窥园，黄鹂颇三请"⑧。都能使韵脚字化熟为生，推陈出新。

　　"硬语盘空"是韩诗的一大特点，形成这个特点的一个重要因素是他故意打破五、七言诗的固有音节，写出一些散文化的句子。黄庭坚在这方面也做过一些尝试。在黄诗中有"秦范波澜阔，笑陆海潘江"⑨和"邀陶渊明把酒碗，送陆静修过虎溪"⑩之类的句子。更其甚者，则与散文句法毫无差别，如"苍苔枯木，相依涧壑之滨；黄葛女萝，自致风云之上"⑪"有衣食我家之德心，使我蝉蜕俗学之市"⑫等。但是这种尝试并不成功，因为这种句子往往会失去诗歌应有的音节顿挫之美。大概黄庭坚自己也觉察到了这一点，所以他只是偶一为之，这种散文式的句子在黄诗中并不多见。黄诗所以会给读者留下"生硬"的感觉，主

---

① 《晓起临汝》，《山谷诗外集补》卷一。
② 《次韵张仲谋过酺池寺斋》，《山谷内集》卷五。
③ 《世说新语·巧艺第二十一》中语。
④ 见刘埙《隐居通议》卷八。
⑤ 《次韵道辅旅怀见寄》，《山谷外集》卷一一。
⑥ 《登快阁》，《山谷外集》卷一一。
⑦ 《过家》，《山谷外集》卷一四。
⑧ 《次韵张询斋上晚春》，《山谷内集》卷三。
⑨ 《晚泊长沙示秦处度、范元实，用寄明略和父韵五首》其四，《山谷内集》卷一九。
⑩ 《戏效禅月作远公咏》，《山谷内集》卷一七。
⑪ 《岩下放言五首》其五，《山谷外集》卷一。
⑫ 《再和公择舅氏杂言》，《山谷外集》卷一五。

要原因不在于散文式的句法,而在于"语必生造,意必新奇"①及其声调的奥峭。这说明黄庭坚在借鉴前人的艺术手法时是有分寸的,也是注意扬长避短的。

(三)李商隐

黄庭坚与李商隐之间的渊源关系,远不如他与杜甫、韩愈之间的关系那么明显,而且中间还隔着一个西昆派,所以前人对这一点的论述比较少。宋人朱弁云:

> 李义山拟老杜诗云:"岁月行如此,江湖坐渺然。"直是老杜语也。其他句"苍梧应露下,白阁自云深""天意怜幽草,人间重晚晴"之类,置杜集中亦无愧矣。然未似老杜沉涵汪洋、笔力有余也。义山亦自觉,故别立门户成一家。后人把其余波,号西昆体,句律太严,无自然态度。黄鲁直深悟此理,乃独用昆体工夫,而造老杜浑成之地,今之诗人少有及者,此禅家所谓更高一著也。②

朱弁此说,独具只眼。所谓"昆体功夫",应该是指西昆派从李商隐那里继承来的一些诗歌艺术技巧。但是这"昆体功夫"到底包括哪些具体内容,朱弁并没有详细说明。

今人吴调公先生则指出:"李商隐诗歌的'包蕴密致'所给予黄庭坚的影响,我们以为主要表现在两个方面:一是喜欢用典,二是精于布局。"③并作了具体的论证。我们同意吴先生的看法,并且认为吴先生所论述的基本上属于朱弁所谓"昆体功夫"的内容,所以此处不再赘

---

① 清人陈衍语,见《宋十五家诗选·山谷诗选》。
② 《风月堂诗话》卷下。
③ 《李商隐研究》第一九八页。

述。宋人许顗说："作诗浅易鄙陋之气不除，大可恶。客问何从去之，仆曰：'熟读唐李义山与本朝黄鲁直诗而深思焉，则去也。'"①李商隐的诗以"旨趣遥深"②著称，黄诗则有"刻厉而思深"③的特点，工于用典和精于布局则是使他们的诗歌意味隽永、耐人咀嚼的共同原因。

宋人张戒说："六朝颜、鲍、徐、庾，唐李义山，国朝黄鲁直，乃邪思之尤者。鲁直虽不多说妇人，然其韵度矜持，冶容太甚。读之足以荡人心魄，此正所谓邪思也。"④张戒站在维护正统诗教的立场上，对黄诗持否定态度，但他的话从反面说出了一个秘密：黄庭坚与李商隐之间还有一层渊源关系，即诗歌的语言美所产生的魅力。黄庭坚对于前人的诗歌艺术，本来是抱转益多师的态度的。黄集中有一些学习南朝诗人的作品，例如：

清人怨戏效徐、庾慢体三首 其一

秋水无言度，荷花称意红。主人敬爱客，催唤出房栊。一斛明珠曲，何时落塞鸿？莫藏春笋手，且为剥莲蓬！

写得宛转娇媚，真足以荡人心胸。但这种艳体诗在黄诗中非常少见。所以，黄诗的所谓"邪思"，主要体现于非艳情诗的语言美上。在这方面，他在一定程度上是受到李商隐的影响的。李商隐的诗，被人评为"绮才艳骨"⑤，这主要是由于他写了许多深情婉约的爱情诗，但他那精美工丽的诗歌语言，也是一个重要的原因。黄庭坚很少写爱情题材的诗，但他的诗歌语言也有一种特殊的美，如"去日樱桃初破花，归来

---

① 《许彦周诗话》。

② 清人冯浩语，见《玉溪生诗集笺注序》。

③ 借用黄庭坚评刘咸临诗语，见《刘咸临墓志铭》，《豫章黄先生文集》卷二三。

④ 《岁寒堂诗话》卷上。

⑤ 清贺裳《载酒园诗话》。

着子如红豆"①"夜窗冷雨打斜风,秋衣沉水换薰笼"②等,骨子里也是艳若桃李,字面上却不像李商隐诗那样色泽丰赡。再如下面这两首七绝:

次韵答马中玉三首　其一

雨入纱窗风簸船,菊花过后早梅前。锦江春色薰人醉,也到壶公小隐天。

答余洪范二首　其二

悬罄斋厨数米炊,贫中气味更相思。可无昨日黄花酒,又是春风柳絮时。

语言精美,音节谐婉,深得李商隐七绝之妙处。曾国藩诗云:"渺绵出声响,奥缓生光莹。太息涪翁去,无人会此情。"③他指出黄庭坚在声调情韵方面与李商隐的渊源关系,确有见地。我们从这里可以体会到黄庭坚推陈出新的苦心。原来,西昆派诗人由于片面地模仿李商隐诗在形式上的某些特色,造成了徒具华丽的外表而内容贫乏的不良后果。而梅尧臣等人在改革西昆派浮靡诗风时又有矫枉过正之处,他们的诗有时过于平淡而色泽不足。黄庭坚有鉴于此,他一方面避免了西昆体满纸是"鲛盘""蜡泪"的无病呻吟的习气;另一方面,对西昆派极力追求的李商隐诗的语言精美这一特点则不是简单地抛弃一边,而是把它作为自己的借鉴。同时,由于黄庭坚善于学习前人,所以他并不像西昆派那样跟在李商隐后面亦步亦趋,从而创造了一种色泽较淡但仍然艳丽入骨的诗歌语言,就像一位浓妆艳抹的美人换成了淡妆素

---

① 《还家呈伯氏》,《山谷外集》卷一。
② 《戏答陈元舆》,《山谷内集》卷八。
③ 《读李义山诗集》,《曾文正公诗集》卷三。

裹,却仍然保持着绝代美貌一样。

总之,黄庭坚对前人诗歌艺术的继承有以下两个特点:

第一,不停留在简单的模仿上,而是继承中有所创新。比如黄庭坚学习杜甫,就重在从杜诗中得到某种启发而助力自己的创新,所以黄诗自是黄诗,并不类似杜诗。有些人因此而认为庭坚的学杜是失败了,比如胡应麟就说庭坚"名师老杜,实越前规"①,钱谦益甚至说:"自宋以来学杜诗者莫不善于黄鲁直。"②而事实上黄庭坚是有意识地"求与人远"的,不少前人已看到了这一点,陈师道称黄庭坚"得法于杜少陵,其学少陵而不为者也"③,元人刘埙亦云"黄、陈诗似少陵,似而又不似也"④,清人方东树则认为黄庭坚"从杜公来,却变成一副面目,波澜莫二,所以能成一作手"⑤。我们同意后一种看法,并且认为黄庭坚这样学习前人是正确的。学习前人是为了提高自己,借鉴遗产是为了推陈出新,学杜而不似杜,正是其成功之处。否则的话,如陆机《拟古》、江淹《杂体》之作,纵然酷肖古人,价值仍然不高。至于明代七子优孟衣冠的"瞎盛唐"诗,就更不值得一提了。

第二,不是抱着门户之见单单学习某一家,而是转益多师,且将所师承的各家之长处熔于一炉,重新浇铸,形成自己独特的艺术风格。即使对于西昆派那种已被基本否定的文学流派,黄庭坚也不是全盘否定,而是尽量从中汲取有利的因素为我所用。

所以,黄庭坚在诗歌艺术上继承了前人(主要是唐人)的许多手法,却毫不妨碍他形成自己的独特艺术风格。从外表上看,黄诗与前人的诗(主要是唐诗)并无共同之处。但深入地分析一下,就可发现两者之间有

---

① 《诗薮》内编卷二。
② 《读杜小笺上》,《牧斋初学集》卷一〇六。
③ 《答秦觏书》,《后山先生集》卷一四。
④ 《隐居通议》卷六。
⑤ 《昭昧詹言》卷一二。

许多一脉相承的地方。清人吴之振说："宋人之诗，变化于唐，而出其所自得。皮毛落尽，精神独存。"①以评黄诗，也是非常确切的。

四　黄庭坚诗歌艺术的独创性

黄庭坚与苏轼同样生活在有宋承唐的历史时期，他们驰骋于诗坛时都承受着唐诗的巨大压力。然而苏轼的才力沛然有余，他无须标新立异，就能"有必达之隐，无难显之情"②，在诗歌创作上取得了很大的成就。黄庭坚的才力不如苏轼，却又有"自成一家"的雄心，这样，他就不得不走一条与苏轼不同的创作道路，即刻意求新求奇，创造自己的独特艺术风格。例如，六言绝句这种体裁，虽然初、盛唐时的沈佺期、王维等人已有试作，但继之者甚少，所以在近万首唐人绝句中只有三十八首③。宋人诗中也不多见，比如王安石集中有五首④，苏轼集中有十一首⑤。南宋的洪迈认为六言绝句如此之少的原因是"六言诗难工"，他说："予编唐人绝句，得七言七千五百首，五言二千五百首，合为万首，而六言不满四十，信乎其难也。"⑥而黄庭坚出于好奇，就知难而进，竟写了六十六首六言绝句，其中不乏较好的作品，如《次韵王荆公题西太一宫壁二首》、《蚁蝶图》、《题郑防画夹五首》之一等，虽然由于六言诗本身的局限，这种体裁在后来没有得到长足的发展，但从中也可窥见黄庭坚努力在唐诗的基础上以求发展的用心之一斑。

---

①　《宋诗钞序》。

②　《瓯北诗话》卷五。

③　见洪迈《万首唐人绝句》卷二六。

④　《王荆文公诗笺注》卷四〇载有《题西太一宫壁二首》《西太一宫楼》《宫词》。另有《金牛洞六言诗》一首，见《高斋诗话》"鲁直效荆公六言诗"条。

⑤　《集注分类东坡诗》卷三《奉敕祭西太一和韩川韵四首》；卷一六《西太一见王荆公旧诗偶次其韵二首》；卷一八《和何长官六言次韵五首》。

⑥　《容斋三笔》卷一五"六言诗难工"条。

黄庭坚在诗歌艺术上的独创性主要有下面三点表现：

（一）层次分明，转折陡急

黄诗无论长篇还是短制，一般都包含着多层次的意思，诗人在安排这些层次时不是平铺直叙，而是回旋曲折，极吞吐腾挪之妙。

次韵子瞻题郭熙画秋山

　　黄州逐客未赐环，江南江北饱看山。玉堂卧对郭熙画，发兴已在青林间。郭熙官画但荒远，短纸曲折开秋晚。江村烟外雨脚明，归雁行边余叠嶂。坐思黄柑洞庭霜，恨身不如雁随阳。熙今头白有眼力，尚能弄笔映窗光。画取江南好风日，慰此将老镜中发。但熙肯画宽作程，十日五日一水石。

起首二句写苏轼谪居黄州之情景，三、四两句突然转为玉堂观画，接下去四句入题咏画，九、十两句又转而写自己的乡思，后六句再申明请郭熙作画之意。全诗十六句，分成了五层意思，而且层层转折，跳跃性很大。比如一、二两层之间，时间和地点的变化都很突然，但仔细分析一下，两层意思仍是扣得很紧的：身在玉堂的苏轼所以会回忆起在黄州饱看青山之事，正是因为看到了郭熙所画的秋山。又如三、四两层意思之间，初看也觉转得突然，但仔细一想，即可悟诗人因见画中归雁而生乡思。这样，表面上转折陡峭，实际上都有内在的联系，草蛇灰线，引人入胜。而且，虽然正面描写郭熙画的只有第三层的四句，但实际上一、二、四三层意思都暗示着画之逼真，使人观画如观实景。第五层也是赞叹郭熙善画。全诗都紧扣题目，章法非常巧妙。

戏呈孔毅父

　　管城子无食肉相，孔方兄有绝交书。文章功用不经世，何异丝窠缀露珠？校书著作频诏除，犹能上车问何如。忽忆僧床同野饭，梦随秋雁到东湖。

这八句诗写了四层意思：一、二句写自己之贫贱，三、四句转而论文章以经世致用为贵，五、六句再转而写仕途之无聊，七、八句又突然想到江湖野趣上去了。初读时简直觉得它东鳞西爪，不相衔接。但经过反复吟味，就可发现四层意思是层层紧扣的：富贵既已无望，所以寄意于文章；而文章若不能经世，实同乌有，所任官职虽名曰"校书""著作"，但有名无实①，故归隐江湖之念油然而生。

清人方东树云："山谷之妙，起无端，接无端，大笔如椽，转折如龙虎。扫弃一切，独提精要之语，每每承接处，中亘万里，不相联属，非寻常意计所及。"②方氏此言是论七古，非常精到，但其实黄诗各体皆然，下面以律诗一篇为例。

次韵刘景文邺王台见思五首　其五

公诗如美色，未嫁已倾城。嫁作荡子妇，寒机泣到明。绿琴蛛网遍，弦绝不成声。想见鸱夷子，江湖万里情。

它一开始就是一个很奇特的比喻，底下全从这个比喻加以生发。首联写刘诗才早熟；颔联写既壮而不得志，故多凄怨之声；颈联写世乏知音，只得绝弦；尾联又设想若逢知己，其诗必将多快意之作而不复有愁抑之音。四联写了四层意思，前面三联均为正面的比喻，第四联则从反面设想。这样，从表面上看，从前面三联的愁抑突然变为第四联的欢欣，感情的起伏太大，但由于第四联是虚拟的反比，所以细加玩味，

---

①　黄庭坚时任著作佐郎。按：此二句乃自嘲。因齐梁时秘书郎多以贵游子弟为之，无其才实，当时谚曰："上车不落则著作，体中何如即秘书。"

②　《昭昧詹言》卷一二。

仍可发现诗意是贯若连珠的。

所以，黄诗结构的特点是，在诗意的各个层次之间作较大的转折，却又有意把转折的脉络暗藏于文字后面，读者须反复吟咏玩索，才能悟得其中的草蛇灰线。如果说那种在结尾给读者留下较大想象余地的诗能使人回味无穷，那么这种在诗的中间给读者留下多层次想象余地的诗就更耐人咀嚼了。

黄庭坚曾说："作诗正如作杂剧，初时布置，临了须打诨，方是出场。"[①]"打诨"是借用参军戏中的术语，原意为"答以出乎寻常意想以外之解释"[②]，对于诗歌来说，就是在结尾时来个一百八十度的大转折，使读者出乎意料。这种手法在黄诗的绝句中体现得最为明显，我们来看两个例子：

和陈君仪读太真外传五首　其四

高丽条脱雕红玉，逦迤琵琶撚绿丝。蛛网屋煤昏故物，此生惟有梦来时。

前两句写杨贵妃生前的富贵繁华，色彩绚丽，气氛热烈。后两句突然转为身后的寂寞萧条，色调惨淡，气氛凄凉——这是在第三句转折的。

病起荆江亭即事十首　其五

司马丞相昔登庸，诏用元老超群公。杨绾当朝天下喜，断碑零落卧秋风。

前三句写司马光东山再起而任宰相，满朝为之欣喜的情景，第四句却

①　见《王直方诗话》"作诗如杂剧"条。
②　王季思《打诨、参禅与江西派诗》，载《玉轮轩曲论》，第二四二页。

一笔兜转,推出了秋风断碑的凄凉景象——这是在第四句转折的。这样的绝句,转折陡急,一落千丈,读者的感情也随着急剧改变,有较强烈的艺术感染力。

黄庭坚这种艺术手法,不但在前代诗歌中很少有先例,就是在宋诗中也非常突出。朱熹说:"苏才豪,然一滚说尽无余意;黄费安排。"①的确,就结构而言,黄诗就像是加了许多层节制闸的江河,不断地蓄势,又不断地突然降落,它与苏诗一泻而尽的作风恰恰形成一个鲜明的对比。

(二) 句法烹炼,音节拗峭

黄庭坚作诗,非常重视句法。"无人知句法,秋月自澄江"②,他是以此为独得之秘的。那么,黄庭坚所谓的"句法",到底指什么而言呢?我们认为,主要包括三点内容:第一,声调的拗峭;第二,句意的凝练新奇;第三,语法上的散文化倾向。关于一、三两点,上面已经论及,这里仅就第二点作些说明。

黄庭坚的诗句中常常有很新奇的意思,或比喻新颖,如"蜂房各自开户牖"③"夜谈帘幕冷,霜月动金蛇"④等;或描写生动,如"阴风搜林山鬼啸,千丈寒藤绕崩石"⑤"蒌蒿穿雪动,杨柳索春饶"⑥等,都是未经前人道过的。他还善于把很平常的意思炼成新奇的句子,如"心犹未死杯中物,春不能朱镜里颜"⑦,本来只是说年老而尚能饮酒;"未生白

---

① 《朱子语类》卷一四〇。
② 《奉答谢公定与荣子邕论狄元规、孙少述诗长韵》,《山谷内集》卷四。
③ 《题落星寺》,《山谷外集》卷八。
④ 《次韵张仲谋过酺池寺斋》,《山谷内集》卷五。
⑤ 《上大蒙笼》,《山谷外集》卷一〇。
⑥ 《次韵高子勉十首》其十,《山谷内集》卷一六。
⑦ 《次韵柳通叟寄王文通》,《山谷内集》卷八。

发犹堪酒，垂上青云却佐州"①，也只是说年尚未老，仕途多舛，都是很平常的意思，但经过烹炼，就成了生新的诗句，且句中自有跌宕，刚健有力，确是化臭腐为神奇。

昔人所谓"黄庭坚体"，主要是指庭坚的句法，而且是兼指上述三种特点而言。的确，黄庭坚有不少诗都能把这三者很好地结合起来，如：

> **子瞻诗句妙一世，乃云效庭坚体。盖退之戏效孟郊、樊宗师之比，以文滑稽耳。恐后生不解，故次韵道之。（子瞻送杨孟容诗云"我家峨眉阴，与子同一邦"，即此韵。）**
>
> 我诗如曹邻，浅陋不成邦。公如大国楚，吞五湖三江。② 赤壁风月笛，玉堂云雾窗。句法提一律，坚城受我降。枯松倒涧壑，波涛所春撞。万牛挽不前，公乃独力扛。诸人方嗤点，渠非晁张双。袒怀相识察，床下拜老庞。小儿未可知，客或许敦庞。诚堪婿阿巽，买红缠酒缸。

诗中"吞五湖三江"一句的音节为明显的上一下四式，"公如大国楚""公乃独力扛""渠非晁张双""客或许敦庞"四句则是不明显的上一下四式，打破了五言诗的固有音节，读来矫健峭拔，别有风味。更重要的是，这些诗句都凝练新奇，以"大国""陋邦"比喻诗才之大小、诗境之广

---

① 《次韵王定国扬州见寄》，《山谷内集》卷七。

② 宋人史绳祖评此四句云："其尊坡公可谓至，而自况可谓小矣。而实不然，其深意乃自负而讽坡诗之不入律也。曹邻虽小，尚有四篇之诗入《国风》；楚虽大国，而《三百篇》绝无取焉。至屈原而始以《骚》称，为变风矣。"（《学斋占毕》卷二）史氏此论，清人潘德舆已辨其妄（见《养一斋诗话》卷一），当代学者钱锺书斥其"深文周内，殊不足信"（《谈艺录》第一六页"山谷不薄苏诗"条），朱东润亦斥其"语近周内，未可尽信"（《中国文学批评史大纲》第一二〇页），甚当。

狭,以"倒壑枯松"比喻性情之傲兀,想象奇特,形象鲜明。这种句法是黄诗所独有的。

(三)语言生新,洗尽铅华

前面说过,黄庭坚非常欣赏杜甫的"夔州诗",这是因为这些诗对他创造自己独特的语言风格有很大的启发,虽然他的诗歌语言并不类似杜诗。黄庭坚曾评论林逋的梅花诗说:"欧阳文忠公极赏林和静'疏影横斜水清浅,暗香浮动月黄昏'之句,而不知和静别有咏梅一联云:'雪后园林才半树,水边篱落忽横枝。'似胜前句,不知文忠公何缘弃此而赏彼?"①林逋的这两联诗中前者从正面着力刻画形态,语言绮丽;后者则从侧面用笔,遗貌取神,语言生新。这说明黄庭坚所追求的是一种经过精心锤炼复归自然,从而显得生新瘦硬的语言风格。

第一,黄庭坚在写景叙事时,总是尽量少用秾丽的语言,所以黄诗中的形象常常给人以清冷之感,例如:

和外舅夙兴三首　其一

　　瓜蔓已除垄,苔痕犹上墙。蓬蒿贪雨露,松竹见冰霜。卷幔天垂斗,披衣日在房。无诗叹不遇,千古一潜郎。

如果说这首诗是写的秋冬之时,那么我们再看一首写春天的:

次韵张询斋中晚春

　　学古编简残,怀人江湖永。非无车马客,心远境亦静。挽蔬夜雨畦,煮茗寒泉井。春去不窥园,黄鹂颇三请。立朝无物望,补外傥天幸。想乘沧浪舠,濯发晞翠岭。

---

　　①　《书林和静诗后》,《豫章黄先生文集》卷二六。

红紫芳菲的晚春，在诗人笔下竟也是清寂如秋。当然，诗人不能完全避免那些色彩绚丽的词语，但他总是尽可能不让它们构成诗的基调。

寄黄几复

我居北海君南海，寄雁传书谢不能。桃李春风一杯酒，江湖夜雨十年灯。持家但有四立壁，治病不蕲三折肱。想得读书头已白，隔溪猿哭瘴溪藤。

"桃李春风一杯酒"，写出了良辰美景、好友欢聚的情景，色泽浓艳，气氛欢快，但马上就被"江湖夜雨"的凄凉寂寞驱散无遗。全诗的重点是写相思之苦、生活之贫，最后在瘴溪猿哭声中结束，基调仍是凄清的。至于那些红情绿意的脂粉香泽，在黄庭坚笔下更是被一扫而空了。

第二，黄庭坚在描写某一事物时，往往不从正面去刻画其形貌，而只是从侧面进行烘托、暗示，这样，他就无须在字面上太雕琢，而且能不落前人窠臼。例如他写水仙花："凌波仙子生尘袜，水上轻盈步微月。是谁招此断肠魂？种作寒花寄愁绝。含香体素欲倾城，山矾是弟梅是兄。坐对真成被花恼，出门一笑大江横。"①正面的刻画只有"含香体素"一句，且毫不用力。起首四句以洛神来比喻水仙的幽艳，第六句又以山矾与梅花来衬托水仙之颜色，字面上相当朴素，却很好的体现了水仙的神态。又如他写竹："程婴杵臼立孤难，伯夷叔齐采薇瘦。"②全然不写竹的外貌，而只以古代的志士仁人来比喻竹之劲瘦，很能传竹之神。

这样，黄诗的语言总是给人一种生新之感。

---

① 《王充道送水仙花五十枝，欣然会心，为之作咏》，《山谷内集》卷一五。
② 《寄题荣州祖元大师此君轩》，《山谷内集》卷一三。

上述三点融为一体，就构成了黄诗的独特艺术风格：生新瘦硬。这种风格不但有别于唐代诗风，而且与同时代其他诗人如苏轼、王安石等的诗风也颇异其趣，它是宋诗苑中独树一帜的一家，而且最鲜明地代表了宋诗的艺术特征。所以，当时的一些青年诗人要想写出具有当代艺术特征的诗歌时，就自然而然地把黄庭坚当作学习的典范。此外，黄诗的这些艺术特色，虽说有其鲜明的独特性，但细按其迹，却都有法可循。比如第一点是关于章法的，第二点是关于句法的，第三点则是关于字法的。黄庭坚本人还常常把这些方法很具体地授予后学，金针度人，毫无保留。这样，虽然学习黄诗的人不一定能达到黄庭坚的水平，但既然有一条明确的道路，只要持之以恒地走下去，总可以逐渐接近目标。于是，那些愿意用苦功夫学习作诗的青年诗人就趋之若鹜了。例如陈师道与苏轼的交谊最深，但作诗时却把黄庭坚当作楷模。这是黄庭坚成为江西诗派开山祖师的主要原因之一。

最后要作三点补充说明。

第一，上述三点艺术特色，都是就黄诗艺术风格的主要方面说的。在近两千首黄诗中，当然还有不少风格不同的作品。比如七古《书磨崖碑后》《送范德孺知庆州》等诗，章法平正；七律《登快阁》等诗，一气盘旋，都没有陡急的转折。又如"春风春雨花经眼，江北江南水拍天"[①]"可无昨日黄花酒，又是春风柳絮时"[②]等句，音节和婉，句律平易。再如"杨子墨池春草遍，武侯祠庙晓莺啼"[③]"青春白日无公事，紫燕黄鹂俱好音"[④]等句，语言晓畅，色彩绚丽。但是这些都不代表黄诗的主要艺术风格。

---

① 《次元明韵寄子由》，《山谷外集》卷九。
② 《答余洪范二首》其一，《山谷外集》卷一〇。
③ 《次韵奉答文少激纪赠二首》其二，《山谷内集》卷一三。
④ 《次韵盖郎中率郭郎中休官二首》其二，《山谷外集》卷六。

第二，黄诗艺术上也有不少缺点，主要的有两点：一是用典太多，这是他与苏轼的共同特点，但是黄诗用典的范围之广和出处之僻都比苏诗有过之而无不及。诚如赵翼所云："山谷则书卷比坡更多数倍，几于无一字无来历，然专以选才尥料为主，宁不工而不肯不典，宁不切而不肯不奥。"①黄庭坚用典的范围囊括古今，单是任渊在《内集》注中所指出的就有四百多种书，其中包括经、史、子、集以及道藏佛经、稗官小说等。他尤其喜欢使用晦涩难懂的佛典中语，如"一膡日转十二轮""埋没醯罗三只眼"②之类，不通佛学者读之，简直不知所云。他还常常反复使用同一个典故，例如用《庄子·徐无鬼》"匠石运斤"典十九次，用唐人小说《枕中记》典十三次，这就难免产生词意重复、形象单调的缺陷。所以，尽管黄庭坚用典也有其长处，如用事精当确切、字面上善于变化等，但总的说来，用典过多过僻确是黄诗之一病。这使他的许多诗艰深难懂，即使有很好的意思，也被一层层的典故成语遮得密不透风，反而使读者很难完全领略体会，更不用说那些内容本来就很空虚的作品了。清人王夫之批评他："除却书本子，则更无诗！"③语虽过火，确是深中其病。二是次韵太多，黄集中次韵诗共五百六十七首，占全集总数的百分之二十九，这个比例也与苏诗大致相等。黄庭坚次韵往往不以一次为满足，而是反复次之，如《内集》卷三《谢公择舅分赐茶三首》已经用了相同的韵脚，后面却又有《以潞公所惠拣芽送公择次旧韵》等十首诗都次前韵。他次韵不限于单篇，而常常次别人的连章诗之韵，如《次韵杨明叔见钱十首》《次韵高子勉十首》等。他不但次短诗之韵，而且次长诗之韵，如七古《次韵答张沙河》长达二十六韵，五古《次韵送公定》长达七十二韵。他次韵还不限于一时一地，如《和答元明黔南赠别》作于绍圣二年(1095)，以后不断地次原韵，直到他去世的

---

① 《瓯北诗话》卷一一。

② 《送昌上座归成都》，《山谷外集》卷一七。

③ 《夕堂永日绪论》。

那一年——崇宁四年(1105),还作《宜阳别元明用觞字韵》,前后绵延十年之久。如此大写其次韵诗,其目的完全是为了争奇斗巧。他甚至还因自己次韵不够巧而自惭:"酬报矜难巧,深惭陆与皮!"①真可谓乐此不疲了。虽说由于他熟练地掌握了次韵的技巧,学问又大,所以有些次韵诗写得很好,但无论如何,这种做法总是对诗歌言志表意的一个严重障碍,而且会对整个诗坛产生不良影响。元好问批评苏、黄的这一习气说:"窘步相仍死不前,唱酬无复见前贤。纵横正有凌云笔,俯仰随人亦可怜!"②是很中肯的。此外黄诗中还有一些文字游戏如"八音歌"之类,但为数很少,兹不详论。

第三,禅学和老庄哲学都对黄诗产生了较大的影响。从思想内容上看,这种影响主要是消极的,前面已有所论及。而从艺术形式上看,这种影响包含着有利的因素,它使得黄诗具有理趣,从而意味较浓,比如下面这首小诗:

蚁蝶图

胡蝶双飞得意,偶然毕命网罗。群蚁争收坠翼,策勋归去南柯。

以虫喻人,笔墨经济,言浅意深。还有禅家机锋,讲究旁敲侧击,正言若反和出其不意,黄诗在章法上、句法上都受到一定的影响,由于本人对佛学缺乏研究,对这个问题只能留待以后再作探讨了。

---

① 《陈荣绪惠示"之"字韵诗,推奖过实,非所敢当,辄次高韵三首》其三,《山谷内集》卷一八。

② 《论诗绝句三十首》其二一,《遗山先生文集》卷一一。元诗没有明指苏、黄,清人宗廷辅指出:"此殆讥好次韵者。次韵诗肇于元、白,皮、陆继之,然亦止今体耳;至苏、黄则无所不次矣。先生不甚满于东坡,又未便直加诋诃,故所云如此。"(《古今论诗绝句》)

第三章 江西诗派三宗之二:陈师道

一 陈师道的作品

陈师道(1053—1102),字履常,一字无己,号后山居士,徐州彭城(今江苏徐州市)人,生平事迹见《宋史》卷四四四本传。

陈师道的作品也包括诗、词、文各体,他对于自己的词是相当自负的,曾说:"余他文未能及人,独于词自谓不减秦七、黄九。"①又在一首词中说:"拟作新词酬帝力,轻落笔,黄秦去后无强敌。"②但我们今天读他集中的四十九首词,并不见佳,诚如陆游所云:"陈无己诗妙天下,以其余作辞,宜其工矣。顾乃不然,殆未易晓也。"③陈师道的词是根本不能与秦观相提并论的。陈师道曾从曾巩学文,后人谓"其古文在当日殊不擅名,然简严密栗,实不在李翱、孙樵下,殆为欧、苏、曾、王盛名所掩,故世不甚推,弃短取长,固不失为北宋巨手也"④。推崇甚高,我们认为陈师道的文章虽视黄庭坚为胜,但缺乏特色,不足以自成一家。与黄庭坚一样,陈师道作品最有价值的部分是他的古今体诗。

陈师道生前没有编过文集,他去世后,其亲笔全稿由其门人魏衍编次,经王云而传至任渊之手,任取其中之诗作注,即现在通行的《后

---

① 《书旧词后》,《后山先生集》卷一七。
② 《渔家傲·从叔父乞苏州湿红笺》,《后山先生集》卷二四。
③ 《跋后山居士长短句》,《渭南文集》卷二八。
④ 《四库提要》卷一五四"后山集"条。

山诗注》，共收诗四百六十二首。① 此外，还有后人辑录的逸诗二百二十八首②，所以我们今天所看到的陈师道诗共有六百九十首。

陈师道作品流传较少可能是出于两种原因：一，陈师道作诗好苦吟，本非多产作家，而且他"小不中意，辄焚去，今存者财十一"③，所以保存的诗较少。二，陈师道曾自云："仆于诗，初无师法，然少好之，老而不厌，数以千计。及一见黄豫章，尽焚其稿而学焉。"④据近人余嘉锡考证，陈师道初见黄庭坚事在元丰七年（1084），是时陈师道年已三十二岁⑤，所以陈师道三十一岁之前的作品绝少存者⑥。

二　陈师道诗的思想内容

陈师道的生活面比黄庭坚狭小得多，其诗歌的题材内容也比黄诗更为狭隘。他一生主要是在地方上做学官，没有参加过任何实际的政治活动，与农民也绝少接触。所以陈师道诗中涉及政治时事的寥寥无

---

① 魏衍《彭城陈先生集记》云"得古、律诗四百六十五篇"，比今本多出三篇，疑今本有亡佚。

② 《冒氏丛书》本《后山诗注补笺》后附有逸诗二卷，计二百三十首，则后山诗共计六百八十二首，今《四部备要》本《后山集》所载篇数与之同。但是《四库提要》卷一五四著录松江赵氏刊本《后山集》收诗七百六十五篇，纪昀《镜烟堂十种》中的《后山集钞题记》所记篇数与之同。《四部备要》本《后山集》即据赵刻本校刊者，而篇数相差八十三首，未详其故。中国青年出版社一九八〇年版《中国古典文学名著题解》"后山集"条（唐圭璋、曹济平撰）谓《四部备要》本《后山集》"有诗七百六十五篇"，当是沿《四库提要》之旧。此外，在南宋绍兴二年蜀大字本《后山先生文集》中还有上述各本未收的诗八首（见怀辛：《关于陈后山的几首逸诗》，《光明日报》一九六二年二月二十五日）。

③ 《宋史》卷四四四《陈师道传》。

④ 《答秦觏书》，《后山先生集》卷九。

⑤ 《四库提要辨证》卷二二。

⑥ 方回曾谓陈师道集中《城南寓居二首》《赠二苏公》等诗乃其三十岁之前所作（见《唐师善月心诗集序》，《桐江续集》卷三二），但余嘉锡《四库提要辨证》卷二二考定前诗作于元丰八年（1085），时陈师道年三十三岁，后诗作于元祐元年（1086），时陈师道年三十四岁，可从。

几,如《呜呼行》之批评赈济失措、《送杜侍御纯陕西转运》之言及边事者,百不一见。反映民生疾苦的作品既少见又不够深刻,如:

田　家

鸡鸣人当行,犬鸣人当归。秋来公事急,出处不待时。昨夜三尺雨,灶下已生泥。人言田家乐,尔苦人得知?

虽然诗中对农民的同情是真挚的,但没有具体生动的描写,显得苍白无力。

然而另一方面,陈师道对待创作的态度非常严肃,所以集中应酬无聊之作和文字游戏要比黄诗少得多。陈集中题咏书画之诗有十六首,题咏轩、亭等建筑物之诗有二十四首,与亲友馈赠物品的赠答诗有十五首,挽诗有二十九首,一般来说,这些诗的思想内容比较贫乏。比如他喜欢在这类诗中谈禅说玄,像"百为会有还,一足不愿余。纷纷老幼间,失得了悬虚"①"呵佛骂祖师,涂糊千五百"②,平典枯淡,了无诗意。又如他的挽诗与黄诗一样,所挽的对象多为贵人,其中有神宗皇后、徽宗母钦慈皇太后等,这些挽诗也大多写得典雅庄重而缺乏真情实感。其中只有《南丰先生挽词二首》和《丞相温公挽词三首》③,所挽的是诗人非常敬爱的人物,笔端饱含感情,堪称情文并茂之作。这一类内容的诗在陈师道集中约占十分之一,不是陈师道诗的主要内容。

所以,与黄诗相对而言,陈师道诗的内容比较单纯。他的绝大部分诗歌的题材局限于一个很小的范围:写他个人的生活经历和思想感情。"苦嗟所历小,不尽千里目"④,陈师道的这两句诗,说出了他的诗

---

① 《次韵苏公题欧阳叔弼息斋》,《后山诗注》卷三。
② 《规禅停云斋》,《后山诗注》卷四。
③ 二诗均见《后山诗注》卷一。
④ 《和魏衍三日二首》其一,《后山诗注》卷七。

歌在内容上的一个特点。

陈师道终生贫苦,啼饥号寒是其诗歌的一个重要内容。

拟　古

　　盎中有声囊不瘿,咽息不如带加紧。人生七十今已半,一饱无时何可忍? 公侯早岁有如此,奴婢蓐食支夜永。向来糠籺之子孙,居邻无传家存井。

秋怀十首　其六

　　昔作九日期,一览知四方。夜雨秋水深,裂风畏褰裳。尊空囊亦空,花且为我黄。官奴覆青绫,破屋任飞霜。

前一首写饥,后一首写寒,诗人身历其境,对此有切肤之痛的感受,他把这种感受再现于诗中,就使读者觉得真切感人,与那些无病呻吟之作绝然不同。

　　陈师道对家人、亲友感情深挚,倾吐这种感情是其诗歌的另一个重要内容。

送　内

　　麀麌顾其子,燕雀各有随。与子为夫妇,五年三别离。儿女岂不怀,母老妹已笄。父子各从母,可喜亦可悲。关河万里道,子去何当归? 三岁不可道,白首以为期。百亩未为多,数口可无饥。吞声不敢尽,欲怨当归谁?

怀　远

　　海外三年谪,天南万里行。生前只为累,身后更须名? 未有平安报,空怀故旧情。斯人有如此,无复涕纵横。

前一首送妻，后一首怀友，感情深厚沉挚，字字从肺腑中流出，无丝毫虚饰之处，所以有较大的感染力量。

宋人陈振孙称赞陈师道诗"真趣自然"①，清人卢文弨进而指出："后山之诗，于淡泊中醰醰乎有醇味。其境皆真境，其情皆真情，故能引人之情，相与流连往复，而不能自已。"②"真"，是陈师道诗最突出的特点之一。他的诗是他生活的真实描绘，也是他心声的真实记录。陈师道"贫无置锥人所怜"③，但他为人耿介，清操自守，他宁肯受冻以至病死也不肯穿人品不高的亲戚赵挺之的绵衣，有人想送银子给他也敬畏而不敢出，这些事迹曾受到朱熹的赞扬。④ 然而陈师道在诗中并不掩饰自己在饥寒逼迫下的一些窘状，如"平生忍欲今忍贫，闭口逢人不少陈"⑤，活画出一副可怜之状。又如"虚名不救饥肠厄，晚岁仍遭末疾缠。死去不为天下惜，镜中当有故人怜"⑥"闻说监河收贷粟，定倾东海活穷鳞"⑦，则是坦率地向知己者求乞了。还有，诗人为了衣食，"以仕为业"⑧，栖栖惶惶地到处奔走，得一微职便喜形于色，这些都如实地反映在他的诗中：

宿合清口

　　风叶初疑雨，晴窗误作明。穿林出去鸟，举棹有来声。深渚鱼犹得，寒沙雁自惊。卧家还就道，自计岂苍生。

---

① 《直斋书录解题》卷二〇"后山集"条。
② 《后山诗注跋》，《抱经堂文集》卷一三。
③ 黄庭坚《赠陈师道》，《山谷外集》卷一五。
④ 见《朱子语类》卷一三〇。
⑤ 《谢宪台赵史惠米》，《后山诗注》卷九。
⑥ 《寄曹州晁大夫》，《后山诗注》卷九。
⑦ 《寄单州张朝请》，《后山诗注》卷九。
⑧ 《答张文潜书》，《后山先生集》卷九。

元符三年七月蒙恩复除棣学喜而成诗

　　老作诸侯客，贫为一饱谋。折腰真耐辱，捧檄敢轻投？早作千年调，中怀万斛愁。暮年随手尽，心事许溟鸥。

　　纪昀于第一首诗后批云："后山诗多真语，如此尾句，虚憍者必不肯道。"[①]又于第二首诗后批云："三、四句人不肯道，弥见其真，弥见其高。"[②]的确，正因为这样心口如一地披露自己并不高尚的真实思想是封建社会中多数诗人所不愿意做的，才更显得陈师道诗"多真语"的难能可贵。这是陈师道诗歌的优点之一。

　　陈师道诗歌在思想内容上的严重缺陷是他仅仅停留在描写自己的贫困生活和思想感情，没有像杜甫那样推己及人，进一步以人民的生活和感情作为创作题材而唱出时代的强音。这与诗人的思想、胸襟等主观因素有关，与北宋社会相对安定、思想上的控制又比较严密等客观因素也有关。而且我们应该注意到，陈师道的诗是一个在封建社会中遭遇不幸的下层知识分子的心声，是一种充满压抑之感的呻吟，尽管这声音比较微弱，但是"吞声不敢尽，欲怨当归谁"的质问，毕竟是对封建社会的一种控诉。所以这些诗至少在客观上揭露了封建社会的黑暗和不合理，在思想内容上自有其积极意义。

三　陈师道诗歌艺术的渊源

　　与黄庭坚一样，陈师道对于前代诗人也是采取转益多师的态度的。不同的是，陈师道除了借鉴前人（主要是唐人）的诗歌艺术之外，还把同时代的黄庭坚作为学习的楷模。下面对几条重要的线索作一

---

①　《瀛奎律髓刊误》卷一五。
②　《瀛奎律髓刊误》卷六。

简单的分析。

（一）杜甫

杜甫是在艺术上千锤百炼的诗人，他那种苦心孤诣的创作态度对陈师道有很大的影响。杜诗有云"语不惊人死不休"[1]，陈诗也有云"此生精力尽于诗，末岁心存力已疲"[2]，虽然两人的才力、学识都不相侔，但他们对待艺术的严肃刻苦的态度则是非常相似的。杜甫在艺术上也对陈师道有很大的影响，主要的有以下两点：

第一，用俚语俗字入诗。这是杜诗语言的一大特色，陈师道受此影响很深，宋人庄季裕已注意到这一点，他说："杜少陵《新婚别》云：'鸡狗亦得将。'世谓谚云'嫁得鸡，逐鸡飞；嫁得狗，逐狗走'之语也。而陈无己诗亦多用一时俚语。"[3]并指出了陈师道诗中的二十一个具体例子，其中如"拆东补西裳作带"[4]"巧手莫为无面饼"[5]"不应远水救近渴"[6]等，都用得比较成功，这使得陈师道的诗有通俗浅易、新鲜活泼的一面。此外，杜诗中常常出现的俗字如"个""雨脚"等，在陈师道诗中也运用得很好，如"白发故人余一个"[7]"风撩雨脚俄成阵"[8]等。我们认为，陈师道学习杜甫的这种手法绝不仅仅是为了追求新奇，而是由于他对杜诗中俚语俗字的审美价值的正确理解。有些自命风雅的诗人轻视杜诗，诋之为"村夫子"[9]，可能就是因为杜诗多用俚语俗

---

① 《江上值水如海势聊短述》，《杜诗详注》卷一〇。
② 《绝句》，《后山诗注》卷四。
③ 《鸡肋编》卷下。
④ 《次韵苏公西湖徙鱼三首》其三，《后山诗注》卷三。
⑤ 《送杜侍御纯陕西转运》，《后山诗注》卷二。
⑥ 《呜呼行》，《后山诗注》卷二。
⑦ 《戏元弼四首》其四，《后山逸诗》卷下。
⑧ 《和富中容朝散值雨感怀》，《后山逸诗》卷下。
⑨ 杨亿语，见刘攽《贡父诗话》。

字。而陈师道则与之相反,他论诗时主张要"以俗为雅"①,也即像杜甫那样,把本来不上大雅之堂的俚语俗字变成诗歌语言。这样做能给诗歌带来一股清新活泼之气,在艺术上远远地胜过西昆体那种毫无生气的"典雅"之作。

第二,句法。黄庭坚曾称赞陈师道"作诗渊源,得老杜句法,今之诗人不能当也"②。陈师道的句法确有酷肖杜甫之处,最明显的有两种表现。第一种是直接借用杜句,或稍改一二字,例如杜诗:"回首望松筠"③,陈诗:"回首望松筠"④;杜诗:"林昏罢幽磬"⑤,陈诗:"林昏出幽磬"⑥;杜诗:"乾坤一腐儒"⑦,陈诗:"乾坤着腐儒"⑧;杜诗:"孤城隐雾深"⑨,陈诗:"寒城着雾深"⑩;等等。有人认为这是"点化杜语",葛立方则为陈师道辩解说:"用语相同,乃是读少陵诗熟,不觉在其笔下,又何足为公病!"⑪第二种是在句子结构上模仿杜甫,例如杜诗:"娇儿不离膝,畏我复却去"⑫,陈诗:"枕我不肯起,畏我从此辞"⑬;杜诗:"松浮欲尽不尽云,江动将崩未崩石"⑭,陈诗:"欲落未落雪迫人,将尽不尽冬压春"⑮;等等。上述的第二种情况不失为一种有效的借鉴,它基

---

① 《后山先生集》卷二三《诗话》。

② 《答王子飞书》,《豫章黄先生文集》卷一九。

③ 《寄张十二山人彪三十韵》,《杜诗详注》卷八。

④ 《元日》,《后山诗注》卷四。

⑤ 《昔游》,《杜诗详注》卷二〇。

⑥ 《寄参寥》,《后山诗注》卷三。

⑦ 《江汉》,《杜诗详注》卷二三。

⑧ 《独坐》,《后山诗注》卷四。

⑨ 《野望》,《杜诗详注》卷八。

⑩ 《智宝院后楼怀胡元茂》,《后山诗注》卷四。

⑪ 《韵语阳秋》卷二。

⑫ 《羌村三首》其二,《杜诗详注》卷五。

⑬ 《别三子》,《后山诗注》卷一。

⑭ 《阆山歌》,《杜诗详注》卷一三。

⑮ 《谢赵使君送乌薪》,《后山诗注》卷一〇。

本上就是黄庭坚所谓的"夺胎换骨"。第一种情况则是比较笨拙的沿袭，并无新意。但这两种情况在陈集中并不多见，陈师道的"得老杜句法"，还有更重要的内容。陈师道曾称赞黄庭坚"得法于杜少陵，其学少陵而不为者也"①。这话也说出了他自己学杜的特点。陈诗中有许多句子，从字面上看，在杜诗中并无所本，但风格的凝练沉郁却很像杜诗，如"月到千家静，林昏一鸟归"②"登临须向夕，风雨更宜秋"③"日与江山远，风连草木悲"④等。这种倾向在陈师道的五律中表现得比较明显：

次韵蛍火

年侵观物化，共被岁时催。熠熠孤光动，翩翩度水来。稍能穿幔入，已复受风回。投卷吾衰矣，微吟子壮哉。

除夜对酒赠少章

岁晚身何托，灯前客未空。半生忧患里，一梦有无中。发短愁催白，颜衰酒借红。我歌君起舞，潦倒略相同。

前一首中只有"受"字的用法或本于老杜⑤，后一首中也只有"发短愁催白"一联本于老杜的"发少何劳白，颜衰肯更红"⑥，其他句子并没有

---

① 《答秦觏书》，《后山先生集》卷一四。
② 《秋怀示黄豫》，《后山诗注》卷二。
③ 《秋怀四首》其三，《后山诗注》卷八。
④ 《送大兄兼寄赵团练》，《后山诗注》卷八。
⑤ 杜甫善用"受"字描写飞燕等物，前人已有论及，见宋龚颐正《芥隐笔记》"老杜用'受'字、'进'字、'逗'字"条。
⑥ 《寄司马山人十二韵》，《杜诗详注》卷一三。按：以"白发"对"红颜"，亦诗家习语。隋代尹式已有"秋鬓含霜白，衰颜倚酒红"之句（《别宋常侍》，《全汉三国晋南北朝诗·全隋诗》卷三），晚唐郑谷亦有"衰鬓霜供白，愁颜酒借红"之句（《乖慵》，《全唐诗》卷六七六），但陈师道仍能推陈出新，所以可贵。

在字面上亦步亦趋地模仿杜诗,但是全诗的沉郁风格却与杜诗很接近,这是因为陈师道比较深刻地领悟了杜甫诗句的那种沉着浑厚、从容不迫的特点,所以师其神而不袭其貌,从而使他自己的诗也带有沉郁之气。

（二）孟郊

陈师道与孟郊有几方面的相似之处:生活上的穷愁,性格上的孤傲,创作上的苦吟,这些深刻的内在原因使得他们的诗歌风格也有相近之处。特别是在陈师道描写自己饥寒之苦的作品中,明显地存在着学习孟郊的痕迹。比如陈诗的"老身曲直不足言,冷窗冻壁作春温"①,就是有意借用孟郊"暖得曲身成直身"②之意。又如陈诗的"束湿炊悬釜,翻床补坏垣。倒身无著处,呵手不成温"③和"寒门闭萧瑟,穷里听嘶吁"④等句,也与孟郊的"秋至老更贫,破屋无门扉。一片月落床,四壁风入衣"⑤和"敲石不得火,壮阴夺正阳。苦调竟何言,冻吟成此章"⑥等非常相似。他们都是用经过锤炼的语言,着力渲染饥寒之状,使人读后如历其境。此外,他们的诗还有一点重要的相似之处,就是文字质朴而感情深挚。我们看陈师道的两首诗:

示三子

去远即相忘,归近不可忍。儿女已在眼,眉目略不省。喜极不得语,泪尽方一哂。了知不是梦,忽忽心未稳。

---

① 《谢赵使君送乌薪》,《后山诗注》卷一〇。
② 《答友人赠炭》,《全唐诗》卷三八〇。
③ 《暑雨》,《后山诗注》卷一。
④ 《晚出》,《后山诗注》卷四。
⑤ 《秋怀》其四,《全唐诗》卷三七五。
⑥ 《苦寒吟》,《全唐诗》卷三七二。

妾薄命二首　其二

叶落风不起,山空花自红。捐世不待老,惠妾无其终。一死尚可忍,百岁何当穷? 天地岂不宽,妾身自不容。死者如有知,杀身以相从。向来歌舞地,夜雨鸣寒蛩。

语言质朴无华,章法平直无奇,但至情流露,深沉挚着,自然感人肺腑。孟郊诗就是以此见长的,如《游子吟》《列女操》①等诗,都有同样的特色。同中之异是陈师道下语较为从容,不像孟郊那样崭绝。这说明陈师道是很好地学到了孟郊的长处的。

(三) 黄庭坚

陈师道对黄庭坚极为倾倒,曾赠诗云:"陈诗传笔意,愿立弟子行。"②但是他虽然对黄庭坚执弟子礼,其诗歌艺术风格却与黄诗并不相似。除了两人性情、才力的差异之外,最重要的原因便是陈师道对黄诗的学习并不是全盘接受,也不限于简单的模仿追随,而是有所取舍、有所发展的。比如黄庭坚的造拗句、用僻典、押奇韵等特点,陈师道都没有仿效。而黄庭坚对陈师道影响最深的章法和用字两点在陈师道手中又有了较大的发展变化。陈师道这种继承而旨在创新的精神倒真是传得黄庭坚之衣钵的。

我们在第二章中说过,黄诗的艺术特色之一是章法上的转折陡急。陈师道的诗虽然不像黄诗那样有许多层次,但仍然学习了黄诗的这一手法。在陈师道的诗中也时常有上下句之间貌似不相连接的情况,例如"起舞为主寿,相送南阳阡"③,上句说自己翩翩起舞为主人祝福,下句忽然转为送丧墓道,由乐境变为哀境,转折很突然,从而有效

---

① 　两诗见于《全唐诗》卷三七二。
② 　《赠鲁直》,《后山逸诗》卷上。
③ 　《妾薄命二首》其一,《后山诗注》卷一。

地表达了震悼悲痛的感情。又如送苏轼时写的"岂不畏简书,放麑诚不忍"①,上句是说当时有地方官不许越境的法令,下句则用秦西巴放麑之典,二者之间似无关联,但仔细吟味,即可悟所谓"不忍",是说若不犯禁越境送苏,则于心不忍。诚如任注所云:"此句与上句若不相属,而意在言外,丛林所谓活句也。"又如下面这首诗:

绝　句

　　翼翼陈州门,万里迁人道。昔人死别处,一笑欲绝倒。

此诗原是《秋怀十首》之七②,中间还有"雨泪落成血,著木木立槁。今年苏礼部,马迹犹未扫"四句,后来被诗人自己删去了。虽说删改之后,诗中所咏之事(元祐元年,久谪于外的苏轼应召入京)非注莫明,但就诗论诗,却更加精练了。前三句说城门景物如旧,昔年故人被贬,万里之行即始于此,当时且以为此乃死别。语虽简淡,而不堪回首的往事、与挚友生离死别的沉痛心情都见于言外。第四句突然来了个一百八十度的大转弯,以"一笑欲绝倒"作结,在语气上陡然一转又戛然而止,毫不拖泥带水,在感情上则由哀境突然跃入乐境,出人意料之外。这"一笑",既包含着对故友生还的欢欣,也包含着对陷害君子而不遂的小人的轻蔑,而且骨子里仍带有沉痛之感。这么丰富的内涵,全都留给读者用自己的想象去填补,所以文字虽比原诗减少了一半,包含的内容却更加深广了。在这些地方可以清楚地看到陈师道苦心学黄的痕迹。

　　然而,陈师道并不停留在这一点上。他汲取了这种艺术手法的精神,即诗要有言外之意,要留给读者较大的想象余地,但不像黄庭坚那

---

①　《送苏公知杭州》,《后山诗注》卷二。
②　见《后山逸诗》卷上。

样主要靠章法的扑朔迷离来实现之,而是将深广的含义熔铸于简洁的字句之中。比如他悼司马光的诗句:"时方随日化,身已要人扶。"①上句说政事日新,下句说人已老病,词句简朴,章法也平直,但诗人对司马光的崇敬、惋惜之意却溢出于字里行间。无怪黄庭坚见了大为佩服,说:"陈三真不可及,盖天不慭遗之悲,尽于此矣。"②

黄诗在语言艺术上对陈师道也有很大的影响,比如说不从正面刻画形貌而从侧面烘托神态的手法,在陈师道笔下就运用得很好:

谢赵生惠芍药

九十风光次第分,天怜独得殿残春。一枝剩欲簪双鬓,未有人间第一人。

自唐人以来,咏牡丹的名句已有很多,陈师道如果继续从正面去刻画牡丹的色香,那么不管怎样苦思冥索,也很难不落前人窠臼。可是诗人却出人意外地撇开牡丹的形貌,一、二两句构思已很奇妙,三、四两句更是别出心裁,说明牡丹的风神是天上独绝,人间无偶。这种从侧面进行暗示的手法比正面描绘形态的"天香夜染衣,国色朝酣酒"③之类诗句更高一著,因为后者尽管刻画入微,却意尽言中;前者则从虚处落笔,故耐人寻味。我们若把此诗与黄庭坚的《王充道送水仙花五十枝,欣然会心,为之作咏》④对照一下,便可看出陈师道努力学黄又不为所限的精神。然而,这种精神更突出的体现却是陈师道对黄庭坚"不事雕饰"的继承和发展。

---

① 《丞相温公挽词三首》其二,《后山诗注》卷一。

② 《后山诗注》卷一任注,又《冷斋夜话》卷二亦载庭坚此言,字句稍异。

③ 唐人李正封咏牡丹诗句,见《唐诗纪事》卷四〇,《全唐诗》卷三四七所载李正封诗中不见此诗。

④ 《山谷内集》卷一五,第二章中已引(第五六页)。

　　我们在第二章中说过,黄庭坚所追求的是一种生新瘦硬、不事雕饰的语言风格,但是他虽然以陶渊明诗和杜甫"夔州诗"的那种风华落尽的语言艺术作为努力学习的典范,在实际创作中却没有能达到那样的境界。在黄诗中,雕琢之痕还是常常可见的。陈师道尽管对黄庭坚非常钦佩,但他对黄诗的这个弱点却看得较清楚。他曾批评黄诗"过于出奇"①,这虽然是针对黄诗总的艺术特色而言,但其中肯定包括对黄诗在语言上未能洗尽雕琢之痕的不满。所以,陈师道在自己的创作实践中,就取其长而避其短,即吸取黄庭坚追求语言生新的精神而扬弃其"过于出奇"的缺点,终于创造了"朴拙"的独特语言风格。

　　从上面的分析可以看出,陈师道对前人和黄庭坚诗歌艺术的继承,与黄庭坚对前人诗歌艺术的继承一样,也有推陈出新和转益多师两个特点,这后来就成了江西诗派中一脉相承的精神。正因为如此,尽管陈师道十分虔诚地对黄庭坚执弟子礼,而且下了很大功夫向这位老师学习,但他的诗歌仍然自具面目,而不是黄诗的模拟和复制。也正因为如此,尽管黄庭坚是公认的江西诗派之祖,但这并不妨碍诗派中人同时又以杜甫为学习的最高典范。天分不甚高的陈师道能成为江西诗派"三宗"之一,善于学习别人的诗歌艺术是一个重要原因。

四　陈师道诗歌的独特艺术风格

　　陈师道才思不甚敏捷,但他终生苦吟,刻意锤炼,终于创造了他的独特艺术风格,其最主要的特点即"朴拙"二字。他论诗文时主张:"宁拙毋巧,宁朴毋华"②,说明他是有意识地向这方面努力的。陈师道诗的"朴拙"风格,主要体现于下面两点:

---

①　《后山先生集》卷二三《诗话》。按:《苕溪渔隐丛话》后集卷三二亦载师道此言。
②　《后山先生集》卷二三《诗话》。

（一）言浅意深

前面说过，陈师道诗"多真语"，他借以感动读者的主要是感情的真挚，但在艺术上也有其独到之处，就是言浅意深。

别三子

夫妇死同穴，父子贫贱离。天下宁有此？昔闻今见之。母前三子后，熟视不得追。嗟乎胡不仁？使我至于斯！有女初束发，已知生离悲。枕我不肯起，畏我从此辞。大儿学语言，拜揖未胜衣。唤爷"我欲去"，此语那可思？小儿襁褓间，抱负有母慈。汝哭犹在耳，我怀人得知？

此诗写诗人与妻儿被迫分离的情景，凄惨感人。叙事纯为白描，记言直录口语，绝无雕琢之痕，同时又没有浅露少味、一览无余的缺点。除了感情深挚之外，一个重要的原因是言浅意深。例如第一句"夫妇死同穴"，言外之意是生则常别离，故至死方得同穴。又如"抱负有母慈"一句，言外之意是父既不能同行，故儿女唯有慈母独力抚育。这样的句子颇能发人深省。又如"天下宁有此""嗟乎胡不仁""此语那可思""我怀人得知"四句，诗人自己不下断语，却将满怀悲怆之情放入问句，让读者自己去思索、回答，具有较强的艺术感染力。

这种情形在陈师道诗中比较常见。比如《送苏公知杭州》一诗的结尾四句："一雨五月凉，中宵大江满。风帆目力短，江空岁年晚。"[①]字面上平淡无奇，但仔细咀嚼，则觉意味深永。帆去江空的别后之景，成功地衬托了诗人依依惜别、惘然若失的心情。由于这种心情是难以言传的，所以诗人索性对之不着一字，只将别时景象淡淡写出，让读者

---

① 《后山诗注》卷二。

自己去体会。又如"老眼元多泪,春风见此行"①"不应清夜月,故作别时圆"②等句子,也都有这种特点。陈师道这种言外见意的艺术手法,与黄诗转折陡急的手法有异曲同工之妙,即都能留给读者较大的想象余地。而陈师道的这种手法比较含蓄,所以又相对地避免了黄诗过于生硬的缺点,可以说是相当高明的。

(二)语言质朴

语言质朴平淡,是陈师道艺术风格最突出的一个特征。无论是叙事还是写景,他总是使用质朴无华的语言。叙事的作品,前面已举了不少例子,现在看两首写景的诗。

登快哉亭

城与清江曲,泉流乱石间。夕阳初隐地,暮霭已依山。度鸟欲何向,奔云亦自闲。登临兴不尽,稚子故须还。

寒 夜

一夜风澎浪,中宵月脱云。到窗资少睡,远响倦多闻。星火远相乱,江山气不分。早鸡先得便,断雁屡鸣群。

一写暮色,一写夜景,语言极其质朴,刻画却很成功,其奥秘究竟何在呢?"度鸟欲何向,奔云亦自闲"二句,不但气象阔大,而且动中见静,对度鸟、奔云的描写中寓有诗人淡泊宁静的胸怀。"星火远相乱,江山气不分"二句,写的是夜色迷蒙的一片浑然之景,但诗人迷惘的身世之感或羁旅之愁也隐隐可见。寓情于景,情景交融,这是第一个原因。

---

① 《送孝忠二首》其一,《后山诗注》卷四。
② 《别观音山主》,《后山诗注》卷四。

第一首诗首联写地、颔联写山、颈联写天，都挑选了带有动态的景物，虽然写的是苍茫暮色，却并无静止之感。第二首写深夜，却偏偏有风声、浪声、鸡鸣、雁唳，本来是万籁俱寂的寒夜在"少睡"的诗人耳中也并不枯寂。语言虽然质朴无华，所展示的艺术形象却很丰富，毫无枯竭之病，这是第二个原因。所以，陈师道的诗歌，只是字面上质朴无华，其外现的形象和内涵的感情都并不枯窘。而且，正因为"朴拙"，陈师道的诗就没有雕琢过甚以致纤巧细弱的缺点，也在一定程度上避免了黄庭坚的瘦硬孤峭，而具有浑朴沉雄的倾向，比如下面这首诗：

舟中二首　其一

恶风横江江卷浪，黄流湍猛风用壮。疾如万骑千里来，气压三江五湖上。岸上空荒火夜明，舟中坐起待残更。少年行路今头白，不尽还家去国情。

全诗没有一个奇字，也没有一个典故，而恶风猛浪的景色描绘得有声有色，去国怀乡的愁绪也抒发得沉郁深刻，这是朴拙的语言风格所特擅的艺术魅力。

应该指出，陈师道的语言风格，并不是一开始就这样"朴拙"的。在被他自己删去而为后人辑入"逸诗"的早期作品中，有许多诗显示了完全不同的语言风格，如：

十七日观潮三首　其三

漫漫平沙走白虹，瑶台失手玉杯空。晴天摇动清江底，晚日浮沉急浪中。

放歌行二首　其一

春风永巷闭娉婷，长使青楼误得名。不惜卷帘通一顾，怕君着眼未分明。

第一首想象奇特,语言瑰丽,第二首含情脉脉,艳语旖旎,与上面所举的"朴拙"的诗如出二手。这从反面说明陈师道的"朴拙"不是因才思枯竭而陷入的窘迫局促之境,相反,他是在有意识地克服因雕琢过甚和施彩太浓而造成的弊病,从而创造了"朴拙"的独特风格。清人叶燮云:"宋诗在工拙之外,其工处固有意求工,拙处亦有意为拙。"①陈师道是最突出地体现了宋诗这个特色的"有意为拙"的诗人。

上述两点结合在一起,就使陈师道的诗具有言浅意深、言简意赅的特点。元人刘埙云:"后山翁之诗,世或病其艰涩,然揪敛锻炼之工,自不可及……语短而意长,若他人必费尽多少言语摹写,此独简洁峻峭,而悠然深味,不见其际。正得费长房缩地之法,虽寻丈之间,固自有万里山河之势也。凡人才思泛滥者,宜熟读后山诗文以药之。"②此评不无夸张之处,但确是说出了陈师道诗的主要优点。陈师道所创造的"朴拙"的艺术风格,是有其特殊的审美价值的。

当然,"朴拙"只是陈师道诗的主要艺术风格,而不能概其全貌。在陈集中也有一些风格不同的好作品,如:

春怀示邻里

断墙着雨蜗成字,老屋无僧燕作家。剩欲出门追语笑,却嫌归鬓逐尘沙。风翻蛛网开三面,雷动蜂窠趁两衙。屡失南邻春事约,只今容有未开花。

首联和颈联都显然经过雕琢,色泽也相当秾丽,显示了陈师道艺术风

---

① 《原诗》外篇下。
② 《隐居通议》卷八。

格的另一面。

　　此外要补充说明的是，上面在分析陈师道诗的两点艺术特色时，主要是从其成功的一面讲的，事实上他在这些方面也有缺点。第一，陈师道有时过于追求言简意赅，结果把诗句压缩过甚，以至于语意破碎。字面上虽很平易，含意却很难领会。例如"冥冥尘外趣，稍稍眼中稀"①两句，任渊也觉难解，只好勉强注曰："疑用杜诗'眼前无俗物'之意。"又如"百千人欲死，四六老能工"②一联的出句，"平野容回顾，无山会有终"③一联的对句，都使读者很难理解。第二，陈师道有时一意追求朴拙，而诗中又缺乏深挚的感情，就容易流于平浅，如下面这首诗：

九月九日魏衍见过

　　　　节里能相过，谈间可解忧。致疏君未肯，得此我何由？语到君房妙，诗同客子游。一经从白首，万里有封侯。

既没有鲜明的艺术形象，又缺乏深刻的内涵，所以索然寡味。不过这种情况在陈诗中比较少见，不至于影响其艺术上总的成就。

五　陈师道在江西诗派中的地位

　　黄庭坚在江西诗派中的领袖地位，是人们所公认的。而陈师道在诗派中占有一席之地，则人们颇有异议。在吕本中作《江西诗社宗派图》把陈师道列入诗派之后，"议者以谓陈无己为诗高古，使其不死，未必甘为宗派"④。南宋的陈模更明确地指出："吕居仁作江西诗派，以

---

①　《秋怀示黄预》，《后山诗注》卷二。
②　《寄寇荆山》，《后山逸诗》卷上。
③　《泛淮》，《后山诗注》卷二。
④　《云麓漫钞》卷一四。

黄山谷为首,近二十余人,其间诗律固多是宗黄者。然以后山亦与其中,则非矣。后山集中似江西者极少,至于五言八句,则不特不似山谷,亦非山谷之所能及。"①清人钱大昕也认为:"后山与黄同在苏门,诗格亦与涪翁不相似,乃抑之入江西派,诞甚矣。"②这些异议主要是针对陈师道的诗歌风格与黄庭坚不相类似而发,其实是出于误会。吕本中把陈师道等二十五人列入江西诗派,只是因为这些诗人在创作上受到黄庭坚很大的影响,在艺术上有一定的渊源关系,并不意味着他们的艺术风格与黄庭坚完全一致。我们认为,吕本中把陈师道置于江西诗派二十五人之首,后来方回又把陈师道尊为"三宗"之一③,是符合当时诗坛的实际情况的。理由有二:

第一,江西诗派中其他诗人对陈师道很为推崇。黄庭坚是江西诗派的祖师,他对诗派中大多数诗人都以后学视之,经常给他们传授作诗之法,唯独对陈师道视若畏友,从不以师长自居。他对陈师道的诗文极为推崇,说:"陈侯大雅姿,四壁不治第……唯有文字工,万古抱根柢。"④还介绍青年人到陈师道那里去学习,说:"陈履常正字,天下士也……其作诗渊源,得老杜句法,今之诗人不能当也……公有意于学者,不可不往扫斯人之门。"⑤在《江西诗社宗派图》所列二十五人中,王直方是陈师道的好友,晁冲之是陈师道的弟子,自称为"九岁一门生"⑥,洪刍很欣赏陈师道的诗⑦,潘大临很佩服陈师道的诗论⑧,僧祖可赞扬陈师道"句法窥唐杜"⑨,后来陈与义更说:"凡诗人,古有柳子

① 《怀古录》卷上。
② 《十驾斋养新录》卷一六"江西派"条。
③ 见《瀛奎律髓》卷二六。
④ 《次韵秦觏过陈无己书院观鄙句之作》,《山谷内集》卷六。
⑤ 《答王子飞书》,《豫章黄先生文集》卷一九。
⑥ 《过陈无己墓》,《晁具茨先生诗集》卷一五。
⑦ 见《王直方诗话》"诗用通字"条。
⑧ 见《王直方诗话》"学诗如学仙"条。
⑨ 见周孚《蠹斋先生铅刀编》卷一○《题〈后山集〉后次可正平韵》附祖可诗。

厚，今有陈无己而已。"①

　　第二，陈师道的创作成就在江西诗派中比较突出。上面已经说过，陈师道在诗歌艺术上受黄庭坚影响很大，他的一部分作品也有生新瘦硬的倾向，但总的来说，陈师道诗歌的艺术风格是具有鲜明的独特性的。他的"朴拙"风格是宋诗中独树一帜的一家，论者或以为这是陈师道不能归入江西诗派的理由，其实不然。正因为陈师道学习黄庭坚而又能不为所限，并创造了自己的独特风格，才使得江西诗派能够发展起来。因为一个文学流派的形成和延续，光有一位成就很高的领袖是不够的。在这位领袖身边必须有成就也比较高的作家为之羽翼，才足以使流派具有生命力。否则的话，仅有杰出的领袖而追随附和者全是只知亦步亦趋的平庸之辈，那么即使能形成一个千人一面的流派，也绝不可能有所发展，而必将成为昙花一现的偶然现象。所以，陈师道在江西诗派中占有重要的地位，就在于他能够学黄而不似黄。这种继承中有创新的求新精神，本是黄庭坚诗歌理论及创作经验的精髓，江西诗派中凡是能够自立的诗人都较好地领会了这一精神，而其中最早在创作实践中贯彻了这一精神的就是陈师道。他名列江西诗派"三宗"之二，确是当之无愧的。

---

　　①　见方勺《泊宅编》卷九。

第四章　北宋的其他江西派诗人

　　北宋徽宗崇宁元年（1102）前后，吕本中作《江西诗社宗派图》，尊黄庭坚为诗派之祖，又列陈师道等二十五人为诗派中人。吕氏此图在当时和后来都引起了很多非议，说他"选择弗精，议论不公"①，等等。我们认为，《宗派图》中所列的二十五位诗人中，只有潘大观等数人没有作品流传或作品流传很少，使我们无法确知其诗歌创作的真实面貌；而其中大多数诗人留下来的一定数量的作品，都说明他们确实受到黄庭坚较大的影响，吕本中把他们列入江西诗派，不是没有理由的。吕本中的失误在于，《宗派图》还有所遗漏。比如释惠洪等人，其实也属于江西诗派。这些诗人中有一些人如韩驹、徐俯等是一直活到南宋的，但是他们的多数作品写于北宋，而且进入南宋之后，他们的诗歌创作也没有很大的变化，所以我们仍把他们放在这里予以论述。至于吕本中本人，由于他的主要创作活动是在南宋，所以将在第六章中再谈。

一　列入《宗派图》的诗人

　　吕本中在《宗派图》中开列的名单，"本无诠次"②，而且各书所载的序次也有出入，所以我们现在不再按《宗派图》原来的序次，而是按作品流传的情况，先论述有比较完整的诗集流传的诗人，再论述仅有少量作品流传的诗人，最后简略地提一下基本上没有作品流传的诗人。

---

　　① 　《苕溪渔隐丛话》前集卷四八。
　　② 　曾季狸《艇斋诗话》。

（一）韩驹

　　韩驹（?—1135），字子苍，仙井监（今四川仁寿县）人，生平事迹见《宋史》卷四四五本传。

　　韩驹的作品，晁公武《郡斋读书志》卷一九别集类载有《韩子苍集》三卷，已佚。陈振孙《直斋书录解题》卷一八别集类载有《陵阳集》五十卷，《宋史》卷二〇八《艺文志》七载有《陵阳集》十五卷、《别集》三卷，二书当是诗、文合编者，今俱佚，其卷数相差如此之多，或有一数为误倒。又《直斋书录解题》卷二〇诗集类载有《陵阳集》四卷、《别集》二卷，即收入《江西诗派》总集中的韩驹诗。今存《西江诗派韩饶二集》本《陵阳先生诗》四卷，乃清代宣统庚戌年（1910）沈曾植据宋本重刊，其中载诗三百四十四首。①

　　韩驹诗的主要内容，也是写他个人的生活感受，唱酬赠答之作比较多，这些诗在思想内容上没有什么特色，值得一提的有以下两点：

　　第一，韩驹在靖康之变以后所写的诗中，常常有爱国思想的流露，像"逆胡未灭壮士耻""与子北涉单于庭"②之类诗句，调子都比较激昂。又如下面这一首：

抚州邂逅彦正提刑，道旧感叹，辄书长句奉呈

　　　忆在昭文并直庐，与君三岁侍皇居。花开辇路春迎驾，日转蓬山晚晒书。学士南来尚岩穴，神州北望已丘墟。愁逢汉节沧江上，握手秋风泪满裾。

---

　　①　《四库全书珍本三集》本《陵阳集》四卷，所载诗的篇目序次皆与《陵阳先生诗》同，唯卷三中缺《某已被旨移蔡，贼起旁郡，未果进发，今日上城部分民兵，阅视战舰口号五首》，或为馆臣所删，因为诗中有"今年自有杀胡林""沙场腊送亡胡月"之类的句子，颇触清廷疑忌。

　　②　《二十九日戎服按军城外，向仪曹亦至，戏赠一首》，《陵阳先生诗》卷二。

虽然情调低沉,但忧国之情是很感人的。

第二,韩驹写过爱情题材的《十绝代葛亚卿作》,虽然只有十首小诗,但这不仅在江西诗派中是绝无仅有的现象,就是在整个宋诗中也很少见。因为在宋代,爱情题材一般都是由词来表现的。而且这十首诗想象生动,言浅情深,颇得民歌之妙处。如其中的第五、第八两首:

> 君住江滨起画楼,妾居海角送潮头。潮中有妾相思泪,流到楼前更不流。

> 妾愿为云逐画樯,君言十日看归航。恐君回首高城隔,直倚江楼过夕阳。

这使得韩驹的诗较有生气。

韩驹早年作诗学苏轼,并蒙苏辙赏识,以"储光羲"拟之①。后来他"与徐东湖游,遂受知于山谷"②。他在诗歌创作上受黄庭坚的影响比较大,据宋人记载,他写诗时反复推敲,不厌多改,"有已写寄人数年,而追取更易一两字者,故所作少而善"③。而且很注意诗语的来历,陆游曾看到他的诗稿"反复涂乙,又历疏语所从来"④,这种作风就很像黄庭坚而不类苏轼。韩驹的诗中也有受黄庭坚影响的痕迹,如:

和李上舍冬日书事

北风吹日昼多阴,日暮拥阶黄叶深。倦鹊绕枝翻冻影,飞鸿

---

① 见《栾城集》后集卷四《题韩驹秀才诗卷一绝》。《艇斋诗话》还记载说:"人问黄门何以比储光羲。黄门云:'见其行针布线似之。'"但我们读储光羲诗,并不见他在"行针布线"上有什么特点。所以我们同意钱锺书先生的推测:"苏辙动不动把人比储光羲,也许这是一顶照例的高帽子。"(《宋诗选注》第一二六页)

② 周必大《题山谷与韩子苍帖》,《周益国文忠公集·省斋文稿》卷一九。

③ 刘克庄《后村先生大全集》卷九五"江西诗派"条。

④ 陆游《跋陵阳先生诗草》,《渭南文集》卷二七。

摩月堕孤音。推愁不去如相觅,与老无期稍见侵。顾藉微官少年事,病来那复一分心。

又谢送凤团及建茶

白发前朝旧史官,风炉煮茗暮江寒。苍龙不复从天下,拭泪看君小凤团。

前一首颔联用字生新而稍呈瘦硬,颈联语言平淡而含理趣。后一首句意沉着,吞吐而不说尽,都很像黄诗而不类苏诗。除了黄庭坚之外,韩驹又与徐俯、李彭、李锃、吕本中等人唱酬。但是,当吕本中把韩驹列入江西诗派后,"韩不悦"①,并说:"我自学古人!"②这又是什么原因呢? 我们认为,这主要是因为韩驹虽然受到黄庭坚较大的影响,但他并不愿意跟在黄庭坚后面亦步亦趋。韩驹论诗时有自己的见解,并不完全同意黄庭坚的看法,例如"师川云作诗要当无首无尾,山谷亦云。子苍不然此说"③。他作诗时也并不把黄庭坚的话当作金科玉律。所以,韩驹的诗在江西诗派中是颇具特色的。比如说,他虽然注重诗语的来历,但是诗中用典并不多,在叙事写景时比较善于白描:

夜泊宁陵

汴水日驰三百里,扁舟东下更开帆。旦辞杞国风微北,夜泊宁陵月正南。老树挟霜鸣窣窣,寒花垂露落毵毵。茫然不悟身何处,水色天光共蔚蓝。

诗人经过的地方(古代的杞国)本是有典可用的,但是他避而不用,故

---

① 《诗说隽永》"苏黄门称韩子苍诗"条。
② 见赵彦卫《云麓漫钞》卷一四。
③ 见吴可《藏海诗话》。

不落俗套。颈联稍有生硬的倾向,但全诗的风格是晓畅明快的。这种风格在早期江西派诗人的作品中比较少见,而在后来的江西派诗人如吕本中、曾几等人的作品中比较常见,其变化的端倪可以说是始于韩驹的。

在《宗派图》所列的二十五人中,除了陈师道之外,韩驹的才力和名声都比较大,在创作上也比较有成就,他对南宋的江西派诗人有较大的影响,吕本中、曾几等人对他都非常推崇。

(二) 饶节

饶节(1065—1129),字德操,一字次守,抚州临川(今江西抚州市)人,三十八岁时出家为僧,法名如璧,自号倚松老人,生平事迹见释正受《青原第十四世香严海印智月禅师法嗣邓州香岩倚松如璧禅师(传)》①。

饶节的作品,《郡斋读书志》卷一九载有《饶德操集》一卷,已佚。《直斋书录解题》卷二○载有《倚松集》二卷,即收入《江西诗派》总集者。《宋史》卷二○八《艺文志》七载有《倚松集》十四卷,此本在宋人书中不见记载,疑其卷数有误。今存《西江诗派韩饶二集》本《倚松老人诗集》二卷,乃清代宣统庚戌年(1910)沈曾植据宋本重刊,其中收诗三百七十四首②。

饶节其人,"早有大志,既不遇,纵酒自晦,或数日不醒。醉时往往登屋危坐,浩歌恸哭,达旦乃下。又尝醉赴汴水,适遇客舟救之获免"③,是一个佯狂避世的人。他与丞相曾布论新法不合,去而落发为僧,其实也是一种"自晦"的方式,并不如《嘉泰普灯录》所云是由于对佛法"瞥然有个省处"。所以,饶节的诗歌,即使是他落发以后所写的,

---

① 《嘉泰普灯录》卷一二。
② 卷二中题为《偶作》的一首七绝重复出现了两次,当是编者之误,今除去一首不计。
③ 陆游《老学庵笔记》卷二。

也往往有一股抑塞不平之气,不像一般的僧人诗那样枯寂。例如:

次韵赵承之殿撰二首　其一

晚辞富贵功名士,竟作东西南北人。早岁衣冠如昨梦,平生笔墨累闲身。时情尺水翻千丈,世故秋毫寓一尘。自有使君天上士,新诗挥扫唤人频。

虽有避世之意,但毕竟没有对世事完全忘怀,不像王维那样"万事不关心"①。

饶节没有见过黄庭坚,但他与江西诗派中其他诗人来往甚密,仅在他的诗中明确记载着与他有唱酬关系的诗人即有王直方、谢逸、汪革、杨符、僧善权、夏倪等人,此外,陈师道曾和过他的诗,吕本中更与他相交很深。由于切磋琢磨,他的诗显然蒙受了黄、陈较深的影响。例如:

戏汪信民教授

汪侯思家每不寐,颠倒裳衣中夜起。岂惟蓐食窘僮奴,颇复打门搅邻里。凉风萧萧月在庭,老夫醉着呼不醒。山童奔走奉嘉客,铜瓶汲井天未明。

岁　暮

浩荡生涯计,凄凉客子心。岁从官历尽,忧入鬓毛深。月气含窗户,汤声转釜鬵。余生无所慕,持此卧山林。

这些诗语言上不敷丹彩,句子则矫健瘦硬,基本上笼罩在黄、陈诗风的

---

①　王维《酬张少府》,《全唐诗》卷一二六。

影响之下。而这种风格的诗在饶节集中是占较大的比重的。

但是,饶节的诗也有一些自己的特色。吕本中曾说:"江西诸人诗,如谢无逸富赡,饶德操萧散,皆不减潘邠老大临精苦也。然德操为僧后,诗更高妙,殆不可及。"[1]在今本《倚松老人诗集》中,饶节落发前后的诗是分开编排的,我们把这两部分诗对比之后,得出这样两个结论:第一,它们在艺术风格上是大体一致的,"萧散"二字,确是说出了饶节诗的主要特色。这固然是由于饶节诗主要抒写的是闲逸潇洒的山林之思,但更重要的因素则是饶节诗在艺术上的特点:在造句用字上都没有太多的雕琢之功,所以比较平易流畅。比如下面两首诗:

息虑轩诗

雨暗藤经屋,春深草到门。客来非问字,鹤老不乘轩。花气翻诗思,松声撼醉魂。呼儿换香鼎,趺坐竟黄昏。

送以照上人

三年坐夏饱湖山,梦绕江南身未还。一见道人知妙质,暂闻乡语破衰颜。朱轮华毂何曾乏,白拂长藤自不闲。特立如师世无几,为君出户立潺湲。

前一首是祝发之前写的,后一首是祝发之后写的,它们都没有曲折跌宕或很深的言外之意,所以没有生硬之感,而是显得清丽潇洒。可惜饶节诗的这种风格没有很鲜明的独特性,妨碍了他在艺术上取得更高的成就。第二,饶节祝发后的诗歌,在内容上固然是更多地涉及佛典禅理,从而渐趋枯槁,在艺术上也并不显得"更高妙"。吕本中所欣赏的是下面这种诗:

---

① 《东莱吕紫微诗话》。

次韵答吕居仁

　　向来相许济时功,大似频婆饷远空。我已定交木上座,君犹求旧管城公。文章不疗百年老,世事能磨双颊红。好贷夜窗三十刻,胡床趺坐究幡风。

我们来看看这首诗在艺术上有些什么特点:"管城公"是比较常见的谐语,"木上座"就很新奇。颈联意思本很陈腐,但如此炼句,就令人觉得很活泼。第二句的"饷"字和第七句的"贷"字也颇富谐趣。这种作风是符合吕本中论诗主"活法"的宗旨的。后期的江西派诗人大多推崇这种诗风,饶节在这方面虽未究极,但他较早作此尝试,在江西诗派诗风的转变中起了一些作用。

(三) 洪朋、洪刍、洪炎

　　洪氏兄弟四人:洪朋,字龟父;洪刍,字驹父;洪炎,字玉父;洪羽,字鸿父,南昌(今江西南昌市)人,号称"四洪"。他们是黄庭坚的外甥,亲受黄庭坚的指点,"作诗有外家法律"[①]。黄庭坚称赞他们说:"洪氏四甥才器不同,要之皆能独秀于林者也。"[②]洪朋、洪刍、洪炎三人都列名《江西诗社宗派图》中。洪羽早卒,诗文不传,谢薖赠他的诗中说"想见咏怀非一首,钩章棘句定能工"[③],可见他的诗也是属于江西诗派的。

　　洪朋的作品,《直斋书录解题》卷二〇载有《清虚集》一卷,《宋史》卷二〇八《艺文志》七载有《洪龟父诗》一卷,已佚。今存《四库全书珍本初集》本《洪龟父集》二卷,乃四库馆臣辑自《永乐大典》者,共收诗一百七十八首。另有馆臣漏辑之诗七首,见栾贵明辑《四库辑本别集拾

---

①　吴聿《观林诗话》。
②　《书倦壳轩诗后》,《豫章黄先生文集》卷二〇。
③　《寄洪鸿父》,《谢幼槃文集》卷七。

遗）。此外,在《洪氏晦木斋丛书·豫章三洪集》中有《清非集》二卷,乃光绪二年(1876)泾县朱氏据四库本所刊,编次与《洪龟父集》同,唯补收逸诗一首及断句若干。①

　　洪朋两举进士不第,终于布衣,然当日诗名甚盛,黄庭坚称其"笔力可扛鼎"②,刘克庄则云"龟父警句往往前人所未道"③,谢逸、王直方、吕本中等人也很推崇其诗。从现存的洪朋作品来看,这种称誉有点过甚其词。洪朋的诗在思想内容上没有什么可以称道的地方,在艺术上则受黄庭坚影响很深,有一部分作品学黄比较成功,特别是在句法方面。比如他的"一朝厌蜗角,万里骑鹏背"二句④,造句奇特生硬,很像黄诗,无怪大得黄庭坚之叹赏。⑤ 这种句子在洪朋诗中还有不少,如"江拥龙沙起,天笼鹤岭低"⑥"琅珰鸣佛屋,薜荔上僧垣"⑦等,都比较凝练新奇,刘克庄专门称其"警句",确有见地。当然,洪朋诗中也有不少通首都像黄诗的作品,例如:

和答驹父见寄二首　其二

　　校官丰暇豫,陌巷小经过。竹落护松菊,疏村上薜萝。江山入眼界,日月自头陀。忽忆陶彭泽,新诗不废哦。

晚登大梵院小阁

　　倚空栏楯一禅关,衲子幽人得往还。樵径盘纡秋草里,僧堂

① 《武英殿聚珍版丛书》本《直斋书录解题》载有洪朋《清虚集》,四库馆臣所见之《直斋书录解题》当即此本,《四库提要》卷一五五"《西渡集》"条称《直斋书录解题》"载朋《清非集》一卷",盖据《文献通考·经籍考》转引。
② 《书旧诗与洪龟父,跋其后》,《豫章黄先生文集》卷三〇。
③ 《后村先生大全集》卷九五"江西诗派"条。
④ 此二句见于《梅仙观》一诗,《洪龟父集》不载,《清非集》收入补遗。
⑤ 见《王直方诗话》"洪龟父诗"条。
⑥ 《题大梵院小轩》,《洪龟父集》卷下。
⑦ 《独步怀元中》,《洪龟父集》卷下。

结构野云间。旧穿虎落婵娟净,晚泊龙沙舴艋闲。如许澄江写寒鉴,明朝乘兴上西天。

这些诗情趣清幽,语言生新,都呈现着黄诗的影响。

总的说来,洪朋的诗基本上笼罩在黄诗的影响之下,他主要是学习黄庭坚的句法,而且颇有成效,但是他仅仅停留在对黄诗的学习、模仿上,而没能继承黄庭坚那种求新的精神,所以也没有形成自己的独特艺术风格。尽管他当时在江西诗派中颇受人们的重视,但是在我们看来,他只是黄庭坚的一个追随者,对江西诗派的发展没有起多大作用。

洪刍的作品,《直斋书录解题》卷二〇载有《老圃集》一卷,《宋史》卷二〇八《艺文志》七因之。今存《老圃集》有《玉雨堂丛书》和《洪氏晦木斋丛书》两种本子,均据四库馆臣辑自《永乐大典》之《四库全书》本校刊,分上、下二卷,补遗一卷。二本编次稍有出入,去其复重而合计之,共收诗一百七十二首。此外,在《四库全书珍本四集》本《西渡集》后附有洪刍诗二十三首,其中有十四首不见于《老圃集》,故我们所看到的洪刍诗共一百八十六首。①

洪刍在靖康中替金人敛财,因势挟王邸内人,建炎中被流于海岛,后卒于其处②,其人品固不足论,但是他的诗在当时很有名,江西诗派中的李彭、谢逸等人都很推重他:"谁谓涪翁呼不起,细看宅相力能

---

①　《四库提要》卷一五五谓《老圃集》收诗一百七十首,又谓《西渡集》后附洪刍诗二十四首,均与我们的统计数字不合。又《西渡集》后附洪刍诗中有《高宗皇帝挽词》十首,宋高宗卒于淳熙十四年(1187),而洪刍乃绍圣元年(1094)进士,建炎元年(1127)已被流放,似不应活到淳熙十四年之后,故此十诗疑非洪刍所作,待考。

②　详见王明清《玉照新志》卷四。按:洪刍被流之海岛,《玉照新志》及袁褧《枫窗小牍》卷上都说是"沙门岛",唯陆游《老学庵笔记》卷二说是"南岛",我们认为后一说比较合理,因为建炎中沙门岛已不属宋室版图,不可能把罪人流放到那里去。

追"①,"洪家兄弟皆英妙,仲氏文章独起予"②。甚至南宋的陆游也称其"关山不隔还乡梦,风月犹随过海身"之句③。

洪刍的诗在思想内容上没有什么特点。在艺术上,李彭认为他"语自奇险"④,从现存的作品来看,说他"奇险"是不确切的。洪刍有不少诗句,如"篆破高青知野火,点残横绿掠沙鸥"⑤"银蟾分玉照,云絮借天衣"⑥等,虽然着意雕琢,但奇而不险。集中只有《松棚》一诗,内有"穿空入隙清飙吹,疑有万窍哀声随。羲和按辔不驰骋,炎官火伞将安施"等句子,显然是受了韩愈的影响,但是如果与韩诗《郑群赠簟》⑦对比,则洪刍诗还是比较平易。周紫芝评论洪刍说:"大洪昔时用意精深,颇加雕绘之功,盖酷似其舅。"⑧这种看法比较公允。我们来看几个例子:

次韵和元礼

湖海沙鸥性,山村雾豹文。龙蛇争起陆,羔雁看成群。玉石无缁磷,芝兰自葳芬。韩康不二价,女子会知君。

次杜公韵

杜郎得饱肥如瓠,怪我秋来太瘦生。时辈不应推翰墨,论文时许过柴荆。朋交结绶非能事,身世灵丹岂易成。幽径新凉约微步,晓风含树有蝉声。

---

① 李彭《用师川题驹父诗卷后韵》,《日涉园集》卷八。
② 谢逸《寄洪驹父兼简潘子真、徐师川》,《溪堂集》卷四。
③ 见《老学庵笔记》卷二。
④ 《题洪驹父、徐师川诗后》,《日涉园集》卷三。
⑤ 《又陪陈使君游东禅寺二首》其一,《老圃集》卷下。
⑥ 《次韵陈使君咏霰雪三首》其三,《老圃集》卷上。
⑦ 《全唐诗》卷三三九。
⑧ 《书〈老圃集〉后》,《太仓稊米集》卷六七。

这是洪刍诗中比较有代表性的作品,前一首句子凝练、颇含哲理;后一首造句生硬,转折较陡,都很像黄诗。而他那些与黄庭坚唱和的诗更俨然是黄诗的再版:

次山谷韵二首　其二

宝石峥嵘佛所庐,经宿何年下清都? 海市楼台涌金碧,木落牖户明江湖。千波春撞有崩态,万栋凌压无完肤。巨鳌冠山勿惊走,欲寻高处垂明珠。

词语的新奇,声调的拗峭,都是从黄诗一脉相承而来的。

与洪朋一样,洪刍的诗类似黄诗而缺乏变化,所以在江西诗派的发展中也没有起多大的作用。

有一点情况值得我们注意:洪刍曾多次亲承黄庭坚的指点,黄庭坚著名的“点铁成金”说,就是在给洪刍的信中提出的[①],但是我们细读洪刍的作品,却并没有“无一字无来处”的倾向,也没有“点铁成金”的作法,这说明他在这一点上并没有接受黄庭坚的影响。

洪炎的作品,《直斋书录解题》卷二〇载有《西渡集》一卷,《宋史》卷二〇八《艺文志》七因之。今存《两宋名贤小集》本《西渡诗集》一卷,乃南宋陈思所辑,或即《直斋书录解题》所载之本。又有《四库全书珍本九集》本《西渡集》,乃据鲍氏知不足斋所藏钞本转抄,分上、下二卷,然篇目、编次皆与前一本基本相同[②],可证同出一源。另有《小万卷楼丛书》本、《洪氏晦木斋丛书》本,皆据四库本校刊者,复合二卷为一卷。据上述各本统计,共存诗一百一十三首。

洪炎诗在思想内容上有一个特点,即他在南渡之后所写的诗往往

---

① 见《答洪驹父书》,《豫章黄先生文集》卷一九。

② 二本仅有一处相异:《西渡诗集》中有《石湖院》一诗,《西渡集》正文未收而收入《补遗》。

表示了对国事的忧虑,如"干戈满地不可触,蓑笠为家何处浮"①"鼓楫临江誓,谁为祖豫州"②等,有时还发出比较激昂的呼声,如"红日再中天地正,涂泥不辱汉衣冠"③"朝天几日车同轨,击地共唱胡无人"④等。虽然他的诗中闪耀着的爱国主义思想光辉远不如陈与义诗那样强烈,但与其他早期江西派诗人例如他的两位兄长相比,显然其思想内容要充实得多。例如:

山中闻杜鹃

山中二月闻杜鹃,百草争芳已消歇。绿阴初不待薰风,啼鸟区区自流血。北窗移灯欲三更,南山高林时一声。言归汝亦无归处,何用多言伤我情!

题材是习见的,但是诗中充满了国土沦陷、有家难归的沉痛感情,语虽质朴,情自感人。这是洪刍诗中所绝对没有的。

前人认为洪炎的诗"酷似其舅"⑤,这是有一定根据的。洪炎的诗以律诗为最多⑥,受黄庭坚的影响也比较明显:

初入浙中三首 其一

松竹笼官道,牛羊食野田。岊山低送客,荡水远含天。乍听吴儿语,初逢伧父船。平生足未历,聊以慰华颠。

---

① 《病间和公实饮酒》,《西渡诗集》。
② 《初入浙中三首》其三,《西渡诗集》。
③ 《石门中夏雨寒》,《西渡诗集》。
④ 《次韵即事一首》,《西渡诗集》。
⑤ 《四库提要》卷一五六"《西渡集》"条。
⑥ 集中五律四十五首,七律三十一首,律诗占总数的三分之二强。

公实示"间"字韵诗,怅然有感,次韵奉和三首　其一

晴晖生燠雨生寒,朱夏阳春季孟间。断雁哀猿金马客,落花流水石门山。早知蚁穴成何事,欲棹渔舟去不还。昭氏有琴无作止,亏成都任一机关。

前一首句律严整而不伤于雕琢,后一首章法似断而连,颇含理趣,风格都类于黄诗。

除了黄庭坚之外,杜甫也对洪炎的诗风产生了一些影响。例如:

将去宝峰诵老杜"更欲投何处",赋五言三首　其一

更欲投何处,乾坤老病身。穷愁但有骨,栖泊渺无津。岩穴探幽薮,人烟隔几秦? 驱车上九折,回首黯伤神。

如果说这首诗是有意模仿杜诗风格的特例,那么我们再看几个例子:

云溪院

水竹依山住,烟霞并舍分。愁添中夜雨,冷浸一溪云。满目干戈地,关心鸟兽群。归途如可问,猛犬莫猩猩。

次韵公实雷雨

惊雷势欲拔三山,急雨声如倒百川。但作奇寒侵客梦,若为一震静胡烟? 田园荆棘漫流水,河洛腥膻今几年? 拟扣九关笺帝所,人非大手笔非椽。

这些诗并没有有意识地模仿杜诗,但是它们显然受到杜诗的影响:造

句凝重,诗意沉郁。王士禛批评洪炎诗"局促"①,是完全不符合事实的。

总的说来,洪炎诗歌的内容比较充实,实际创作的成就占"三洪"之冠。虽然他在艺术上也缺乏鲜明的独特性,但仍是早期江西诗派的重要成员之一。

(四) 谢逸、谢薖

谢逸(? —1113)②,字无逸,号溪堂先生;弟谢薖(? —1115),字幼槃,号竹友居士,临川(今江西抚州市)人。二人皆能诗,并称"二谢",又皆终生隐居,未入仕途。刘克庄叹"其高节亦不可及"③。二人的具体事迹不详。

谢逸的作品,《直斋书录解题》卷一七载有《溪堂集》二十卷,卷二○中又载有《溪堂集》五卷、《补遗》二卷,前者为诗、文合编者,后者为诗集,即总集《江西诗派》之一种。《宋史》卷二○八《艺文志》七载有《谢逸集》二十卷,又《溪堂诗》五卷,疑即《直斋书录解题》所载之本,今俱亡佚。今存《豫章丛书》本《溪堂集》十卷,乃据《四库全书》本翻刊,原本即四库馆臣辑自《永乐大典》者,诗、文合编,卷一至卷五为诗集,共收诗二百三十四首。谢逸词在当时颇有名④,后人亦称其词"轻倩可人"⑤,此处暂不置论。

---

① 见《带经堂诗话》卷六《题识》。

② 梁昆《宋诗派别论》卷八中说谢逸卒年在政和二年(1112),今考谢薖《祭无逸兄文》(《谢幼槃文集》卷一○)中说:"兄与信民,犹璧一双。庚寅之秋,汪子云亡……岂知此来,兄又窀穸。仅阅三稔,乃瘗连璧。"庚寅是大观四年(1110),则谢逸当卒于政和三年(1113)。且《溪堂集》卷九中有《江夫人墓志铭》一文,说江夫人卒于"政和三年正月",也证明谢逸不可能卒于政和二年。

③ 《后村先生大全集》卷九五"江西诗派"条。

④ 见胡仔《苕溪渔隐丛话》后集卷三三引《复斋漫录》语。按:《直斋书录解题》卷二一载有《溪堂词》一卷,今本《溪堂集》卷六为词集,收词六十三首。

⑤ 明毛晋《溪堂词跋》,《溪堂集》卷末。

　　谢逸没有见过黄庭坚，但是黄庭坚读了他的诗后，大为赞赏，说："晁、张流也，恨未识之耳。"①饶节、洪朋、王直方、汪革、吕本中等人皆推重其诗，所以他在江西诗派中声名颇著。谢逸的诗主要是写隐居生活的情趣，如：

怀吴迪吉

　　　　朔风吹鬓幅巾斜，饭了呼童碾露芽。竹影萧萧围我舍，溪流渺渺对君家。古心莫为世情改，老眼聊凭文字遮。安得一蓑烟雨里，小船载酒卧芦花。

在思想内容上虽然没有很积极的意义，但也没有无病呻吟之弊，情怀高洁，清新可诵。

　　谢逸诗的艺术风格，吕本中评为"富赡"②，刘克庄则评为"轻快有余，而欠工致"③。从其咏蝴蝶的名句"狂随柳絮有时见，舞入梨花何处寻""江天春晚暖风细，相逐卖花人过桥"④来看，他的诗确非贫俭。但是从今存的全部作品来看，谢逸诗并不"富赡"。而从谢逸受到黄庭坚赞赏的诗句"老凤垂头喽不语，枯木槎牙噪春鸟""山寒石发瘦，水落溪毛凋"⑤来看，也绝不可谓之"欠工致"。这说明谢逸诗的风格不是一成不变的。上述受到黄庭坚赞赏的诗句，生新瘦硬，很像黄诗，但这种句子在谢逸集中较少见，他的多数作品则表现出一种轻隽清新的风格，如：

---

　　①　见惠洪《冷斋夜话》卷七"谢无逸佳句"条。

　　②　《东莱吕紫微诗话》。

　　③　《后村先生大全集》卷九五"江西诗派"条。

　　④　见《王直方诗话》"谢蝴蝶"条。按：王直方所称谢逸《蝴蝶诗》三百首，今已不存。

　　⑤　见《冷斋夜话》卷七"谢无逸佳句"条。按：前二句不见于今本《溪堂集》，后二句见于《怀汪信民村居》（《溪堂集》卷一），唯异二字。

中秋与二三子赏月分韵得中字

　　雨洗天宇净,微云卷凉风。今夕定何夕,月圆秋气中。惊雁掠沙水,寒鸦绕梧桐。嘉我二三子,笑语春冰融。酒酣吐秀句,醉笔翩征鸿。夜阑灯光乱,清影栖房栊。似闻霓裳曲,笛声吟老龙。

寄饶葆光

　　先生骨相不封侯,卜居但得林塘幽。家藏蠹简几千卷,手校韦编三十秋。相知四海孰青眼,高卧一庵今白头。襄阳耆旧节独苦,只有庞公不入州。

前一首描绘细致而不伤于奇巧,后一首音调微拗而不流于佶屈,已经有摆脱黄、陈"瘦硬"诗风的趋势。《四库提要》评之曰"虽稍近寒瘦,然风格隽拔,时露清新"①,是相当确切的。

　　谢逸诗还有一个特点,即他比较善于写七古,例如:

送董元达

　　读书不作儒生酸,跃马西入金城关。塞垣苦寒风气恶,归来面皱须眉斑。先皇召见延和殿,议论慷慨天开颜。谤书盈箧不复辨,脱身来看江南山。长江滚滚蛟龙怒,扁舟此去何当还? 大梁城里定相见,玉川破屋应数间。

虽然结尾稍嫌局促,但全诗气势奔放,风格雄浑,确为佳作。在黄、陈周围的江西派诗人中,只有晁冲之的七古能与之媲美。

　　谢薖的作品,《直斋书录解题》卷一七载有《竹友集》十卷,卷二〇又载有《竹友集》七卷,前者为诗、文合编者,后者为诗集,即总集《江西

---

　　① 《四库提要》卷一五五《溪堂集》条。

诗派》之一种。《宋史》卷二〇八《艺文志》七载有《谢薖集》十卷，疑即《直斋书录解题》所载之《竹友集》十卷本。今存《续古逸丛书》景宋本《谢幼槃文集》十卷，即据清光绪十年（1884）杨守敬得于日本之宋椠《竹友集》影刻①，很可能即《直斋书录解题》所载之本，卷一至卷七为诗集，共收诗二百七十二首。②

谢薖的诗名不如谢逸，他与饶节、洪刍、李彭、王直方、汪革等人唱和，李彭曾称赞他"清诗如艳雪"③。

谢薖诗的内容与谢逸诗差不多，主要也是写隐居生活的情趣，例如：

喜　晴

十日江村烟雨蒙，晓来初快日升东。接莎蕉叶展新绿，纵臾榴花开晚红。得句又从山色里，发机浑在鸟声中。披衣出户晒四野，好在良苗怀晚风。

把乡间生活描写得宁静恬谧，又生气盎然，充分体现了诗人对隐逸生活的热爱。

谢薖诗的艺术风格，也有轻隽清新的一面，特别是一些描写山水景物的作品，例如：

雨后秋山

宿云散曾阴，秀色还叠嶂。如将螺子绿，画作长蛾样。光浮

---

①　见卷末杨守敬《跋》。

②　杨守敬《跋》云："诗不过二百六十二首。"疑误。另有《小万卷楼丛书》本《谢幼槃文集》，原本乃明代万历己酉年（1609）谢肇淛抄自内府者，后几经传抄，至清代乾隆年间收入《四库全书》，编次与《续古逸丛书》本同。唯舛误较多，不及《续古逸丛书》本之善。

③　《寄抚州谢幼槃》，《日涉园集》卷八。

竹木杪,影落檐楹上。何人妙槃礴,淡墨写屏障。五弦岂须抚,众响亦清亮。我病不出游,素壁倚藤杖。举觞酹群峰,岁晚一相访。

即使是一些刻画较用力的句子,如"疏烟媚晚霁,飞云带归鸿"①"南浦江波迷眼绿,东湖烟柳半天青"②等,也因比较流动而呈清逸之态。

但是另一方面,谢薖受黄庭坚的影响比较深,这在他的律诗中体现得尤为明显:

寒食出郊

水晴鸥弄影,沙软马惊尘。密竹斜侵径,幽花乱逼人。深行听格磔,倦憩倚轮囷。往事悲青冢,年年芳草新。

喜董彦速自仙岩归

钵囊高挂同僧夏,远寄岩间一把茅。地僻狙猴长作伴,食贫蔬笋不充庖。瘦藤拄下万峰顶,野鹤来归千岁巢。点检箧中诗几首,苍头时遣为君抄。

这些诗语言生新,造句奇崛,字斟句酌而色泽较淡,很像黄诗。所以这些诗虽然写得较好,却不足以形成谢薖自己的风格。更有甚者,谢薖有时片面地追求黄诗的这些特色,结果写出了一些生硬过甚的律诗,如:

饮酒示坐客

身前不吝作虫臂,身后何须留豹皮。劬劳母氏生育我,造化

---

① 《同陈虚中、洪驹父登拟岘台观水涨》,《谢幼槃文集》卷二。
② 《怀钟陵旧游》,《谢幼槃文集》卷六。

小儿经纪之。牙筹在手彼为得，块石支头吾所师。偶逢名酒辄径醉，儿童拍手云公痴。

方回对此诗很欣赏，说："此学山谷，亦老杜吴体，三、四尤极诗之变态。"①说谢薖学黄诗、学老杜吴体是不错的，但他只学到了一些皮毛的东西如拗句，结果把生新变成了怪僻，把瘦硬变成了粗野，这种诗是江西诗派中的下乘之作。虽说这种情况在谢薖集中是很少见的，但这说明，如果不善于学习黄庭坚而生硬地模仿其诗风，确是会走入魔道的。

对于谢逸、谢薖的诗，吕本中曾评曰："无逸诗似康乐，幼槃诗似玄晖。"②刘克庄对此评很不以为然③，我们也认为吕本中的这个评语不够妥当，很可能吕本中仅仅由于"二谢"与谢灵运、谢朓同姓，故以之誉其诗，而不是根据他们诗歌风格的异同得出的结论。

（五）晁冲之

晁冲之，字用道，又字叔用，号具茨先生，巨野（今山东巨野县）人，曾隐居具茨山下，具体事迹不详。④

晁冲之的作品，在靖康之乱中散失殆尽，唯余诗歌若干首，南宋建

---

① 《瀛奎律髓》卷二五"拗字类"。

② 《谢幼槃文集》卷首吕本中《序》。

③ 见《后村先生大全集》卷九五"江西诗派"条。

④ 喻汝砺在《晁具茨先生诗序》中说："方绍圣之初，天下伟异豪爽绝特之士，离谗放逐。晁氏群从，多在党中。叔用于是飘然遗形，逝而去之，宅幽阜，荫茂林，于具茨之下，世之网罗不得而婴也。暨朝廷诸公谋欲起之，乃复任心独往，高挹而不顾。"（《晁具茨先生诗集》卷首）则晁冲之在绍圣年（1094—1098）后即隐居不出。而吕本中《东莱吕紫微师友杂志》中说："大观（1107—1110）、政和（1111—1118）间，予客京师，叔用日来相招，如不能往，即再遣人问讯。"则晁冲之长期住于京师。喻、吕二人都与晁冲之交往甚密，而所言不同如此。据曾敏行《独醒杂志》卷四所载，晁冲之政和间"作梅词以见蔡攸……元长（蔡京）览之，即除大晟丞"。则喻氏所云，或欲为晁冲之讳，待考。

炎年间由孙仁宅刊行，冲之之子公武请喻汝砺序之，即晁公武《郡斋读书志》卷一九所载之《晁氏具茨集》三卷，后来《直斋书录解题》卷二〇载有《具茨集》十卷，疑即前本之重新分卷者。今存《海山仙馆丛书》本《晁具茨先生诗集》，虽分为十五卷，但收诗仅有一百六十八首①，卷首且有喻汝砺《序》，似亦源出孙氏刊本。

晁冲之尝从陈师道学诗，自称"九岁一门生"②，又尝与王直方、江端本等人唱和，与吕本中更是"相与如兄弟"③。晁冲之的诗受到陈师道一定的影响，这在他的五律中体现得尤为明显，例如：

重过鸿仪寺

秋色遽如许，寒花奈若何。客行伤老大，野次记经过。废圃犹残菊，枯池但折荷。吾生与物态，天意岂蹉跎。

句法严整沉着，语言朴素无华，颇得陈师道诗的长处。他的诗在句法上常常故意打破固有的节奏，如"金蹀躞微鸣蹙影，锦连钱不动追风"④"山蔚蓝光交抱舍，水桃花色合围台"⑤"桥阔狭如马，芦高低似人"⑥之类的句子有不少，这使他的一部分诗稍呈佶屈之感。但是总的说来，晁冲之的诗在江西诗派中是较有特色的。吕本中曾说："众人方学山谷诗时，晁叔用冲之独专学老杜诗。"⑦正由于晁冲之不以学习黄、陈为满足，而是进而以老杜为师，所以他的诗歌确有突破黄、陈藩

---

① 阮元在《四库未收书目提要》卷四《晁具茨集》条中称"得古今体诗一百六十七首"，疑有误。

② 《过陈无己墓》，《晁具茨先生诗集》卷一五。

③ 吕本中《东莱吕紫微师友杂志》。

④ 《客有驽马不肯借，作诗诮之》，《晁具茨先生诗集》卷八。

⑤ 《次韵再答少蕴知府甥和四兄以道长句并见寄二首》其一，《晁具茨先生诗集》卷一一。

⑥ 《次韵陈叔易芦桥柳桥二首》其二，《晁具茨先生诗集》卷一三。

⑦ 《东莱吕紫微诗话》。

篱的倾向，从而具有自己的特色。这主要有两方面的表现。

第一，晁冲之的近体诗沉郁稳健，受杜诗影响较大。例如：

感梅忆王立之

王子已仙去，梅花空自新。江山余此物，海岱失斯人。宾客他乡老，园林几度春。城南载酒地，生死一沾巾。

方回评曰："此诗才学后山，便有老杜遗风。"①纪昀则评曰："似平易而极深稳，斯为老笔。"②都不为过誉。又如下面这几首五绝：

与秦少章题汉江远帆五首　其一

楚山全控蜀，汉水半吞吴。老眼知佳处，曾看八景图。

其　二

江山起暮色，草木敛余昏。谁感离骚赋，丹青吊屈原。

其　三

云埋凤林寺，浪打鹿门山。今日江风恶，郎船劝不还。

其　四

江阔雁不到，山深猿自迷。传闻杜陵老，只在瀼东西。

老健古朴，用字工稳，篇幅短小而涵意深永，深得老杜绝句之妙处。

第二，晁冲之的七古造诣较深，在黄、陈周围的江西派诗人中甚为

---

① 　见《瀛奎律髓》卷二〇。
② 　见《瀛奎律髓》附纪昀《刊误》卷二〇。

突出。王士禛对江西诗派是颇为不满的,他的《古诗选》铨选甚严,七言歌行的宋代部分仅选十人,其中即有晁冲之。[①] 这无疑是因为晁冲之的七古风格在江西诗派中比较特殊。我们来看一个例子:

夷门行赠秦夷仲

君不见夷门客有侯嬴风,杀人白昼红尘中。京兆知名不敢捕,倚天长剑著崆峒。同时结交三数公,联翩走马几青骢。仰天一笑万事空,入门宾客不复通,起家簪笏明光宫。呜呼!男儿名重太山身如叶,手犯龙鳞心莫慑。一生好色马相如,慷慨直辞犹谏猎。

前九句豪荡雄放,后四句急转为激烈慷慨,真是"神来气来"[②],极尽抑扬顿挫之能事,用韵也随之变化,前九句用了八个舒长的平声韵脚,后四句用三个急促的入声韵脚,很巧妙地配合了诗情的变化。陈师道曾问晁冲之作诗得何"悟门",晁冲之说:"别无所得,顷因看韩退之杂文,自有入处。"[③]此诗蓄势跌宕,确是得益于韩文章法。刘克庄说晁冲之诗"激烈慷慨,南渡后放翁可以继之"[④]。如果仅指七古而言,那确是很中肯的。这种诗已不再以瘦硬为工,在江西诗派中是独树一帜的现象。

总的说来,虽然晁冲之还没有能形成鲜明的独特艺术风格,但是他的作品对丰富江西诗派的诗风起了一定的积极作用,是应该受到重视的。

---

① 见《古诗笺·七言诗歌行钞》卷一一。
② 方东树《昭昧詹言》卷一二。
③ 见朱弁《风月堂诗话》卷上。
④ 《后村先生大全集》卷九五"江西诗派"条。

（六）李彭

李彭，字商老，南康军建昌（今江西永修县）人，他是黄庭坚舅父李常的从孙，庭坚曾为其斋作铭①，具体事迹不详。②

李彭的作品，《直斋书录解题》卷二〇载有《日涉园集》十卷，已佚。今存《豫章丛书》本《日涉园集》十卷，原本即四库馆臣辑自《永乐大典》者，共收诗七百二十七首③。另有馆臣漏辑之诗六首，见栾贵明辑《四库辑本别集拾遗》。

李彭交游甚广，曾与他唱和的江西派诗人就有黄庭坚、韩驹、徐俯、饶节、祖可、潘大观、洪刍、谢逸、谢薖、惠洪、吕本中等。吕本中称其诗文"富赡宏博，非后生容易可到"④，事实上李彭诗歌的成就并不很高。

首先，李彭的生活面很狭小，其诗歌内容是"以彼有限景，写我无穷心"⑤。诗境狭隘，缺乏激情，虽说江西派的多数诗人都有这种缺点，但李彭的这个缺点更严重一些。例如：

和季敌戏书

短草被南陌，晴丝飏幽轩。心静境云寂，默居宣妙言。林深鸟乌乐，花繁蜂蝶喧。是中即真意，何须祇树园。

---

① 见《李商老殖斋铭》，《豫章黄先生文集》卷一三。

② 惠洪《跋李商老大书云庵偈二首》其二云"商老灌园修水之上"（《石门文字禅》卷二七），李彭诗中则常常说到庐山，可见他隐居于庐山一带。

③ 包括《补遗》八首。此外，《两宋名贤小集》中的李彭《玉涧小集》中多出《都城元夜》一诗，《宋诗纪事》卷三三中又多出《送妙喜禅师往荆南求准公塔铭于张丞相天觉》一诗。

④ 《东莱吕紫微诗话》。

⑤ 《次九弟游云居韵兼简郑禹功博士》，《日涉园集》卷四。

我们把这种诗与谢逸等人的同类作品比较一下,就可发现李彭的诗比较枯寂,缺乏深厚的情感内蕴。

其次,李彭在学习黄庭坚的诗歌艺术时常常拘滞而无变化,所以只学到了黄诗的一些皮毛。例如他的《遣兴兼寄豫章二弟》之一:"国士无双有山谷,斗南独步忆秦郎。鹦鹉洲前多胜日,古藤阴下夜何长?"就是亦步亦趋地模仿黄庭坚的《病起荆江亭即事十首》之八,而且毫无精彩,不像黄诗虽学习杜诗而自铸新词。又如他的"髯翁落落缘坡竹,肥如瓠壶书满腹"①等句,也只是对黄诗作简单的因袭。刘克庄批评李彭"诗体拘狭,少变化"②,确是一针见血之论。

由于李彭才力较薄,尽管他努力地学习黄庭坚,但是黄诗那些需要较深功力的特点,如章法奇峭、用典精当等,他都没有学到手。所以,李彭的诗风与黄、陈差别颇大。一方面,他的诗避免了过于生硬奥峭的缺点而趋于平易;另一方面却又因浅近直截而缺少深意远韵,在艺术上比较平庸。例如:

漫　兴

　　雁带秋声满,鸥将暝色归。打窗红叶乱,裁句碧云飞。好饮酒储尽,少眠茶梦稀。眷言方外侣,时送北山薇。

春日怀秦觏

　　山雨萧萧作快晴,郊园物物近清明。花如解语迎人笑,草不知名随意生。晚节渐于春事懒,病躯却怕酒壶倾。睡余苦忆旧交友,应在日边听晓莺。

---

① 《戏答棕笋》,《日涉园集》卷五。
② 《后村先生大全集》卷九五"江西诗派"条。

这是李彭集中比较好的作品,诗句尚明快晓畅,但在艺术上没有什么特色。《四库提要》称李彭诗"锤炼精研,时多警策,颇见磨淬之功。在江西派中,与谢逸、洪朋诸人足相颉颃"①云云,是过甚其词的。事实上,李彭在诗歌艺术上的造诣不如谢逸、洪朋。

(七)徐俯

徐俯(? —1140),字师川,号东湖居士,洪州分宁(今江西修水县)人,生平事迹见《宋史》卷三七二本传。

徐俯的作品,《直斋书录解题》卷二〇载有《东湖集》三卷,宋末方回尚见"《东湖居士诗》三大卷,上卷古体,中卷五言近体,下卷七言近体"②,《宋史》卷二〇八《艺文志》七载有《徐俯集》三卷,似皆为同一个本子,已佚。今存《两宋名贤小集》本《东湖居士集》一卷,仅收诗二十五首。此外,在《能改斋漫录》《后村千家诗》等宋人著作中另有其诗九首及断句若干。

徐俯早著诗名,他十三岁时即以《红梅》诗蒙苏轼之赞赏③,后来更得到舅父黄庭坚的具体指导和称扬④,又与韩驹、洪朋、洪炎、李彭、王直方、惠洪、吕本中等江西派诗人交游唱和。但是,当吕本中把他列名于《江西诗社宗派图》中后,他却不满地说:"吾乃居行间乎?"⑤他晚年时,有人称扬他的"渊源所自",他却"读之不乐,答以小启曰:'涪翁之妙天下,君其问诸水滨;斯道之大域中,我独知之濠上。'"⑥钱锺书先生认为有些列入江西诗派的诗人"否认受过黄庭坚的影响",是出于

---

① 《四库提要》卷一五五"《日涉园集》"条。
② 见《瀛奎律髓》卷二一。
③ 见曾季狸《艇斋诗话》。
④ 见黄庭坚《与徐师川书》,《豫章黄先生文集》卷一九。
⑤ 见赵彦卫《云麓漫钞》卷一四。
⑥ 见周辉《清波杂志》卷五。

"政治嫌疑"和"好胜的心理"两种原因①,诚为确论,而对于徐俯来说,则主要是出于第二种原因。徐俯其人,"恃才傲世,不肯居人下"②,论诗则主张"自立意,不可蹈袭前人"③。虽然黄庭坚是他的长辈,又曾指点他作诗之法,但他并不把黄庭坚的话视作金科玉律。《吕氏童蒙训》记载说:"山谷尝谓诸洪言:'作诗不必多,如三百篇足矣。某平生诗甚多,意欲止留三百篇,余者不能认得。'诸洪皆以为然,徐师川独笑曰:'诗岂论多少,只要道尽眼前景致耳。'"④当时苏、黄诗文风靡天下,他却对人说:"近世人学诗,止于苏、黄,又其上则有及老杜者,至六朝诗人,皆无人窥见。若学诗而不知有《选》诗,是大车无辀,小车无軏。"⑤所以徐俯之不满于"居行间",乃是很自然的事情。

徐俯有《咏史》一首绝句说:"楚汉分争辨士忧,东归那复割鸿沟。郑君立义不名籍,项伯胡颜肯姓刘?"联系他在张邦昌僭位时"买婢,名昌奴,遇客至,即呼前驱使之"⑥的事迹来看,这分明是借古讽今,抨击那些避张邦昌之"讳"的无耻之徒,所以此诗在思想内容上具有一定的积极意义。可惜徐俯的诗流传太少,而且其中题画之作占半⑦,我们无法了解其思想内容的主要倾向。

刘克庄说徐俯"自为一家,不似渭阳,高自标树,藐视一世,同时诸

---

① 见《宋诗选注》第一一八页。

② 见王明清《挥麈录》后录卷七"徐师川改陈虚中判语"条。

③ 见吕本中《童蒙诗训》"慈母溪"条。

④ 见《苕溪渔隐丛话》前集卷四九。

⑤ 见曾季狸《艇斋诗话》。

⑥ 《宋史》卷三七二《徐俯传》。

⑦ 《两宋名贤小集》中的几种小集,似据南宋淳熙十四年(1187)孙绍远所编之《声画集》(所收作品全为题画诗)增补而成,故其中题画之诗最多。比如《东湖居士集》二十五首诗中就有十二首题画诗,潘大临《潘邠老集》十四首诗中有十三首题画诗,夏倪《五桃轩诗集》五首诗全为题画诗,这些题画诗都见于《声画集》。

人多推下之,然集中不能皆善"①,方回则批评徐俯"诗律疏阔,其说甚傲,其诗颇拙"②。从现存的徐俯作品来看,他还是受到黄庭坚较大影响的。比如他受到黄庭坚赞赏的诗句"平生功名心,夜窗短檠灯"③"向使不死贼,未必世能容"④等,句律孤峭,议论新警,都较像黄诗。又如他咏雪的"积得重重那许重,飞来片片又何轻"一联,自以为胜过黄诗"夜听疏疏还密密,晓看整整复斜斜"⑤,其实也正是袭用黄诗的句法。他的七律《陪李泰发登润州城楼》《同曾户部、吴县尉、张秀才北山僧房寻梅,令客对棋》等,也有着瘦硬的倾向。但是另一方面,徐俯诗的确有与黄诗不同的地方。李彭说"徐诗致平淡,反自穷艰极"⑥,周紫芝说"师川暮年得句多出自然"⑦。在今存徐俯诗中,较好的作品就体现了"平淡""自然"的风格,例如:

春游湖

　　双飞燕子几时回?夹岸桃花蘸水开。春雨断桥人不渡,小舟撑出柳阴来。

写景如画,风格清丽自然,音节也极和婉,一点也没有生硬之感了。

　　徐俯留下的作品太少,我们已难窥其全貌。方回认为他"在江西派中无甚奇也"⑧,很可能是因为他的诗风距离方回所特别欣赏的生

---

　　① 《后村先生大全集》卷九五"江西诗派"条。按:"高自标"下原脱"树"字,"人"上原脱"同时诸"三字。此据《知不足斋丛书》本和《历代诗话续编》本《江西诗派小序》补。
　　② 《瀛奎律髓》卷二〇。
　　③ 见《王直方诗话》。
　　④ 见叶寘《爱日斋丛钞》卷三,这两句是《题双庙》诗中的句子。
　　⑤ 见王若虚《滹南遗老集》卷三九《诗话》。按:徐俯的一联见于《戊午山间对雪》一诗,黄庭坚的一联见于《咏雪奉呈广平公》(《山谷内集》卷六)。
　　⑥ 《题洪驹父、徐师川诗后》,《日涉园集》卷三。
　　⑦ 《书〈老圃集〉后》,《太仓稊米集》卷六六。
　　⑧ 《瀛奎律髓》卷二一。

硬诗风较远的缘故。从黄庭坚、韩驹、洪朋、洪炎、李彭、吕本中等江西派诗人对他的赞扬来看,徐俯在当时的江西诗派中还是占有一定地位的。

(八) 潘大临

潘大临(?—1106),字邠老,其先为闽人,父昌言官黄州,遂为黄州(今湖北黄冈县)人。尝应试不第,后客死蕲春①,具体事迹不详。

潘大临的作品,《直斋书录解题》卷二〇载有《柯山集》二卷,已佚。今存《两宋名贤小集》本《潘邠老小集》一卷,仅收诗十四首。此外在《宋文鉴》等书中尚有其诗十首及断句若干,其中包括被后人称为"单句神妙,脍炙千古"②的"满城风雨近重阳"③。

潘大临与苏轼和黄庭坚的关系都很密切,苏轼称他为"清润潘郎"④,黄庭坚赞扬他"蚤得诗律于东坡,盖天下奇才也"⑤。但是从今存的潘大临作品来看,他在诗歌艺术上受黄庭坚的影响更深一些,而且江西诗派中的洪刍、徐俯、谢逸、谢薖、王直方、吕本中等人皆与之交游甚密,吕本中把他列入《江西诗社宗派图》中是很合理的。

吕本中对潘大临诗的评语是"精苦"⑥,刘克庄却"病其深芜"⑦,两种意见颇为水火。从今存的作品来看,潘大临两首题画的七古《吴熙老所藏风雨图》和《赠张圣言画柯山图》,诗意凡近而词句繁复,确有"深芜"之病。另一首七古《浯溪中兴颂》则不然,此诗是和黄诗《书磨

---

① 见张耒《潘大临文集序》,《柯山集》卷四〇。
② 清人吴文溥语,见《南野堂笔记》卷一〇。
③ 此句见于惠洪《冷斋夜话》卷四"满城风雨近重阳"条。
④ 见吴曾《能改斋漫录》卷一六"东坡送潘邠老赴省词"条。按:此词今本苏集题为《蝶恋花·送潘大临》。
⑤ 《书卷壳轩诗后》,《豫章黄先生文集》卷二〇。
⑥ 《东莱吕紫微诗话》。
⑦ 《后村先生大全集》卷九五"江西诗派"条。

崖碑后》的,虽不及黄诗之工,但诗中"天下宁知再有唐,皇帝紫袍迎上皇"等句,词直意深,议论入微,所以饶节读后赞叹不已①。至于他其他体裁的诗特别是五言诗,则绝无"深芜"之病。例如:

江上晚步　其一②

白鸟没飞烟,微风逆上船。江从樊口转,山自武昌连。日月悬终古,乾坤别逝川。罗浮南斗外,黔府若何边?

其　三

西山连虎穴,赤壁隐龙宫。形胜三分国,波流万世功。沙明拳宿鹭,天阔退飞鸿。最美鱼竿客,归船雨打篷。

句律严整,语言精工,前一首怀念远谪天边的苏、黄,第二首由怀古而生归隐之念,都有较深的情感内蕴,诗境也很阔大,清人姚埙评曰:"大气鼓荡,笔力健举。"③这种诗不但得益于黄庭坚,而且受到杜甫很大的影响。王直方说潘大临作诗"多犯老杜,为之不已,老杜亦难为存活"④。但如果"多犯老杜"是指这种比较成功的借鉴而不是亦步亦趋的模拟,那么并不是缺点。又如他长达二十韵的五言排律《春日书怀》,对仗精工,层次分明,确是惨淡经营之作。这说明吕本中对他的评语是比较确切的,也说明他的诗风近于黄庭坚而不近于苏轼。

　　潘大临的作品流传太少,我们已难以窥其全貌。当时的江西派诗

---

　　①　见吕本中《东莱吕紫微诗话》。

　　②　原诗共四首,见于潘锌《潘子真诗话》,然不载其题。《宋文鉴》卷二一仅载其一,题作《江上晚步》。"黔府若何边"一句,《潘子真诗话》所载作"黔府古河边",此从《宋文鉴》。

　　③　见《宋诗略》卷九。

　　④　《王直方诗话》。

人对他甚为推崇,南宋的陆游也称其"诗妙绝世"①,说明他在当时也是江西诗派中比较重要的一位诗人。

(九)夏倪

夏倪(?—1127),字均父,蕲州(今湖北蕲春县)人,以宗女夫人仕,曾知江州②,具体事迹不详。

夏倪的作品,《直斋书录解题》卷二〇载有《远游堂集》二卷,已佚。今存《两宋名贤小集》本《五桃轩诗集》,仅收诗五首。此外,在《范文正公集》后所附《诸贤诗颂》中有他的十首五绝③,《豫章诗话》中有他的一首七绝。

夏倪曾与黄庭坚唱和,与饶节、汪革、惠洪、吕本中等交游甚密。吕本中把他列入《江西诗社宗派图》,据说他"以在下为耻"④,然而吕氏此图本乃戏作,并无诠次(见附录三:《吕本中〈江西诗社宗派图〉考辨》),而且吕氏还说过:"夏均父倪文词富赡,侪辈少及。"⑤对夏倪评价甚高,所以夏倪的不满可能是出于误会。

夏倪的作品流传太少,我们难以窥其全貌。刘克庄说:"均父集中如拟陶、韦五言,亹亹逼真。律诗用事琢句,超出绳墨,言近旨远,可以讽咏。"⑥我们也难以判断此评是否确切。从今存的夏倪作品来看,他是受到黄庭坚一定的影响的。比如《跋聚蚁图》:"纷然虫臂蚁争环,付与高人一解颜。不待南柯婚宦毕,始知身寄大槐间。"借题发挥,冷语

---

① 《跋潘邠老帖》,《渭南文集》卷二九。
② 见朱弁《风月堂诗话》卷下、《直斋书录解题》卷二〇。
③ 那十首五绝是次黄庭坚《陪谢师厚游百花洲盘礴范文正祠下道羊昙哭谢按石事因读"生存华屋处,零落归山丘"为十诗》原韵的,标名为"夏均倪父",疑为"夏倪均父"之误。
④ 见《云麓漫钞》卷一四。
⑤ 《东莱吕紫微诗话》。
⑥ 《后村先生大全集》卷九五"江西诗派"条。

讽世。又如《题宗室永年画犬图》中的"我家败屋依破垣,偷儿踏瓦惊夜眠。四壁虽如长卿第,旧物犹存子敬毡。就君乞取挂墙壁,端能警我窥窬客",以诨语作结,颇得谐趣。这都是黄诗的特色,虽说只是一些次要的特色。赵鼎臣称赞夏倪的诗"篇篇境界如甘蔗"①,如果属实,那么夏倪的诗风确是接近黄诗的。

(十) 汪革

汪革(1071—1110),字信民,临川(今江西抚州市)人,绍圣四年(1097)试南省第一,历任学官,其事迹略见于晁说之《汪信民哀辞》②。

汪革的作品,《直斋书录解题》卷一七载有《清溪集》十卷、《附录》一卷,卷二〇载有《青溪集》一卷③,已佚。今从《东莱吕紫微诗话》等宋人著作中辑得逸诗五首,断句若干。

汪革与饶节、洪炎、谢逸、谢薖等人交游甚密,吕本中更有诗云:"四海交游一信民,后来情分更谁亲?"④但是吕本中虽称汪革"于文无不精到"⑤,却没有专门评论过他的诗。刘克庄也仅称其"尚禅学"⑥。从今存的汪革作品来看,汪革的诗受到黄庭坚的影响,但不像黄诗那样瘦硬。例如他寄谢逸的一首诗:"问讯江南谢康乐,溪堂春木想扶疏。高谈何日看挥麈,安步从来可当车。但得丹霞访庞老,何须狗监荐相如?新年更励于陵节,妻子同锄五亩蔬。"⑦音节微拗,语言稍硬,学黄诗而不为过甚。可惜汪革的作品流传太少,我们已难以窥其全貌。

---

①　《次韵夏倪均父见和"辕"字韵诗》,《竹隐畸士集》卷五。

②　《嵩山文集》卷二〇。

③　谢逸《集西塔寺,怀亡友汪信民,以"言念君子,温其如玉"为韵,探得"念"字》(《溪堂集》卷二)中说:"但余青溪编,万丈垂光焰。"则《清溪集》应作《青溪集》。

④　《闲居感旧,偶成十绝,乘兴有作,不复诠次》其一,《东莱先生诗集》卷一五。

⑤　《东莱吕紫微诗话》。

⑥　《后村先生大全集》卷九五"江西诗派"条。

⑦　此诗见于《东莱吕紫微诗话》,失题。

(十一) 僧祖可

僧祖可,字正平,俗姓苏,名序,京口(今江苏镇江市)人。因有恶疾,号病可,又号癞可①,生平事迹不详。

祖可的作品,《直斋书录解题》卷二〇载有《瀑泉集》十二卷,《宋史》卷二〇八《艺文志》七载有《僧祖可诗》十三卷,此外,《苕溪渔隐丛话》后集卷一三曾提到"癞可《东溪集》",今俱亡佚。今从《声画集》等书中辑得逸诗二十首,断句若干。

祖可十分推崇陈师道,他题《后山集》后说:"句法窥唐杜,文章规汉班。九原埋玉树,遗简仰高山。"②但是从今存的祖可作品来看,其诗风并不像陈师道,倒是黄庭坚刻意求奇的作风对他颇有影响。例如下面这首诗:"伛步入萝径,绵延趣最深。僧居不知处,仿佛清磬音。石梁邀屡度,始见青松林。谷口未斜日,数峰生夕阴。凄风薄乔木,万窍作龙吟。摩挲绿苔石,书此慰幽寻。"③又如"漱壑夜泉响,扫窗春雾空"④"清霜群木落,尽见西山秋"⑤等句,新奇瘦硬,有类似黄诗之处。不过这种情况在今存祖可诗中并不多见。

祖可的诗风,惠洪评之曰"秀如出盆丝,媚若春月柳"⑥,胡仔则评之曰"雄爽"⑦,从今存的祖可作品来看,惠洪的意见比较合乎事实。祖可的诗虽然在艺术上没有什么特点,但是清新可诵,例如下面这首绝句:"坐见茅斋一叶秋,小山丛桂鸟声幽。不知叠嶂夜来雨,清晓石

---

① 见《苕溪渔隐丛话》前集卷五七。

② 见周孚《蠹斋先生铅刀编》卷一〇《题〈后山集〉后次可正平韵》附祖可诗。

③ 此诗见于《苕溪渔隐丛话》后集卷三七,未标诗题。《宋诗纪事》卷九二即据《苕溪渔隐丛话》辑入此诗,而题作《天台山中偶题》,盖据明释正勉《古今禅藻集》卷八。

④ 见《石门文字禅》卷二七《跋养直可师唱和真隐诗》。

⑤ 见《苕溪渔隐丛话》前集卷五七。

⑥ 《赠癞可》,《石门文字禅》卷三。

⑦ 《苕溪渔隐丛话》前集卷五七。

楠花乱流。"①情趣活泼,毫无枯寂之弊,刘克庄说他"无蔬笋气"②,尚非过誉之词。

据说祖可初学诗时,"取前人诗得意者手写之,目为'颠倒篇'"③。徐俯称赞他对于前代诗人及王安石、苏轼、黄庭坚等"皆心得神解"④,则祖可作诗好模仿,但今存祖可作品太少,我们找不到足够的证据证实此点。

(十二) 僧善权

僧善权,字巽中,靖安(今江西靖安县)人,因长得清癯,人号"瘦权"⑤,生平事迹不详。

善权的作品,《直斋书录解题》卷二〇载有《真隐集》三卷,已佚。今从《声画集》等书中辑得逸诗九首。

善权与饶节、谢逸、惠洪等人有交往,饶节称他"时出新诗皆可传"⑥,惠洪则曰"巽中下笔,豪特之气凌跨前辈,有坡、谷之渊源"⑦。从今存的善权作品来看,他确实受到黄庭坚一定的影响。例如:

仁老湖上墨梅

会稽有佳客,蒇轴媚考槃。轩裳不能荣,老褐围岁寒。婆娑弄泉月,松风寄丝弹。若人天机深,万象回笔端。湖山入道眼,岛树萦微澜。幻出陇首春,疏枝缀冰纨。初疑暗香度,似有危露泫。纵观烟雨姿,已觉齿颊酸。乃知淡墨妙,不受胶粉残。为君秉孤

① 见《庚溪诗话》卷下。
② 《后村先生大全集》卷九五"江西诗派"条。
③ 见《艇斋诗话》。
④ 见葛立方《韵语阳秋》卷四。
⑤ 见《苕溪渔隐丛话》前集卷五七。
⑥ 《送善权归豫章》,《倚松老人诗集》卷一。
⑦ 《题权巽中诗》,《石门文字禅》卷二六。

芳,长年配崇兰。

语言清丽而微带瘦硬,描绘之中时含理趣,都体现着黄诗的影响。宋人吴垌说善权诗"步步踏古人陈迹"①,胡仔则评其诗曰"清淡"②,从现存的善权作品来看,他模仿古人的地方很少,其诗风也清而不淡。可惜善权的作品流传太少,我们无法了解其全貌。

(十三)林敏功、林敏修

林敏功,字子仁;林敏修,字子来,蕲州(今湖北蕲春县)人。兄弟皆隐居不仕,具体事迹不详。

二林的作品,《直斋书录解题》卷二〇载有林敏功《高隐集》七卷③,林敏修《无思集》四卷,《宋史》卷二〇八《艺文志》七载有《林敏功集》十卷,皆已亡佚。今从《声画集》《宋文鉴》等书中辑得林敏功诗七首及断句若干、林敏修诗九首。

二林与谢逸、夏倪等人有交往,他们的作品流传太少,而且在前人著作中也找不到对他们诗歌的评语,故无法了解他们诗歌创作的特点。从今存的少量作品来看,二林的诗也有瘦硬的倾向。今举林敏功的一首诗为例:

子瞻画扇

夫子江湖客,毫端托渺茫。攒峰埋暮雨,古树困天霜。逼侧余僧舍,溟蒙失雁行。死生随化尽,此意独难忘。

---

① 《五总志》。
② 《苕溪渔隐丛话》前集卷五七。
③ 小注中且言敏功"有诗文百卷,号《蒙山集》,兵火后不存"。

（十四）高荷

高荷，字子勉，江陵（今湖北江陵县）人。晚年为童贯客，官兰州通判，不为时论所与①。具体事迹不详。

高荷的作品，《直斋书录解题》卷二〇载有《还还集》二卷，已佚。今从《宋文鉴》《瀛奎律髓》等书中辑得逸诗四首及断句若干。

当黄庭坚自黔南贬所东归至江陵时，高荷往见之，贽以五言长律一首，黄庭坚极为赞赏②，赠诗云："张侯海内长句，晁子庙中雅歌。高郎少加笔力，我知三杰同科。"③并称赞说："高子勉作诗，以杜子美为标准，用一事如军中之令，置一字如关门之键。"④叶梦得也说高荷"学杜子美作五言，颇得句法"⑤。高荷赠黄庭坚的那首长律中"点检金闺彦，凋零玉笋班"一联⑥，"时人脍炙，以为切对"⑦，其实通篇皆佳，全诗三十韵，二十八韵皆为对句，如"蜀天何处尽，巴月几回弯""石门凄殿楯，铜雀惨宫鬟"等，无不对仗精工，语言典雅，而且层次分明，词意沉郁，深得杜甫五排的妙处。

但是，高荷诗也有另一种情况。他的《答山谷先生》一诗说："四篇诗得衮蹄金，妙旨初临法语寻。要我尽除儿子气，知公全用老婆心。平章许事真难可，付嘱斯文岂易任。感激面东垂涕泗，高山从此少知音。"⑧诚如纪昀所云："通体粗鄙，三、四尤甚。"⑨这种诗是典型的江西诗派下乘之作。

---

① ② 　见叶梦得《石林诗话》卷中。
③ 　《赠高子勉四首》其二，《豫章黄先生文集》卷一二。
④ 　《跋高子勉诗》，《豫章黄先生文集》卷二六。
⑤ 　《石林诗话》卷中。
⑥ 　此诗见于《宋文鉴》卷二三，题为《见黄太史》。
⑦ 　见吴坰《五总志》。
⑧ 　见《瀛奎律髓》卷四二。
⑨ 　《瀛奎律髓》卷四二附纪昀《刊误》。

高荷流传的作品太少,我们已难以了解其诗歌的全貌。刘克庄说他"押险韵,略无窘态""集中健语层出"①,如果确实,那么高荷的诗风也有近于黄诗之处。

(十五) 王直方

王直方(1069—1109)②,字立之,号归叟,汴京(今河南开封市)人,生平事迹略见晁说之《王立之墓志铭》③。

王直方的作品,《直斋书录解题》卷二〇载有《归叟集》一卷,已佚。今从《瀛奎律髓》等书中辑得逸诗四首及断句若干。

王直方交游很广,江西诗派中的黄庭坚、陈师道、饶节、晁冲之、洪刍、谢逸、谢薖、夏倪、李錞、吕本中等人皆与之交游唱酬,然对其诗均无评论。刘克庄说:"王直方诗绝少,无可采。"④从今存的四首诗来看,王直方的诗在艺术上比较平庸,没有什么特色。

(十六) 李錞

李錞,字希声,曾任秘书丞⑤,具体事迹不详。

李錞的作品,《直斋书录解题》卷二〇载有《李希声集》一卷,已佚。《宋诗纪事》卷三三中辑得其逸诗四首,此外,在《永乐大典》残本中还保存了他的三首逸诗,《王直方诗话》等书中也保存了他的断句若干。从这些残存的作品来看,李錞的诗在艺术上没有什么特色。

李錞与谢逸、王直方等人有交往。

---

① 《后村先生大全集》卷九五"江西诗派"条。
② 梁昆《宋诗派别论》卷八说王直方生于1068年,郭绍虞《宋诗话考》第一二八页说他生于1069年。今考晁说之《王立之墓志铭》中说"子野(王质)卒年四十五岁,而立之之卒又少子野四岁",又说"立之大观三年(1109)三月丙寅卒",据之推算,则郭说为正。
③ 《嵩山文集》卷一九。
④ 《后村先生大全集》卷九五"江西诗派"条。
⑤ 见《直斋书录解题》卷二〇。

(十七) 杨符

杨符,字信祖,生平事迹不详。

杨符的作品,《直斋书录解题》卷二〇载有《杨信祖集》一卷,已佚。《永乐大典》残本中载其七绝一首,刘克庄《后村先生大全集》卷九五"江西诗派"条中载其断句两句,此外没有作品流传。

杨符与饶节等人有交往。

(十八) 江端本

江端本,字子之,开封(今河南开封市)人,曾任温州通判[①],具体事迹不详。

江端本的作品,《直斋书录解题》卷二〇载有《陈留集》一卷,已佚。《永乐大典》残本中载其诗四首,此外没有作品流传。其兄江端友,字子我,《江西诗社宗派图》中不列其名,刘克庄说:"子我诗多而工,舍兄而取弟,亦不可晓。"[②]则江端本的诗不甚佳。

江端本与晁冲之、吕本中等人有交往。

(十九) 潘大观

潘大观,字仲达,潘大临之弟,生平事迹不详。

潘大观的作品在南宋已经失传。[③]

---

① 见《宋史》卷四六二《方伎下·林灵素传》。
② 《后村先生大全集》卷九五"江西诗派"条。
③ 刘克庄在《江西诗派总序》中说潘大观"有姓名而无诗"(《后村先生大全集》卷九五)。

（二十）何颙（何顗）

何颙，一作何顗，生平事迹不详，诗亦无传。①

二　没有列入《宗派图》的诗人

除了《宗派图》所列的二十余人之外，当时还有一些诗人在创作上受到黄、陈的影响，又与江西诗派中人关系密切。虽然由于吕本中的疏漏，他们没有被归入《宗派图》，但我们认为应该把他们看作是江西诗派的成员。现对其中较重要的几位作些分析。

（一）释惠洪

释惠洪（1071—1128），字觉范，俗姓喻②，筠州新昌（今江西宜丰县）人，生平事迹见《寂音自序》③。

惠洪的作品，《郡斋读书志》卷一九载有《筠溪集》十卷，已佚。《直斋书录解题》卷一七载有《石门文字禅》三十卷，卷二○又载有《物外集》三卷，《宋史》卷二○八《艺文志》七因之。《物外集》已佚，今存《石门文字禅》三十卷，有《武林往哲遗著后编》本和《四部丛刊》本，其中卷

---

① 吕本中《江西诗社宗派图》早已失传，宋人著作中所载的《宗派图》名单也互有出入。胡仔《苕溪渔隐丛话》前集卷四八中有"何颙"，赵彦卫《云麓漫钞》卷一四中无之，刘克庄《后村先生大全集》卷九五《江西诗派总序》中无"何颙"而有"何顗（字人表）"。按：黄庭坚曾赞扬过两位何姓青年："予因邠老故，识二何。二何尝从吾友陈无己学问，此其渊源深远矣。"（《书倦壳轩诗后》，《豫章黄先生文集》卷二○）李彭集中也有《喜二何从山谷游复用"涂"字韵诗》（《日涉园集》卷六）、《戏何人表》（《日涉园集》卷八）等诗。二何既从黄、陈学问，当亦为江西诗派中人。但黄庭坚所说的"二何"是否就是包括何顗（人表）在内的何氏兄弟、吕本中是否曾把他们归入《宗派图》，今已不可详考。

② 宋人或称惠洪为"德洪"，又说他俗姓彭（见吴曾《能改斋漫录》卷一二"洪觉范因张郭罪配朱崖"条）。此从《寂音自序》。

③ 《石门文字禅》卷二四。

一至卷一六为诗集,共收诗一千一百四十二首①。

　　惠洪与江西派诗人关系非常密切,仅在《石门文字禅》中就保存着他与黄庭坚、饶节、洪炎、韩驹、徐俯、李彭、善权、谢逸、汪革、夏倪、林敏功等人唱和的诗。虽说他论诗时常常苏、黄并重,比如他说"坡谷渊源有风格,光芒万丈余五色"②"东坡句法补造化,山谷笔力江倒流"③,但是他的诗歌创作受黄庭坚的影响比较大,所以,惠洪是应该被归入江西诗派的。

　　惠洪其人,虽然寄身丛林,但是"于禅门本分事,则无之也"④。相传王安石的女儿读惠洪诗至"十分春瘦缘何事,一掬乡心未到家"之句,曰:"浪子和尚耳!"⑤其实惠洪诗歌的内容有远甚于此者,例如"十指纤纤葱乍剥,紫燕飞翻初弄拨……玉容娇困拨仍插,雪梅一枝初破腊"⑥"馔客酒酣腮玉缬,侍儿歌送眼波秋"⑦"轩冕久知身是寄,鱼虾才说口生津"⑧等,都不类释子之语。总的说来,惠洪的诗在内容上与当时一般士大夫的诗并无多大差别。

　　韩驹说:"往年余宰分宁,觉范从高安来,馆之云岩寺。寺僧三百,各持一幅纸求诗于觉范,觉范斯须立就。"⑨此语若实,则惠洪作诗比较草率。他集中有不少诗,词直意浅,确是一挥而就的率意之作。

---

　　①　卷二中《次韵见寄二首》实仅一诗,今按一首计入。卷九中《早行》一诗乃黄庭坚诗(见于《山谷外集补》卷二),今除去不计。
　　②　《季长见和,甚工,复韵答之》,《石门文字禅》卷五。
　　③　《郑南寿携诗见过,次韵谢之》,《石门文字禅》卷七。
　　④　胡仔语,见《苕溪渔隐丛话》后集卷三七。
　　⑤　见吴曾《能改斋漫录》卷一一"浪子和尚"条,此二句诗见于《上元宿百丈》,《石门文字禅》卷一〇。
　　⑥　《临川康乐亭碾茶,观女优拨琵琶,坐客索诗》,《石门文字禅》卷三。
　　⑦　《余居临汝,与思禹和酬"瓯"字韵数首。后寓居湘山,思禹复和见寄,又答之》,《石门文字禅》卷一一。
　　⑧　《次韵李端叔见寄》,《石门文字禅》卷一一。
　　⑨　见《苕溪渔隐丛话》前集卷五六。

例如：

寄华严居士三首　其三

谢公捉鼻知不免，整顿乾坤民望深。勿嗔秃头预世事，我是
同时支道林。

读瑜伽论

此生已无累，一席可穷年。细嚼宝公饭，饱参弥勒禅。懒修
精进定，爱作吉祥眠。夜久山空寂，唯闻绕砌泉。

但是，惠洪诗还有另一种情况。他对于黄庭坚非常钦佩，曾苦心模仿
黄诗。宋人记载说："洪尝诈学山谷作赠洪诗云：'韵胜不减秦少游，气
爽绝类徐师川。'师川见其体制绝似山谷，喜曰：'此真舅氏诗也。'遂收
置《豫章集》中。"①虽然惠洪此举出于求名，但这说明他是下过功夫学
习黄诗的，所以对黄诗的艺术风格有很深的体会。我们看几个例子：

次韵赠庆代禅师

莲峰双叶吐晴烟，玉颊遥知一粲然。梅坞雪消香错莫，庵僧
老尽气完全。暗惊梦蝶人间世，回看醯鸡瓮里天。谁见清言横麈
尾，满庭风露竹娟娟。

寄李大卿

瓶盂又复寄西州，弥勒同龛古寺幽。睡起忽残三月夏，朝来
拾得一帘秋。浮云世事慵料理，断梗闲踪任去留。投老山林多胜

---

① 见陈善《扪虱新话》下集卷一。按：此诗见于《豫章黄先生文集》卷六而不见于
任、史所注《山谷诗集》，或已为注者删去。

概,杖藜何日复同游?

句律老健,语言清拔,豪华落尽而筋骨嶙峋,与黄诗的风格比较接近。

惠洪的各体诗中,以七古为最佳,诚如陈衍所评:"古体雄健振踔,不肯作犹人语,而字字稳当,不落生涩。"①他在这方面显然受到黄庭坚很大的影响,例如:

题李愬画像

淮阴北面师广武,其气岂止吞项羽?君得李祐不肯诛,便知元济在掌股。羊公德化行悍夫,卧鼓不战良骄吴。公方沉鸷诸将底,又笑元济无头颅。雪中行师等儿戏,夜取蔡州藏袖底。远人信宿犹未知,大类西平击朱泚。锦袍玉带仍父风,挂颐长剑大梁公。君看鞬橐见丞相,此意与天相始终。

诗中以韩信、羊祜、李晟等前代名将与李愬作对比,写出了李愬大胆使用降将的大将风度和守如处女、出如脱兔的过人谋略,重点突出,层次分明。诗句雄健沉着,韵脚转换自如,深得黄庭坚《送范德孺知庆州》②一类诗的妙处。

此外,惠洪也受到苏轼的一些影响,所以他的诗又有清新明畅的一面。他集中较好的作品好像是融合了苏、黄二家的特点,从而避免了过于生硬的缺点,例如:

至丰家市读商老诗次韵

杨柳护桥春欲暗,山茶出屋人未知。冒田决决走流水,小夫

---

① 见《宋诗精华录》卷四。
② 《山谷内集》卷二。

铲塍翁夹篱。雪晴春巷生青草,烟湿人家营晚炊。心疑辋川摩诘画,目诵匡山商老诗。夜投村店想清境,蛙满四邻檐月移。卧看孤灯心耿耿,呼童觅纸聊记之。

把乡间生活写得饶有情趣,风格清新轻快而不失之浅薄。《四库提要》评惠洪诗曰"清新有致,出入于苏、黄之间,时时近似"①,是相当准确的。

宋人对惠洪颇有微词,然大多是针对其人品而发②,至于他的诗文,许颙则誉为"颇似文章巨公所作,殊不类衲子"③,在黄庭坚周围的江西派诗人中间,惠洪确是较有成就的一家。

(二) 吴则礼

吴则礼,字子副,自号北湖居士,富川(今广西钟山县)人,生平事迹不详。

吴则礼的作品,《直斋书录解题》卷一七载有《北湖集》十卷、《长短句》一卷,《宋史》卷二〇八《艺文志七》载有《吴则礼集》十卷,皆已亡佚。今存《湖北先正遗书》本《北湖集》五卷,原本乃四库馆臣辑自《永乐大典》者,卷一至卷四为诗集,共收诗三百一十五首。另有馆臣漏辑之诗一首,见栾贵明辑《四库辑本别集拾遗》。

吴则礼曾与江西派诗人陈师道、韩驹、饶节等人唱和,他对黄庭坚极为推崇:"往时黄宜州,句法天下奇。"④其诗歌创作也受到黄庭坚一定的影响。《四库提要》说他"近体好为生拗,笔力纵横,愈臻遒上"⑤,这个特点与黄诗很相似,例如:

---

① 《四库提要》卷一五四"《石门文字禅》"条。
② 例如《苕溪渔隐丛话》前集卷五六中批评惠洪"无识之甚"。
③ 《许彦周诗话》。
④ 《少冯约同赵伯山饮,赠伯山》,《北湖集》卷一。
⑤ 《四库提要》卷一五五"《北湖集》"条。

入汴先寄韩子苍

煮软芋魁初不饥，天教吐出胸中奇。追随且裹子舆饭，持似只有香岩锥。刺舟迎客菊笑处，觅句怀人霜落时。吾辈阿冯真解事，与侬细举南山诗。

八句中就有三句以三平调作结，颈联还失粘，声调相当拗峭。语言也清瘦无华，风格近于黄诗。又如七古《同李汉臣赋陈道人茶匕诗》中"宣和日试龙焙香，独以胜韵媚君王。平生底处蔚盐眼，饱识斓斑翰林碗。腐儒惯烧折脚铛，两耳要听苍蝇声。苦遭汤饼作魔事，坐睡只教渠唤醒"几句，句律老健，谐趣盎然，也很像同类题材的黄诗。在今本《北湖集》中，受黄庭坚影响的作品占有不小的比重。《四库提要》说吴则礼"诗格峭拔，力求推陈出新"①，评价稍高了一些，但把他归入江西诗派，则是完全合适的。

（三）刘跂

刘跂，字斯立，东光（今河北东光县）人，生平事略附见于《宋史》卷三四〇《刘挚传》。

刘跂的作品，《直斋书录解题》卷一七载有《学易集》二十卷，已佚。今存《武英殿聚珍版丛书》本《学易集》八卷，乃四库馆臣辑自《永乐大典》者，其中卷一至卷四为诗集，共收诗二百一十九首。另有馆臣漏辑之诗四首，见栾贵明辑《四库辑本别集拾遗》。

《四库提要》说刘跂诗"多似陈师道体，虽时露生拗，要自落落无凡语。《江西宗派图》中不列其名，殆以挚为朔党，门户不同欤？"②从今本《学易集》来看，刘跂的诗确有类似陈师道的地方，这主要体现于他

---

① 《四库提要》卷一五五"《北湖集》"条。
② 《四库提要》卷一五五"《学易集》"条。

的五言诗,尤其是五言律诗,例如:

送成都漕

里巷居偏近,生平月亦同。开怀一笑语,转首两西东。共是尘劳内,全输吏隐中。鱼来勤尺素,淮汴古来通。

质朴无华,风格近于陈师道诗。但是总的说来,刘跂诗在艺术上比较平庸,只能算是江西诗派中的一个追随者。

(四) 江端友

江端友,字子我,江端本之兄。初隐居不仕,靖康中被荐召见,赐进士出身,南渡后官至太常少卿①,具体事迹不详。

江端友的作品,《直斋书录解题》卷二〇载有《七里先生自然集》七卷②,已佚。今从《能改斋漫录》《瀛奎律髓》等书中辑得逸诗四首。

江端本列名《江西诗社宗派图》中,而端友不预,刘克庄说:"子我诗多而工,舍兄而取弟,亦不可晓。岂子我自为家,不肯入社,如韩子苍耶?"③其实《江西诗社宗派图》乃吕本中"少时戏作"④,列名于其中的诗人并不是自愿"入社"的,所以"舍兄而取弟"可能是由于吕本中的疏漏,不会是因为江端友"自为家,不肯入社"。

从今存的四首诗来看,江端友的诗内容比较充实。例如《牛酥行》《玉延行》二首诗讽刺当时官场丑态,入木三分。又如《九日》:"万里江河隔,伤心九日来。蓬惊秋日后,菊换故园开。楚欲图周鼎,汤犹系夏台。东篱那一醉,尘爵耻虚罍。"诗中充满故国之思,风格沉郁。方回

---

① 见《直斋书录解题》卷二〇、《瀛奎律髓》卷三二。
② 《瀛奎律髓》卷三二中称江端友集为《七里先生自然庵集》,当是同书异名。
③ 《后村先生大全集》卷九五"江西诗派"条。
④ 见范季随《陵阳先生室中语》。

在《瀛奎律髓》卷三二中把此诗归入"忠愤类",是很准确的。江端友的作品流传太少,从中看不出黄、陈的影响。但从刘克庄的话来看,他是应在江西诗派中占一席之地的。

当时与江西诗派关系密切的诗人还有不少,例如沈辽,黄庭坚曾称他"能转古语为我家物"①,《四库提要》因而认为沈辽"为豫章之别派"②。又如张扩,集中多与徐俯、吕本中唱酬之作③。但他们的诗没有受到黄、陈多少影响,所以不能算是江西诗派中人。还有许多青年诗人曾从黄庭坚学诗并受到黄的称誉,如范温、王观复、晁元忠、王庠、孙克、何静翁④等人,但他们的作品没有流传下来,我们无法了解其诗歌创作的实际情况。

综上所述,我们可以得出这样几点结论:第一,当时黄庭坚的影响几乎笼罩着整个诗坛,模仿、学习他的诗歌艺术的青年诗人非常之多。第二,这些诗人之间唱酬赠答的关系非常密切,事实上已经形成了一个以黄庭坚为首的文学团体。第三,这些诗人的情况很不一致,他们受黄庭坚的影响有深有浅,他们在创作上的成就也有高有低。其中比较杰出的诗人学习黄诗而不为所限,在诗歌艺术上各有自己的风格特色,比较平庸的诗人则囿于黄诗之藩篱,在艺术上缺乏独创性。但是总的说来,黄庭坚对他们的影响是起了积极作用的。他们所倾心于黄庭坚的主要是他在诗歌艺术上的独创精神和独特风格。至于被论者认为是"江西诗派最重要的纲领"的"夺胎换骨"说⑤,在这些诗人的创作实践中并没有显著的反映。

---

① 《云巢诗并序》,沈辽《云巢编》卷末附。

② 《四库提要》卷一五四"《云巢编》"条。

③ 见张扩《东窗集》。

④ 见范温《潜溪诗眼》,黄庭坚《与王观复书》(《豫章黄先生文集》卷一九)、《答晁元忠书》(同上)、《与王庠周彦书》(同上)、《与孙克秀才》(《山谷老人刀笔》卷四)、《答何静翁》(同上卷一六)。

⑤ 中国社会科学院文学研究所编《中国文学史》第六〇一页。

第五章　江西诗派三宗之三:陈与义

一　陈与义的作品

陈与义(1090—1138),字去非,号简斋居士,洛阳(今河南洛阳市)人,生平事迹见《宋史》卷四四五本传。

陈与义的作品主要是诗、词二体①。他的《无住词》虽然只存十八首,但得到的评价却很高。黄昇说他"词虽不多,语意超绝,识者谓其可摩坡仙之垒也"②。杨慎《词品》卷四中也持此论。《四库提要》则评曰:"吐言天拔,不作柳犗莺娇之态,亦无蔬笋之气,殆于首首可传,不能以篇帙之少而废之……如以词论,则师道为勉强学步,庭坚为利钝互陈,皆迥非与义之敌矣。"③这些评价虽稍嫌高,但陈与义的词确是语言清新,格调高远,风格颇近于苏轼。例如下面一首:

临江仙
夜登小阁忆洛中旧游

忆昔午桥桥上饮,座中都是豪英。长沟流月去无声。杏花疏影里,吹笛到天明。　　二十余年如一梦,此身虽在堪惊! 闲登小阁看新晴。古今多少事,渔唱起三更。

---

① 陈与义集中尚有少量的其他作品,包括:赋三篇、铭二首、赞二首、记一篇、跋一篇,数量既少,质量也不足观。

② 见《中兴以来绝妙词选》卷一。

③ 《四库提要》卷一九八"《无住词》"条。

胡仔称其"奇丽"①，即使是认为陈与义词"未臻高境"的陈廷焯也认为此词"笔意超旷，逼近大苏"②，实为宋词中的精品。但本文只准备讨论陈与义的诗。

陈与义生前没有编过文集。他去世后，其家藏诗稿由其门生周葵编成《陈去非诗集》③，已佚。后来通行的《简斋诗集》三十卷乃南宋胡稚笺注，宋本原刻藏于常熟瞿氏铁琴铜剑楼，有江宁蒋氏湖上草堂刻本。④ 另有南宋末期刘辰翁评点的《须溪先生评点简斋诗集》十五卷，今存日本翻刻明嘉靖朝鲜本。中华书局一九八二年出版的《陈与义集》，即以上述二本与清《武英殿聚珍版丛书》本《简斋集》⑤为主要校本，又参校了其他几种较难得的异本而成，是为目前最完善的本子。另外，一九七五年台湾联经出版公司出版了郑骞教授著《陈简斋诗集合校汇注》，所据底本中如沈曾植手批旧抄本，为中华书局本所无。但总的说来，郑本未能超过中华书局本。据中华书局本点校者的统计，《陈与义集》共收诗六百二十六首。

二　陈与义诗的思想内容

靖康年间的事变，是陈与义生活中的一个重大转折点，也是他在诗歌创作上的一个分水岭。宋人楼钥云："参政简斋陈公，少在洛下，已称诗俊。南渡以后，身履百罹，而诗益高，遂以名天下。"⑥刘克庄也说他"建炎以后，避地湖峤，行路万里，诗益奇壮"⑦。他们都明确地指

① 《苕溪渔隐丛话》后集卷三四。
② 《白雨斋词话》卷一。
③ 见葛胜仲《〈陈去非诗集〉序》，《丹阳集》卷八。
④ 该刻本附有元刊《简斋诗外集》一卷，无注。
⑤ 此本多四库馆臣删改之处，实无很大的校刊价值。
⑥ 《简斋诗笺叙》，《陈与义集》卷首。按：楼钥此文，《攻愧集》未收。
⑦ 《后村诗话》前集卷三。

出了这一事实。

靖康事变以前,陈与义虽然在仕途上不甚得意,但他毕竟是过着富家公子的生活,其诗歌内容与他的前辈黄庭坚、陈师道等人大同小异。题画、咏物和个人情怀的抒发,乃是他最主要的诗歌题材。

夏日集葆真池上,以"绿阴生昼静"赋诗,得"静"字

清池不受暑,幽讨起予病。长安车辙边,有此荷万柄。是身虽可懒,共寄无尽兴。鱼游水底凉,鸟宿林间静。谈余日亭午,树影一时正。清风不负客,意重百金赠。聊将两鬌蓬,起照千丈镜。微波喜摇人,小立待其定。梁王今何许,柳色几衰盛?人生行乐耳,诗律已其剩。邂逅一尊酒,它年《五君咏》。重期踏月来,夜半啸烟艇。

此诗在当时轰动一时,"京师无人不传写也"①。的确,这首诗的艺术性是较高的,刻画夏日情景,宛然如画。"微波喜摇人"两句,捕捉了生活中的一个小镜头,写得生动有趣。虽然诗中充满了士大夫的闲情逸致,还夹杂着一些"人生行乐"的消极思想,但由于它体现了诗人对生活的热爱,能给读者提供健康的情趣和美的享受,所以很受人们的喜爱。当然,陈与义写于靖康事变之前的作品在内容上有一个很大的缺点,即它们很少反映当时的社会现实。

靖康乱起,女真人的铁蹄使诗人的生活和思想感情都发生了突变。建炎二年(1128),三十九岁的陈与义仓皇南奔,他在诗中写道:"久谓事当尔,岂意身及之。避虏连三年,行半天四维。我非洛豪士,不畏穷谷饥。但恨平生意,轻了少陵诗! 今年奔房州,铁马背后驰。

---

① 见洪迈《容斋四笔》卷一四"陈简斋葆真诗"条。

造物亦恶剧,脱命真毫厘⋯⋯"①在陈与义之前,黄庭坚、陈师道都以学杜相号召,但他们主要着眼于学习杜甫的艺术手法。陈与义经历了与杜甫相似的时代,山河破碎的形势和颠沛流离的经历使陈与义对杜诗思想性的认识较其前辈更为深刻。从此以后,陈与义在诗歌创作中努力学习杜甫的精神,爱国主义的主题在他诗中占了主导地位。诗人"感时抚事,慷慨激越,寄托遥深,乃往往突过古人"②,给宋诗增添了光辉的篇章。

伤　春

　　庙堂无策可平戎,坐使甘泉照夕烽。初怪上都闻战马,岂知穷海看飞龙！孤臣霜发三千丈,每岁烟花一万重。稍喜长沙向延阁,疲兵敢犯犬羊锋。

诗人对宋高宗的逃跑政策进行了强烈的讽刺,对国家的前途表示万分忧虑,又对敢于抗敌的爱国将领给予赞扬。全诗的爱国主义的内涵、深挚的感情、沉郁的风格也都酷肖杜甫的《诸将》等诗,从而成为宋诗中的名篇。

雷雨行

　　忆昨炎正中不融,元帅仗钺临山东。万方嗷嗷叫上帝,黄屋已照睢阳宫。呜呼吾君天所立,岂料四载犹服戎。禹巡会稽不到海,未省驾舶观民风。定知谏诤有张猛,不可危急无高共。自古美恶周必复,犬羊汝莫穷妖凶！吉语四奏元气通,德音夜发春改容。雷雨一日遍天下,父老感泣沾其胸。臣少忧国今成翁,欲起

---

　　①　《正月十二日自房州城遇虏至,奔入南山,十五日抵回谷张家》,《陈与义集》卷一七。

　　②　《四库提要》卷一五六"《简斋集》"条。

荷戟伤疲癃。小游太一未移次，大树将军莫振功。刘琨祖逖未足
雄，晏球一战腥臊空。诸君努力光竹素，天子可使尘常蒙？君不
见夷门山头虎复龙，向来佳气元葱葱。

此诗作于建炎四年（1130），诗中回顾了靖康以来的国家大事，尽管当
时的局势是很严重的，但是诗人并没有丧失信心，他坚信抗击金人
的正义斗争一定会取得最后的胜利，他热情地激励将士们努力抗敌，
完成收复大宋国土的大业。全诗气势磅礴，对金人的愤恨和对祖国的
热爱交织在一起，犹如一篇正气凛然的檄文，在思想内容和艺术风格
上都是上继杜甫，下启陆游。

此外，陈与义还常在诗中怀念沦陷的国土："遭乱始知承平乐，居
夷更觉中原好"①；也怀念被掳北去的徽、钦二宗："龙沙此日西风冷，
谁折黄花寿两宫"②；他时时为国家的命运而忧虑："小儒五载忧国泪，
杖藜今日溪水侧"③；他希望有英雄出来扫清胡尘："可使翠华周宇县，谁
持白羽静风尘"④。这些都是爱国主义精神在陈与义诗中的具体表现。

靖康之变给陈与义的诗所带来的变化不仅体现在增添了早期创
作中所没有的题材内容，而且还体现在使那些与早期创作的题材相同
的作品也发生了质的变化。我们来看两首写于丧乱之后的题画、咏
物诗。

题　画

分明楼阁是龙门，亦有溪流曲抱村。万里家山无路入，十年
心事与谁论？

---

① 《居夷行》，《陈与义集》卷二〇。
② 《有感再赋》，《陈与义集》卷一七。
③ 《同范直愚单履游�溪》，《陈与义集》卷二七。
④ 《次韵尹潜感怀》，《陈与义集》卷二一。

这是一首题山水画的小诗,诗人借题发挥,由看画而生乡思,但故乡洛阳却正处于女真人的铁蹄之下,欲归不能,此情谁诉? 这种寄托遥深的题画诗,在陈与义的早期作品中是找不到的。

牡　丹

一自胡尘入汉关,十年伊洛路漫漫。青墩溪畔龙钟客,独立东风看牡丹。

洛阳是著名的牡丹产地,诗人离开那里已有十年了。由于胡尘未静,所以只能北望那漫漫归路而已。而今老态龙钟的诗人忽然在他乡看到了故乡的名花,他的心中该有怎样的感慨? 诗写了四句就戛然而止,可是诗人对故乡的怀念和对金人的憎恨,都已成为强烈的弦外之音,读者是不难体会的。这样沉郁感人的咏物诗,是诗人早期的同类作品所不能比拟的。

当然,陈与义南渡以后的作品也有其他的一些内容,比如描绘山川景物的诗就占了不小的比重。陈与义对于山水有着特殊的癖好,即使在兵荒马乱的时候也不减其雅兴而时时见诸吟咏,例如:

衡岳道中

野客元耕崧岳田,得游衡岳亦前缘。避兵径度吾岂忍,欲雨还休神所怜。世乱不妨松偃蹇,村空更觉水潺湲。非无拄杖终伤老,负此名山四十年。

这种诗的情调比较低沉,在思想内容方面不如上述那些诗有价值。但是瑕不掩瑜,陈与义诗在思想内容上的最大特点就是较早以爱国主义的精神放射异彩于宋代诗坛。这对于诗歌内容往往伤于狭隘、空虚的早期江西诗派来说,无异是注入了一股新鲜血液。陈与义在这方面的成就,远远地超过了他的前辈黄庭坚、陈师道等人。

三 陈与义诗歌艺术的渊源

陈与义在诗歌艺术上与前人的渊源关系比较复杂。在靖康事变以前的早期创作中,他受到黄庭坚和陈师道较大的影响,虽说这种影响在他的后期创作中也还有所反映,但是南渡以后,随着诗歌内容的改变,他在艺术上也进而直接向杜甫学习。此外,他有许多以山水田园和闲逸生活为题材的诗歌,在艺术上受陶渊明、韦应物、柳宗元等人的影响较深。下面对这三条线索作一些粗浅的分析。

(一)黄庭坚、陈师道

陈与义对黄庭坚、陈师道两位前辈诗人非常推崇。他曾说:"然东坡赋才也大,故解纵绳墨之外,而用之不穷;山谷措意也深,故游泳玩味之余,而索之益远。大抵同出老杜,而自成一家。如李广、程不识之治军,龙伯高、杜季良之行己,不可一概诘也。"①他对黄庭坚和苏轼不分轩轾,这是对黄庭坚的极高评价,对黄诗特点的把握也相当准确,可见他对黄诗是下过一番功夫的。他对陈师道更是极口称誉:"本朝诗人之诗……不可不读者,陈无己也。"②他在创作实践中也有意识地揣摩、学习这两位前辈诗人的作品,这主要体现于下面三点:

第一,陈与义像黄庭坚、陈师道一样,非常重视句法。他曾说"书生得句胜得官"③,又说"忽有好诗生眼底,安排句法已难寻"④。陈与义诗在句法上的特点之一是凝练,朱熹曾说:"古人诗中有句,今人诗

---

① 见晦斋《简斋诗集引》,《陈与义集》卷首。
② 见徐度《却扫编》卷中。
③ 《送王周士赴发运同属官》,《陈与义集》卷一一。
④ 《春日》,《陈与义集》卷一〇。

更无句,只是一直说将去。这般诗,一日作百首也得。如陈简斋诗'乱云交翠壁,细雨湿青松''暖日薰杨柳,浓阴醉海棠',他是什么句法!"①就指出了这个特点,而这个特点是与黄庭坚、陈师道一脉相承的。比如陈与义的"老荠绕墙人得肥"②,就是脱胎于黄庭坚的"薄饭不能羹,墙阴老春荠"③,又如他的"易破还家梦,难招去国魂"④,更是直接借用陈师道的成句"剩寄还乡泪,难招去国魂"⑤。还有,陈与义的有些诗句,虽然并无所本,但其艺术特色却近于黄、陈。比如写雨的"一凉恩到骨"⑥,描写深刻,极类黄诗。又如陈与义自以为得意的"开门知有雨,老树半身湿"⑦二句,字面上质朴无华而具有一种特殊的韵味,很像陈师道诗。

第二,陈与义咏物时也像黄庭坚、陈师道一样,重神似而轻形似。"意足不求颜色似,前身相马九方皋"⑧两句诗,形象地表达了他的这种审美思想。我们来看一个例子:

和张规臣水墨梅五绝　其三

粲粲江南万玉妃,别来几度见春归。相逢京洛浑依旧,唯恨缁尘染素衣。

---

① 《朱子语类》卷一四〇。按:朱熹所称的两联诗分别见于《岸帻》(《陈与义集》卷一八)、《放慵》(《陈与义集》卷一〇)。

② 《江南春》,《陈与义集》卷二。

③ 《次韵秦觏过陈无己书院观鄙句之作》,《山谷内集》卷六。

④ 《道中书事》,《陈与义集》卷一六。

⑤ 《野望》,《后山集》卷一一。

⑥ 《雨》,《陈与义集》卷四。

⑦ 龚颐正《芥隐笔记》云:"陈去非尝语先君云:'吾平生得意十字云:开门知有雨,老树半身湿。'"按:此二句见于《休日早起》(《陈与义集》卷一二)。

⑧ 《和张规臣水墨梅五绝》其四,《陈与义集》卷四。

王若虚对此诗颇为不满①,或即因为此诗"去题终远"②。其实,陈与义此诗是一组组诗中的第三首,其第一、第二首中已有"巧画无盐丑不除,此花风韵更清殊""病见昏花已数年,只应梅蕊固依然"之句,第三首中毋须再拈出"梅"字,况且以"玉妃"喻梅,前人诗中已有成例。③至于把画中之物当作实物来写,乃是从杜甫以来就有的传统手法,更无可非议。所以说它"去题终远"是近于苛责的。正因为此诗贯彻了遗貌取神的精神,才把画中之梅写得风韵宛然,依依动人,丝毫不落俗套。我们在第二、第三章中曾分析过黄庭坚的咏水仙诗、咏竹诗和陈师道的咏芍药诗,如果把那些诗与陈与义的这首诗对照一下,就可以看出陈与义对黄、陈所擅长的这种手法是有所发展的。

第三,陈与义一部分诗的艺术风格在整体上受到黄、陈尤其是陈师道较大的影响。例如:

风 雨

风雨破秋夕,梧叶窗前惊。不愁黄落近,满意作秋声。客子无定力,梦中波撼城。觉来俱不见,微月照残更。

晓发杉木

古泽春光淡,高林露气清。纷纷世上事,寂寂水边行。客子凋双鬓,田家自一生。有诗还忘记,无酒却思倾。

前一首立意颇深,句法生新,很像黄庭坚。后一首感情沉挚,造句朴拙,近于陈师道。后一种情况在《陈与义集》中比较常见,例如卷九的

---

① 见《滹南遗老集》卷四○《诗话》。
② 见刘埙《隐居通议》卷一一"咏墨梅"条。
③ 例如苏轼有句云:"玉妃谪堕烟雨村。"(《花落复次韵》,《集注分类东坡诗》卷一四)

《道中寒食二首》，纪昀批曰："此诗逼近后山。"①又如卷二三的《己酉九月自巴丘过湖南别粹翁》，刘辰翁评曰："畅似后山。"②都为确评。

（二）杜甫

黄庭坚、陈师道都是学习杜甫的，南渡之前的陈与义在学习黄、陈的同时，也必然要受到杜甫的一些影响。例如：

雨③

沙岸残春雨，茅檐古镇官。一时花带泪，万里客凭栏。日晚蔷薇重，楼高燕子寒。惜无陶谢手，尽力破忧端。

此诗学杜的痕迹非常明显，许多字句在杜诗中有所本④，风格也较沉郁。但这在陈与义的早期诗歌中是比较罕见的。南渡之后，杜甫对陈与义诗歌艺术的影响才越来越深。主要有下面几种体现：

第一，沉郁的艺术风格。沉郁是杜诗艺术风格最大的特色，这与杜诗忧国忧民的思想内容是不可分割地结合在一起的。陈与义南渡之后的诗歌内容与杜诗比较接近，这就为他学习杜诗的沉郁风格提供了内在的可能性。例如：

感　事

丧乱那堪说，干戈竟未休。公卿危左衽，江汉故东流。风断黄龙府，云移白鹭洲。云何舒国步，持底副君忧？世事非难料，吾

---

① 　见《瀛奎律髓》卷一六附纪昀《刊误》。
② 　见《须溪评点陈与义诗》，《陈与义集》附录。
③ 　据胡稚《简斋先生年谱》，此诗当作于宣和七年(1125)。
④ 　详见《陈与义集》卷一三胡稚笺注。按："一时花带泪"句，胡注引杜甫《秋兴》诗"丛菊两开他日泪"句，似不如引杜甫《春望》"感时花溅泪"句为妥。

生本自浮。菊花纷四野，作意为谁秋？

诗人蒿目时艰，忧心国事。诗中首四句虚写时局之危，"风断""云移"两句，暗示了当时波诡云谲的形势，"云何""持底"两句表示了诗人报国难成的焦虑，最后以草木的无情衬托了诗人自己的沉重心情。全诗在字面上本于杜诗的并不多，但其沉郁的风格则极似杜诗。刘克庄评此诗"颇逼老杜"[①]，无疑是指其风格而言的。这种风格的诗在陈与义的后期作品中占相当的比重。有些诗句如"兵甲无归日，江湖送老身。悠悠只倚杖，悄悄自伤神。天意苍茫里，村醪亦醉人"[②]等，置之老杜集中几可乱真。

第二，七言律诗的句法。明人胡应麟指出："宋之为律者，吾得二人：梅尧臣之五言，淡而浓，平而远。陈去非之七言，浑而丽，壮而和。梅多得右丞意，陈多得工部句。"[③]的确，陈与义的七律受杜诗影响很大，其中最显著的一点就是句法。例如上文中所举过的《伤春》一诗，"每岁烟花一万重"借用了杜诗"烟花一万重"[④]，尾联的句法也全是仿效杜诗《诸将五首》之三的尾联："稍喜临边王相国，肯销金甲事春农。"[⑤]又如下面这首诗：

登岳阳楼二首　其一

洞庭之东江水西，帘旌不动夕阳迟。登临吴蜀横分地，徙倚湖山欲暮时。万里来游还望远，三年多难更凭危。白头吊古风霜里，老木沧波无限悲。

---

① 《后村诗话》前集卷三。
② 《晚晴野望》，《陈与义集》卷二一。
③ 《诗薮》外编卷五。
④ 《伤春五首》其一，《杜诗详注》卷一三。
⑤ 《杜诗详注》卷一六。

纪昀评此诗曰:"意境宏深,真逼老杜。"①纪氏此评是正确的,但是还有一点值得我们注意,就是它在句法上也受到杜诗的影响。第一句句中用"之"字,声调也微拗,都近于杜诗。颈联则与杜诗"万里悲秋常作客,百年多病独登台"②的句法完全相同。其他的句子也沉着深永,从容不迫,得益于杜诗七律的句法。这对于陈与义的七律成就较高起了很重要的作用。

第三,用七言绝句写时事。用七言绝句这种体裁来记录时事或表示政见,是杜甫所特擅的本领,黄庭坚继承了这一手法,而陈与义更是非常成功地发展了它。例如:

邓州西轩书事十首　其五

皇家卜年过周历,变故未必非天仁。东南鬼火成何事?终待胡锋作争臣。

其　六

杨刘相倾建中乱,不待白首今同归。只今将相须廉蔺,五月并门未解围。

其　七

不须夜夜看太白,天地景气今如斯。始行夷狄相攻策,可惜中原见事迟。

这些诗以短小的篇幅写国家大事,并表示了诗人对时政的见解,内涵相当丰富,这与杜甫的《解闷十二首》③《承闻河北诸道节度入朝欢喜

---

① 《瀛奎律髓》卷一附纪昀《刊误》。
② 《登高》,《杜诗详注》卷二〇。
③ 《杜诗详注》卷一二。

口号绝句十二首》①等诗是一脉相承的。而且,陈与义的这些七绝声调相当拗峭,不像他集中写其他题材的七绝那样声调和婉,所以显得刚健古朴,与它们的内容相适应,这分明是有意识地向杜诗学习的结果。

总之,陈与义在诗歌艺术上学习杜甫是卓有成效的。与黄庭坚和陈师道相比,陈与义更多地注意从思想内容的角度去学习杜诗,但是这并不影响他对杜诗艺术的借鉴。陈与义不像黄庭坚那样强调学习杜甫"夔州诗"的质直老硬的艺术特色,而是着重学习杜诗沉郁、壮阔的风格,这无疑对他突破黄、陈诗风的藩篱起了较大的作用。清人王士禛说:"宋、明以来诗人学杜子美者多矣……陈简斋最下。"②这种批评是不符合事实的。

(三) 陶渊明、韦应物、柳宗元

陈与义很敬慕陶渊明的为人,他的诗歌中又有许多描写闲逸生活的作品,所以他在诗歌艺术上也受到陶诗的影响。陈与义曾多次次陶诗之韵,如《诸公和渊明〈止酒〉诗因同赋》《同左通老用陶潜〈还旧居〉韵》《同通老用渊明〈独酌〉韵》等③,他还曾两次借用陶诗"今日天气佳"④的成句:"今日天气佳,忽思赋新诗"⑤,"今日天气佳,登临散腰脚"⑥。他集中有一些诗,从意境到语言都很像陶诗。例如:

山 斋

夏郊绿已遍,山斋昼自迟。云物忽分散,余碧暮逶迤。寒暑

---

① 《杜诗详注》卷一八。

② 《池北偶谈》卷一六。

③ 《陈与义集》卷八、卷一九、卷一九。按:第三首诗是次陶诗《连雨独饮》之韵。这三首陶诗分别见于《陶渊明集》卷三、卷三、卷二。

④ 《诸人共游周家墓柏下》,《陶渊明集》卷二。

⑤ 《试院春晴》,《陈与义集》卷一一。

⑥ 《登阁》,《陈与义集》卷三〇。

送万古,荣枯各一时。世纷幸莫及,我尘得长持。

此外,由于与陶渊明的接近,陈与义有时也受到学陶的韦应物、柳宗元的影响,例如:

八关僧房遇雨

脱屦坐明窗,偶至晴更适。池上风忽来,斜雨满高壁。深松含岁暮,幽鸟立昼寂。世故方未阑,焚香破今夕。

雨

云物淡清晓,无风溪自闲。柴门对急雨,壮观满空山。春发苍茫内,鸟鸣篁竹间。儿童笑老子,衣湿不知还。

这些诗语言平淡而清丽,意境淡泊且幽美,都体现着韦、柳的影响。又如前面所提到过的《夏日集葆真池上,以"绿阴生昼静"赋诗,得"静"字》一诗,风格也近于韦、柳,故近人陈衍评曰:"宋人罕学韦、柳者,有之,以简斋为最。"①

由于陈与义接受了陶渊明、韦应物、柳宗元等人诗歌艺术的影响,他的诗歌风格中就有清远平淡的一面。这个特点,与陈与义同时的张嵲就已注意到了,他在赠陈与义的诗中说:"柳韦倘可作,论诗应定交。"②又称陈与义"尤邃于诗,体物寓兴,清邃超特,纡余宏肆,高举横厉,上下陶、谢、韦、柳之间"③。《四库提要》则反驳张嵲说:"至以陶、谢、韦、柳拟之,则殊为不类。"④我们认为这两种看法都不够全面。事实上,正像任何一个杰出的诗人一样,陈与义的诗歌风格也是多样化

---

① 《宋诗精华录》卷三。
② 《赠陈符宝去非》,《紫微集》卷四。
③ 《陈公资政墓志铭》,《紫微集》卷三五。
④ 《四库提要》卷一五六"《简斋集》"条。

的。一般地说,在陈与义的作品中,表现爱国主义思想内容的诗歌主要体现了雄浑、沉郁的艺术风格,在那些诗中杜甫的影响比较显著。而描写山水景物、表现闲情逸致的诗歌主要体现了清远平淡的艺术风格,在这些诗中陶渊明、韦应物、柳宗元等人的影响比较明显。① 后者不是陈与义诗歌的主要风格,但其存在也是不容忽视的。张嵲误把非主流的后者当成陈与义诗风的主要倾向,而《四库提要》又根本否认后者的存在,各执一偏,就难免要发生龃龉了。

四　陈与义诗歌的艺术特色

黄庭坚和陈师道的诗歌风格都有生新瘦硬的倾向,这成了早期江西派诗歌的主要艺术特色。陈与义虽然受到黄、陈较大的影响,但是他并没有囿于黄、陈的藩篱。特别是南渡之后,随着爱国主义思想内容的出现,他逐渐突破了黄、陈瘦硬诗风的局限,形成了雄浑、沉郁的独特艺术风格。关于他诗风中沉郁的一面,上文中已经论及。现在对他诗风中最主要的特色——雄浑作一些分析。

陈与义诗歌的主要风格是雄浑,前人多已见及。方回云:"简斋诗气势浑雄,规模广大。"②胡应麟亦云:"陈去非宏壮,在杜陵廊庑。"③刘克庄还指出陈与义诗风转变的过程是"以简严扫繁缛,以雄浑代尖巧"④。这些看法都是正确的。下面举几个例子:

巴丘书事

三分书里识巴丘,临老避胡初一游。晚木声酣洞庭野,晴天

---

① 我们认为谢灵运对陈与义的影响不大,故不论及。
② 《瀛奎律髓》卷二四。
③ 《诗薮》外编卷五。
④ 《后村诗话》前集卷二。

影抱岳阳楼。四年风露侵游子，十月江湖吐乱洲。未必上流须鲁肃，腐儒空白九分头。

再登岳阳楼感慨赋诗

岳阳壮观天下传，楼阴背日堤绵绵。草木相连南服内，江湖异态栏干前。乾坤万事集双鬓，臣子一谪今五年。欲题文字吊古昔，风壮浪涌心茫然。

雨中再赋海山楼诗

百尺阑干横海立，一生襟抱与山开。岸边天影随潮入，楼上春容带雨来。慷慨赋诗还自恨，徘徊舒啸却生哀。灭胡猛士今安有？非复当年单父台！

在这些诗中，也有诗人个人的身世之感，但占主导地位的则是对国事的关切之情，这两者紧密地结合在一起，形成了一种悲壮慷慨的感情，给全诗定下了刚健高亢的基调。诗中所写的景物都雄壮而阔大：浩渺无际的湖水，汹涌澎湃的海潮，给全诗涂上了苍茫壮丽的色彩。此情此景融合一体，自然形成了雄浑的风格。诗人并不是没有在技巧上下功夫，但是这些技巧不仅没有削弱，甚至反而形成了全诗的浑然之气。例如第一首的中间二联，炼字很见功力，"四年风露侵游子，十月江湖吐乱洲"，用字妥切而不落纤巧。"声"曰"酣野"，"影"曰"抱楼"，更是一字有千钧之重，绘声绘色地把深秋洞庭的壮阔景象呈现在读者眼前。在陈与义的这些诗中，黄庭坚诗风伤于瘦硬、工巧的缺点已一扫而尽，而其语言的凝练、准确的长处则得到了发扬。当然，正像我们在前面已经指出的，杜诗的沉郁风格在这些诗中也起着很大的影响。

我们再看两首小诗。

送人归京师

门外子规啼未休,山村日落梦悠悠。故园便是无兵马,犹有归时一段愁。

襄邑道中

飞花两岸照船红,百里榆堤半日风。卧看满天云不动,不知云与我俱东。

前一首抒发了遭逢战乱的身世之感,气氛忧郁沉重;后一首描写了生活中一个有趣的现象,气氛活泼轻快。它们在艺术上有共同的特点:用字朴素,句法自然,抒情写景却都有一定的深度。但尤其值得注意的是:前一首抒悲愁之情而不至于凄厉,后一首写绮丽之景而不落于纤巧,都带有一些浑然之气。

雄浑的风格在陈与义写各种题材的诗中都有体现。例如,诗人写离愁别恨是"匆匆秣归马,离恨满霜天"[1];写惆怅之感是"天意苍茫里,村醪亦醉人"[2];写月亮是"玉盘忽微露,银浪泻千顷"[3]"长风将佳月,万里到此堂"[4];写秋色是"洞庭秋气连苍梧,天高地冷鱼龙呼"[5]"天长兼葭响,水落城堞高"[6];写鸿雁是"去年弄影河北月,今年迎面江南云"[7];而曾被黄庭坚形容为"露湿何郎试汤饼,日烘荀令炷炉香"[8]的酴醾花,到了陈与义的笔下却是"青天映妙质,白日照繁香"[9]。

---

① 《送吕钦问监酒受代归》,《陈与义集》卷一。
② 《晚晴野望》,《陈与义集》卷二一。
③ 《十七夜咏月》,《陈与义集》卷一八。
④ 《题刘宣义风月堂》,《陈与义集》卷一。
⑤ 《留别康元质教授》,《陈与义集》卷二三。
⑥ 《晚步湖边》,《陈与义集》卷一九。
⑦ 《送张仲宗押戟归闽中》,《陈与义集》卷四。
⑧ 《观王主簿家酴醾》,《山谷外集》卷一二。
⑨ 《酴醾》,《陈与义集》卷四。

这说明雄浑确已成为陈与义诗的主要风格了。

应该指出，雄浑的艺术风格并不是陈与义首先创造的。在许多唐代诗人如高适、李颀等人的作品中，这种风格早已出现。陈与义的雄浑风格虽然并不就是前辈诗人所创造的雄浑风格的简单模仿，但毕竟不像黄庭坚的瘦硬、陈师道的朴拙等风格那样具有十分鲜明的独特性。陈与义的可贵之处在于，当大多数江西派诗人都囿于黄、陈诗风的影响而使整个诗派的风格趋于单调时，他却以异军突起的姿态对诗派的艺术风格进行革新，从而使江西诗派的艺术风格变得更加丰富多彩。这不仅对于江西诗派本身是一大贡献，而且给当时笼罩在江西诗派影响之下的整个诗坛吹进了一股清新之风，对宋诗的健康发展起了一定的积极作用。

此外，陈与义的诗歌艺术还有两点值得我们注意。

第一，陈与义的诗句比较活泼流动，诚如元人吴师道所云："世称宋诗人句律流丽，必曰陈简斋。"[1]他的这个特色在七言律诗的对句中体现得尤为突出。例如被魏庆之誉为"宋朝警句"[2]的"客子光阴诗卷里，杏花消息雨声中"[3]一联，除了"里""中"二字外，其余的字都不算工对。方回就指出："以'客子'对'杏花'，以'雨声'对'诗卷'，一我一物，一情一景，变化至此！"[4]正因为诗人已经由追求对仗的工稳而发展到突破工稳的境地，所以能在格律谨严的律诗中以流动之风调，发深沉之情思。七律的对仗本来比较容易流于呆滞，晚唐的许浑等人甚至不顾诗意而一味追求字面上的对仗工稳，造成了相当严重的后果。黄庭坚、陈师道有意矫正之，但尚未能造极。陈与义则在更大的程度上摆脱了对仗的束缚。他的七律中常用流水对如"如何南纪持竿手，

---

①　《吴礼部诗话》。
②　见《诗人玉屑》卷三。
③　《怀天经、智老因访之》，《陈与义集》卷三〇。
④　《瀛奎律髓》卷二六。

却把西州破贼旗"①,当句对如"暮霭朝曦一生了,高天厚地两峰闲"②
等比较灵活的对仗方式,而集中最常见的即方回所谓"一我一物,一情
一景"的宽对法,如"世事纷纷人老易,春阴漠漠絮飞迟"③"乾坤万事
集双鬓,臣子一谪今五年"④"孤臣霜发三千丈,每岁烟花一万重"⑤"春
风浩浩吹游子,暮雨霏霏湿海棠。去国衣冠无态度,隔帘花叶有辉
光"⑥,等等。对句的流动多姿,是陈与义的七律成就较高的重要因素
之一。

第二,陈与义对自然景物的观察细致入微,他有诗云:"蛛丝生夕
霁,随处有诗情。"⑦又有诗云:"朝来庭树有鸣禽,红绿扶春上远林。
忽有好诗生眼底,安排句法已难寻。"⑧可见他很善于在平常的景物中
捕捉诗情,也很善于生动地描写平常的自然景物。例如:云——"屋山
奇峰起,欹枕看云来"⑨;雨——"须臾万银竹,壮观惊户牖"⑩;雪——
"天上春已暮,尽日花缤纷"⑪;蜻蜓——"蜻蜓泊墙阴,近人故多猜"⑫;
花萼——"群仙已御东风去,总脱绛袂留人间"⑬;等等。描写细致,想
象生动,题材虽小,却饶有诗趣,这对后来的杨万里等人有所影响。

---

① 《周尹潜以仆有郢州之命,作诗见赠,有"横槊"之句,次韵谢之》,《陈与义集》卷
二一。

② 《友人惠石两峰巉然,取杜子美"玉山高并两峰寒"之句,名曰"小玉山"》,《陈与
义集》卷九。

③ 《寓居刘仓廨中,晚步过郑仓台上》,《陈与义集》卷一四。

④ 《再登岳阳楼感慨赋诗》,《陈与义集》卷一九。

⑤ 《伤春》,《陈与义集》卷二六。

⑥ 《陪粹翁举酒于君子亭亭下,海棠方开》,《陈与义集》卷二〇。

⑦ 《春雨》,《陈与义集》卷一五。

⑧ 《春日》,《陈与义集》卷一〇。

⑨⑫ 《夏日》,《陈与义集》卷一一。

⑩ 《浴室观雨以"催诗走群龙"为韵,得"走"字》,《陈与义集》卷一一。

⑪ 《雪》,《陈与义集》卷三〇。

⑬ 《二十一日风甚,明日梅花无在者,独红萼留枝间,甚可爱也》,《陈与义集》卷
二〇。

五　陈与义在江西诗派中的地位

吕本中作《江西诗社宗派图》,大约在崇宁元年(1102)(参看附录三:《吕本中〈江西诗社宗派图〉考辨》),当时陈与义只有十三岁左右,在诗坛上还没有名声,《宗派图》中不列陈与义之名,是理所当然的事。其后,由于人们对《宗派图》的铨选颇多非议,吕本中自己也"甚悔其作"①,当然不会再对《宗派图》作什么补充。陈与义年辈较晚,没有见过黄庭坚和陈师道,与其他早期江西派诗人也没有什么交往,所以他不像吕本中、曾几等人与早期江西派诗人有亲身的师承关系。而且,陈与义的诗名臻于极盛时,他的诗风已突破了黄、陈的藩篱而自成面目。葛胜仲说他"晚年赋咏尤工,缙绅士庶争传诵,而旗亭传舍摘句题写殆遍,号称'新体'"②。人们把陈与义的诗称为"新体"而不把他看成是江西诗派,可能是因为他的诗风在当时为江西诗派的影响所笼罩的诗坛上比较新鲜。南宋末期,严羽首次指出陈与义诗"亦江西之派而小异"③。刘辰翁则认为陈与义"以后山体用后山,望之苍然,而光景明丽,肌骨匀称。古称陶公用兵得法外意,以简斋视陈、黄,节制亮无不及,则后山比简斋,刻削尚似,矜持未尽去也"④。宋末元初的方回更明确地指出:"黄、陈二老诗,各成一家,未有能及之者。然论老笔名手,黄、陈之外,江西派中多有作者。吕居仁、陈简斋,其尤也。"⑤又说:"古今诗人当以老杜、山谷、后山、简斋四家为一祖三宗。"⑥《四库提要》甚至认为陈与义"就江西派中言之,则庭坚之下、师道之上,实高

---

① 　见曾季狸《艇斋诗话》。
② 　《〈陈去非诗集〉序》,《丹阳集》卷八。
③ 　《沧浪诗话·诗体》。
④ 　《简斋诗笺序》,《陈与义集》卷首。
⑤ 　《刘元辉诗评》,《桐江集》卷五。
⑥ 　《瀛奎律髓》卷二六。

置一席无愧也"①。这种把陈与义归入江西诗派的看法,到了现代颇遭非议。例如钱锺书先生就反对方回的说法②,有的文学史著作也把陈与义与江西诗派相对而论③。我们认为,方回等人的看法是比较符合事实的。反对把陈与义归入江西诗派,无非是出于下面两点理由:第一,陈与义诗的思想内容比较积极、充实,与黄、陈等早期江西派诗人的作品内容比较空虚的情况不同。第二,陈与义诗的艺术风格与黄、陈等人颇异其趣。其实,这是对于江西诗派特点的误解。事实上,江西诗派是一群在诗歌艺术上受到黄庭坚较深影响的诗人形成的诗歌流派,他们在诗歌的思想内容方面并无严密的统一的理论,他们的诗歌艺术风格也并不完全一致。黄庭坚、陈师道等人的作品在思想内容上比较空虚、贫乏,在不同程度上存在着囿于个人生活小圈子和书本知识的缺陷。但是,这主要是时代局限而导致的现象,并不是整个江西诗派的特点。在列名《江西诗社宗派图》而且活到靖康事变之后的诗人中,大多数人的诗歌内容都有所变化,其中如韩驹、洪炎以及《宗派图》的作者吕本中等人,还写出了不少闪耀着爱国主义思想光辉的诗篇。陈与义的诗歌之所以在思想内容上具有比较积极的意义,完全是艰难的时代玉成了他。我们只要把他在南渡前后的作品内容对照一下,就可发现靖康事变给他带来的变化是何等巨大。这与韩驹、吕本中等人的情况只有程度上的差别,而没有本质上的不同。所以,黄庭坚、陈师道等人与陈与义在诗歌内容上的差别,只是江西派诗人在不同的时代背景下的不同表现,并不意味着前者属于江西诗派而后者反是。在艺术风格上,陈与义诗与黄庭坚、陈师道的诗风确实差别较大,但是,正如我们在上面所分析的,他在诗歌艺术上还是受到黄、陈一定影响的,即使在他创造了自己的独特风格之后,黄、陈的影响也

---

① 《四库提要》卷一五六"《简斋集》"条。
② 见《宋诗选注》第一四五页。
③ 见中国社会科学院文学研究所编《中国文学史》第六二七页。

没有在他的创作中完全绝迹。而这一点正是衡量当时的诗人是否属于江西诗派的主要标准。我们在第三、第四章中已经分析过《江西诗社宗派图》中二十五位诗人的创作情况，他们之中虽然也有人（如洪朋、李彭等）跟在黄庭坚后面亦步亦趋，其诗风完全笼罩在黄诗影响之下，但更多的人（如陈师道、韩驹等）则虽然受到黄庭坚的影响，仍然具有自己的风格特征。当我们说到江西诗派的诗风时，只是指其总的倾向而言，并不意味着诗派中人的作品都呈现完全一致的面貌。所以，从诗歌艺术的角度来看，陈与义也应该被看成是江西诗派的成员。

　　方回把陈与义看成江西诗派"三宗"之一，也是有一定理由的。陈与义是南北宋之际江西诗派中最杰出的诗人，他的艺术风格虽然不像黄庭坚和陈师道那样具有非常鲜明的独创性，对当时的诗坛没有产生黄、陈那样巨大的影响，但是他南渡之后的部分作品在思想内容上达到了黄、陈所远远不及的高度，在艺术上也纠正了黄、陈诗风比较生硬的缺点而创造了雄浑壮阔的艺术风格，从而进一步丰富了江西诗派的诗风。除了黄庭坚和陈师道之外，陈与义在诗歌创作上所取得的成就在江西诗派中是无人可与匹敌的。正因为出现了陈与义这样杰出的后起之秀，才使得江西诗派在黄、陈去世三十多年之后仍然经久不衰。所以，我们虽然没有必要像《四库提要》那样把陈与义的名次排到陈师道之上（见上），但完全有理由说陈与义确实不愧于江西诗派"三宗"之一的席位，他是江西诗派中继黄、陈之后最杰出的诗人。

第六章　南宋的其他江西派诗人

黄庭坚、陈师道去世之后，江西诗派仍然在不断地发展、演变，这种情况一直延续到宋末。但是在吕本中作《江西诗社宗派图》之后，再也没有人做过同样规模的铨选工作。南宋嘉泰三年（1203），杨万里作《江西续派二曾居士诗集序》，认为曾纮、曾思父子"诗源委山谷先生"，所以他"命之曰'江西续派'而书其右，以补吕居仁之遗"①。曾氏父子的诗早已失传②，我们已无法对之进行研究。此外，刘克庄等人也对江西诗派的名单作过增补③，可是这种增补一则零碎，二则不尽妥当，都不能与吕本中的《宗派图》相比。所以，后期的江西诗派到底包括哪些诗人，其范围是不够明确的。本章把受黄、陈诗歌艺术影响较大的吕本中、曾几、赵蕃、韩淲、方回五人作为诗派的成员加以研究。至于其他的一些诗人，例如陆游、杨万里等人，虽然也曾受到江西诗派的一些影响，但纵观其诗歌创作的全貌，毕竟与江西派诗人走着不同的道路，所以我们将在第八章中对他们受江西诗派影响的情况予以简略论述，而不把他们看成是江西诗派的成员。

---

① 《江西续派二曾居士诗集序》，《诚斋集》卷八三。

② 《直斋书录解题》卷一五载有《江西续派》十三卷，即卷二〇所载之曾纮《临汉居士集》七卷、曾思《怀岘居士集》六卷，《宋史》卷二〇九《艺文志》八也载有曾纮《江西续宗派诗集》二卷，今俱佚。

③ 例如刘克庄在《茶山诚斋诗选序》（《后村先生大全集》卷九七）中把曾几和杨万里归入江西诗派。

一　吕本中

吕本中(1084—1145)，字居仁，人称东莱先生，寿州(今安徽寿县)人，生平事迹见《宋史》卷三七六本传。

吕本中兼长经学和文学，生平著作等身。他的诗歌在南宋乾道元年(1165)由沈公雅编成二十卷刊行，名《东莱先生诗集》。[①]　今有《四部丛刊续编》本，乃据日本内阁文库所藏宋本影印。此外，《郡斋读书志》卷一九和《直斋书录解题》卷二〇都载有《东莱外集》二卷，然近代藏书家傅增湘曾藏此书，实为三卷，现存北京图书馆[②]。今据《东莱先生诗集》和《东莱外集》统计，共收诗一千二百七十三首。[③]

吕本中年青时作《江西诗社宗派图》，首次提出了"江西诗派"这个名称。他虽然比多数早期江西派诗人年轻得多，却与其中许多人有交往，仅在他的著作中明确记载着的就有韩驹、徐俯、潘大临、洪炎、夏倪、谢逸、谢薖、晁冲之、汪革、李彭、饶节、江端本、王直方等人。吕本中在诗歌创作上也受到黄庭坚很大的影响，所以，后人便把他的名字补入《江西诗社宗派图》中(参看附录三：《吕本中〈江西诗社宗派图〉考辨》)。无论是从诗歌理论还是诗歌创作的角度来看，把吕本中归入江西诗派都是很合理的。关于第一点，我们将在第七章中加以讨论，现在先分析吕本中的诗歌创作。

吕本中诗歌的思想内容，有着与陈与义诗相类似的变化。在靖康事变之前，虽然吕本中未满二十岁就受到其曾祖吕公著的连累而在仕

---

①　见曾几《东莱先生诗集后序》，《茶山集》拾遗。按：周必大称沈公雅刻吕氏诗为"《紫薇集》二十卷"(见《题吕紫薇与晁仲石诗》，《周益国文忠公集·平园续稿》卷七)，当是同书异名。

②　详见傅增湘《藏园群书题记·续集》卷四。此外，袁本《郡斋读书志》卷四下载有《吕居仁集》十卷，已佚。

③　《东莱先生诗集》卷一〇中《堤上》一诗，已见于同书卷八，今除去不计。

途上不甚得意①,但他毕竟是生于公侯之家的贵公子,过着诗酒风流的生活,其诗歌的主要内容是与友人的唱酬和个人情怀的抒发。例如下面这首诗:

喜　雨

天乞幽人一夜凉,故教微雨送斜阳。暝阴笼树山更好,爽气侵人土自香。多病不眠唯药裹,居闲长坐只绳床。五年谬作江湖客,几对鲈鱼忆故乡。

此诗是崇宁五年(1106)在宿州写的,诗中有浓重的乡愁,也夹杂着因"居闲"而生的惆怅之感和士大夫的闲情逸趣,总之不外是写他个人的思想感情。就内容而言,这是吕本中早期诗歌的代表作。

靖康元年(1126),金兵围攻汴京,不久汴京陷落。当时吕本中正在京城之中,他目睹了爱国军民的奋勇抗敌、金兵的残暴行为和人民遭受的巨大苦难,把这些情景一一纪之于诗,并表达了自己忧国忧民的深沉感情。例如:

京城围闭之初,天气晴和,军士乘城不以为难也,因成四韵

贼马侵城急,官军报捷频。民心皆欲斗,天意已如春。魏阙方佳气,王畿且战尘。不妨来往路,经月绝行人。

守城士

北风且莫雪,一雪三日寒。不念守城士,岁晚衣裳单?衣单未为苦,隔堞闻战鼓。杀贼须长枪,防城要长弩。炮来大如席,城头且撑柱。岂不知爱身?倾心报明主。报主此其时,一死吾亦

---

① 见《宋史》卷三七六本传。

宜。未敢望爵赏，且令无事归。寄语守城士，此言君所知！

　　这两首诗都写于围城之中，诗人的目光是敏锐的，他看到了"民心皆欲斗"，也关心着"岁晚衣裳单"的军士，他深知只有人民和爱国将士才能担负起保卫社稷的重任。稍后，诗人更把希望寄诸敌后的义军："欲逐范仔辈，同盟起义师！"①这在当时的诗坛上是绝无仅有的空谷足音。

　　此外，诗人对饱经战祸的无辜人民表示了深切的同情："城北杀人声彻天，城南放火夜烧船。江湖梦断不得往，问君此住何因缘？窜身穷巷米如玉，翁寻湿薪煴爨粥。明日开门雪到檐，隔墙更听邻家哭。"②他愤怒地控诉了金兵的罪行："昨者城破日，贼烧东郭门。中夜半天赤，所忧惊至尊。是时雪政作，疾风飘大云。十室九经盗，巨家多见焚。至今驰道中，但行胡马群。翠华久不返，魏阙连妖氛。都人向天泣，欲语声复吞！"③并且痛斥那些祸国殃民的奸臣："万事多翻复，萧兰不辨真。汝为误国贼，我作破家人！"④诗人对于严重的局势是忧心忡忡的："只今胡尘暗江路，盗贼往往乘余威。良民虽在困须索，四海万里皆疮痍。"⑤但是他对于抵抗侵略的正义事业并没有丧失信心：

怀京师

　　北风作霜秋已寒，长江浪生船去难。客愁不断若江水，朝思暮思在长安。长安外城高十丈，此地岂容胡马傍。亲见去年城破时，至今铁马黄河上。小臣位下才则拙，有谋未献空惆怅。汉家

----

①　《兵乱后自嬉杂诗》其一，《东莱外集》卷三。
②　《兵乱寓小巷中作》，《东莱先生诗集》卷一一。
③　《城中纪事》，《东莱先生诗集》卷一一。
④　《兵乱后自嬉杂诗》其九，《东莱外集》卷三。
⑤　《阳山道中遇大风雨暴寒有感》，《东莱先生诗集》卷一二。

宗庙有神灵，但语胡儿莫狂荡！

此诗慷慨激昂，气吞骄虏，是后来陆游这类作品的先驱。

总之，吕本中在靖康事变之后所写的一部分诗歌，虽然在艺术上比不上陈与义的同类作品，但吕本中能注意到人民的不幸遭遇和思想感情并反映于诗中，这是他超过陈与义的地方。就思想内容而言，吕本中的这部分诗在当时的诗坛上是非常杰出的。后来，随着南宋小朝廷苟安局面的形成，诗人笔下又渐渐地恢复了早期的题材内容，这是十分令人可惜的。

吕本中少时就刻苦学诗，并以黄庭坚为学习的典范。据说他十六岁时写出了"风声入树翻归鸟，月影浮江倒客帆"的句子，"作此诗尝呕血，自此得羸疾终其身"[1]。他后来的诗中也时时有炼字很见功力的句子，例如"长河印晓月"[2]"老木犯新霜"[3]等，这种刻意炼字的作风，是与黄庭坚一脉相承的。黄诗的瘦硬风格对吕本中也有较大的影响，例如：

题淮上亭子

亭下长淮百尺深，亭前双树老侵寻。暮云秋雁且南北，断垄荒园无古今。露草欲随霜草尽，归樯时度去樯阴。秋风未满鲈鱼兴，更有江湖万里心。

西归舟中怀通泰诸君

一双一只路旁堠，乍有乍无天际星。乱叶入船侵破衲，疾风

---

① 曾季狸《艇斋诗话》。按：这两句诗今见于《晚步至江上》，《东莱先生诗集》卷一。

② 《九日晨起》，《东莱先生诗集》卷三。

③ 《试院中作二首》其一，《东莱先生诗集》卷七。

吹水拥枯萍。山林何谢难方驾,诗语曹刘可乞灵。酒碗茶瓯俱不厌,为公醉倒为公醒。

这样的诗,声调微拗,语言清瘦,铅华洗尽,旨趣幽深,确实体现了与黄诗相近的风格。谢薖说吕本中:"好诗初无奇,把玩久弥丽。有如庵摩勒,苦尽得甘味。"①当是指这一类诗而言。

有时,吕本中的诗中也体现着陈师道朴拙诗风的影响,例如:

登　舟

夜雨晓犹滴,怒风晴更吹。已无行役念,宁有别离悲? 舟楫三年路,江山一月期。东庵旧还往,不废百篇诗。

黄、陈的影响在吕本中的整个创作过程中都有体现,所以在吕本中去世以后,曾几说:"东莱吕公居仁以诗名一世,使山谷老人在,其推称宜不在陈无己下。"②赵蕃也说:"诗家初祖杜少陵,涪翁再续江西灯。陈潘徐洪不可作,阃奥晚许东莱登。"③都指出了吕本中与黄庭坚之间的渊源关系。但是,更值得我们注意的是,吕本中对于诗歌艺术是有自己的独特见解的。他说:"学诗当识活法。"④并推崇谢朓"好诗流转圆美如弹丸"的话⑤。而这种"流转圆美"的诗风显然与黄、陈的瘦硬诗风颇异其趣。所以,吕本中一方面学习黄、陈,另一方面又力图创造一种与黄、陈不同的新风格。我们通读他的诗集,就会得到这样的印象:黄、陈的影响时深时浅,但总的说来,"流转圆美"的倾向在渐渐加剧。例如:

①　《读吕居仁诗》,《谢幼槃文集》卷一。
②　《东莱先生诗集后序》,《茶山集》拾遗。
③　《书紫微集后》,《章泉稿》卷一。
④⑤　《夏均父集序》,见于刘克庄《后村先生大全集》卷九五。

试院中作

　　职事侵人畏作官，略偷身去不能还。树移午影重帘静，门闭
春风十日闲。尚有文书遮病目，却无尘土犯衰颜。故人何处篷笼
底，看尽江南江北山。

这首诗总的风格还有点像黄诗，但被魏庆之誉为"宋朝警句"①的颔联
却清新自然，已露出新风格的端倪。又如下面这首诗：

柳州开元寺夏雨

　　风雨翛翛似晚秋，鸦归门掩伴僧幽。云深不见千岩秀，水涨
初闻万壑流。钟唤梦回空怅望，人传书至竟沉浮。面如田字非吾
相，莫羡班超封列侯。

方回评曰："居仁在江西派中最为流动而不滞者，故其诗多活。"纪昀则
评曰："五、六深至，不似江西派语。"②其实这首诗尚未完全摆脱瘦硬
之感，在吕本中诗中还有更加流动圆美之作，例如：

春晚郊居

　　柳外楼高绿半遮，伤心春色在天涯。低迷帘幕家家雨，淡荡
园林处处花。檐影已飞新社燕，水痕初没去年沙。地偏长者无车
辙，扫地从教草径斜。

语言清丽，音节和婉，一点也没有瘦硬之感了。谢逸曾说："以居仁诗
似老杜、山谷，非也。杜诗自是杜诗，黄诗自是黄诗，居仁诗自是居仁

---

　　①　见《诗人玉屑》卷三。
　　②　见《瀛奎律髓》卷一七附纪昀《刊误》。

诗也。"①此言不无过誉之处,因为吕本中在诗歌艺术上的造诣还没有达到自成一家的程度。但是应该指出,吕本中对于江西派诗风的发展是有贡献的。黄庭坚、陈师道以及他们周围的其他早期江西派诗人虽然各有不同的风格特点,但是多数人的诗风是趋向瘦硬的。而这种风格如果长期继续下去,就势必出现生硬艰涩的弊病(黄、陈的诗中已有此端倪)。比吕本中稍晚的陈与义在风格上有了很大的转变,可是他的雄浑风格在江西诗派中是一种比较特殊的现象,其后也不见有人追随。吕本中的创作成就虽然比不上陈与义,但是他首先提倡"活法",并在创作实践中逐步以"流转圆美"矫正了生硬的缺点,这对于江西诗派诗风的转变起了较大的促进作用。与吕本中同年的曾几曾向吕请教诗法②,曾几的诗后来颇呈清新活泼之态,是与吕本中的影响分不开的。稍后,陆游自称:"某自童子时读公(指吕本中)诗文,愿学焉。稍长,未能远游,而公捐馆舍。晚见曾文清公,文清谓某:'君之诗,渊源殆自吕紫微,恨不一识面。'"③可见吕本中对南宋诗坛的影响是较大的。方回说:"老杜之后有黄、陈,又有简斋,又其次则吕居仁之活动,曾吉甫之清峭,凡五人焉。"④就诗歌艺术的造诣而言,吕本中当然比不上"三宗"。但如果论其对于诗派风气转变所起的作用,则吕本中确实是江西诗派发展过程中的一个关键性人物。

此外,吕本中在靖康事变时期所写的一部分诗歌,颇受杜甫沉郁诗风的影响。例如:

丁未二月上旬四首　其一

丞相忧宗及,编氓恐祸延。乾坤正翻复,河洛倍腥膻。报主

---

① 见《东莱吕紫微师友杂志》。
② 见《东莱先生诗集后序》,《茶山集》拾遗。
③ 《吕居仁集序》,《渭南文集》卷一四。
④ 《瀛奎律髓》卷二四。

悲无术,伤时只自怜。遥知汉社稷,别有中兴年。

其　二

　　厄运虽云极,群公莫自疑。民心空有望,天道本无知。野帐留黄屋,青城插皂旗。燕云旧耆老,宁识汉官仪?

风格酷肖杜诗。还有《兵乱后自嬉杂诗》《还韩城》等诗,也都有这样的特点。曾季狸说:"吕东莱围城中诗皆似老杜。"①确为的评。虽说杜甫的影响仅仅体现于这一部分诗,而在吕本中后来的诗歌中又消失了,但是这也说明了江西派诗人确是注重学杜的,所以仍然值得我们注意。

二　曾几

　　曾几(1084—1166),字吉甫,号茶山居士,赣州(今江西赣县)人,生平事迹见陆游《曾文清公墓志铭》②和《宋史》卷三八二本传。

　　曾几也兼长经学和文学。他的诗歌作品,《直斋书录解题》卷二〇载有《曾文清集》十五卷,刘克庄则云:"《茶山诗》十五卷,九百一十篇者是也。续刊《后集》亦十五卷,然中间多泛应漫兴者。"③陆游称曾几"有文集三十卷"④,或即合《曾文清集》与《后集》言之。今俱佚。今存《武英殿聚珍版丛书》本《茶山集》八卷,乃四库馆臣辑自《永乐大典》者,共收诗五百六十一首⑤,另有馆臣漏辑之诗九首,见栾贵明辑《四

---

① 《艇斋诗话》。
② 《渭南文集》卷三二。
③ 《后村诗话续集》卷四。
④ 《曾文清公墓志铭》,《渭南文集》卷三二。
⑤ 按:今本《四库提要》卷一五八"《茶山集》"条谓收诗五百五十八首,疑误。《茶山集》卷首所附之《提要》则说收诗五百六十一首,与我们的统计数字相合。

库辑本别集拾遗》。

曾几在政治上是始终站在抗金派立场上的,南宋小朝廷偏安于半壁河山的局势常使诗人忧心忡忡,这在他的诗中有所反映,例如:

寓居吴兴

相对真成泣楚囚,遂无末策到神州。但知绕树如飞鹊,不解营巢似拙鸠。江北江南犹断绝,秋风秋雨敢淹留?低回又作荆州梦,落日孤云始欲愁。

首联写南宋的臣子们虽然未忘中原,却无恢复之志。颔联表面上是写自己漂泊不定的生涯,暗中则是讽刺宋高宗赵构的逃跑主义,与陈与义的名句"初怪上都闻战马,岂知穷海看飞龙"①的意思相近,不过曾几此联更为含蓄一些。后面两联则写自己对山河破碎、风雨飘摇的局势的忧虑。全诗充满了忧国之情,虽然情调太低沉了一点,却非常感人。再如:

雪中陆务观数来问讯,用其韵奉赠

江湖迥不见飞禽,陆子殷勤有使临。问我居家谁暖眼?为言忧国只寒心!官军渡口战复战,贼垒淮壖深又深。坐看天威扫除了,一壶相贺小丛林。

此诗作于绍兴后期,其时宋、金双方常交战于江淮之间。诗人也许是受到了陆游高昂情绪的影响,所以一方面为国事而忧虑,一方面又对抗金斗争充满了信心。这样的诗在思想内容上与陈与义、陆游等人的同类作品息息相通,是宋代爱国主义诗歌的一个组成部分。

---

①　《伤春》,《陈与义集》卷二六。

但是应该指出,上述这类内容的诗在曾几集中只占非常小的比重。曾几的大部分作品,无论是写于靖康事变之前还是写于靖康事变之后的,都与当时的政治斗争或民族斗争没有什么联系。可以说,曾几诗歌的主要内容就是个人情怀的抒发。他爱石如痴,有句云"爱山已成痴,爱石又成癖"①,甚至说:"闲居百封书,总为一片石……欲去复迟迟,摩挲遂移刻。"②他又喜梅成癖,有句云"顾我已头白,见渠犹眼明"③,甚至说:"绕树三匝且复去,前村一枝应可摘。"④所以咏石、咏梅等诗在他集中相当之多,《瀛奎律髓》卷二〇"梅类"中所选曾几的咏梅诗就有八首之多。至于模山范水、吟风弄月之诗,更是曾几笔下的主要内容。这些诗大多充满着士大夫的闲情逸趣,例如:

宜兴邵智卿天远堂

目极云沙静渺然,邵卿风月过年年。雁行灭没山横晚,渔艇空蒙水接天。南国棠阴春寂寂,东风瓜蔓日绵绵。问君许作邻翁否? 阳羡溪边即买田。

语言清丽,写景如画,艺术性是不低的,但在思想内容上显然不如第一部分诗那样充实而有积极意义。

曾几论诗,非常推崇杜甫、黄庭坚和陈师道,他有诗云:"工部百世祖,涪翁一灯传。"⑤又云:"华宗有后山,句律严七五。豫章乃其师,工部以为祖。"⑥他还隐隐地以江西诗派的继承者自居,"老杜诗家初祖,

---

① 《何德器赠太湖石》,《茶山集》卷二。
② 《吴甥遗灵璧石,以诗还之》,《茶山集》卷二。
③ 《岭梅》,《茶山集》卷四。
④ 《探梅》,《茶山集》卷三。
⑤ 《东轩小室即事五首》其四,《茶山集》卷二。
⑥ 《次陈少卿见赠韵》,《茶山集》卷一。

涪翁句法曹溪。尚论渊源师友,他时派列江西"①。这四句诗虽然是题别人的书斋的,实际上却是夫子自道。我们若对曾几诗歌艺术的渊源及其特点加以考察,就可发现他确是属于江西诗派的。

首先,曾几以黄庭坚为学诗的典范。他有时在句法上模仿黄诗,例如"僧窗各自占山色,处处薰炉茶一瓯"②一联,显然是仿效黄诗"蜂房各自开户牖,处处煮茶藤一枝"③的,但是这种模仿并不成功,而且也很少见。黄诗艺术对曾几的影响主要体现于下面两点:

第一,拗体七律。曾几在这方面受杜甫、黄庭坚影响很大,今本《茶山集》中共有一百四十六首七律,其中有三分之一是拗体,例如:

以汤饼招韩伯周、王岩起二提举,郑深道、曾宏甫二使君。宏甫有诗,次其韵

镜湖淮溃旧刺史,庐阜赤城新使君。敢持汤饼一取饱,更用尊酒重论文。玉川遣奴致双鲤,吏部呼儿书八分。不如哦君七字句,举首看度南山云。

全诗无句不拗,颇呈生硬之感。

第二,咏物重神似。曾几的咏物诗比较多,而且常常体现了黄庭坚大力提倡的这种艺术手法,例如:

岭　梅

蛮烟无处洗,梅蕊不胜清。顾我已头白,见渠犹眼明。折来知韵胜,落去得愁生。坐久江南梦,园林雪正晴。

---

① 《李商叟秀才求斋名于王元渤,以"养源"名之,求诗》其二,《茶山集》卷七。
② 《张子公招饭灵感院》,《茶山集》卷五。
③ 《题落星寺》,《山谷外集》卷八。

纪昀批曰："无一字切梅，而神味恰似，觉他花不足以当之。"①的确，此诗没有一句描摹梅花的形态，而是用全力刻画梅花的神情，是体现了宋诗特色的咏物佳作。

此外，黄、陈的瘦硬诗风在曾几诗中也有所体现，例如：

雨二首　其一

秋冬久不雨，气浊喜云生。麦陇崇朝润，茅檐彻夜声。初来断幽径，渐密杂疏更。赖有墙阴荠，离离已可烹。

虽然曾几诗的主要艺术风格与此颇异其趣，但是这一类诗在他集中也有不少，这说明他受黄庭坚的影响还是较深的。方回说："茶山诗学山谷，往往逼真。"②如果就这一部分诗而言，确实不为过分。

曾几与韩驹也有师承关系，他挽韩驹的诗中说："忽惊地下修文去，太息门边问字谁？"③俨然以韩驹的弟子自居。宋人黄昇云："陆放翁诗本于茶山……然茶山之学亦出于韩子苍，三家句律大概相似。"④很清楚地指明了这种关系。《苕溪渔隐丛话》后集卷三四中记载了这样一个例子："汪彦章自吴兴移守临川，曾吉甫以诗迓之云：'白玉堂中曾草诏，水精宫里近题诗。'先以示子苍，子苍为改两字：'白玉堂深曾草诏，水精宫冷近题诗。'迥然与前不侔，盖句中有眼也。"⑤重炼字，讲句眼，正是从黄庭坚以来一脉相承的江西派诗法，而曾几在创作实践中也确实体现了这个特点，例如：

---

① 《瀛奎律髓》卷二〇附纪昀《刊误》。
② 《瀛奎律髓》卷一六。
③ 《挽韩子苍待制》，《茶山集》卷五。
④ 《诗人玉屑》卷一九引。
⑤ 按：此二句见于《汪彦章内翰除守临川，以诗贺之》（《茶山集》卷五），句作"金马门深曾草制，水精宫冷近题诗"。又《竹坡老人诗话》卷三亦载此事，且云"吉父闻之，以子苍为一字师"。

仲夏细雨

霖霂无人见，芭蕉报客闻。润能添砚滴，细欲乱炉薰。竹树惊秋半，衾裯惬夜分。何当一倾倒，趁取未归云。

方回评曰："三、四已工。第六句'惬'字当屡锻改，乃得此字。"纪昀亦批曰："此字微妙，此评亦得其甘苦。"①皆为确评。

　　曾几与吕本中同年，但是吕本中诗名早著，故曾几曾向他请教过诗法。乾道二年（1166），八十三岁的曾几回忆说："窃自伏念与公（指吕本中）皆生于元丰甲子，又相与有连，雅相好也。绍兴辛亥，几避地柳州，公在桂林。是时年皆未五十，公之诗固已独步海内，几亦妄意学作诗。公一日寄近诗来，几次其韵，因作书请问句律。公察我至诚，教我甚至。且曰：'和章固佳，本中犹窃以为少新意。'又曰：'诗卷熟读，治择工夫已胜，而波澜尚未阔。欲波澜之阔，须令规模宏放，以涵养吾气而后可。规模既大，波澜自阔，少加治择，功已倍于古矣。'几受而书诸绅。"②吕本中的一番话基本上都是黄庭坚的观点（详见第七章），所谓"教我甚至"的"句律"虽未明言何指，但曾几还说过："学诗如参禅，慎勿参死句。纵横无不可，乃在欢喜处。又如学仙子，辛苦终不遇。忽然毛骨换，政用口诀故。居仁说活法，大意欲人悟。常言古作者，一一从此路。"③这大概就是所谓"句律"的具体内容，而这对曾几的诗歌艺术是有着重要影响的。上面说过，吕本中诗的主要艺术特色是"流转圆美"，而曾几则在吕本中的基础上更进了一步，从而形成了一种新的艺术风格。例如：

---

①　《瀛奎律髓》卷一七附纪昀《刊误》。
②　《东莱先生诗集后序》，《茶山集》拾遗。
③　《读吕居仁旧诗，有怀其人，作诗寄之》，《南宋群贤小集·前贤小集拾遗》卷四。
按：今本《茶山集》未收此诗，乃馆臣漏辑，见栾贵明《四库辑本别集拾遗》第九四页。

苏、秀道中，自七月二十五日夜大雨三日，秋苗以苏，喜而有作

一夕骄阳转作霖，梦回凉冷润衣襟。不愁屋漏床床湿，且喜溪流岸岸深。千里稻花应秀色，五更桐叶最佳音。无田似我犹欣舞，何况田间望岁心！

癸未八月十四日至十六夜月色皆佳

年年岁岁望中秋，岁岁年年雾雨愁。凉月风光三夜好，老夫怀抱一生休。明时谅费银河洗，缺处应须玉斧修。京洛胡尘满人眼，不知能似浙江不？

前一首因喜雨而思及望岁之农民，情绪相当欢快；后一首因望月而思及沦陷之山河，情绪比较低沉。它们在艺术上却有同样的特点：一，诗中没有奇字，也没有僻韵，文从字顺，明快畅达。二，诗中用典较少。第一首的颔联用杜诗"床床屋漏无干处"①和"春流岸岸深"②，但用于此处自然妥帖，无生搬硬套之弊。第二首第六句暗用神话传说中的修月故事③，然读者不知其出处亦不妨碍理解诗意。如此用典，可谓如水中着盐，使人不觉，不像黄诗的用典使人望而生畏。三，声调委婉，音节和谐，除了第二首第七句略拗之外，其他句子都合于声律。这三者融于一体，就使全诗呈现出轻快流动的风格，读来似乎毫不费力，细味却觉情韵宛然。在这样的诗中，黄、陈瘦硬诗风的影响已扫除殆尽了。南宋赵庚夫评曾几诗说"新如月出初三夜，淡比汤煎第一泉"④，形象地说出了曾几诗的主要艺术特色。

---

① 《茅屋为秋风所破歌》，《杜诗详注》卷一〇，此句一作"床头屋漏无干处"。
② 《春日江村五首》其一，《杜诗详注》卷一四。
③ 见唐人段成式《酉阳杂俎》前集卷一。
④ 《读曾文清公集》，《江湖后集》卷八。

曾几的一些写景小诗,艺术风格更加活泼轻快,例如:

道中遇雨

客子祈晴意未公,林间布谷劝春农。雨师若有分风手,留取车轮一路通。

三衢道中

梅子黄时日日晴,小溪泛尽却山行。绿阴不减来时路,添得黄鹂四五声。

语言平易近于口语,诗句活泼近于民歌,已经开杨万里之先声了。

当然,曾几的这种诗风有时会失之浅近,例如:

雪 作

卧闻微霰却无声,起看阶前又不能。一夜纸窗明似月,多年布被冷于冰。履穿过我柴门客,笠重归来竹院僧。三白自佳晴亦好,诸山粉黛见层层。

词意俱浅,无深情远韵,这种缺点在曾几的诗中还是比较严重的。但是,对于江西诗派来说,曾几的诗风毕竟是使人耳目一新的。刘克庄曾说:"比之禅学,山谷初祖也,吕、曾南北二宗也。"[①]的确,吕本中和曾几都是江西诗派诗风转变的关键人物。虽说吕本中最早提出"活法"之论,在创作中形成活泼流动的风格也比曾几早,但是曾几后来居上,在艺术上取得了比吕本中更高的成就。正因为如此,曾几对南宋诗坛的影响也更大一些。南宋的几位大诗人中,陆游曾得其亲自传

---

① 《茶山诚斋诗选序》,《后村先生大全集》卷九七。

授,杨万里受其影响很深,据说萧德藻"亦师茶山"①。曾几在后期江西诗派乃至整个南宋诗坛上都占有重要的地位。

三　赵蕃、韩淲

赵蕃(1143—1229)②,字昌父,号章泉先生,信州(今江西上饶市)人,生平事迹见刘宰《章泉赵先生墓表》③,又附见于《宋史》卷四四五《文苑七》。

韩淲④(1160—1224)⑤,字仲止,号涧泉先生,信州人,生平事迹不详。⑥

赵、韩二人之号皆有一"泉"字,人称"上饶二泉"。⑦

宋末谢枋得说:"诗有江西派,而文清昌之。传至章泉、涧泉二先生,诗与道俱隆。"⑧方回也说:"曾茶山得吕紫微诗法,传至嘉定中赵章泉、韩涧泉,正脉不绝。"⑨可见"二泉"是当时所公认的江西诗派继承者。现在我们对"二泉"的诗歌作些分析。

---

①　张端义《贵耳集》卷上。

②　生卒年系据刘宰《章泉赵先生墓表》推算而得。按:《章泉赵先生墓表》和《宋史》卷四四五皆谓赵蕃卒年八十七,唯《四库提要》卷一六〇《乾道稿、淳熙稿、章泉稿》条说赵蕃"寿九十余",未知何据。

③　《漫塘文集》卷三二。

④　按:方回《瀛奎律髓》卷二〇中称韩淲为"韩琥",误。《四库提要》卷一二一《涧泉日记》条已辨正。

⑤　方回《瀛奎律髓》卷二〇中说:"涧泉生于绍兴三十年己卯。"今考绍兴二十九年为己卯,而绍兴三十年为庚辰,方回当是误记干支。又《诗人玉屑》卷一九"韩涧泉"条云:"甲申秋,涧泉韩仲止有三诗……盖绝笔之作。"故韩淲当卒于是年(嘉定十七年甲申)。

⑥　方回《瀛奎律髓》卷二〇中称:"涧泉韩琥,字仲止,南涧无咎之子,予尝为作传。"然此传今已不存。

⑦　例如方回《秋晚杂书》其十七云:"上饶有二泉。"(《桐江续集》卷二)

⑧　《萧冰厓诗卷跋》,《叠山集》卷九。

⑨　《次韵赠上饶郑圣予沂并序》,《桐江续集》卷一五。

　　赵蕃的诗集早已失传,今存《武英殿聚珍版丛书》本《乾道稿》一卷、《淳熙稿》二十卷、《章泉稿》五卷,乃四库馆臣辑自《永乐大典》者,共收诗三千六百八十九首。另有馆臣漏辑之诗十六首,见栾贵明辑《四库辑本别集拾遗》。

　　赵蕃诗的题材内容相当狭隘,集中除了《挽赵丞相汝愚》①等几首诗涉及时政以外,主要都是写他个人相当单调的生活的。他常叹息说"政苦诗材窘"②,"天公似病诗材窄"③,所以只好多写咏物一类的诗,方回说他"日作梅课"④,并非夸张过分。赵蕃的咏物诗大多写得浅露平直,既少寄托,亦乏风韵。例如:

梅花六首　其一

　　　　平生欠汝哦诗债,岁岁年年须要还。未至腊时先访问,已过春月尚跻攀。直从开后到落后,不问山间与水间。却笑渊明赋归去,庭柯日眄自怡颜。

这样的诗在思想内容和艺术手段上都没有什么值得称道之处。

　　赵蕃对于黄庭坚、陈师道的诗歌艺术是非常推崇的,他有诗云:"黄陈有正派,舍是复何求?"⑤又有诗述江西诗派的渊源:"诗家初祖杜少陵,涪翁再续江西灯。陈潘徐洪不可作,阃奥晚许东莱登。"⑥他对曾几也很敬重:"叹息茶山识面迟,经过旧宅恨推移。"⑦

---

　　① 《章泉稿》卷三。
　　② 《雪》,《章泉稿》卷二。
　　③ 《自桃川至辰州绝句四十有二》其二九,《章泉稿》卷二。
　　④ 《瀛奎律髓》卷二〇。
　　⑤ 《季奕以文编垂示简之》,《淳熙稿》卷七。
　　⑥ 《书紫微集后》,《章泉稿》卷一。
　　⑦ 《李商叟传录临川与黎师侯唱酬怀曾文清公长句,用韵作四首,二寄师侯、严师,且怀裘父;一寄商叟;一怀文清公,并属三君》其一,《淳熙稿》卷一五。

可是赵蕃学习黄诗艺术，仅仅得到了一些皮毛。例如黄诗有句云"姮娥携青女，一笑粲万瓦"①，"粲"字用得很妙，赵蕃学之云"晨霜粲屋瓦"②"霜粲万瓦白"③，未省"粲"字乃以形容女笑。又如黄诗有句云"寒炉余几火，灰里拨阴何"④，写寒夜苦吟之情景非常生动，赵蕃学之云"暗中知沈谢，灰里拨阴何"⑤"灰里拨阴何，思君欲就哦"⑥，诗中根本没有说到炉火，"拨灰"云云，便成无根。这样亦步亦趋地学习前人，结果必然是毫无新意，点金成铁。赵蕃在风格上也是机械地模仿黄诗的瘦硬诗风，却又缺乏内在的苍劲骨力，结果徒然流于生硬。例如：

十一月五日晨起书呈叶德璋司法

卧闻落叶疑飘雨，起对空庭盖卷风。政自摧颓同病鹤，况堪吟讽类寒虫？忽思有客浑如我，却念题诗不似公。已分齑盐终白首，可因霜雪愧青铜。

方回评曰："读此诗，句句是骨，非晚唐装贴纤巧之比。"纪昀则批曰："意求古健而笔力不足以振之。"⑦我们同意纪昀的看法，这说明赵蕃是意欲学黄而未能臻其妙境。

赵蕃也喜欢仿效陈师道的朴拙风格，例如：

---

① 《秘书省冬夜宿直怀李德素》，《山谷内集》卷一〇。
② 《谒文叔于松谷》，《乾道稿》卷上。
③ 《晨起》，《乾道稿》卷上。
④ 《次韵高子勉十首》其四，《山谷内集》卷一六。
⑤ 《俗有雪上加霜之谚，今日之谓也。二诗呈知县契丈、教授尊兄》其二，《淳熙稿》卷七。
⑥ 《至日雪后简在伯二首》其一，《淳熙稿》卷一六。
⑦ 《瀛奎律髓》卷一三附纪昀《刊误》。

雨中不出呈斯远兼示成甫

湖外频年客,江东迩日归。欲知年事迫,看取鬓毛非。寄意虽梅柳,关心在蕨薇。今予倒芒屦,须子叩柴扉。

纪昀评曰:"体格略似后山。"①的确,此诗语言简朴,章法平直,近于陈师道的诗风。这样的诗在赵蕃集中为数不少,方回说"欲诣彭城陈正字,须参南岳赵章泉"②,大概就是看到了这一点。但是赵蕃学陈仅限于模仿,艺术上毫无创新。

吕本中和曾几那种轻快、活泼的风格对赵蕃诗歌的影响更大一些,例如:

白水道间

一源曲折几成桥,稻陇蔬畦高下浇。水碓暗鸣蛙吠草,绿云乱点鹭侵苗。谁云斗粟可相挽,到处佳山如见招。东亩拔秧南亩莳,乐哉安得助长谣。

既不用典,亦不炼字,写景纯为白描,诗句流畅平易,这是赵蕃诗(特别是七言诗)最常见的风格。这种诗由于不甚烹炼,基本上避免了过于生硬的缺点,但同时又往往流于浅露凡近。刘宰说赵蕃"自少喜作诗,答书亦或以诗代,援笔立成,不经意而平淡有趣"③。赵蕃今存诗三千余首,而其中佳作寥若晨星,大概就是这种"援笔立成"的作风所造成的结果。

总的说来,赵蕃在诗歌艺术上是比较平庸的。虽然他广泛地向前辈江西派诗人学习,但是这种学习既未能登堂入室,又没有什么推陈

---

① 《瀛奎律髓》卷一七附纪昀《刊误》。
② 《杂书五首》其五,《桐江续集》卷二〇。
③ 《章泉赵先生墓表》,《漫塘文集》卷三二。

出新之处，所以他的诗在艺术上没有什么特色。赵蕃在当时的名声很大，但他在诗歌创作上的成就与之并不相符。

韩淲的诗集也早已失传，今存《武英殿聚珍版丛书》本《涧泉集》二十卷，乃四库馆臣辑自《永乐大典》者，共收诗二千六百零二首。① 另有馆臣漏辑之诗九首，见栾贵明辑《四库辑本别集拾遗》。

韩淲的诗中偶尔出现要求收复中原的呼声："桓伊三弄笛，犹足战肥水。谈笑麾秦兵，所向皆披靡……一从辛巳年，海陵扰北鄙。因循再结好，宁不有所俟？又三十八载，恐渐忘昔耻。吁嗟靖康变，北客思故里。君今临淮垣，访古欲何似？长啸朔风寒，晋人亦人耳！"②但是这样的诗在《涧泉集》中非常罕见。韩淲常与赵蕃等人唱和，其诗歌的主要内容也与赵蕃诗大同小异，咏物抒怀之作占其大半，在思想内容上没有什么特色。

韩淲不像赵蕃那样对黄、陈极口推崇，他说："少游在黄、陈之上，黄鲁直意趣极高，陈后山文字才气短，所可尚者步骤雅洁尔。"③并不把黄、陈当作学诗的最高典范。在诗歌创作上，韩淲虽然没有摆脱黄、陈的影响，但也不是跟在黄、陈后面亦步亦趋。例如：

子功过别

细酌林亭久，风烟起近钟。苍苍虽暮色，渐渐是秋容。老眼浑相对，幽怀不易逢。人生几两屐，小榼尚能供。

这样的诗不施丹彩，句律老健，仍然呈现出瘦硬的倾向，与黄、陈略同，但是并没有在字句上模仿他们。而且，韩淲的大部分作品呈现了与此

---

① 《四库提要》卷一六三"《涧泉集》"条称"得诗二千四百余首"，与我们的统计数字出入很大，未详其故。

② 《寄文叔合肥令》，《涧泉集》卷三。

③ 《涧泉日记》卷下。

不同的艺术风格。例如：

春　怀

　　寂寂春风送落花，芊绵芳草遍天涯。数声飞鸟闲亭馆，几个轻鸥泊浪沙。望断小溪流不尽，步寻幽谷路还赊。一巾华发吾何赋，肯与浮荣定等差？

二十九日寒食

　　去年寒食姑苏馆，吟到吴歌子夜声。犹记春城芳草渡，一帘花雨画船行。

字句清丽，声调和婉，呈现出轻俊的风格。韩淲曾这样称赞杨万里的诗："句句多般都有格，篇篇出众不趋时。包藏许大冰霜骨，搭带些儿锦绣皮。"[①]看来他自己也是有意识地向这方面努力的，这种艺术风格显然与吕本中、曾几的诗风比较接近。在这方面韩淲与赵蕃很为相似。值得我们注意的是，在韩淲的时代，诗坛已不是由江西诗派独占了。当时"四灵"的诗已经风行一时，赵、韩两人与"四灵派"诗人的关系都很密切，而韩淲更在诗歌艺术上与"四灵"有相近之处。韩淲有许多五言律诗，描写纤细之景，刻画入微，字句精丽，同时又有诗境狭小、有句无篇的缺点。例如：

雨　后

　　鱼沼成吹沫，蛛檐落断丝。盆花半开合，阶草尽离披。风静凉犹在，云低晓更迟。懒能寻枕簟，好去把锄犁。

---

① 《杨秘监江东集》，《涧泉集》卷一四。

167

这样的诗风很近于"四灵"。这说明后期的江西派与四灵派之间并没有一道截然的鸿沟,从江西派到四灵派,诗坛风气是逐渐演变的。

韩淲虽然也没有在诗歌艺术上形成自己的独特风格,但他集中佳作较多,风格也较多样,例如下面这一首:

风雨中诵潘邠老诗

满城风雨近重阳,独上吴山看大江。老眼昏花忘远近,壮心轩豁任行藏。从来野色供吟兴,是处秋光合断肠。今古骚人乃如许,暮潮声卷入苍茫。

雄壮苍凉,气魄阔大,风格近于陈与义。

总之,韩淲在当时的诗名虽然不如赵蕃之盛,但他在创作上的实际成就是不在赵蕃之下的。

四 方回

方回(1227—1307),字万里,号虚谷,徽州(今安徽歙县)人,生平事迹略见于周密《癸辛杂识》别集"方回"条①。

方回的作品,今存《宛委别藏》本《桐江集》八卷,然有文无诗。又存《四库全书珍本初集》本《桐江续集》三十六卷,系四库馆臣据元刻残本重新编定者,其中卷一至卷二八为诗集,共收诗二千七百二十五首。②

――――――――――――

① 据《癸辛杂识》所载,方回人品劣不堪言,但不知是否有失实之处。本文仅论方回之文学,亦不以人废言之意也。

② 这些诗都作于元世祖至元二十年(1283)到元成宗大德九年(1305)之间,也即从方回五十七岁到七十九岁之间,他早期的诗今已不存。方回在《送俞唯道序》(《桐江集》卷一)中自称"予今年八十……诗余万首,颇以此事知名",可见他一生作诗相当之多。

　　方回曾从诗歌理论上对江西诗派进行总结，并提出了"一祖三宗"之说。关于他的诗歌理论，我们将在第七章中予以论述，本章先研究他的诗歌创作。

　　方回生当宋亡之际，以严州知府的身份迎降元兵，又接受元朝的官职，实为一毫无民族气节的人。但是他的诗中却痛骂秦桧："老桧卖中原"①；又颂扬文天祥："二十五年九原底，刚风夜夜薄星辰"②；而且不时流露故国之思："萍梗江湖今故国，干戈天地几遗民"③。俨然以宋朝的遗民自居，这真可谓"心画心声总失真"④了。这样的诗当然不能作为评价方回政治立场的依据，也不能肯定其思想价值。方回诗的主要题材是个人情怀的抒发，与赵蕃等人的诗大致相同，唯一的特点是他论诗之诗特别多，许多诗从题目上看是唱和赠答或感时抒怀之作，例如《赠李得甫寄拙轩》⑤《西斋秋感》⑥等，实际上都是用韵文写的诗歌理论。

　　方回在诗歌艺术上虽然推尊黄、陈，以为典范，但在实际创作过程中并不专主江西一派。他在《送俞唯道序》⑦中自称早年作诗学张耒、王安石、梅尧臣等人，又有人说他学过韩愈、柳宗元、韦应物、苏舜钦、杨万里、陆游等人⑧，可见他还是转益多师的。由于他后来颇悔少作，说"乃后容赊十年死，定应全废一生诗"⑨，又说："去岁适六十一矣，始悟平生六十年之非，所作诗滞碍排比，有模临法帖之病。翻然弃旧从

①　《读孟君复赠岳仲达诗，勉赋呈二公子》，《桐江续集》卷二一。
②　《题文文山天祥遗墨》，《桐江续集》卷二八。
③　《九日有感再书》，《桐江续集》卷二。
④　元好问《论诗绝句三十首》其六，《遗山先生文集》卷一一。
⑤　《桐江续集》卷二六。
⑥　《桐江续集》卷一一。
⑦　《桐江集》卷一。
⑧　见《虚谷桐江续集序》，《桐江续集》卷三二。
⑨　《悔少作》，《桐江续集》卷八。

新,信笔肆和,得则书之,不得亦不苦思而力索也。"①又由于他所存的诗都是五十七岁之后写的,所以从中看不出其诗歌艺术的全部渊源,而只是比较明显地体现出黄、陈等前辈江西派诗人的影响。

方回受黄诗影响最明显的体现是拗体诗,例如:

三日□陪杨明府饮,次前韵

阒其禅老居西堂,岂有门人拈瓣香。葛巾漉酒笑元亮,石室绅书输子长。勿嫌临邛家四壁,犹堪樊川月一箱。寄书麒麟阁上客,我自荬衣君金章。

诗后自注:"近人专学许浑,乃为此老杜、山谷变体以矫之。"②所谓变体,一是指打破对仗专求骈俪工整的束缚,二是指打破平仄格律的束缚,而后者则是主要的标志。他集中还有一些诗如《送秘书监丞张受益还都效山谷体》③等,也是拗体七律,可见方回所谓的"山谷体"主要是指拗体而言的。拗体使方回的诗在音节上戛戛独造,颇类黄诗。

此外,方回在造句用字上也苦心模仿过黄、陈的诗风。例如:

楼 夜

危栏空阔上,牛斗转天心。为底常无寐,频来故独临。船声终夜静,楼影半河阴。诗就忘工拙,随宜莫苦吟。

岁 除

亲情邻里喜归来,依旧柴门僻处开。纵是桃符无可笔,未妨菜饼亦堪杯。著宽毛褐观残雪,洗古铜壶浸老梅。贺客明朝有诗

---

① 《虚谷桐江续集序》,《桐江续集》卷三二。
② 《桐江续集》卷五。
③ 《桐江续集》卷二六。

客,踏青同与眺春台。

老健古朴,很像黄、陈。

方回因过分地提倡黄、陈的瘦硬诗风而颇遭后人讥评,其实他对于与黄、陈不同的艺术风格并不是一概排斥的,这在他的创作中也有所反映。他在晚年曾说:"回二十学诗,今七十六矣,七言决不为许浑体,妄希黄、陈、老杜,力不逮则退为白乐天、张文潜体。乐天诗,山谷喜之,摘其佳者在集。文潜诗自然不雕刻,山谷不敢□也。五言回慕后山,苦心久矣,亦多退为平易。中有阆仙之敲,而人不识也。"①这段自白很值得我们注意。

第一,方回的五言诗中常有字斟句酌、推敲甚至的作品,例如:

出歙港入睦界

岚气湿征衣,千滩落翠微。悬崖樵屋小,破庙祭人稀。岸犬看船立,溪禽贴水飞。乡心与客思,向晚重依依。

特别是当他描写一些细小景物时,刻画入微而意境偏仄,近于贾岛,例如"汲泉看马饮,铲草免蛇藏"②"鱼负密萍行,蛙升侧荷堕"③等,这与他论诗时排斥"四灵"以至姚合而不斥贾岛的情况是互相印证的④。

第二,方回所说的"白乐天、张文潜体",实际上即是指一种比较平易、活泼的诗风,这与他所推崇的后期江西派诗人吕本中、陈与义、曾几的风格很接近。方回曾说:"嗣黄、陈而恢张悲壮者,陈简斋也;流动

---

①　《春半久雨走笔五首》自注,《桐江续集》卷二七。

②　《仲夏书事十首》其一,《桐江续集》卷一。

③　《池亭秋思》,《桐江续集》卷五。

④　参看朱东润先生《述方回诗评》,《中国文学论集》第五二页。

圆活者,吕居仁也;清劲洁雅者,曾茶山也。"①在他看来,吕本中等人是黄、陈的继承者,他们的诗风也是黄、陈诗风的继承和发展。所以对于方回来说,黄、陈的瘦硬诗风和白居易、张耒(实即指吕本中、曾几)的平易诗风并不截然相反,而是可以融为一体以取长补短的。这种融合在方回的诗中有所体现,例如:

九日约冯伯田、王俊甫、刘元辉

　　山雨初开一望之,似无筋力可登危。每重九日例凄苦,垂七十年更乱离。今岁江南犹有酒,吾曹天下谓能诗。肯来吊古酺歌否? 恰放黄花一两枝。

九　日

　　楼前楼后独徘徊,便当登高百尺台。海内共知吾辈老,江南未见菊花开。细思去岁人谁健,遥想中原雁已来。我似少陵亦赊酒,不妨剩举两三杯。

汪辟疆先生评曰:"此二诗看似寻常,然气象阔大,老骨秋筋,味之弥永,此为宋人独到之境,唐人自杜公外无人可领会矣。"②的确,这样的诗虽然字句比较平易,声调也比较和谐,但是它们毕竟与白居易、张耒的诗是不同的。白居易的诗,特别是他的七律,大多敷彩鲜丽,对仗精工,而又浅近软熟,缺乏骨力。张耒的诗比较平易朴素,但时有草率之弊,而方回的诗却没有软熟、草率的缺点。上面所举的两首诗是方回集中较好的作品,它们在艺术风格上似乎是兼取前辈江西派诗人的长处熔于一炉而形成的。其一,它们保持了黄、陈诗的一些特点:古朴老

---

　　①　《瀛奎律髓》卷一。
　　②　《评方回〈桐江续集〉》,《文史杂志》第一卷第十一期。

健,耐人咀嚼。其二,它们又吸取了吕本中、陈与义、曾几诗的一些特色:句律流动活泼,对仗毫不拘滞。这样,它们既避免了黄、陈诗过于瘦硬的缺点,不是那么气象森严,又避免了吕本中等人的诗风所容易产生的浅露平直的流弊。也就是说,它们吸取了江西诗派中两种主要的不同风格的长处,这与方回在诗歌理论上对前辈江西派诗人进行了细致的研究和总结是相为表里的。

　　总之,方回虽然没有能形成自己的独特艺术风格,他在诗歌艺术上的造诣也远不如黄、陈等前辈江西派诗人,但是他所处的时代较晚,对前辈诗人在艺术上的得失看得比较清楚,从而有可能扬其长而避其短。可惜的是方回人品不高,缺乏深刻的思想和高尚的情操,这使他难以写出情文并茂的好诗来。如果单从艺术的角度来看,方回可说是江西诗派中最后一位重要诗人,他的诗是对盛行了二百余年的江西诗派的艺术总结。

第七章　江西诗派的诗歌理论

一　关于诗歌思想内容的理论

江西诗派的诗歌理论，与诗派的诗歌创作一样，价值主要在于诗歌的艺术形式方面，在思想内容方面并无显著的特点。由于人们常常批评江西诗派的诗歌理论（主要指黄庭坚的诗论）是"反现实主义"的"纯艺术论"①，所以有必要就这个方面作一些说明。

黄庭坚不但在诗歌创作上是江西诗派的开山祖师，而且在诗歌理论上也是江西诗派的不桃之祖。他的诗论虽然都是一些片言断语，似乎很零碎、杂乱，但综合起来却形成了相当完整的一家之说，在江西诗派中起着决定性的影响。

黄庭坚论诗，偏重于艺术形式，但他并不轻视诗歌的思想内容。他曾这样赞扬几个诗人的作品：王观复的诗"皆兴寄高远"②；晁元忠的诗"兴托深远"③；胡宗元的诗"其兴托高远，则附于《国风》；其忿世疾邪，则附于《楚辞》"④；徐师川的诗"辞皆尔雅，意皆有所属"⑤。他又批评了几个诗人的作品：秦观"诗句极有风裁……然恨工在遣辞，病在

---

① 　郭绍虞《中国文学批评史》第二一一页。
② 　《与王观复书》，《豫章黄先生文集》卷一九。
③ 　《答晁元忠书》，《豫章黄先生文集》卷一九。
④ 　《胡宗元诗集序》，《豫章黄先生文集》卷一六。
⑤ 　《与徐师川书》，《豫章黄先生文集》卷一九。

骨气尔"①;王直方"小诗若能令每篇不苟作,须有所属乃善"②;郭英发"所作乐府,词藻殊胜,但此物须兼缘情绮靡、体物浏亮,乃能感动人耳"③。这从正、反两方面说明黄庭坚是把有无"兴寄"或"兴托",也就是有无充实、积极的思想内容当作评价诗歌之优劣的重要标准的④,他反对"病在骨气"而"工在遣辞"、"无所属"的"苟作"和不能"缘情绮靡、体物浏亮"的"词藻殊胜"之作,也就是反对缺乏充实的思想内容而徒求形式华美的倾向。⑤

范温《潜溪诗眼》中记载了这样一件事:

孙莘老尝谓老杜《北征》诗胜退之《南山》诗,王平甫以谓《南山》胜《北征》,终不能相服。时山谷尚少,乃曰:"若论工巧,则《北征》不及《南山》;若书一代之事,以与《国风》《雅》《颂》相为表里,则《北征》不可无,而《南山》虽不作未害也。"二公之论遂定。

黄庭坚的寥寥数言,对《南山》诗侧重追求工巧的形式主义倾向和《北征》诗与《诗经》一脉相承的现实主义精神作了恰如其分的评价,真可谓独具只眼,一语破的,这说明他并不"把形式放在首要地位"⑥,相反地,他有时倒是把思想内容放在首要地位的。正因为如此,黄庭坚在

---

① 《与秦少章觊》,《山谷老人刀笔》卷一。

② 《与王立之》,《宋黄文节公全集·外集》卷二一。

③ 《与郭英发帖》,《宋黄文节公全集·别集》卷一七。

④ 唐人所谓"兴寄"或"比兴",主要是指诗歌应有充实、积极的思想内容而言,陈子昂批评齐梁间诗"彩丽竞繁,而兴寄都绝"(《与东方左史虬修竹篇序》,《陈伯玉文集》卷一);杜甫赞扬元结"不意复见比兴体制,微婉顿挫之词"(《同元使君春陵行·序》,《杜诗详注》卷一九);白居易批评李白"索其风雅比兴,十无一焉"(《与元九书》,《白氏长庆集》卷四五),都是明显的例证。黄庭坚也是这样理解的。

⑤ 陆机说:"诗缘情而绮靡,赋体物而浏亮。"(《文赋》,《文选》卷一七)其意偏重于艺术表现方面。但在黄庭坚看来,"缘情"之"情",即兴寄所在。

⑥ 刘大杰先生语,见《黄庭坚的诗论》,《文学评论》一九六四年第一期。

读了元结的《大唐中兴颂》后说："臣结春秋二三策,臣甫杜鹃再拜诗。安知忠臣痛至骨?世上但赏琼琚词!"①高度评价了元文、杜诗忠君爱国的思想内容,而对世人只看重它们的艺术成就表示不满。

黄庭坚一生推尊杜甫,并大张旗鼓地以学杜相号召,他说:"杜子美一生穷饿,作诗数千篇,与日月争光。"②诚然,与他的整个诗论一样,他的推崇杜甫也是在艺术形式上谈得较多,但是也正与他的整个诗论一样,他绝不是对杜诗的思想内容毫无认识。他有诗云:"老杜文章擅一家,国风纯正不欹斜……千古是非存史笔,百年忠义寄江花!"③又说:

> 老杜虽在流落颠沛,未尝一日不在本朝,故善陈时事,句律精深,超古作者。忠义之气,感然而发。④

他认为杜甫之所以"超古作者",是因为诗人有"未尝一日不在本朝"的"忠义之气",又指出杜诗的优点是"善陈时事",即忠实地反映现实生活、有充实的思想内容和"句律精深",即有完美的艺术形式,这种看法并无偏颇之处。

我们再看黄庭坚《大雅堂记》⑤中的一段话:

> 虽然,子美诗妙处,乃在无意为文。夫无意而意已至,非广之

---

① 《书磨崖碑后》,《山谷内集》卷二〇。按:"臣结春秋二三策"一句原作"臣结春陵二三策",任渊注曰:"'春陵'或作'春秋',非是。"但宋人袁文曾"亲见太史旻此诗于磨崖碑后者,作'臣结春秋二三策'(《甕牖闲评》卷五),清人朱霈至浯溪所见亦同(见《牅窥杂志》卷五)。此从后说。

② 《题韩忠献诗杜正献草书》,《豫章黄先生文集》卷二六。按:杜诗共一千四百余首,此言数千首,乃大较言之。

③ 《次韵伯氏寄赠盖郎中喜学老杜诗》,《山谷诗外集补》卷四。

④ 见《潘子真诗话》"山谷论杜甫、韩偓诗"条。

⑤ 《豫章黄先生文集》卷一七。

以《国风》《雅》《颂》，深之以《离骚》《九歌》，安能咀嚼其意味，闯然入其门邪？故使后生辈求之，则得之深矣。使后之登大雅堂者能以余说而求之，则思过半矣。彼喜穿凿者，弃其大旨，取其发兴于所遇林泉、人物、草木、鱼虫，以为物物皆有所托，如世间商度隐语者，则子美之诗委地矣。

所谓"无意为文"，就是说杜甫不专在艺术形式上下功夫、"为艺术而艺术"，而是力求使作品有充实的思想内容，像《诗经》《楚辞》那样反映社会现实，并抒发积极的思想感情。这里，黄庭坚又一次强调了要重视杜诗的思想内容，并反对那种对杜诗"弃其大旨"而只从细处进行穿凿附会的形式主义倾向。前人很重视黄庭坚的这种看法，元好问说："先东岩君有言：近世唯山谷最知子美……山谷之不注杜诗，试取《大雅堂记》读之，则知此公注杜诗已竟。"①王士禛也认为黄庭坚对杜甫的理解之深刻透辟可以与向秀、郭象之注《庄子》相媲美："杜家笺传太纷拿，虞赵诸贤尽守株。苦为南华求向郭，前惟山谷后钱卢。"②

脍炙人口的《老杜浣花溪图引》③一诗，实际上就是黄庭坚用韵文写成的一篇形象化的杜甫论。他在诗中虽也提到了杜甫的学识"空蟠胸中书万卷"，但他注意得更多的则是杜甫所处的时代："干戈峥嵘暗宇县，杜陵韦曲无鸡犬"；杜甫的生活遭遇："弟妹飘零不相见""故衣未补新衣绽"；以及杜甫的思想感情："愿闻解鞍脱兜鍪，老儒不用千户侯。中原未得平安报，醉里眉攒万国愁"；最后把杜甫的一生归结成四个字："平生忠义"。黄庭坚何曾"轻视甚至没有看到思想内容和社会

① 《杜诗学引》，《遗山先生文集》卷三六。
② 《戏效元遗山论诗绝句三十六首》其五，《渔洋诗集》卷一四。按：王士禛所谓"山谷注杜"，即指黄庭坚《大雅堂记》等论杜之文而言，非谓黄庭坚曾为杜诗作笺注也。今传之黄庭坚《杜诗笺》乃后人伪作，程千帆先生辨之已详，见《杜诗伪书考》（载于《古诗考索》）。
③ 《山谷外集》卷一六。

生活,对作家作品发生更重要的影响"①呢?

　　黄庭坚除了尊杜之外,也很崇陶,让我们看看他对陶渊明是如何评价的:

> 　　谢康乐、庾义城之于诗,炉锤之功不遗力也。然陶彭泽之墙数仞,谢、庾未能窥者,何哉? 盖二子有意于俗人赞毁其工拙,渊明直寄焉耳。②

黄庭坚认为陶渊明是远远胜过谢灵运和庾信的,但他的着眼点不在于陶诗"文体省净,殆无长语"而谢诗"颇以繁富为累"③这一点上,也就是说他没有把艺术形式上的高低优劣看成是评价作家作品的首要标准。相反地,黄庭坚一针见血地指出陶渊明的优点是"直寄焉耳",也就是在诗中寄托了自己的思想感情;而谢、庾二人却"有意于俗人赞毁其工拙",也就是未能摆脱世俗之见而专在艺术形式上争奇斗巧。黄庭坚在这里又一次显示了他是把思想内容作为评价作家作品的重要标准的。

　　此外,黄庭坚推崇建安和正始文学:"新诗凌建安,高论到正始"④;推崇李白诗"度越六代,与汉魏乐府争衡"⑤,都不是仅从艺术形式上着眼的。黄庭坚还正面表示拥护韩愈的"文以载道"说:"文章者,道之器也;言者,行之枝叶也。"⑥他对后辈的一些关于修身的教诲之言也能与他的诗论互相发明,他对洪刍说:"所寄文字,更觉超迈,当是读书

---

① 　刘大杰《黄庭坚的诗论》,《文学评论》一九六四年第一期。
② 　《论诗》,《山谷题跋》卷七。
③ 　钟嵘《诗品》语。
④ 　《赋"未见君子忧心靡乐"八韵寄李师载》其三,《山谷外集》卷五。
⑤ 　《答黎晦叔》,《山谷老人刀笔》卷八。
⑥ 　《次韵杨明叔四首·序》,《山谷内集》卷一二。

益有味也……然孝友忠信是此物之根本，极当加意，养以敦厚醇粹，使根深蒂固，然后枝叶茂尔。"①又对高荷说："行要争光日月，诗须皆可弦歌。"②黄庭坚所说的"孝友忠信"和"行"，当然是指封建的道德修养和品行操守，这种说教不过是"太上有立德，其次有立功，其次有立言"③和"孔门以德行为先，文章为末"④之类的老生常谈，但他这种把"孝友忠信"看作"文字"的根本的观点，无疑是与他的诗论中重视思想内容的观点一脉相通的。

黄庭坚论诗，反对讪谤怒骂，他说：

> 诗者，人之情性也。非强谏争于庭，怨忿诟于道，怒邻骂座之为也。其人忠信笃敬，抱道而居，与时乖逢，遇物悲喜，同床而不察，并世而不闻。情之所不能堪，因发于呻吟调笑之声，胸次释然，而闻者亦有所劝勉，比律吕而可歌，列干羽而可舞，是诗之美也。其发为讪谤侵陵，引颈以承戈，披襟而受矢，以快一朝之忿者，人皆以为诗之祸，是失诗之旨，非诗之过也。⑤

黄庭坚此论，在南宋就受到黄彻的反驳："余谓怒邻骂座，固非诗本指，若《小弁》亲亲，未尝无怨；《何人斯》'取彼谮人，投畀豺虎'，未尝不愤，谓不可谏争，则又甚矣。箴规刺诲，何为而作？古者帝王尚许百工各执艺事以谏，诗独不得与工技等哉？"⑥现代的批评家们更对之进行了严厉的批判："这是黄庭坚关于诗歌方面具有原则性的理论……表现了他在文学上轻视思想内容，逃避现实、回避政治和漠视文学的社会

---

① 《与洪甥驹父》，《山谷老人刀笔》卷一。
② 《再用前韵赠子勉四首》其二，《山谷内集》卷一六。
③ 见《左传·襄公二十四年》。
④ 唐宣宗贬温庭筠制词中语，见《北梦琐言》卷四。
⑤ 《书王知载朐山杂咏后》，《豫章黄先生文集》卷二六。
⑥ 《碧溪诗话》卷一〇。

作用的观点。"①我们认为对此还应进行具体的分析。

第一，黄庭坚的这段话，深深地打上了时代的烙印。史实证明，宋代的思想统治比唐代严密得多，再加上激烈的党争，文人很容易因文字而得祸。就以诗歌为例，写了《卖炭翁》《上阳白发人》这样一些锋芒毕露的讽喻诗，并直斥唐玄宗"重色思倾国"的白居易并没有因诗得祸。相反，在他死后，唐宣宗还亲自作诗吊他。② 而只写了《山村五绝》、《吴中田妇叹》（其锋芒远较白诗为弱）对新法进行旁敲侧击的苏轼却惹出了"乌台诗案"的大祸，差点因诗丧命。③ 黄庭坚自己虽然没有因诗得祸，但他在绍圣元年（1094）因修《神宗实录》之事而遭到勘问、贬谪，也是类似于文字狱的事情。《书王知载朐山杂咏后》一文写于元符元年（1098），当时黄庭坚身在戎州贬所，而苏轼正远谪在海南的儋州。在这前后，政治气候一直是相当恶劣的，苏轼的处境尤其使朋友们担心。诚如罗大经所云："东坡文章妙绝古今，而其病在于好讥刺。文与可戒以诗云：'北客若来休问事，西湖虽好莫吟诗。'盖深恐其贾祸也……晚年自朱崖量移合浦，郭功父寄诗云：'君恩浩荡似阳春，海外移来住海滨。莫向沙边弄明月，夜深无数采珠人。'其意亦深矣。"④黄庭坚是苏轼的密友，他当然也深深地为作诗"好骂"的苏轼而忧虑，同时也把苏轼所遭的文字狱当作自己的前车之鉴。他的反对讪谤怒骂之说，就是在这种情形之下针对苏轼而发的。但是即使如此，他后来还是被政敌摘其所作《荆南承天院塔记》中语，"指为幸灾，复除

---

① 刘大杰《黄庭坚的诗论》，《文学评论》一九六四年第一期。
② 见《唐诗纪事》卷二"宣宗"条。
③ 宋人洪迈的《容斋续笔》卷二"唐诗无讳避"条云："唐人歌诗，其于先世及当时事，直辞咏寄，略无避隐。至宫禁嬖昵，非外间所应知者，皆反复极言，而上之人亦不以为罪（下举白居易、杜甫、张祜、李商隐诸人之诗为证，文长不录）……今之诗人不敢尔也。"颇能说明这一点。
④ 《鹤林玉露》乙编卷四"诗祸"条。

名羁管宜州"①。正是在这种黑暗的现实面前，黄庭坚告诫他的后辈说："东坡文章妙天下，其短处在好骂，慎勿袭其轨也。"②对于这种在政治高压之下所产生的言论，我们是不能离开其具体的历史条件而苛责于古人的。还有，黄庭坚的这些言论都产生于晚年③，是他屡遭贬斥、转徙江湖多年之后的感慨之词。我们读他的诗集时也会发现，他在早年还是比较敢于反映现实的，而且颇写过一些讪谤怒骂的诗，但后来就渐渐消极了。这实在是封建时代士大夫们的共同悲剧，即使贤如白居易也未能例外④，当然，不能否认上面所举的那些言论确实反映了黄庭坚性格上可悲的弱点。他在宦途中一再遭到失败之后，缺乏继续斗争的勇气，所以想要磨掉诗歌的战斗锋芒而苟求明哲保身。我们不妨把苏、黄作一对比：苏轼虽锒铛入狱，却仍然是"试拈诗笔已如神"⑤，其后又写出了《荔枝叹》那样敢怒敢骂的诗篇，此其所以为苏轼。黄庭坚并未身系囹圄，却不敢再以诗歌讥刺时政，此其所以为黄庭坚。前人评论苏、黄优劣云："东坡文章，至黄州以后人莫能及，惟黄鲁直诗时可以抗衡；晚年过海，则虽鲁直亦瞠若乎其后矣。或谓东坡过海虽为不幸，乃鲁直之大不幸也。"⑥其实问题的关键不在于过海或否，黄庭坚也曾数遭贬谪，并非老于馆阁的文士，但他缺少苏轼那种敢怒敢骂的勇气，这是黄诗缺乏苏诗的那种战斗锋芒的根本原因。黄庭

---

① 《宋史》卷四四四《黄庭坚传》。

② 《答洪驹父书》，《豫章黄先生文集》卷一九。

③ 《书王知载朐山杂咏后》作于黄庭坚五十四岁时，《答洪驹父书》作于五十九岁时，是时黄庭坚在鄂州贬所，而苏轼已在两年前去世了。

④ 白居易早年在政治上敢于言事，在文学上敢于讽刺，真是锋芒毕露。但经过几次打击，特别是晚年退居洛阳之后，就锐气全消，自称"苦词无一字，忧叹无一声……本之于省分知足，济之以家给身闲"（《序洛诗》，《白氏长庆集》卷六一），与早年判若两人，很能说明这个问题。

⑤ 《十二月二十八日蒙恩责授检校水部员外郎黄州团练副使，复用前韵》其一，《集注分类东坡诗》卷二五。

⑥ 朱弁《风月堂诗话》卷上。

坚的这种议论,无疑地会对当时的诗坛,特别是对一些直接受他指点的年轻诗人产生一些消极影响。但一定要把它夸张成"具有原则性的理论"而大张挞伐,就未免有点小题大做了。

　　第二,黄庭坚的诗论是有矛盾的,这是他的世界观中的矛盾在文学观点上的反映。一方面,他反对用诗讪谤怒骂,确有回避政治、明哲保身的消极倾向;另一方面,他又比较重视作品的思想内容,认为诗歌应发挥其社会作用:"文章功用不经世,何异丝窠缀露珠!"①而且反对怒骂也并不是黄庭坚一成不变的主张,他曾称赞胡宗元的诗能"忿世疾邪"②,他在《东坡先生真赞三首》之一中还说:"东坡之酒,赤壁之笛,嬉笑怒骂,皆成文章。"③完全是一副赞叹的口气。我们应该注意到这种情况。

　　第三,黄庭坚的这种论点不过是儒家诗教说的翻版。《礼记·经解》云:"其为人也,温柔敦厚,诗教也。"黄庭坚曾对王周彦说:"周彦之为文,欲温柔敦厚,孰先于诗乎?"④他的大旨,就是诗应该"温柔敦厚","诗可以怨",但必须"怨而不怒"。也就是说,黄庭坚并不是根本反对诗歌涉及政治,他所不满于苏轼的主要是那些以"怒骂"形式来讥刺政治的、不够含蓄蕴藉的作品。所以黄庭坚的话在很大程度上是针对诗歌在反映政治时事时不够含蓄而有直率浅露之弊而言。我们认为,诗歌当然应该反映政治,反映现实,但同时也不能忘了诗歌毕竟是文学,而不是奏章或檄文,所以总得讲一点含蓄。例如白居易是最讲"强谏争于庭"的,他自称"篇篇无空文,句句必尽规……非求宫律高,不务文字奇。惟歌生民病,愿得天子知"⑤。他在反映现实方面也确

---

①　《戏呈孔毅父》,《山谷内集》卷六。
②　《胡宗元诗集序》,《豫章黄先生文集》卷一六。
③　《豫章黄先生文集》卷一四。
④　《与王周彦长书》,《豫章先生遗文》卷三。
⑤　《寄唐生诗》,《全唐诗》卷四二四。

实取得了很大的成绩,但是,由于他过分强调了"其辞质而径""其言直而切"①的一面,他的《新乐府》一类诗就不免有直率浅露的缺点,若与杜甫的同类作品相比,无论是反映现实的深度还是艺术感染力都差得多。这说明黄庭坚反对"怒骂"之论也还有其合理的一面。

黄庭坚之外的江西派诗人在诗歌理论的思想内容方面也没有提出什么新的见解。陈师道说:"言以述志,文以成言,约之以义,行之以信。近则致其用,远则致其传,文之质也。"②又批评苏轼说:"苏诗始学刘禹锡,故多怨刺,学不可不慎也。"③都是黄庭坚观点的复述而已。后来吕本中更是完全接受了传统的儒家诗论:

> 子曰:"兴于诗","诗可以兴,可以观,可以群,可以怨。迩之事父,远之事君,多识于鸟兽草木之名。"今之为诗者,读之果可使人兴起其为善之心乎? 果可使人兴、观、群、怨乎? 果可使人知事父事君而能识鸟兽草木之名之理乎? 为之而不能使人如是,则如勿作。④

总之,江西诗派在诗歌的思想内容方面并没有独特的系统理论,他们的观点基本上都笼罩在儒家诗教的范围之内。他们既没有像白居易那样鲜明地打出现实主义的旗帜:"文章合为时而著,歌诗合为事而作。"⑤也不像西昆派那样认为作诗的能事无非模仿前人成功之作:"历览遗编,研味前作,挹其芳润,发于希慕。"⑥所以,我们固然不能过高地评价江西诗派关于诗歌思想内容的理论,但也不能给它加上"反

---

① 《与元九书》,《白氏长庆集》卷四五。
② 《答江端礼书》,《后山先生集》卷九。
③ 《后山诗话》。
④ 《夏均父集序》,见刘克庄《后村先生大全集》卷九五"江西诗派"条。
⑤ 《与元九书》,《白氏长庆集》卷四五。
⑥ 杨亿《西昆酬唱集序》,《西昆酬唱集》卷首。

现实主义"等恶谥。值得我们研究的是江西诗派关于诗歌艺术的一系列观点。

二 关于诗歌艺术形式的理论

我们在第一章中说过,黄庭坚常在诗歌艺术上对后辈诗人做细致的指点,这种指点主要包括两个方面的内容:第一,熟练地掌握谋篇、造句、炼字等具体的艺术技巧。第二,多读古人的作品,从中汲取艺术营养。由于黄庭坚在这方面的言论比较多,人们就容易误以为这些就是黄庭坚诗论的主要内容,而对他的批评也集矢于此。比如有人批评说:"黄庭坚对诗'理'即诗歌艺术规律的理解仅仅局限于诗律、句法、字眼等粗浅方面,更深刻的东西他概未悟到。"[①]又比如著名的"夺胎换骨、点铁成金"之说,实际上只是黄庭坚提出的如何向前人的诗歌艺术做有益的借鉴的一种方法(见附录二:《黄庭坚"夺胎换骨"辨》),这是其诗歌理论中的一个枝节问题,但后来的批评家们却把它夸大为"江西诗派最重要的纲领"[②],而黄庭坚的整个诗歌理论也就被说成是"形式主义的错误理论"[③]。我们认为这些批评是不符合事实的。首先,我们对古代作家的批评必须建立在全面考察的基础上,不能攻其一点而不及其余,不能对黄庭坚诗论中的其他内容视而不见。其次,应该分清主次,上述两点内容是黄庭坚诗论的组成部分,但只是其中的次要部分,它们是黄庭坚向初学者所传授的经验,是黄庭坚诗歌艺术的入门和初阶,并没有体现其主要精神。要弄清楚黄庭坚诗歌理论的主要精神究竟何在,必须作一番具体的分析。

黄庭坚关于谋篇、造句、炼字等方面的意见很多,我们在第一章中

---

① 梁道理《严羽"别材"说探微》,《学术月刊》一九八二年第七期。
② 中国社会科学院文学研究所编《中国文学史》第六〇一页。
③ 中国社会科学院文学研究所编《中国文学史》第六〇三页。

已经举了一些例子,此处不再赘述。应该承认,这些具体的艺术技巧确是诗歌创作中不可缺少的基本功,尤其是对于初学作诗的人来说,很有必要加以研究探讨以求熟练地掌握它们。但是,如果入而不出,光在这些技巧上下功夫,就势必使作品雕琢而欠自然,而诗人也就不可能进入更高的艺术境界。黄庭坚对这一点是看得很清楚的,所以他同时又反对雕琢太甚,要求打破具体的艺术技巧的束缚而进入"不烦绳削"的境界。他称赞陶渊明说:

> 宁律不谐而不使句弱,用字不工不使语俗,此庾开府之所长也,然有意于为诗也。至于渊明,则所谓不烦绳削而自合者。虽然,巧于斧斤者多疑其拙,窘于检括者辄病其放。孔子曰:"宁武子,其智可及也,其愚不可及也。"渊明之拙与放,岂可为不知者道哉!①

又称赞李白说:

> 余评李白诗如黄帝张乐于洞庭之野,无首无尾,不主故常,非墨工椠人所可拟议。吾友黄介读《李杜优劣论》曰:"论文政不当如此。"余以为知言。及观其稿书,大类其诗,弥使人远想慨然。白在开元、至德间,不以能书传。今其行草,殊不减古人,盖所谓不烦绳削而自合者欤!②

我们知道,黄庭坚作诗并不学陶渊明和李白,他所以赞赏陶、李,主要是着眼于陶渊明的诗平淡自然、不加雕琢和李白的诗才气奔放、挥洒

---

① 《题意可诗后》,《豫章黄先生文集》卷二六。
② 《题李白诗草后》,《豫章黄先生文集》卷二六。

如意,达到了大匠运斤、不爽毫厘的最高艺术境界。即使对于作诗极
有法度的杜甫,黄庭坚也认为:

> 好作奇语,自是文章病。但当以理为主,理得而辞顺,文章自
> 然出群拔萃。观杜子美到夔州后诗,韩退之自潮州还朝后文章,
> 皆不烦绳削而自合矣。①

他又说:

> 但熟观杜子美到夔州后古律诗,便得句法简易,而大巧出焉。
> 平淡而山高水深,似欲不可企及。文章成就,更无斧凿痕,乃为佳
> 作耳。②

这说明黄庭坚对那种能够灵活地运用各种艺术技巧而不为其束缚的
艺术境界是多么神往。黄庭坚论书法的一些观点也可与此互相发明,
他赞扬颜真卿说:"观鲁公此帖,奇伟秀拔,奄有魏、晋、隋、唐以来风流
气骨。回视欧、虞、褚、薛、徐、沈辈,皆为法度所窘,岂如鲁公萧然出于
绳墨之外而卒与之合哉!"③他非常景仰草书家那种"入则重规叠矩,
出则奔轶绝尘"④的艺术境界。所以,黄庭坚虽然极其重视具体的艺
术技巧,但绝不是把它们当作终极目标来追求的。在他看来,熟练地
掌握具体的艺术技巧和打破这些技巧的束缚是诗人艺术修养必经的
两个阶段,前者是后者的必要准备,而后者则是诗人应当努力追求的
更高境界。所以他指点外甥洪刍说:

---

① 《与王观复书》其一,《豫章黄先生文集》卷一九。
② 《与王观复书》其二,《豫章黄先生文集》卷一九。
③ 《题颜鲁公帖》,《山谷题跋》卷三。
④ 《跋唐道人编余草稿》,《山谷题跋》卷四。

> 文章最为儒者末事，然索学之，又不可不知其曲折，幸熟思之。至于推之使高，如泰山之崇崛，如垂天之云；作之使雄壮，如沧江八月之涛，海运吞舟之鱼，又不可守绳墨令俭陋也。①

很清楚地阐明了两者之间的辩证关系。当然，眼高手低是文人的通病，黄庭坚在理论上虽然能有这样的认识，在创作实践中却仍然不免过多地讲求技巧而伤于"奇""巧"，这就是他推崇陶渊明而没有学到陶诗平淡自然之妙的原因。黄庭坚有一段论书法的话："予尝戏为人评书云：'小字莫作痴冻蝇，乐毅论胜遗教经。大字无过瘗鹤铭，随人作计终后人，自成一家始逼真。'然适作小楷，亦不能摆脱规矩。客曰：'子何舍子之冻蝇，而谓人冻蝇？'予无以应之。固知书虽棋、鞠等技，非得不传之妙，未易工也。"②如果移来评论他的诗，也是颇中肯綮的。但这并不能影响他在理论上达到的高度。

黄庭坚还常常要求青年诗人多读前人的作品，这方面的言论也很多，我们在第一章中已经举了一些，此处不再赘述。人们容易误认为这是"把书本学问看作是文学创作的唯一源泉"③，我们认为这个结论是站不住脚的。因为第一，多读书和注意观察现实生活并不是势不两立的两件事，相反地，这两个方面是可以很好地结合在一起的，杜甫就是一个最成功的典范。所以提倡多读书并不等于反对以生活为创作源泉，事实上黄庭坚也是重视从生活中求诗的。王直方记载说："山谷论诗文不可凿空强作，待境而生，便自工耳。"④黄庭坚还说："大率作诗，因时记事，不专为小物役思乃佳耳。"⑤既然是"待境而生"和"因时

---

①　《答洪驹父书》，《豫章黄先生文集》卷一九。

②　《题乐毅论后》，《豫章黄先生文集》卷二八。

③　刘大杰《黄庭坚的诗论》，《文学评论》一九六四年第一期。

④　《王直方诗话》"山谷论诗"条。

⑤　《与人》，《山谷老人刀笔》卷三。

记事"，当然不会是从"书本学问"中觅来的。第二，黄庭坚提倡多读前人的作品，主要是为了学习前人的艺术技巧，也就是借鉴建安诗人和陶渊明、李白、杜甫、韩愈等人的创作经验。他批评某些青年诗人读书不多时总是说他们"未能从容"①"语生硬不谐律吕，或词气不逮初造意时"②"波澜枝叶不若古人"③，等等，都是指艺术技巧上的不足，多读前人的作品就是为了弥补这些不足，他根本没有号召到书本中去寻找题材或把书本当作创作的源泉。其实，文学史实早就昭示我们：闭门读书会使作家脱离现实，而博览群书又是作家获得成功的重要条件，我们绝不能由于顾忌前者而对后者采取因噎废食的态度，所以从这个角度对黄庭坚进行指责是没有道理的。

那么，黄庭坚主张广泛地学习前人的诗歌艺术，是不是"让古人掌握着审美标准"④呢？问题也不这么简单。我们知道，黄庭坚是以"自成一家"自期、自许的，这一点前人论之甚详。张末《读鲁直诗》云："不践前人旧行迹，独惊斯世擅风流。"⑤黄庭坚自己也说："听他下虎口著，我不为牛后人。"⑥又说："文章最忌随人后。"⑦他赞扬王定国说："其作诗及它文章，不守近世师儒绳尺，规摹远大，必有为而后作，欲以长雄一世。虽未尽如意，要不随人后，至其合处，便不减古人。"⑧他论书法时也说："随人作计终后人，自成一家始逼真。"⑨所以他虽然号召学习前人，但并不是说要跟在古人后面亦步亦趋，他说：

---

① 《跋书柳子厚诗》，《豫章黄先生文集》卷二六。
② 《与王观复书》，《豫章黄先生文集》卷一九。
③ 《与王庠周彦书》，《豫章黄先生文集》卷一九。
④ 周裕锴《苏轼黄庭坚诗歌理论之比较》，《文学评论》一九八三年第四期。
⑤ 《柯山集》卷一八。
⑥ 《赠高子勉四首》其三，《山谷内集》卷一六。
⑦ 《赠谢敞、王博喻》，《山谷诗外集补》卷四。
⑧ 《王定国文集序》，《豫章黄先生文集》卷一六。
⑨ 《以右军书数种赠丘十四》，《山谷诗外集补》卷二。

　　大概拟前人文章，如子云《解嘲》拟宋玉《答客难》，退之《进学解》拟子云《解嘲》，柳子厚《晋问》拟枚乘《七发》，皆文章之美也。至于追逐前人不能出其范围，虽班孟坚之《宾戏》、崔伯庭之《达旨》、蔡伯喈之《释诲》，仅可观焉，况下者乎？①

黄庭坚论书画时也有类似的意见：

　　士大夫多讥东坡用笔不合古法，彼盖不知古法从何出尔。杜周云："三尺安出哉？前王所是以为律，后王所是以为令。"予尝以此论书，而东坡绝倒也。②

　　兰亭虽是真行书之宗，然不必一笔一画以为准。③

　　画不必阎立本，要为工。书不必褚遂良，要为能。④

他还讽刺那些在艺术上只知学古而不能创新的人说："楚宫细腰死，长安眉半额。比来翰墨场，烂熳多此色！"⑤又说："今世人字字得古法而俗气可掬者，又何足贵哉！"⑥所以，黄庭坚虽然主张学习前人，但绝不是要人们对古人焚香顶礼而无所作为。他称赞别人的诗文时所说的

---

　　①　《跋韩退之送穷文》，《山谷题跋》卷四。按："宋玉《答客难》"当为"东方朔《答客难》"之笔误，"崔伯庭"当为"崔亭伯"之笔误。（《后汉书》卷五二《崔骃列传》云："崔骃字亭伯"，"骃拟扬雄《解嘲》，作《达旨》以答焉"。）又按：洪迈《容斋随笔》卷七"《七发》"条、《容斋续笔》卷一五"《逐贫赋》"条对黄庭坚此言阐述甚详，可参看。
　　②　《跋东坡水陆赞》，《豫章黄先生文集》卷二九。按：所引杜周语见《汉书》卷六〇《杜周传》，字句稍有不同。
　　③　《又跋兰亭》，《豫章黄先生文集》卷二八。
　　④　《题褚书阁立本画地狱变相后》，《豫章先生遗文》卷一〇。
　　⑤　《寄晁元忠十首》其五，《山谷外集》卷一二。
　　⑥　《题王观复书后》，《山谷题跋》卷四。

"至其合处,便不减古人"①"作诗有古人态度"②等,也绝不会是鼓励人们在艺术上做古人的优孟衣冠,而是说应该达到前代优秀作家那样高的艺术水平。在诗坛上已经出现过李白、杜甫等伟大诗人的历史条件下,黄庭坚的这种说法是无可厚非的。

上述两个方面的内容,都含有从有法可循到不为法所拘的精神,也就是说,黄庭坚认为诗人提高艺术修养的过程应分成两个步骤:第一步是学习前人的创作经验和熟练地掌握各种艺术技巧,第二步是摆脱前人经验和具体的艺术技巧的束缚,从而达到"自成一家"和"不烦绳削而自合"的最高艺术境界。所以,虽然黄庭坚论诗时对具体的艺术技巧和学习前人的方法谈得较多,对"布置""句法""句眼"和"夺胎换骨""点铁成金"等详加讨论,但是这些都是其诗论的枝节部分,其主要精神却正是要求打破这些具体的技巧、方法的束缚而进入更高的境界。黄庭坚论诗说:"拾遗句中有眼,彭泽意在无弦。"③所谓"意在无弦",就是指后一种境界。他论画说:"余初未尝识画,然参禅而知无功之功,学道而知至道不烦,于是观图画,悉知其巧拙功楛,造微入妙,然此岂可为单见寡闻者道哉!"④也是说的同一个道理。正因为黄庭坚的诗论中有这两个阶段的内容,所以产生了两种不同的影响:

一,黄庭坚的诗论是有法可循的,这使他拥有为数众多的追随者。有一些诗人才能比较平庸,但只要遵循黄庭坚的具体指点而下功夫学习,也可以在诗歌艺术上达到一定的造诣,这是江西诗派形成的主要原因之一。二,黄庭坚的诗论最终要求不为法所拘而"自成一家",这使江西诗派中比较杰出的诗人都具有自立精神,并创造出各种不同的艺术风格,这是江西诗派经久不衰的主要原因。由于后一点是黄庭坚

---

① 《王定国诗集序》,《豫章黄先生文集》卷一六。
② 《跋书柳子厚诗》,《豫章黄先生文集》卷二六。
③ 《赠高子勉四首》其四,《山谷内集》卷一六。
④ 《题赵公佑画》,《豫章黄先生文集》卷二七。

诗论的主要精神,所以江西诗派中几个主要理论家的诗论也都继承了这一精神,正如曾季狸所云:

> 后山论诗说换骨,东湖论诗说中的,东莱论诗说活法,子苍论诗说饱参,入处虽不同,然其实皆一关捩,要知非悟入不可。①

下面就对这条线索作一简单的论述。

陈师道对黄庭坚的诗歌艺术是非常钦佩的,他说:"仆于诗初无师法,然少好之,老而不厌,数以千计。及一见黄豫章,尽焚其稿而学焉。豫章以谓譬之弈焉,弟子高师一著,仅能及之,争先则后矣。仆之诗,豫章之诗也。"②他的诗歌理论的精神也是与黄庭坚一脉相承的,他说:"学诗当以子美为师,有规矩,故可学。"③又说:"黄诗、韩文有意故有工,老杜则无工矣。然学者先黄后韩,不由黄、韩而为老杜,则失之拙易矣。"④可见他主张有步骤地学习古人的诗歌艺术并掌握"规矩"即艺术技巧。但是他同时又认为:"规矩可得其法,不可得其巧。舍规矩则无所求其巧矣。法在人,故必学;巧在己,故必悟。"⑤他又讽刺那些在学术上只知鹦鹉学舌的人说:"王无咎、黎宗孟皆为王氏学。世谓黎为模画手,一点画不出前人。谓王为转般仓,致无赢余,但有所欠。以其因人成能,无自得也。"⑥也可与其诗学观点互相印证。总之,陈师道主张要打破具体的艺术技巧和前人创作经验的束缚。在他看来,"学"和"悟"是诗人提高艺术修养的两个必要阶段,这实际上就是黄庭坚所反复强调的观点。

---

① 《艇斋诗话》。
② 《答秦觏书》,《后山先生集》卷一四。
③ 《后山诗话》。按:《后山诗话》中杂有后人增益之言(参看程千帆先生《韩愈以文为诗说》注一,载于《古诗考索》),本文仅取其中较可信者为论据。
④ 《后山诗话》。
⑤⑥ 《后山先生集》卷一八《谈丛》。

有一个问题需要作一些说明。陈师道有诗云:"学诗如学仙,时至骨自换。"①这是以"换骨"比喻学诗日久,功夫到家,自然就会悟入的道理。这与黄庭坚所说的"然不易其意而造其语,谓之换骨法"②,即一种模仿前人诗意的方法名同实异,是两个完全不同的概念,但是后人却往往把它们混为一谈。例如罗根泽先生就说:"他(指陈师道)的'换骨法'不全同于黄,但究竟同样重视'换骨'。"③对这两种"换骨"概念的混淆,容易使人误以为黄庭坚的"夺胎换骨"说在江西诗派中起了决定性的影响。其实,"换骨"这个名称在黄庭坚本人那里就是有两种含义的,一种如上所述,还有一种类似于陈师道的意思,即黄庭坚论书时所说的"俗书喜作兰亭面,欲换凡骨无金丹"④中的"换骨"。这是借用道家的术语,比喻在艺术修养的过程中待功夫的积累达到一定程度后就会产生质变,豁然贯通,从而进入一种类似于得道成仙的最高境界。所以,陈师道所说的"换骨",正是上面所论述的黄庭坚诗论的主要精神,而与"夺胎换骨"那种具体的艺术技巧是风马牛不相及的。

在黄、陈周围的早期江西派诗人中,徐俯、韩驹两人颇有自立的气概。徐俯的诗论今已不可多见,所谓"中的"也不知其具体含义。但他说过:"近世人学诗,止于苏、黄,又其上则有及老杜者,至六朝诗人,皆无人窥见。若学诗而不知有《选》诗,是大车无輗,小车无軏。"⑤又说:"作诗自立意,不可蹈袭前人。"⑥可见他也是既主张广泛地学习前人,又要求不为前人所束缚的。

韩驹诗论的特点是以"参禅"为喻。他说:"学诗当如初学禅,未悟

---

① 《次韵答秦少章》,《后山先生集》卷二。
② 见惠洪《冷斋夜话》卷一。按:关于黄庭坚此语的含义,详见附录二:《黄庭坚"夺胎换骨"辨》。
③ 《中国文学批评史》第三册第一四三页。
④ 《题杨凝式书》,《豫章黄先生文集》卷二八。
⑤ 见曾季狸《艇斋诗话》。
⑥ 见吕本中《童蒙诗训》。

且遍参诸方。一朝悟罢正法眼，信手拈出皆成章。"①由于"信手拈出"四字颇似苏轼的作风，而韩驹最初又是"师法苏氏"②的，所以后人多认为韩驹此论出于苏轼，例如郭绍虞先生认为韩驹的诗论"可以看作苏轼一派的主张"③，罗根泽先生也认为："刘克庄谓韩驹也出于苏轼，苏轼好佛，说不定禅悟之说，始由苏轼启迪。"④我们不同意这种看法。我们认为，韩驹早年虽然"师法苏氏"，并受到苏辙之赞赏，但黄庭坚的诗歌艺术对他的影响要更深一些（详见第四章）。而且，黄庭坚之好佛也并不亚于苏轼，即以"以禅喻诗"而言，苏轼虽然说过"暂借好诗消永夜，每逢佳处辄参禅"⑤，但那是指读诗欣然有所会意而言，并非实指诗人提高艺术修养的过程。而黄庭坚却常以参禅来比喻学诗的过程，他说："学者要先以识为主，如禅家所谓'正法眼'者，直须具此眼目，方可入道。"⑥又如"寒炉余几火，灰里拨阴何"⑦之类的话，都已露出"以禅喻诗"之端倪。所以，韩驹的以禅喻诗更可能是受到黄庭坚的启迪。当然，更重要的是对韩驹此论作具体的分析。韩驹虽然要求"信手拈出皆成章"，但并不是说学诗者一开始就能达到这样的水平，他明确地指出，"信手拈出皆成章"是在"一朝悟罢正法眼"的前提下才能产生的结果。那么，怎样才能做到"悟"呢？韩驹认为："学诗当如初学禅，未悟且遍参诸方。"他在另一首诗中也说："篇成不敢出，畏子诗眼大。唯当事深禅，诸方参作么。"⑧可见他很重视"遍参诸方"，认为这是达到

① 《赠赵伯鱼》，《陵阳先生诗》卷一。
② 惠洪《跋韩子苍帖后》，《石门文字禅》卷二七。
③ 郭绍虞《中国文学批评史》第二四四页。
④ 罗根泽《中国文学批评史》第三册第一四六页。
⑤ 《夜直玉堂，携李之仪端叔诗百余篇，读至夜半，书其后》，《集注分类东坡诗》卷二五。
⑥ 见范温《潜溪诗眼》"学诗贵识"条。
⑦ 《次韵高子勉十首》其四，《山谷内集》卷一六。
⑧ 《次韵曾通判登拟岘台》，《陵阳先生诗》卷二。

"悟"的必要功夫。所以,韩驹的"参禅"说实际上也是说学诗首先要广泛地学习前人的创作经验和各种艺术技巧,待功夫积累到一定的程度才会豁然贯通而得心应手。这种精神是深得黄、陈诗论之衣钵真传的。

吕本中在这方面的观点也是与黄庭坚一脉相承的。其一,他也主张广泛地学习前人,他说:"大概学诗,须以《三百篇》《楚辞》及汉、魏间人诗为主,方见古人妙处,自无齐梁间绮靡气味也。"①又说:"学诗须熟看老杜、苏、黄,亦先见体式,然后遍考他诗,自然工夫度越过人。"②其二,他也要求打破前人的藩篱:"老杜诗云'诗清立意新',最是作诗用力处,盖不可循习陈言,只规摹旧作也。鲁直云'随人作计终后人',又云'文章切忌随人后',此自鲁直见处也。近世人学老杜多矣,左规右矩,不能稍出新意,终成屋下架屋,无所取长。独鲁直下语,未尝似前人而卒与之合,此为善学。如陈无己力尽规摹,已少变化。"③

由于黄庭坚所提出的诗人艺术修养过程的两个步骤中,艺术才能比较平庸的人往往只注意第一步,或是才力只够做到第一步,所以当吕本中活跃于诗坛时,江西诗派中已经产生了不少流弊。吕本中在绍兴元年(1131)给曾几的信中指出:"近世江西之学者,虽左规右矩,不遗余力,而往往不知出此,故百尺竿头不能更进一步,亦失山谷之旨也。"④可见当时许多追随黄庭坚的诗人都束缚于前人的创作经验和具体的艺术技巧而不能自立,他们已经丢弃了黄庭坚诗论中最主要的精神。吕本中清楚地看到了这种严重情况,为了矫正流弊,他论诗时就着重于发挥黄庭坚诗论的主要精神,提出了有名的"活法"之说:

---

① 《童蒙诗训》"学古人妙处"条。
② 《童蒙诗训》"文字体式"条。
③ 《童蒙诗训》"作诗不应只规摹古人"条。
④ 《与曾吉甫论诗第二帖》,见胡仔《苕溪渔隐丛话》前集卷四九。按:曾几在《东莱先生诗集后序》(《茶山集》拾遗)中曾提到这封信,并说它写于"绍兴辛亥"。

> 学诗当识活法，所谓活法者，规矩备具，而能出于规矩之外；
> 变化不测，而亦不背于规矩也。是道也，盖有定法而无定法，无定
> 法而有定法。知是者，则可以与语活法矣。谢玄晖有言："好诗流
> 转圆美如弹丸。"此真活法也。近世惟豫章黄公首变前作之弊，而
> 后学者知所趣向。毕精尽知左规右矩，庶几至于变化不测。①

由于强调"活法"，强调"变化不测"，所以他又主张不仅仅以作诗谨严、
有法可循的杜甫和黄庭坚为学习的典范，而应该兼师才气奔放、挥洒
如意的李白和苏轼：

> 《楚词》、杜、黄，固法度所在，然不若遍考精取，悉为吾用，则
> 姿态横出，不窘一律矣。如东坡、太白诗，虽规摹广大，学者难依，
> 然读之使人敢道，澡雪滞思，无穷苦艰难之状，亦一助也。要之，
> 此事须令有所悟入，则自然度越诸子。悟入之理，正在工夫勤惰
> 间耳。如张长史见公孙大娘舞剑，顿悟笔法。如张者，专意此事，
> 未尝少忘胸中，故能遇事有得，遂造神妙。使它人观舞剑，有何干
> 涉？非独作文、学书而然也。②

表面上看来，吕本中的诗论似乎有点天才论的倾向了，其实不然。吕
本中虽然强调"活"和"悟"，但是"悟入之理，正在工夫勤惰间耳"，所以
"悟"还是建筑在工夫积累的基础上。他明确地指出："作文必要悟入
处，悟入必自工夫中来，非侥幸可得也。如老苏之于文，鲁直之于诗，

---

① 《夏均父集序》，见刘克庄《后村先生大全集》卷九五"江西诗派"条。按："毕
精尽知"原作"必精尽知"，此据《知不足斋丛书》本和《历代诗话续编》本《江西诗派小
序》改。
② 《与曾吉甫论诗第一帖》，见《苕溪渔隐丛话》前集卷四九。

盖尽此理也。"①所以，吕本中的所谓"悟入"，其实与陈师道的"换骨"、韩驹的"参禅"一样，也是在阐述发挥黄庭坚的意思。不过吕本中更侧重于"悟"的一面，而且讲得更明确，更细致，他的"活法"也就更多地受到人们的注意。

吕本中之后的江西派诗人在这方面没有提出什么新的观点，他们基本上都接受了"参禅"和"悟"的理论。宋末的方回是江西诗派的最后一位诗论家，他也主张广泛地学习前人的诗歌艺术，并且对各种具体的艺术技巧细加讨论，但他同时又认为"黄、陈皆宗老杜，然未尝依本画葫芦依老杜诗……学前贤诗不可但模形状，意会神合可也"②。他晚年还进而认为"作诗不容有法"③。他对吕本中的"活法"赞扬备至，而且进一步指出："然偈不在工，取其顿悟而已。诗则一字不可不工，悟而工，以渐不以顿。"④就是说，方回认为学诗至"悟"一定要经过艰苦的学习、积累过程，"悟"的境地是不能一蹴而就的。方回此论是对吕本中"活法"论的一个补充，也是对江西派诗人严肃认真地探讨诗歌艺术的精神的总结。

从上面的分析中可以看出，江西诗派诗歌理论的主要精神就是诗人应该从"有法"到"无法"，从"学"到"悟"，虽然他们很重视对具体艺术技巧的修养和对前人艺术手法的继承，但其最终目的则是突破二者的束缚而进入诗歌艺术的自由王国。所以，虽然黄庭坚的这一理论为所有的江西派诗人所继承，但由于其中包含着"自成一家"的求变精神，那些真正领会了这一精神的继承者们在风格论上就不尽跟在他后面亦步亦趋了。

像任何杰出的诗人一样，黄庭坚是很能欣赏"异量之美"的。除了

---

① 《童蒙诗训》"作文必要悟"条。
② 《刘元辉诗评》，《桐江集》卷五。
③ 《虚谷桐江续集序》，《桐江续集》卷三二。
④ 《清渭滨上人诗集序》，《桐江续集》卷三三。

杜甫之外,受到黄庭坚推崇的艺术风格各不相同的诗人还有很多(详见第二章),其中如王维、孟浩然、李白、白居易、韦应物、王安石、苏轼等人的诗风都与黄庭坚颇异其趣。但是黄庭坚风格论的主要精神显然已经由博反约,在千姿百态的艺术风格中有所侧重。我们在第二章中已经说过,黄庭坚特别推崇杜甫的晚期诗歌,推崇那种语言错落有致、声调拗峭矫健,具有苍劲老健的特殊韵味的艺术风格。黄庭坚所以会有这样的风格论,正是他的"自成一家"精神的体现。清人赵翼评韩诗说:"至昌黎时,李、杜已在前,纵极力变化,终不能再辟一径。惟少陵奇险处尚有可推扩,故一眼觑定,欲从此辟山开道,自成一家,此昌黎注意所在也。"①黄庭坚的情况与之非常相似,所不同的是,当黄庭坚登上诗坛时,前人在古今体五、七言诗歌艺术领域内留下的变化余地更少了,而杜甫晚期诗歌的那种特殊风格"尚有可推扩",黄庭坚所"一眼觑定"的正在于此。所以,尽管黄庭坚完全能认识到其他各种艺术风格的审美价值,但为了"辟山开道,自成一家",他就在理论上大力推崇并在创作上努力捕捉这种在杜诗风格中并不占主导地位的特殊风格了。这样的风格论当然不免有偏仄之弊,但是我们应该理解黄庭坚的一番苦心孤诣,而且,这对于宋诗独特风貌的形成还是起了一定的推动作用的。

陈师道作诗尊黄庭坚为师,他的风格论也基本上近于黄庭坚的观点。陈师道对黄诗刻意求奇的作风虽然颇有微词:"诗欲其好,则不能好矣。王介甫以工,苏子瞻以新,黄鲁直以奇。而子美之诗,奇常工易新陈,莫不好也。"②但由于黄庭坚的风格论与他本人作品的风格不是完全相符的,所以这并不妨碍黄、陈的风格论相当接近。陈师道认为:"宁拙毋巧,宁朴无华,宁粗毋弱,宁僻毋俗,诗文皆然。"③就是说,他

---

① 《瓯北诗话》卷三。
②③ 《后山诗话》。

认为诗歌应该朴拙质直而不要华丽精巧，应该筋骨嶙峋而不要软靡细弱，应该戛戛独造而不要浅易庸俗，这与黄庭坚的审美原则有相同的倾向，实际上正是早期江西派诗人共同追求的艺术境界。可惜陈师道语焉不详，没有对他的观点作详细的阐述。

吕本中是十分尊崇黄庭坚的，他论诗说："初学作诗，宁失之野，不可失之靡丽；失之野不害气质，失之靡丽不可复整顿。"①这与陈师道之论如出一辙。但是，在江西诗派中首先提出不同于黄、陈的风格论观点的也是吕本中。他批评黄庭坚的诗"有太尖新、太巧处"②，又赞扬张耒的诗"自然奇逸，非他人所及"③。他所推崇的"好诗流转圆美如弹丸"一语，虽是用来比喻"活法"的，但也反映了他对诗歌风格的好尚。这显然是对黄、陈风格论的一种矫枉之论，因为既然是"流转圆美"，当然就不可能又是"拙""朴""粗""僻"的了。晁冲之曾对吕本中说："我诗非不如子，我作得子诗，只是子差熟耳。"吕回答说："只熟便是精妙处。"④从吕本中的创作来看，所谓"熟"也是指"流转圆美"而言的。我们在第六章中已经说过，吕本中的这种观点对后期江西派诗人起了较大的影响。

方回在风格论上并没有提出什么新的观点，作为江西诗派的最后一个诗论家，他对江西诗派的风格论作了一番总结。黄庭坚推崇杜甫的晚期诗歌，方回则进一步说："大抵老杜集，成都时诗胜似关辅时，夔州时诗胜似成都时，而湖南时诗又胜似夔州时，一节高一节，愈老愈剥

---

① 《童蒙诗训》"初学诗不可靡丽"条。

② 《童蒙诗训》"学古人文字须得其短处"条。按：胡仔讥讽吕本中此言"无乃与《江西宗派图》所云'抑扬反复，尽兼众体'之语背驰乎？"（《苕溪渔隐丛话》前集卷四八）这是一种形而上学的观点，推崇一位大作家并不就意味着不能批评他的缺点，吕本中的两段话是并不矛盾的。

③ 《童蒙诗训》"张文潜诗"条。

④ 见吕本中《东莱吕紫微诗话》。

落也。"①他又说:"山谷论老杜诗,必断自夔州以后。试取其庚子至乙巳六年之诗观之,秦陇剑门,行旅跋涉,浣花草堂,居处啸咏,所以然之故如绣如画。又取其丙午至辛亥六年诗观之,则绣与画之迹俱泯。赤甲、白盐之间,以至巴峡、洞庭、湘潭,莫不顿挫悲壮,剥浮落华。"②这种说法颇遭后人诟病,因为杜甫后期诗风虽然确有"剥浮落华"的特色,这种风格也确有其特殊的审美价值,但不能说这种风格就一定胜过杜甫前期作品所体现的其他风格。其实,方回自己也未尝以此为定论,他说"老杜之细润工密,不可不参"③,可见他对杜诗的其他艺术风格也是很重视的。他之所以要强调"剥落"二字,无非是因为黄庭坚等江西派诗人在理论上和创作上都体现了这种倾向。方回说过:"书贵瘦硬少陵语,岂止评书端为诗。"④在他看来,杜甫晚期诗歌的"剥落"风格与黄、陈诗歌的"瘦硬"风格是统一的,这是江西诗派诗风的主要倾向,所以他总是极力推崇这种风格,而且时时把它夸大成胜过其他一切艺术风格的最高艺术境界,这确实是一种门户之见。当然,事实上方回在诗歌艺术上是能够欣赏"异量之美"的,他不但赞赏江西诗派中风格有较大转变的诗人,例如他说吕本中"在江西派中最为流动而不滞者,故其诗多活"⑤,陈与义诗"气势浑雄,规模广大"⑥,曾几诗"自然轻快,近杨诚斋"⑦;而且也很赞赏诗派之外的梅尧臣、欧阳修、张耒⑧和尤袤、杨万里、范成大、陆游等人⑨。但是为了维护江西诗派尤

---

① 《瀛奎律髓》卷一〇。
② 《程斗山吟稿序》,《桐江集》卷一。
③ 《瀛奎律髓》卷四七。
④ 《题郭熙雪晴松石平远图为张季野作,是日同读杜诗》,《桐江续集》卷一二。
⑤ 《瀛奎律髓》卷一七。
⑥ 《瀛奎律髓》卷二四。
⑦ 《瀛奎律髓》卷二七。
⑧ 见《瀛奎律髓》卷二二。
⑨ 见《读张功父南湖集·序》,《桐江续集》卷八。

其是黄、陈的地位,方回就无暇顾及其风格论的偏颇之处了。①

　　总而言之,江西诗派在风格论方面的观点并不完全一致,又多偏仄之处,在理论上的价值不高,在诗派中的重要性也远远比不上他们关于诗人艺术修养过程的理论。所以,只有黄庭坚所提出而为整个诗派所继承发展的关于诗人艺术修养过程的理论,也即从"有法"到"无法"、从"学"到"悟"的一系列观点,才是江西诗派诗论的主要精神,堪称为江西诗派的纲领。

三　关于诗派艺术渊源的理论

　　中国的文学批评历来重视作家之间在艺术上的渊源关系,梁朝的钟嵘在《诗品》中评论诗人时,动称"其源出于"某人,唐末的张为甚至有《诗人主客图》之作,专论诗人之间的"主客"关系。但他们或语焉不详,或比拟不伦,在理论上都没有很大的价值。成员众多、源源不断的江西诗派的出现,使批评家们有可能在较大的范围内考察这种渊源关系。而诗派内部的诗论家对这种关系的论述,由于有师友传授的亲身体会作为感性基础,所以更值得我们研究。下面对江西诗派的成员关于诗派自身艺术渊源的论述作些分析。

　　黄庭坚论诗,很重视艺术上的师承关系。他大张旗鼓地以学杜相号召,而"常使诗人拜画图,煎胶续弦千古无"②的诗句也说明他是隐然以杜甫的继承者自期的。他评论周围的青年诗人时常常着眼于他们的师承关系,例如他赞扬陈师道说"其作诗渊源,得老杜句法"③,赞扬高荷

---

　　①　关于方回攻击"四灵""江湖"二派的理论,朱东润先生已作了详尽的分析(见《述方回诗评》,《中国文学论集》卷一),本文不再重复。

　　②　《老杜浣花溪图引》,《山谷外集》卷一六。

　　③　《答王子飞书》,《豫章黄先生文集》卷一九。

说"高子勉作诗,以杜子美为标准"①,又赞扬二何说"二何尝从吾友陈师道学问,此其渊源深远矣"②。黄庭坚之后的江西派诗人则多以杜甫和黄庭坚为远祖近宗,例如陈师道认为"学诗当以子美为师"③,又认为"学者先黄后韩,不由黄、韩而为老杜,则失之拙易矣"④。可见他们都注意到了诗派内部的渊源关系。但是,真正给江西诗派之间的渊源关系描绘出比较全面的轮廓的首推吕本中的《江西诗社宗派图》。

《江西诗社宗派图》的重要性有两点:

第一,《宗派图》指出了黄庭坚在宋代诗坛上的重要地位,并尊他为江西诗派之祖。《苕溪渔隐丛话》前集卷四八载《宗派图》之大略云:

> 唐自李、杜之出,焜耀一世,后之言诗者,皆莫能及。至韩、柳、孟郊、张籍诸人,激昂奋厉,终不能与前作者并。元和以后至国朝,歌诗之作或传者,多依效旧文,未尽所趣。惟豫章始大出而力振之,抑扬反复,尽兼众体。而后学者同作并和,虽体制或异,要皆所传者一。

吕本中对黄庭坚的颂扬不无过甚之处,"尽兼众体"的评价也不够准确,但是就宋诗独特风貌的形成而言,说黄庭坚"始大出而力振之"是不为过分的。同时,吕本中又指出江西诗派的成员虽然在艺术上各具特色,但是"所传者一",在《云麓漫钞》卷一四所载的《宗派图》大意中还有"源流皆出豫章"一句,明确地指出了黄庭坚是江西诗派的开山祖师。

第二,《宗派图》开列了陈师道等二十五人的江西诗派名单,虽然这份名单或有铨选失当之处(详见附录三:《吕本中〈江西诗社宗派图〉

---

①　《跋高子勉诗》,《豫章黄先生文集》卷二六。

②　《书倦壳轩诗后》,《豫章黄先生文集》卷二〇。

③④　《后山诗话》。

考辨》),但毕竟已把当时诗坛上受黄庭坚影响较大的诗人基本上收罗进去了,划定了早期江西诗派的范围。

由于在吕本中作《宗派图》之后,江西诗派仍在不断地发展,所以宋末的方回又对诗派的渊源关系作了系统的补充,他主要补充了两点内容:

第一,增补了新的江西诗派成员,计有:吕本中、陈与义、曾几、赵蕃、韩淲等人(详见第六章)。

第二,尊杜甫、黄庭坚、陈师道、陈与义为江西诗派的"一祖三宗"。方回说:"呜呼!古今诗人当以老杜、山谷、后山、简斋为一祖三宗,余可预配飨者有数焉。"①此外,他对吕本中和曾几也甚为推崇,他说:"老杜之后有黄、陈,又有简斋,又其次则吕居仁之活动,曾吉甫之清峭,凡五人焉。"②又说:"老杜诗为唐诗之冠,黄、陈诗为宋诗之冠。黄、陈学老杜者也,嗣黄、陈而恢张悲壮者,陈简斋也;流动圆活者,吕居仁也;清劲洁雅者,曾茶山也。"③

方回的第二点补充,后人讥为:"是门户之见,非是非之公也。"④我们认为,方回此说确实不免"门户之见",上面所引的几段话虽然泛言"古今诗人"云云,但事实上都是立足于江西诗派而言的,他有时就明确拈出"江西派"三字:"黄、陈二老诗各成一家,未有能及之者。然论老笔名手,黄、陈之外,江西派中多有作者,吕居仁、陈简斋,其尤也。"⑤如果把评论的范围限于江西诗派,那么方回的论断还是正确的。他把黄庭坚、陈师道、陈与义、吕本中、曾几五人看成是江西诗派中的代表诗人,并指出他们之间在艺术上既有师承关系又有发展变

---

① 《瀛奎律髓》卷二六。
② 《瀛奎律髓》卷二四。
③ 《瀛奎律髓》卷一。
④ 纪昀《瀛奎律髓刊误序》,《纪文达公遗集》卷九。
⑤ 《刘元辉诗评》,《桐江集》卷五。

化，这是符合实际情况的。

　　需要作进一步讨论的是以杜甫为江西诗派"一祖"的问题。在方回之前和之后，都有人反对这种说法。金人元好问诗云："古雅难将子美亲，精纯全失义山真。论诗宁下涪翁拜，未作江西社里人。"①清人王士禛诗云："涪翁掉臂自清新，未许传衣躐后尘。却笑儿孙媚初祖，强将配飨杜陵人。"②现代的批评家则认为："江西派号召学杜是对的，问题在他们没有很好地继承杜甫热爱祖国、热爱人民的精神，而片面地强调他在句法、用事等方面的艺术技巧，这就愈来愈走向形式主义的道路。"③我们认为，江西诗派学习杜甫确实偏重于艺术形式方面，虽然黄庭坚等人对杜诗的思想内容有比较正确的认识，而陈与义、吕本中等人的部分诗歌也继承了杜诗忧国忧民的优良传统，但是对于整个诗派来说，这些毕竟不是主流。在艺术形式方面，江西派诗人中也很少有人从整体上学习杜诗的艺术风格，其中大多数人所注意学习的是杜甫诗风的某一个方面，比如杜甫晚期诗歌"剥浮落华"的风格及拗体七律等。而且，江西诗派中比较杰出的几位诗人如黄庭坚、陈师道等，都是学杜而不似杜，诗歌风格与杜诗并不相似。尽管如此，把杜甫看作江西诗派的"一祖"还是比较合理的，原因有两条：一，在主观上，江西派诗人大张旗鼓地以学杜相号召，并在实际创作中努力学习杜甫。二，在客观上，杜甫确实对江西诗派产生了很大的影响。我们知道，无论是在思想内容方面还是在艺术形式方面，杜诗都是我国古典诗歌中的光辉典范，是前此诗歌的"集大成者"④，它在艺术上是"尽得古今之体势，而兼人人之所独专"⑤的，所以，杜甫对后代的影响体现

---

　　①　《论诗三十首》其二八，《遗山先生文集》卷一一。
　　②　《戏效元遗山论诗绝句三十六首》其十二，《渔洋诗集》卷一四。
　　③　游国恩等编《中国文学史》第三册第六五页。
　　④　秦观说："杜子美之于诗，实积众家之长……呜呼！杜氏、韩氏，亦集诗、文之大成者欤！"（《韩愈论》，《淮海集》卷二二）
　　⑤　元稹《唐故工部员外郎杜君墓系铭并序》，《元氏长庆集》卷五六。

于各个方面。白居易、元稹等人的新乐府运动固然体现了杜甫的影响,韩愈、李商隐等人的诗歌艺术也同样体现了杜甫的影响。从思想内容的角度去学习杜诗固然应该受到称赞,从艺术形式的角度去学习杜诗也不应受到非议。还有,既然杜诗的艺术风格是那么的多样化,杜诗的艺术手段又是那样的丰富,后人也就只可能学习其中的某些方面。而且,学习前人本来就应该推陈出新,学杜而不似杜,正是善于学杜之表现。所以,江西派诗人学习杜甫是无可厚非的。我们现在说杜甫是江西诗派的"一祖",并不排斥把杜甫看作新乐府运动或其他诗派之祖,也并不意味着江西诗派是杜甫的唯一继承者或最好继承者。我们认为,虽然方回提出"一祖三宗"之说在主观上是带着门户之见的,但他在客观上却说出了一个事实:杜甫确实是江西诗派诗歌艺术的不祧之祖。江西诗派如此大规模地学习杜甫,是文学史上值得注意的一个现象。

通过吕本中和方回的论述,江西诗派在艺术上的渊源关系已经相当清晰地勾画出来了。这种从艺术上的师承渊源关系的角度来探讨诗歌发展规律的诗论,是江西诗派诗歌理论中很有特色的一个组成部分,值得我们作进一步的研究。

第八章　江西诗派的影响

一　江西诗派在南北宋之际的影响

南北宋之际，江西诗派已蔚为诗界中一大国，除了吕本中《江西诗社宗派图》中所提到的诗人和我们在第四章、第六章中补入江西诗派的诗人之外，还有不少诗人也在不同程度上受到黄、陈和其他江西派诗人的影响，其中比较著名的有汪藻、刘子翚等人。

（一）汪藻

汪藻（1079—1154）的作品，今存《武英殿聚珍版丛书》本《浮溪集》三十六卷，乃四库馆臣辑自《永乐大典》者，其中卷二九至卷三二为诗集，共收诗二百八十二首。另有馆臣漏辑之诗四首，见栾贵明辑《四库辑本别集拾遗》。

宋人曾敏行记载说："汪彦章为豫章幕官。一日，会徐师川于南楼，问师川曰：'作诗法门当如何入？'师川答曰：'即此席间杯柈果蔬使令以至目力所及，皆诗也。君但以意剪裁之，驰骤约束，触类而长，皆当如人意。切不可闭门合目，作镂空妄实之想也。'彦章颔之。逾月，复见师川曰：'自受教后，准此程度，一字亦道不成。'师川喜，谓之曰：'君此后当能诗矣。'故彦章每谓人曰：'某作诗句法得之师川。'"[①]后人据此而说汪藻："其诗则得于徐俯，俯得之其舅黄庭坚，尤具有渊

---

① 曾敏行《独醒杂志》卷四。

源。"①此外，宋人吴曾记载说："汪彦章视中书舍人韩公驹子苍，前辈也。绍兴初，韩寄寓临川。汪来守郡，通启曰：'承作者百年之师友，为斯文一代之统盟。'别简云：'仆知有公，而公不知有仆。藻老矣，愿焚笔砚，以从公游。'"②在今存的汪藻作品中，还保存着一些与江西派诗人唱和的诗。③ 由此看来，汪藻与江西派诗人交往甚密，而且在诗歌艺术上是学习江西诗派的。由于他的诗流传不多，所以江西诗派的影响体现得不很明显。比如下面两首诗：

悼往二首　其一

　　宿草纵横绿，春归有底忙？百年知有尽，万感要难忘。欲语如他日，犹疑在我旁。人生今至此，不拟惜流光。

傅冲益久不得书

　　经年坐久一蒲团，幽鸟时呼到曲栏。山色总兼溪色好，松声长学雨声寒。那将俗物关心事，只拟晴窗想鼻端。已作生涯蚕事老，故人谁肯报平安？

前一首语朴情挚，颇得陈师道诗之妙处。后一首与吕本中等人的诗风相近。至于他与黄庭坚之间的渊源关系，在现存作品中没有较明显的例证。

（二）刘子翚

　　刘子翚（1101—1147）的作品，今存《四库全书珍本四集》本《屏山

---

　　① 《四库提要》卷一五六"《浮溪集》"条。
　　② 《能改斋漫录》卷一四"汪彦章敬慕韩子苍"条。
　　③ 例如：《次韵洪驹父集东山》，《浮溪集》卷三一；《移守临川，曾吉甫以诗见寄，次韵答之。时吉甫除闽漕未行》，《浮溪集》卷三一。

集》二十卷,其中卷一〇至卷二〇为诗集,共收诗六百五十七首。

刘子翚与吕本中交谊甚深,他赞扬韩驹和吕本中是"二妙风流压建安"[1],后人因而说他"七言近体,宗派颇杂江西。盖子翚尝与吕本中游,故格律时复似之也"[2]。从刘子翚的作品来看,这种说法是正确的。我们看一个例子:

居仁报李季言论养生之益

平生外骛已知非,木枕藤衾老可依。春半风光唯掩户,病边怀抱自忘机。不知静守绵绵息,何似闲随栩栩飞。欲寄勤渠问仙李,元关底处是真归?

虽为谈理之作,但诗句尚活泼清丽,与吕本中的风格相近。此外,刘子翚的七律时有拗体,比如《怀远》一诗的后四句:"故人悠悠绝双鲤,别恨耿耿闻悲笳。索居怀抱向谁写,古调一吟青鬓华。"[3]声调甚为拗峭,也体现了江西诗派的影响。

二　江西诗派在南宋的影响

(一) 陆游

陆游(1125—1210)的诗歌作品,今存《剑南诗稿》八十五卷,收诗九千余首。[4]

陆游是南宋最伟大的诗人,他的诗歌创作不但在思想内容上达

---

① 《读韩子苍、吕居仁近诗》,《屏山集》卷一八。
② 《四库提要》卷一五七"《屏山集》"条。
③ 《屏山集》卷一八"七律类"。
④ 《剑南诗稿》版本甚多,兹不赘述。

到了宋诗所未曾有过的高度，而且在艺术上也形成了自己的独特风格，绝非江西诗派所能牢笼。但是，应该指出，陆游是受到江西诗派一定影响的。有的文学史著作说陆游"一扫江西派的积弊"①，并不符合事实。

首先，陆游诗歌的爱国主义精神是与江西派诗人吕本中、曾几、陈与义等人一脉相承的。他在绍兴末年与曾几"略无三日不进见，见必闻忧国之言"②。而在陆游之前把爱国主义的主题引进宋诗的诗人也首推吕本中、曾几、陈与义等人，这不能不对他产生深刻的影响。虽说陆游在这方面的成就远远地超过了他的前辈，但把陆游诗歌爱国主义基调的确立说成是"冲破了江西派的樊笼"③，显然是与史实相悖的。

其次，陆游在诗歌艺术上与江西诗派有较深的渊源关系。他作诗私淑吕本中，庆元二年（1196），七十二岁的陆游自称："某自童子时读公（按：指吕本中）诗文，愿学焉。稍长，未能远游，而公捐馆舍。晚见曾文清公，文清谓某：'君之诗，渊源殆自吕紫微，恨不一识面。'某于是尤以为恨。"④他还曾面受曾几传授诗法，他在四十七岁那年有诗云："忆在茶山听说诗，亲从夜半得玄机……律令合时方帖妥，工夫深处却平夷。"⑤所谓"律令合时方帖妥，工夫深处却平夷"，正是江西诗派中从黄庭坚以来一脉相承的理论（见第七章），可见曾几传授给他的就是江西诗派的嫡传心法。陆游在七十一岁时又有诗云："我得茶山一转语，文章切忌参死句。"⑥所谓"切忌参死句"，正是吕本中所提出而为曾几等人所接受的"活法"。此外，陆游对江西诗派关于学诗过程的

① 见游国恩等编《中国文学史》第三册第一〇七页。
② 陆游《跋曾文清公奏议稿》，《渭南文集》卷三〇。
③ 游国恩等编《中国文学史》第三册第九五页。
④ 《吕居仁集序》，《渭南文集》卷一四。
⑤ 《追怀曾文清呈赵教授，赵近尝示诗》，《剑南诗稿》卷二。按：此诗作于乾道七年（1171）。
⑥ 《赠应秀才》，《剑南诗稿》卷三一。按：此诗作于庆元元年（1195）。

"换骨"论①也奉为圭臬,他在六十八岁时说:"文能换骨余无法,学但穷源自不疑。"②在七十八岁时又说:"六十余年妄学诗,工夫深处独心知。夜来一笑寒灯下,始是金丹换骨时。"③值得注意的是,这些言论都产生在陆游的壮年和晚年。朱东润先生认为陆游从乾道六年(1170)起"抛弃了从江西诗派学到的理论而自觉地走上现实主义的道路"④,但我们觉得上述材料都证明陆游直至晚年也并未抛弃"从江西诗派学到的理论",这是因为江西诗派的理论与现实主义的创作方法本来就不是水火不相容的。那么,陆游在六十八岁时所作的《九月一日夜读诗稿有感,走笔作歌》⑤中说"我昔学诗未有得,残余未免从人乞",又说他在"四十从戎驻南郑"的时候才"诗家三昧忽见前,屈贾在眼元历历",这是不是在"全盘否定他和曾几的学习关系"⑥呢? 我们认为并非如此。因为江西诗派是向来重视"自成一家"的,虽说有些才能较平庸的江西派诗人不免于模拟前人,但"残余未免从人乞"绝不是江西诗派所追求的做法。所以,曾几绝不会把与之类似的话教给陆游。上面说过,陆游在回忆曾几的诗中说他所得的"玄机"是"律令合时方帖妥,工夫深处却平夷"和"文章切忌参死句",这分明是与"残余未免从人乞"风马牛不相及的。我们知道,陆游很推崇江西诗派的"换骨"论,但是江西诗派所追求的这种艺术境界是一定要经过长期的创作实践和工夫积累才能达到的,就像我们在第七章中所论述的:"换骨"必须"时至","学禅"必须"参诸方","悟入"必须"自工夫中来",不是单凭面受"玄机"就能臻其妙境的。正因为这样,虽然陆游幼时即学

---

① 指我们在第七章中所分析的陈师道的"换骨"论,而不是黄庭坚所倡的"夺胎换骨"论。

② 《示儿》,《剑南诗稿》卷二五。按:此诗作于绍熙三年(1192)。

③ 《夜吟》,《剑南诗稿》卷五一。按:此诗作于嘉泰二年(1202)。

④ 见《陆游诗的转变》,《中国文学论集》第二八九页。

⑤ 《剑南诗稿》卷二五。按:此诗作于绍熙三年(1192)。

⑥ 朱东润先生语,见《陆游的创作道路》,《中国文学论集》第二九八页。

吕本中的诗文,十八岁以后又亲从曾几学诗。① 但是到他六十八岁时还要说:"文能换骨余无法,学但穷源自不疑。齿豁头童方悟此,乃翁见事可怜迟。"②否则的话,"换骨"法早被江西派诗人拈出以教人,陆游又何至于"齿豁头童方悟此"呢? 至于陆游在军戎生活中所悟到的"诗家三昧",当然主要是指丰富的生活经历提供了无穷的诗材和灵感,但也不排斥在诗歌艺术上进入自由王国的意思。我们不能一味强调前者而否认后者,更不能把这解释成陆游抛弃了江西诗派的理论。不然的话,就难以说明为什么他到晚年还会那么推崇吕本中、曾几等江西派诗人,那么重视"换骨"之论。

然而,陆游虽然很推崇江西诗派的理论,他的诗歌创作却呈现着与江西诗派不同的面貌。宋人常常指出陆游与曾几的师承关系:"茶山夜半传机要"③"句法茶山出豫章"④"茶山衣钵放翁诗"⑤,等等,然而都没有说明陆游的诗与曾几诗有什么相似之处。刘克庄说:"陆放翁学于茶山,而青于蓝。"⑥也只是泛言其成就之高低。方回更指出了他们之间的差异:"(陆游)少师曾茶山,或谓青出于蓝。然茶山格高,放翁律熟;茶山专祖山谷,放翁兼入盛唐。"⑦当然,陆游集中不是没有风格类似于江西诗派的作品,例如:

读赵昌甫诗卷

蜗庐溽暑不可过,把卷一读赵子诗。如游麻源第三谷,忽见梅花开一枝。寄书问讯不可得,握臂晤语应无期。惟当饮水绝火

---

① 见《赠曾温伯邢德允》,《剑南诗稿》卷五一。
② 《示儿》,《剑南诗稿》卷二五。
③ 刘应时《读放翁〈剑南集〉》,《颐庵居士集》卷一。
④ 赵蕃《呈陆严州》,《淳熙稿》卷一二。
⑤ 戴复古《读放翁先生〈剑南诗草〉》,《石屏诗集》卷六。
⑥ 《茶山诚斋诗选序》,《后村先生大全集》卷九七。
⑦ 《瀛奎律髓》卷二三。

食,海山忽有相逢时。

朱东润先生评此诗是"全篇作江西语,置之山谷集中几可乱真者"①,确为的评。陆游还有一些写闲适生活的近体诗,风格轻俊活泼,近于吕本中和曾几,例如:

秋雨北榭作

秋风吹雨到江濆,小阁疏帘晓色分。津吏报增三尺水,山僧归入万重云。飘零露井无桐叶,断续烟汀有雁群。了却文书早寻睡,檐声偏爱枕间闻。

这样的诗置于吕、曾集中也未尝不可乱楮叶。但是,在陆游的九千多首诗歌中,这种例子毕竟是比较少见的。总的说来,陆游诗的艺术风格具有比较鲜明的独特性,与江西诗派的诗风差异较大。朱东润先生认为这是由于陆游曾把他四十一岁之前的诗作大量删除,所以受江西诗派影响较深的诗大多没有保存下来②,我们认为这种推测是合理的。陆游自称他早年的诗是"残余未免从人乞",他所模仿的对象虽然不仅仅是江西诗派,但江西诗派肯定是他仿效的主要对象。那么,在那以后,陆游在诗歌创作上已经开始创造自己的独特风格,而在理论上却仍然很推崇江西诗派,这是否互相矛盾呢? 我们认为并不矛盾。因为江西诗派的诗歌理论本来就是主张"自成一家"的,他们虽然重视向前人学习但其最终目的却是要打破前人的束缚。所以,如果一个诗人彻底领悟了江西诗派理论的精神,又具有足够的才力学识,他最后一定会摆脱江西诗派的束缚而创造出新的风格来,陆游的情形正是如

---

① 见《陆游的创作道路》,《中国文学论集》第二九七页。
② 见《陆游诗的转变》,《中国文学论集》第二九〇页。

此。长期以来,人们总是认为江西诗派的理论是一种形式主义的错误理论,从而断定陆游一定是抛弃了江西诗派的理论才能创造出自己独特的艺术风格的。这种看法既不符合江西诗派理论的实际情况,也不符合陆游直至晚年仍未抛弃江西诗派理论的事实。所以,我们的结论是:陆游通过与曾几等人的师承关系,受到江西诗派一定的影响,这种影响主要体现在创作精神上而不是体现在诗歌风格上。从诗歌风格来看,宋人说陆游"不蹑江西篱下迹"①"源流不嗣江西祖"②,是基本符合事实的,但这并不意味着陆游没有受到江西诗派的影响或是"一扫江西派的积弊",陆游直到晚年还保持着对曾几等江西派诗人的敬慕之情,绝不是没有理由的。

(二) 范成大

范成大(1126—1193)的诗歌作品,今存《石湖居士诗集》三十四卷。③

范成大虽与陆游、杨万里同时且齐名,但他与江西诗派之间没有明显的师承关系。他的诗歌的主要艺术风格是清丽婉峭,也与江西派诗风颇异其趣。但是,当时江西诗派的影响笼罩着整个诗坛,这在范成大的诗中也有所体现,例如:

人鲊瓮

怀沙祠下铁色矶,中流束湍张祸机。与贵俱入彼可吊,乘流而下吾亦危。江河难犯一至此,天地好生安取斯? 朝歌胜母古尚

---

① 姜特立《陆严州惠剑外集》,《梅山续稿》卷二。
② 姜特立《应致远谒放翁》,《梅山续稿》卷五。
③ 范集的各种版本以上海古籍出版社一九八一年出版的《范石湖集》为较佳。按:下文中所论及的受江西诗派影响的诗人的作品,凡是常见的不再赘述其版本情况,仅将我们所据的版本列于书后所附的《引用书目》中。

讳，我其覆醢航稀归。

纪昀评曰："恣而不野，峭而有韵，江西派中之佳者。"①说它是"江西派中之佳者"，未必妥当，但此诗确是体现了江西诗派的风格特点。

此外，范成大的诗虽然大多色彩比较绚丽，但也不乏趋于平淡的作品，例如：

重九独登赏心亭

谁教佳节滞天涯？强展愁眉管物华。每岁有诗题白雁，今年无酒对黄花。悠悠造化占斜日，草草登临记落霞。宇宙此身元是客，不须弹铗更思家。

这样的诗寓清丽于质朴之内，隐深衷于平淡之中，风格与陈师道的七律相近。方回说："较似后山更平淡，一生爱诵石湖诗。"②如果仅指这一类诗而言，那确是不为过分的。

总之，范成大作诗受到江西诗派一些影响，但是这种影响比较浅。有些批评家认为范成大受江西诗派的影响主要体现于"用典颇多"③或"多用释氏语"④，我们觉得用典多并不是江西诗派所独有的特点，而范成大诗中"用释氏语"时词句比较活泼，其手法更近于苏轼而不是黄庭坚，所以我们认为江西诗派在这方面对范成大的影响是很小的。

（三）杨万里

杨万里（1127—1206）的作品，今存《诚斋集》一百三十三卷，其中

---

① 《瀛奎律髓刊误》卷一。
② 《至节前一日六首》其六，《桐江续集》卷二八。
③ 中国社会科学院文学研究所编《中国文学史》第六三六页。
④ 钱锺书《宋诗选注》第二一八页。

卷一至卷四二为诗集。

南宋的几位大诗人中,杨万里受江西诗派的影响最深。但是,由于杨万里创造了个性十分鲜明的艺术风格,人们就常常认为他"摔掉了江西诗派的形式主义的枷锁"①"一反江西诗派的生硬槎丫"②,等等。我们认为这些说法是值得商榷的。

杨万里六十一岁时说:"予之诗,始学江西诸君子,既又学后山五字律,既又学半山老人七字绝句,晚乃学绝句于唐人。"③次年又说:"予少作有诗千余篇,至绍兴壬午年七月皆焚之,大概江西体也。"④论者往往举这两段话为例证,说杨万里"中年以后,转而批判江西派的弊病"⑤。这是对杨万里原意的误解。杨万里在第一段话中简述了他学习前人诗歌艺术的过程,这种过程是几乎所有的大诗人都经历过的,不过程度和范围有不同而已。我们在第七章中说过,江西诗派是重视学习前人诗歌艺术的,但其最终目标则是要在借鉴前人的基础上进而"自成一家"。杨万里正是走了这样的道路。他自称:"戊戌三朝,时节赐告,少公事。是日即作诗,忽若有寤,于是辞谢唐人及王、陈、江西诸君子,皆不敢学,而后欣如也。试令儿辈操笔,予口占数首,则浏浏焉无复前日之轧轧矣。"⑥这分明是说他在广泛地学习前人诗歌艺术的基础上终于进入了诗歌艺术的自由王国,从而毋需再傍人门户,能得心应手地创造出自己的独特风格。这种说法丝毫也没有贬低前人的意思,否则的话,我们岂不是也可以据此而说杨万里"转而批判"唐人和王安石吗?至于他在三十六岁时⑦所焚毁的"少作",现已不可得

---

① 中国社会科学院文学研究所编《中国文学史》第六三二页。
② 游国恩等编《中国文学史》第三册第八十五页。
③ 《诚斋荆溪集序》,《诚斋集》卷八○。按:此文作于淳熙十四年(1187)。
④ 《诚斋江湖集序》,《诚斋集》卷八○。按:此文作于淳熙十五年(1188)。
⑤ 游国恩等编《中国文学史》第三册第八三页。
⑥ 《诚斋荆溪集序》,《诚斋集》卷八○。
⑦ 绍兴壬午年(1162)。

见,不知究竟是什么样的"江西体"。他在《诚斋江湖集序》①中提到所焚之诗中有这么几联:"露窠蛛恤纬,风语燕怀春""立岸风大壮,还舟灯小明""疏星煜煜沙贯日,绿云扰扰水舞苔""坐忘日月三杯酒,卧护江湖一钓船"。虽然这几联诗是杨万里比较得意而举示尤袤的,但今天看来,它们实为刻意摹黄而缺乏创造性之作。所以,杨万里焚去少作千余首,主要是因为那些诗在艺术上没有成熟,而不仅因为它们是"江西体"。杨万里自诩诗风多变,他说:"予生好为诗,初好之,既而厌之。至绍兴壬午,予诗始变,予乃喜。既而又厌之,至乾道庚寅,予诗又变。至淳熙丁酉,予诗又变……"②可见他不断地追求新的艺术境界,所以在焚去"江西体"的少作之后,仍然不断地对自己的作品感到不满意。否则的话,如论者所云,他所不满的仅是"江西体",那么在焚去"江西体"之后,为什么还要一而再,再而三地"厌"旧作而求"变"呢?

钱锺书先生指出:杨万里"对黄庭坚、陈师道始终佩服,虽说把受江西派影响的'少作千余'都烧掉了,江西派的习气也始终不曾根除,有机会就要发作"③。这是一个非常细致的观察。杨万里有诗云:"天下无双双井黄,遗编犹作旧时香"④"双井无人后山死,只今谁子定得灯?"⑤直到晚年,他还说:"要知诗客参江西,政似禅客参曹溪。不到南华与修水,于何传法更传衣?"⑥可见他对黄、陈是如何的倾倒终生。所以,杨万里所说的"传派传宗我替羞,作家各自一风流。黄陈篱下休安脚,陶谢行前更出头"⑦之类的话,也只是诗人应该力争上游、勿随

---

①　《诚斋集》卷八〇。

②　《诚斋南海诗集序》,《诚斋集》卷八〇。

③　《宋诗选注》第一八〇页。

④　《灯下读山谷诗》,《诚斋集》卷七。

⑤　《和李天麟秋怀五绝句》其二,《诚斋集》卷四。

⑥　《送分宁主簿罗宏材秩满入京》,《诚斋集》卷三八。按:此诗作于庆元五年(1199)。

⑦　《跋徐恭仲省干近诗》,《诚斋集》卷二六。

人后的意思,并非贬低黄、陈和整个江西诗派。而杨万里的诗歌作品也证明他并不轻视江西诗派的艺术风格,我们来看两个例子:

寒食日晨炊姜家林,初程之次日也

百五佳辰匹似无,合教追节却离居。万家寒食初归燕,一老春衫政寒驴。耄柳已僧何再发?孺槐才爪可犀蔬。儿书早问归程日,不用嗔渠只笑渠。

十二月二十七日立春夜不寐

冬夜嫌长只望春,春宵又永更何言。睫梢强合终无睡,脚底相摩也不温。竟夕松风听到晓,忽明灯火看来昏。拥绸起来蒙头坐,顾影真成一病猿。

这两首诗分别作于他六十六岁①和七十九岁②时。第一首字斟句酌,"耄柳""孺槐"两句,造语生新,周必大说杨万里作诗"岁锻月炼"③,当是指这种诗而言。第二首句法老健,不施丹彩。这两种情况都体现了黄诗的影响。与前面所提到的杨万里所焚去的"少作"数联相比,这两首诗更近于"江西体"。这样的诗作于杨万里的晚年,说明他确是始终受到江西诗派影响的。

当然,我们不能否认杨万里诗的主要特色并不在此。前人赞扬杨万里诗,多说他"死蛇解弄活泼泼"④"活泼刺底"⑤。"活泼"确是"杨诚斋体"的一大特色。但是,能否说"这样的诗风,确是给江西诗派的遗

---

① 绍熙三年(1192)。
② 开禧元年(1205)。
③ 《跋杨廷秀石人峰长篇》,《周益国文忠公集·平园续稿》卷九。
④ 葛天民《寄杨诚斋》,《葛无怀小集》。
⑤ 刘祁《归潜志》卷八。

毒还相当浓厚的诗坛吹进一股清新的空气"①呢？我们认为恰恰相反，杨万里诗的这种特色正是从江西诗派发展而来的。我们在第六章和第七章中说过，后期江西诗派的重要诗人吕本中和曾几已在理论上提出了"活法"，他们的诗歌也开始有轻快活泼的趋势。杨万里曾称赞别人的诗说"居仁衣钵新分似，吉甫波澜并取将"②，可见他对吕、曾二人是很钦佩的。杨万里的有些律诗与吕、曾之诗非常相似，例如：

春尽感兴

　　春事匆匆掠眼过，落花寂寂奈愁何！故人南北音书少，野渡东西芳草多。笋借一风争作竹，燕分数子别成窠。青灯白酒长亭夜，不胜孤舟兀绿波。

春晴怀故园海棠

　　竹边台榭水边亭，不要人随只独行。乍暖柳条无气力，淡晴花影不分明。一番过雨来幽径，无数新禽有喜声。只欠翠纱红映肉，两年寒食负先生。

句律流动，诗语清丽，近于吕、曾的诗风。杨万里诗中最能体现其特色的是那些描写自然景物的绝句，例如：

过宝应县新开湖

　　天上云烟压水来，湖中波浪打云回。中间不是平林树，水色天容拆不开。

---

① 中国社会科学院文学研究所编《中国文学史》第六三四页。
② 《题徐衡仲西窗诗编》，《诚斋集》卷二三。

闲居初夏午睡起

梅子留酸软齿牙，芭蕉分绿与窗纱。日长睡起无情思，闲看儿童捉柳花。

我们如果把这些诗与曾几的《道中遇雨》《三衢道中》（见第六章第一六一页）等诗比较一下，就可发现杨万里的这种风格是从曾几的诗发展而来的。有的批评家认为："杨万里和江西诗派的主要不同是直接从自然景物吸收题材，而不是从书本文字上翻新出奇。"①这是由于对江西诗派抱有成见和误解而得出的结论。其实，像曾几那样的江西派诗人，其主要的诗歌题材就是自然景物，对山水风景乃至梅花、石头都不断地加以吟咏，与杨万里并无多大差别。所以，杨万里与江西诗派的区别并不在这里。杨万里之所以能打破江西诗派的藩篱而自成一家，主要原因是他在艺术上勇于创新，从而把吕本中和曾几手中初露端倪的活泼诗风发展成一种个性鲜明的艺术风格。也就是说，杨万里虽然受到江西诗派很大的影响，但他没有囿于这种影响，没有死于"黄、陈篱下"。有些宋人过分夸大了江西诗派对杨万里的影响，因此把杨万里附于江西诗派之后②，甚至说"江西社里黄陈远，直下推渠作社魁"③。而今人又常常对这种影响忽略不顾，片面地强调说杨万里"抛弃江西诗派道路"④，等等。这两种看法都失于偏颇。我们的看法是：虽然杨万里是南宋最富于独创性的诗人，但他在艺术上对江西诗派所作的借鉴也最值得注意。我们不同意把杨万里归入江西诗派，但也不能否认江西诗派对他的重大影响。

---

① 游国恩等编《中国文学史》第三册第八三页。
② 见刘克庄《茶山诚斋诗选序》，《后村先生大全集》卷九七。
③ 王迈《山中读诚斋诗》，《臞轩集》卷一六。
④ 中国社会科学院文学研究所编《中国文学史》第六三三页。

（四）姜夔、严羽

姜夔（1155？—1221？）是南宋的著名词人，他的诗在当时也颇负盛名，今存《白石道人诗集》二卷。

姜夔自述其学诗的过程说："异时泛阅众作，已而病其驳如也。三薰三沐，师黄太史氏。居数年，一语噤不敢吐，始大悟学即病，顾不若无所学之为得，虽黄诗亦偻然高阁矣。"[1]可见他走的是一条与杨万里等人差不多的道路，即始于学习江西诗派而终于摆脱其束缚。姜夔的诗今存不多，但是黄庭坚的影响还是不时地有所体现的。现从他的古体诗和今体诗中各举一首为例：

以"长歌意无极，好为老夫听"为韵奉别沔鄂亲友　其七

中郎游千霜，曲高复谁为？庞翁趣无弦，郑伯功斫鼻。春风桃花溪，寒渌绕苍翠。何当从两君，放浪计幽事？

绿萼梅

黄云承袜知何处？招得冰魂付北枝。金谷楼高愁欲堕，断肠谁把玉龙吹？

姜夔的诗论也值得我们注意。他的《白石道人诗说》虽然多作迷离恍惚之语，且诡言得之于"异人"，其实其大旨也很受江西诗派诗论的影响。其一，他很重视诗法，如云："作大篇尤当布置，首尾匀停，腰腹肥满。"[2]又云："不知诗病，何由能诗？不观诗法，何由知病？"他甚至认为"守法度曰诗"。其二，他也重视学问功夫："思有窒碍，涵养未至也，

---

① 《白石道人诗集·自序》。
② 《白石道人诗说》。下引姜夔论诗语均出是处，不再一一加注。

当益以学。"这些都是江西诗派观点的复述。更重要的是,他认为作诗应该善于变化,但这种变化必须建立在熟精艺术规律的基础上,他说:

> 波澜开阖,如在江湖中,一波未平,一波已作。如兵家之阵,方以为正,又复是奇,方以为奇,忽复是正,出入变化,不可纪极,而法度不可乱。

这正体现了江西诗派诗论的主要精神。所以,虽然姜夔所谓"诗有四种高妙"之类的话有些玄虚,难以捉摸,但其大旨也不外是说诗人的艺术修养达到一定程度后就能进入自由王国的境界。这说明姜夔的诗论受到江西诗派很大的影响。

严羽是以反对江西诗派而著称的诗论家,他自称其《沧浪诗话》"说江西诗病,真取心肝刽子手"①,又自诩其诗论"是自家实证实悟者,是自家闭门凿破此片田地,即非傍人篱壁、拾人涕唾得来者"②。但是事实上严羽的诗论也未能摆脱江西诗派的影响。

严羽关于诗歌艺术技巧的一些论点,显然曾受到江西诗派的启发。比如潘大临认为"七言诗第五字要响""五言诗第三字要响"③,吕本中推崇谢朓的话"好诗流转圆美如弹丸"④,而严羽也说:"下字贵响,造语贵圆。"⑤又如曾几述吕本中的"活法"曰"学诗如参禅,慎勿参死句"⑥,而严羽也说:"须参活句,勿参死句。"⑦在这种地方很难说严羽没有受到江西诗派的影响。

更重要的是,严羽诗论的主要精神,即"以禅喻诗"和重"妙悟",也

①② 《答出继叔临安吴景仙书》,《沧浪诗话》附录。
③ 见吕本中《童蒙诗训》。
④ 吕本中《夏均父集序》,见刘克庄《后村先生大全集》卷九五"江西诗派"条。
⑤⑦ 《沧浪诗话·诗法》。
⑥ 《读吕居仁旧诗,有怀其人,作诗寄之》,《南宋群贤小集·前贤小集拾遗》卷四。

在某些方面与江西诗派的诗论有相近之处。虽然严羽把"以禅喻诗"看成他自己的新发明，但其实是沿袭了前人的说法。在严羽之前，早已有许多诗论家"以禅喻诗"了。其中最有系统、最有影响的首推江西诗派的诗论家：黄庭坚、陈师道、徐俯、韩驹、吕本中、曾几、赵蕃，以及受江西诗派影响较深的陆游、杨万里、姜夔等人，郭绍虞先生的《〈沧浪诗话〉以前之诗禅说》一文①对此论之已详，本文不再赘述。我们要补充的有下面两点：第一，虽然严羽的"以禅喻诗"有其独特之处，但这是受到前人的理论，特别是江西诗派理论家们"以禅喻诗"说的启发而来的，绝不像他自己所说的是"自家闭门凿破此片田地"。第二，虽然严羽所说的"妙悟"和江西派诗人所说的"悟"是两个不同的概念②，但是在诗人怎样达到"悟"或"妙悟"的境地这个问题上，双方的看法却是相当接近的。我们在第七章中说过，江西诗派是提倡在广泛地学习前人的基础上再"自成一家"的，概括地说，就是韩驹所说的"未悟且遍参诸方"③。严羽虽然认为"诗有别材，非关书也"④，但他又认为"然非多读书，多穷理，则不能极其至"⑤。而且，他所指出的达到"妙悟"之境的途径是："先须熟读《楚辞》，朝夕讽咏，以为之本。及读《古诗十九首》、乐府四篇、李陵、苏武、汉魏五言皆须熟读，即以李、杜二集枕藉观之，如今人之治经。然后博取盛唐名家，酝酿胸中，久之自然悟入。"⑥这样的观点实在与黄庭坚等人的言论如出一辙。所以，我们认为江西诗派的理论对严羽是产生了一定影响的。至于严羽对江西诗派诗风的一些责难，其实正是否定了宋诗的特色，我们在本文的结论中还要谈到这一点。

---

① 见于《照隅室古典文学论集》上编。

② 严羽所谓"妙悟"，郭绍虞先生认为"重在透彻之悟，偏于神韵一边"，见郭绍虞《沧浪诗话校释》第二一页。

③ 《赠赵伯鱼》，《陵阳先生诗》卷二。

④⑤⑥ 《沧浪诗话·诗辨》。

（五）其他

到南宋后期，江西诗派已成强弩之末，没有再出现什么重要的诗人，但是它在诗坛上的影响仍然不绝如缕。"四灵派"虽然以学习晚唐诗人（主要是姚合）的诗风来与江西诗派相对立，但他们的诗格卑力弱，不足以转移诗坛风气。比"四灵"稍后的江湖派是一个鱼龙混杂的诗派，其中多数人对江西诗派颇为不满，但有些诗人的作品中仍然有着江西诗派的影响。例如江湖派中成就较高的戴复古（1167—?），不但与江西派诗人赵蕃、韩淲交往唱酬甚密，而且在"时人不识有陈黄"[1]的风气中不薄黄、陈诗风。他常常借用黄诗成句，如"倘有江船吾欲东"[2]就是黄诗成句[3]，又如"虎豹憎人上九关"[4]也与黄诗"虎豹憎人上九天"[5]仅异一字。他的有些诗句如"暂作客星侵帝座，终为渔父老江滨"[6]等，跌宕生姿，也类似黄诗作风。虽说戴复古诗的主要特色不在于此，但这说明他确是受到黄庭坚一定影响的。

此外，江西诗派所使用的艺术手段对南宋的其他文学样式也有所影响，例如邓魁英先生指出：江西诗派的"用典和融化古人诗句"的艺术手法对宋词有很大的影响。[7] 由于本文只以古近体诗为研究对象，所以对这些情况就不作讨论了。

---

① 《昭武太守王子文日与李贾、严羽共观前辈一两家诗及晚唐诗，因有论诗十绝。子文见之，谓无甚高论，亦可作诗家小学须知》其一，《石屏诗集》卷七。
② 《同郑子野访王隐居》，《石屏诗集》卷六。
③ 见《寺斋睡起二首》其一，《山谷内集》卷一一。
④ 《寄复斋陈寺丞二首》其一，《石屏诗集》卷六。
⑤ 《再次韵寄子由》，《山谷外集》卷九。
⑥ 《钓台》，《石屏诗集》卷六。
⑦ 见《宋词与江西诗派》，《江汉论坛》一九八四年第二期。

三　江西诗派在金代的影响

宋金对峙之际,南北之间的文学风气颇为相异。元人刘祁云:"金朝取士,止以词赋为重,故士人往往不暇读书为他文。尝闻先进故老,见子弟辈读苏、黄诗,辄怒斥。"①而江西诗派在金代更是受到冷落,例如金代的诗坛领袖元好问,虽然不像王若虚那样肆意贬低黄庭坚,但对江西诗派却是竭力排斥,所谓"论诗宁下涪翁拜,未作江西社里人"②"北人不拾江西唾,未要曾郎借齿牙"③,就说明了他的这种态度,同时也代表了多数金代诗人的态度。当然,江西诗派对于金代诗坛也不是毫无影响。例如金代的诗人张毂、刘仲英、刘迎、路铎等人都是学江西诗派的,钱锺书先生已经论及④,我们不再重复。钱先生没有提到的尚有雷渊,刘祁说他"诗亦喜韩,兼好黄鲁直新巧"⑤;还有刘仲尹,刘祁说他"能诗,学江西诸公"⑥。不过这些诗人都没有多少作品流传下来,在金代诗坛上也没有重要的地位,所以说江西诗派对金代诗坛的影响是较小的。

四　江西诗派在元代的影响

元初的许多诗人都是由宋入元的,他们必然要把一些江西诗派的习气带进元代诗坛,例如方回在入元之后仍然大力推扬江西派诗风,所以,江西诗派在元代的影响要比在金代的大一些。根据元人的记

---

① 《论金朝文风》,《归潜志》卷八。
② 《论诗绝句三十首》其二八,《遗山先生文集》卷一一。
③ 《自题中州集后五首》其二,《遗山先生文集》卷一三。
④ 见《谈艺录》第一八四页"北人之学江西派者"条。
⑤ 《归潜志》卷八。
⑥ 《归潜志》卷四。

载,当时有不少诗人是学习江西诗派的,例如:皮昭德作诗"守涪翁法甚严"①,蔡人杰诗"盖自后山、简斋二陈法中来"②,汪才夫诗"接得涪翁一派来"③,而廖云仲甚至取黄诗"出门一笑大江横"④之句意,题其诗集曰《出门一笑集》⑤。但是这些诗人都没有作品流传下来。此外,张之翰常与方回唱酬,他的诗风也受到方回的影响,例如他的《方虚谷见和花朝复用韵》《和方虚谷寒食感事二首》⑥等诗,风格颇类方回。我们在第六章中说过,方回的诗是兼师众体的,张之翰的诗只是类似于方回诗中比较平易的作品,所以他只是受到后期江西派诗人的影响,《四库提要》说他的诗"清新宕逸,有苏轼、黄庭坚之遗"⑦,是不够准确的。总的说来,江西诗派对元代诗坛的影响也不是很大。

五 江西诗派在明代的影响

总的说来,宋诗在明代是很遭冷落的。李东阳说:"宋人于诗无所得。"⑧何景明说:"宋人诗不必观。"⑨陈子龙甚至断言:"终宋之世无诗焉。"⑩于是,最突出地体现了宋诗特色的江西诗派就势必被看成诗中一厄了。例如李东阳批评宋诗时说:"其高者失之捕风捉影,而卑者坐于粘皮带骨,至于江西诗派极矣。"⑪而李梦阳更直斥黄、陈说:"黄、陈师法杜甫,号大家,今其词艰涩,不香色流动,如入神庙坐土木骸,即冠

---

① 吴澄《皮昭德诗序》,《吴文正集》卷一五。
② 吴澄《题蔡人杰诗后》,《吴文正集》卷五六。
③ 王义山《题汪才夫石城诗集》,《稼村类稿》卷二。
④ 《王充道送水仙花五十枝,欣然会心,为之作咏》,《山谷内集》卷一五。
⑤ 见吴澄《出门一笑集序》,《吴文正集》卷一五。
⑥ 见《西岩集》卷六。
⑦ 《四库提要》卷一六七"《西岩集》"条。
⑧⑪ 《怀麓堂诗话》。
⑨ 见杨慎《升庵诗话》卷一二"莲花诗"条。
⑩ 《王介人诗余序》,《安雅堂稿》卷二。

服与人等,谓之人可乎?"①在这种风气之下,学习江西诗派的诗人就寥若晨星了。

明初诗人孙作②,后人说他作诗"好盘硬语……盖欲力追涪翁,宜诗之不肯犹人也"③。他在诗中说:"苏子落笔奔海江,豫章吐句敌山岳……吾尤爱豫章,抚卷气先愕。磨牙咋舌熊豹面,以手扪膺就束缚。"还不胜景仰地说:"士如此老固可佳,不信后来无继作""作诗寄谢君不然,请从师道旧所学"④。可见他确是立志学习黄诗的。但是正如《四库提要》所言,孙作"才力不及庭坚之富,熔铸陶冶亦不及庭坚之深,虽颇拔俗,而未能造古"⑤,他学习黄庭坚并无显著的成就。

此外,《四库提要》说许相卿"七言出入于陈师道、陈与义间"⑥;朱彝尊说胡俨"诗亦近西江派"⑦;《续修四库全书提要》又说王祖嫡"近体亦清劲闲放,雅近山谷"⑧。但我们现在读这些明代诗人的作品⑨,觉得只有许相卿的七律稍近于陈师道⑩,其他人的诗风都不似江西诗派,而且这些诗人的创作成就都不高。所以,江西诗派对明代诗坛也没有产生多少影响。

---

① 《缶音序》,《空同集》卷五一。

② 孙作的作品今存《沧螺集》六卷,其中卷一为诗集,收诗四十三首。

③ 朱彝尊《静志居诗话》卷三。

④ 《还陈检校山谷诗》,《沧螺集》卷一。

⑤ 《四库提要》卷一六九"《沧螺集》"条。

⑥ 《四库提要》卷一七二"《云村文集》"条。

⑦ 《静志居诗话》卷六。

⑧ 《续修四库全书提要》卷一二"《师竹堂集》"条。

⑨ 许相卿的作品今存《四库全书珍本二集》本《云村集》十四卷,其中卷二为诗集。胡俨的作品今存《四库全书珍本四集》本《颐庵文选》二卷,其中卷下为诗集。王祖嫡的作品今存《三怡堂丛书》本《师竹堂集》三十卷,其中卷二至卷六为诗集。

⑩ 例如《除夕感怀》,《云村集》卷二。

六　江西诗派在清代的影响

在清代,被明人视作敝屣的宋诗开始受到人们的重视。清初的黄宗羲等人开始提倡宋诗。① 稍后,叶燮的《原诗》从文学进化论的角度对宋诗予以充分的肯定,吴之振等人又编成《宋诗钞》以扩大宋诗的影响。在这种风气之下,江西诗派也越来越被人们所重视。桐城派作家姚范、姚鼐等人大力推尊江西诗派之祖黄庭坚②,方东树的《昭昧詹言》中用很多篇幅来评说黄诗艺术,曾国藩《求阙斋读书录》中评论的黄诗达一百四十三首之多。在他们的倡导之下,"风尚大变,大江南北,黄诗价重,部直十金"③。然而,真正在诗歌艺术上学习江西诗派并在创作中有较多体现的则是清代后期的宋诗派和所谓"同光体"诗人,现在对其中受江西诗派影响比较显著的几位诗人稍加论述。

(一)程恩泽

程恩泽(1785—1837)的作品,今存《程侍郎遗集》十卷,其中卷二至卷六为诗集。

程恩泽作诗兼师韩愈和黄庭坚,他的七古大多奇崛奥衍,颇近韩、黄诗风,又"柏梁体十之八九,否则提韵,否则转韵,实学山谷者"④,如《浯溪诗》⑤就是如此。程恩泽本人的创作成就不太高,但他的门生郑珍、莫友芝等在他的影响之下,学习江西诗派都较有成就。

---

① 例如黄宗羲说:"善学唐者唯宋。"见《姜山启彭山诗稿序》,《南雷文定》后集卷一。

② 姚范之论见《援鹑堂笔记》卷四〇;姚鼐之论见《(七月六日)与陈硕士》,《惜抱轩尺牍》卷七。

③ 见施山《姜露庵笔记》卷六。

④ 陈衍《石遗室诗话》卷一一。

⑤ 《程侍郎遗集》卷二。

（二）祁寯藻

祁寯藻（1793—1866）的诗作，今存《馤斋亭集》三十二卷、《后集》十二卷。

祁寯藻很推尊黄庭坚，他说："胎骨能追李杜豪，肯从苏海乞余涛？但论宗派开双井，已是绥山得一桃。"①他作诗颇学黄诗的尖新之处，例如"书残蠹惜尘中字，窗破蜂贪几上花"②"此心已悟蜘蛛隐，多事谁教蛮触争"③等，但没有学得黄诗的真正优点。

（三）郑珍

郑珍（1806—1864）的诗作，今存《巢经巢诗集》九卷、《巢经巢诗后集》四卷、《巢经巢遗诗》一卷。

郑珍作诗，兼师众家，但受黄、陈的影响比较深。他的古体诗往往奇奥生涩，出入于韩愈和黄庭坚之间，例如七古《留别程春海先生》④、五古《正月陪黎雪楼舅游碧霄洞》⑤等诗都是如此。他的七律多用拗句，体现了杜甫和黄庭坚的影响，例如《东湖》⑥《晓登铜崖》⑦等诗都是如此。更重要的是，郑珍努力学习黄、陈诗风中那种古朴浑厚的优点，颇有成就。例如：

次韵春感二首　其一

杜陵四十亩黄柑，兴到掷在瀼西潭。此老穷余尚阔壮，天公笑绝倒东南。虫鱼《尔雅》嗟何用，龙象空王不可参。闲把春情恩

① 《春海以山谷集见示，再叠前韵》，《馤斋亭集》卷一四。
② 《简寸园》，《馤斋亭集》卷三。
③ 《旅馆不寐怀程云芬前辈》，《馤斋亭集》卷四。
④⑤⑥　《巢经巢诗集》卷一。
⑦ 《巢经巢诗集》卷三。

玉女，百花齐向树头簪。

才儿生去年四月十六，少四十日一岁而殇，埋之栀冈麓

木皮五片付山根，左袒三号怆暮云。昨朝此刻怀中物，回首
黄泥斗大坟。

第一首句法老健，具有黄诗那种特殊的韵味。第二首词朴情挚，接近
陈师道诗的风格。诗中并不是没有运用技巧，如第一首末句韵脚的炼
字，第二首三、四两句的跌宕，都甚见功力。但是它们烹炼而无雕琢之
痕，仍然给人一种浑然之感。这是郑珍善于学习黄、陈的结果。

王柏心说郑珍作诗"不规规肖仿古人，自无不与之合"①，的确，郑
珍并不亦步亦趋地模仿黄、陈，却学到了黄、陈很重要的优点，这使他
的诗风在清诗中显得比较突出。正因为这样，郑珍对"同光体"诗人产
生了很大的影响。陈衍龙说："近人为诗，多祧唐而祢宋，号为步武黄、
陈。实则《巢经》一集，乃枕中鸿宝也。"②这是符合事实的。

（四）莫友芝

莫友芝（1811—1871）的诗作，今存《邵亭诗钞》六卷、《邵亭遗诗》
八卷。

前人称莫友芝的诗"探义山、黄、陈之奥"③，从他的作品来看，似
乎受陈师道的影响更深一些。莫友芝自述其作诗情形说："邵亭寓公
百事钝，最是哦诗犹未晓……闭门强说陈履常，漫浪睎膏掷多少！"④

---

① 《车家湾登舟寄莫五》，《巢经巢诗集》卷六。
② 《遵义郑征君遗著序》，《巢经巢集》卷首。
③ 黄统《邵亭诗钞序》，《邵亭诗钞》卷首。
④ 《柏容、子尹检甲辰消寒唱和诸篇命吉哉会录为册，叠卷中"宛"字韵书其后》，
《邵亭诗钞》卷四。

可见他作诗的态度和方式都类似陈师道。他有不少抒写与亲友的感情的诗，语朴情挚，很像陈诗，例如他缅怀去世的父亲说："我生亲已衰，我长家益蹙。谁使垂老人，犹来就微禄？"①又如他描写与妻儿告别的情景："逢人劝我行，亦复劝我住。归来问妻孥，同一茫所据。亲存不得禄，纵得复何趣？嗷嗷念哺縻，蹙蹙感将暮。"②他的五律尤其近于陈师道的风格，例如：

送伯兄

好共今年住，田功免自任。大儿痴未极，垂老念何深？风雨双愁鬓，关山一破裘。秋声渐萧瑟，客思若为禁？

通体似陈，置之《后山集》中也未尝不可。郑珍评莫友芝说："其制境之耿狷、求志之专精、用心之谨细，非似古人之苦行力学者欤？其形于声、发于言而为诗，即不学东野、后山，欲不似之不得也。"③这番话是说得很中肯的。

（五）陈三立

陈三立(1852—1937)的诗作，今存《散原精舍诗集》二卷、《散原精舍诗续集》三卷、《散原精舍诗别集》一卷。

陈三立是"同光体"诗人中成就最高的诗人，他是黄庭坚的同乡，作诗又学黄，所以人们把他视作清代"江西派"的首领。④

---

①　《甲辰生日，伯荃兄来遵义省先墓，述呈，兼示诸弟侄六首》其二，《郘亭诗钞》卷一。

②　《述别五首》之一，《郘亭诗钞》卷三。

③　《郘亭诗钞序》，《巢经巢文集》卷四。

④　见汪辟疆先生《近代诗人述评》，《南京大学学报》一九六二年第一期；又钱仲联先生《论同光体》，《文学评论丛刊》第九辑。

　　陈三立有诗云"榾柮还煨双井茶,坐想涪翁于物表"①,又云"可似涪翁卧双井,吟魂破碎永思堂"②,可见黄庭坚这位八百年前的乡贤是时时出现在他心中的。陈三立又有诗云:"驼坐虫语窗,私我涪翁诗。镵刻造化手,初不用意为。"③又云:"我诵涪翁诗,奥莹出妖媚。冥搜贯万象,往往天机备。世儒苦涩硬,了未省初意。粗迹拚毛皮,后生渺津逮。"④非常概括而又准确地道出了黄诗的艺术特征,可见他是深得黄诗三昧的。

　　陈三立有些诗句直接模仿黄诗,例如"亦有柱史相攀随"⑤之于黄诗"亦有文士相追随"⑥,"辟地沉冥一世豪"⑦之于黄诗"沉冥一世豪"⑧,等等。但这种情况在陈三立笔下只是偶一为之,而且他是认为"末流作者沿宗派,最忌人云我亦云"⑨的,所以他学习黄诗重在从中得到启发,而不是亦步亦趋的模仿。这大致上有下面几种体现:

　　第一,用字奇特,未经人道,例如"欲呼饥鹤啄飞雷"⑩"岩花孕泪开"⑪等。

　　第二,句意生新,不落窠臼,例如"倦触屏风梦乡国,逢迎千里鹧鸪

---

　　①　《黄小鲁观察游西湖归,过访,携虎跑泉相饷,赋此报谢》,《散原精舍诗集》卷上。
　　②　《雨中题崝庐壁》,《散原精舍诗集》卷上。
　　③　《漫题豫章四贤像拓本·黄山谷》,《散原精舍诗集》卷上。
　　④　《为濮青士观察丈题山谷老人尺牍卷子》,《散原精舍诗集》卷上。
　　⑤　《七月十三日偕宽仲、宋武登仓园新楼凭眺至月上》,《散原精舍诗别集》。
　　⑥　《书磨崖碑后》,《山谷内集》卷二〇。
　　⑦　《庸庵同年于甲子重九集饮浦江高楼,有诗纪事,依韵奉酬》其二,《散原精舍诗别集》。
　　⑧　《宿旧彭泽怀陶令》,《山谷内集》卷一。
　　⑨　《次和伯夔生日自寿专言文字以祝之》,《散原精舍诗别集》。
　　⑩　《和答梅泉雪后见寄兼述冬雷可怪事》,《散原精舍诗别集》。
　　⑪　《雷雨后观溪涨》,《散原精舍诗别集》。

声"①"肝胆须眉贪照我,小车音熟矮篱东"②等。

第三,开拓诗境,化腐为新,例如"夜半寒光漏千里,下浸楼栏湿案纸……却付幽人借僧榻,虫语江声低复昂"③"逢辰负尽东篱菊,赢得霜颠倚槛搔"④等。

这样,陈三立的诗虽然不在字面上学黄,但有时却情韵风味都酷肖黄诗,例如:

江行杂感五首　其一

暮出北郭门,蹴踏万柳影。载此岁晏悲,往溯大江永。涛澜翻星芒,龙鱼夏然警。峨艑掀天飙,万怪伺俄顷。中宵灯火辉,有涕如縻绠。胶漆平生心,撼碎那复整?人国所仇耻,曾不一訾省。猥就羁散侪,喝啾引吭颈。低屋杂瓮盎,日月留耿耿。睨之云水间,吾生固飘梗。

这说明陈三立是很善于学习古人的。当然,就陈三立的全部作品来看,他并没有被束缚在黄庭坚的藩篱之内,诚如郑孝胥所云,他"源虽出于鲁直,而莽苍排奡之意态,卓然大家,非可列之江西社里也"⑤,但黄庭坚的影响对陈三立诗歌风格的形成是一个重要因素。

(六) 林旭

林旭(1875—1898)的诗作,今存《晚翠轩集》一卷。

---

① 《人日》,《散原精舍诗集》卷上。
② 《次韵答倦知同年视疾见赠》,《散原精舍诗别集》。
③ 《月夜遣兴并怀焦山游客》,《散原精舍诗集》卷下。
④ 《庸庵同年于甲子重九集饮浦江高楼,有诗纪事,依韵奉酬》其二,《散原精舍诗别集》。
⑤ 《散原精舍诗叙》,《散原精舍诗集》卷首。

林旭作诗学陈师道,他自称:"诗成不得夸神韵,只好从人笑钝根。"并于诗后自注云:"渔洋斥后山为钝根。"①他的诗词句朴直,颇类陈师道诗,例如"昔闻其语今见之,眼前反复人得知"②,就是由陈师道的"昔闻今见之""我怀人得知"③而来。又如下面这首诗:

病起漫书

> 病后关门趣自深,天明即起似幽禽。食单寂寞添乡思,诗句颓唐趁倦襟。检点旧书看复放,商量佳客遣相寻。更欣秋月光辉足,不惜窥窗夜夜临。

平淡质直,然仔细体会,亦自有韵味,这显然是学习陈师道的结果。不过林旭学陈而少变化,故成就不高。

(七)黄节

黄节(1873—1935)的诗作,今存《蒹葭楼诗》二卷、《蒹葭楼集外佚诗》一卷。

黄节是南社的成员,但他论诗也推崇黄、陈,有诗云"黄陈一已往,吾衰宁自今"④,又云"窅然涪水诗千首,远与彭城溯一源"⑤,这种观点与"同光体"诗人并无差别。

黄节特别敬慕陈师道,曾想为之编定年谱⑥,在陈师道的忌日还设祭纪念⑦,而像"涪翁而后有彭城,天地孤怀往复倾。谁谓一编当此

---

① 《露筋祠》,《晚翠轩集》。
② 《闰月湖荷花》,《晚翠轩集》。
③ 《别三子》,《后山诗注》卷一。
④ 《杂诗》,《蒹葭楼诗》卷二。
⑤ 《七月十六日雨中作》,《蒹葭楼诗》卷一。
⑥ 见《予欲编后山年谱,久而未就,敷庵书来见促,赋此答之》,《蒹葭楼诗》卷一。
⑦ 见《十二月二十九日集法源寺为陈后山逝日设祭》,《蒹葭楼诗》卷一。

夜,欢然相接若平生"①等诗句,更表明他是把陈师道视为异代之知己的。

黄节的诗歌中,七律居其大半②,他所受陈师道诗的影响也在七律中体现得较为明显,我们看一个例子:

江亭九日

带郭无山此独尊,登高吾已俯重门。三年京国伤秋客,九日江亭对酒言。原草渐黄人亦瘁,霜花曾雨晚犹存。竭来吟望嗟何似,寒雀争枝为暝喧。

语言质朴无华,诗意沉着、浑然,风格与陈师道的七律相近。集中如《九日登龙华塔同诸贞壮、邓秋枚》③《七月二十二日江楼晓起》④等诗,也都体现了这个特点。

当然,黄节是反对机械地模仿前人的,正如他评姜夔诗所说的"每从闲处深思得,讵向前人强学来"⑤那样,他学习陈师道并不是单纯地模仿陈诗,而是注重吸取陈诗的长处以融入自己的风格。所以,黄节的七律并不都像上面所举的几首那样类似陈诗,而只是在风格中含有陈诗那种特殊的韵味。陈三立评黄节诗说:"卷中七律疑尤胜,效古而莫寻辙迹。必欲比类,于后山为近,然有过之无不及也。"⑥说黄节胜

---

① 《读陈后山集,时庚戌残腊夜深风雪中也》,《蒹葭楼集外佚诗》。

② 《蒹葭楼诗》共收诗四百十八首,中有七律二百四十九首。《蒹葭楼集外佚诗》共收诗八十六首,内有七律五十一首。按:《蒹葭楼集外佚诗》第二一页载《失题》三首,实皆黄庭坚诗,其中"蘋汀游女能骑马"一首即黄诗《谢郑闳中惠高丽画扇二首》其二,见《山谷内集》卷八;"桃李无言一再风"一首即黄诗《寺斋睡起二首》其二,见《山谷内集》卷一一;"梅叶争先公不嗅"一首即黄诗《次韵中玉早梅二首》其一,见《山谷内集》卷一五,第一、第三两首各异一字。今除去不计。

③④ 《蒹葭楼诗》卷一。

⑤ 《寒夜读白石道人集,题后》,《蒹葭楼诗》卷一。

⑥ 见《蒹葭楼诗》卷首陈三立题记。

过陈师道或为过誉,但说他"效古而莫寻辙迹"则是很正确的。由于黄节善于学习前人,所以他确实学到了陈师道的某些长处,这对于他自己的"味兼酸辣,乃如柠檬树果"①的诗歌风格的形成是起了很大作用的。

七 结论

从上面的论述可以得出这样两个结论:

第一,在诗歌的思想内容方面,江西诗派对当时和后代的诗人都没有产生很大的影响。虽说曾几等人的爱国主义诗歌对陆游有一定的积极影响,黄庭坚等人以书本知识入诗的风气对晚清宋诗派的一些诗人有不良影响,但对于整个江西诗派来说,这两种影响都不是很重要的。

第二,在诗歌的艺术形式方面,江西诗派对当时和后代的诗人都产生了较大的影响。南宋的不少诗人从学习江西诗派入手,又朝着江西诗派所追求的"自成一家"的目标向前发展,后来都在艺术上达到了较高的造诣。晚清的宋诗派和"同光体"诗人主要是学习江西诗派的某些艺术特色,这对于矫正乾嘉诗风中浓腻肤廓的弊端是大有裨益的。所以,从诗歌艺术的角度来看,江西诗派对于古典诗歌的发展是起了一定的积极影响的。

此外,后代还有一些以"江西派"命名的文学流派,但它们与江西诗派名同实异,彼此之间并无渊源关系。例如明初刘崧是江西泰和人,《明史》称他"善为诗,豫章人宗之为西江派云"②。但是刘崧的诗

---

① 张尔田《兼葭楼诗序》,《兼葭楼诗》卷首。
② 《明史》卷一三七《刘崧传》。按:江西诗派,后人也有称为"西江诗派"的,例如厉鹗《查莲坡蔗塘未定稿序》中说:"自吕紫微作西江诗派。"(《樊榭山房文集》卷二)

"于唐近大历十子,于宋近永嘉四灵"①,又首先倡言"宋绝无诗"②,显然与江西诗派毫无共同之处。至于元代词人的"江西派"③和清代时文作家的"江西派"④,就更与江西诗派风马牛不相及了。

---

① 朱彝尊《静志居诗话》卷二。

② 见叶盛《水东日记》卷二六所载黄容《江雨轩诗序》。

③ 厉鹗《论词绝句十二首》其九:"不读凤林书院体,岂知词派有江西?"并自注云:"元凤林书院词三卷,多江西人。"(《樊榭山房诗集》卷七)

④ 翁方纲《贵溪毕生时文序》:"诗有江西派,时文亦然。"(《复初斋文集》卷四)

结论　江西诗派的历史评价

从南宋开始，对江西诗派就有两种截然不同的评价。南宋的陆九渊褒扬江西诗派说："虽未极古之源委，而其植立不凡，斯亦宇宙之奇诡也。"[1]而金代的王若虚却一言以蔽之曰："江西诸子之诗，皆斯文之蠹也。"[2]从那以后，持这两种观点的代不乏人。但是总的说来，历代的批评家们对江西诗派的态度是贬多于褒。他们对江西诗派的讥评集矢于何处呢？我们先看南宋批评家的几种最有代表性的意见。张戒说：

> 《国风》《离骚》固不论，自汉、魏以来，诗妙于子建，成于李、杜，而坏于苏、黄。余之此论，固未易为俗人言也。子瞻以议论作诗，鲁直又专以补缀奇字，学者未得其所长，而先得其所短，诗人之意扫地矣。[3]

严羽说：

> 国初之诗尚沿袭唐人，王黄州学白乐天，杨文公、刘中山学李商隐，盛文肃学韦苏州，欧阳公学韩退之古诗，梅圣俞学唐人平淡处。至东坡、山谷始自出己意为诗，唐人之风变矣。山谷用功尤为深刻，其后法席盛行，海内称为江西宗派……嗟乎，正法眼之无

---

① 《与程帅》，《象山先生全集》卷七。
② 《滹南遗老集》卷三七《文辨》。
③ 《岁寒堂诗话》卷上。

传久矣。①

叶适说：

> 庆历、嘉祐以来，天下以杜甫为师，始黜唐人之学，而江西宗派章焉。然而格有高下，技有工拙，趣有浅深，材有大小。以夫汗漫广莫，徒椻然从之而不足以充其所求，曾不如胠鸣吻决，出豪芒之奇，可以运转而无极也。故近岁学者已复稍趋于唐，而有获焉。②

这些话中有两点值得我们注意：第一，张戒论诗，称扬前人，他认为"国朝诸人诗为一等，唐人诗为一等，六朝诗为一等，陶、阮、建安七子、两汉为一等，《风》《骚》为一等，学者须以次参究，盈科而后进可也"③，又认为"苏、黄习气净尽，始可以论唐人诗；唐人声律习气净尽，始可以论六朝诗；镌刻之习气净尽，始可以论曹、刘、李、杜诗"④。这说明张戒所以不满于苏、黄之诗，主要是因为他们的诗具有与前代的诗截然不同的特点。⑤严羽对此说得更为明确，他所以对宋初的王禹偁、杨亿等人尚有所肯定，是由于他们"尚沿袭唐人"。而苏轼和黄庭坚却"自出己意以为诗"，不再守唐人之藩篱，特别是和严羽所竭力推崇的"盛唐诸人"趋舍异途，所以应予否定。叶适批判江西诗派而称扬"四灵"，表面上看来是对宋诗中不同流派的贬褒，但实际上他赞成"四灵"是因为他们"稍趋于唐"⑥，贬斥江西诗派是因为他们"始黜唐人之学"。所

---

①　《沧浪诗话·诗辨》。

②　《徐斯远文集序》，《水心文集》卷一二。

③④　《岁寒堂诗话》卷上。

⑤　张戒对黄诗的特点把握得不够准确，参看第二章中对黄诗的分析。

⑥　按：叶适所谓"唐"，实指"晚唐"而言，他说"天下以杜甫为师，始黜唐人之学"，可证。这在南宋是一种习以为常的说法，例如杨万里所谓"左唐人以右江西"（《双桂老人诗集后序》，《诚斋集》卷七八），也是指晚唐人而言。

以说,叶适批判江西诗派的出发点是与张戒、严羽一致的。也就是说,他们批评黄庭坚或江西诗派,都是着眼于江西诗派具有与唐诗不同的特点。

第二,他们在批评黄庭坚的时候,往往牵连到苏轼,因为在他们看来,黄庭坚和苏轼都破坏了唐人作诗的法度。

后代人对江西诗派的批评也大多具有这两个特点,例如金人元好问说:"奇外无奇更出奇,一波才动万波随。只知诗到苏黄尽,沧海横流却是谁!"①明人胡应麟说宋诗"至坡老、涪翁,乃大坏不可复理"②。清人吴乔说:"宋之最著者苏、黄,全失唐人一唱三叹之致。"③等等。这就说明人们对江西诗派的这种批评,实际上就是对宋诗迥异于唐诗的艺术特色的批评。苏轼和黄庭坚的诗都呈现了与唐诗不同的风貌,所以人们就苏、黄并斥。黄庭坚的诗最能代表宋诗的艺术特色,所以人们对他的批评也就更为严厉。一言以蔽之,人们所以要贬斥以黄庭坚为首的江西诗派,是因为这个诗派在很大的程度上违背了唐人作诗的法度。

对江西诗派的这种批评是否正确呢?我们的回答是否定的。当然,人们指出江西诗派具有许多与唐诗不同的特点,这是符合事实的。问题在于如何评价这些特点。上述批评家们以唐诗为标准来衡量江西诗派,他们认为唐诗是至高无上、完美无缺的,凡是与唐诗不同的风格流派和艺术手法都是应予否定的。也就是说,他们认为唐诗已经达到了古典诗歌的最高境地,后代的诗人应该一切效法唐人,而不能另辟蹊径。我们认为这是一种保守的、倒退的文学观点。诚然,唐诗是我国古典诗歌发展过程中的一个光辉的高峰。在诗境的开拓、风格的多样化、艺术技巧的熟练运用等各个方面,唐诗都达到了难以逾越的

① 《论诗绝句三十首》其二三,《遗山先生文集》卷一一。
② 《诗薮》外编卷五。
③ 《答万季野诗问》。

高度,对后代的诗人产生了深远的影响。但是,古典诗歌发展到唐诗这个阶段以后,是否应该就此停留下来,不再向前发展了呢? 如果是这样,那么中国文学史上就不会产生自具特色的宋诗,而只会有宋人模仿唐人而作的"唐诗",就像严羽所提倡的那样,"以盛唐为法"①,写出"置之古人诗中,与识者观之而不能辨"②的拟古之作,这是严羽等人所希望出现的情形。可是,如果真的发生了这种情形,那岂不是文学史上的一件大不幸之事吗? 古典诗歌岂不是将永远停留在唐诗的阶段上,而在后代的诗坛上仅仅能出现一些优孟衣冠的"瞎盛唐诗"③吗? 幸而宋代的诗人并没有这样做,他们虽然处在"宋人生唐后,开辟真难为"④的艰难处境中,但仍能另辟新路,力求变化,终于创造了古典诗歌发展史上堪与唐诗并峙的另一座高峰。以黄庭坚为首的江西诗派在建立宋诗独特风貌的过程中起了巨大的作用。我们在前面已经论证:黄庭坚的诗歌,在句法、章法、意境、风格等各个方面都夐夐独造,呈现了与唐诗迥然不同的特色。由他所开创的江西诗派中其他诗人则踵事增华,进一步丰富了宋诗的风格特点。即使是诗派之外的南宋诗人,也大多受到江西诗派的很大影响。正如清人翁方纲所云:"诗则至宋而益加细密,盖刻抉入里,实非唐人所能囿也。而其总萃处,则黄文节为之提挈,非仅江西派以之为祖,实乃南渡以后,笔实笔虚,俱从此导引而出。"⑤因此,只要我们站在文学进化论的立场上,承认"诗之不得不趋于宋,势也"⑥,承认"宋人之诗,变化于唐,而出其所自得。皮毛落尽,精神独存"⑦,那就不能否认江西诗派对古典诗歌发展所做

---

①　《沧浪诗话·诗辨》。

②　《沧浪诗话·诗评》。

③　清人吴乔《围炉诗话》中斥明七子之语。

④　蒋士铨《辩诗》,《忠雅堂诗集》卷一三。

⑤　《石洲诗话》卷四。

⑥　邵长蘅《研堂诗稿序》,《邵青门全集·青门剩稿》卷四。

⑦　吴之振《宋诗钞序》。

出的贡献。当然,我们这样说,绝不意味着江西诗派是一个尽美尽善的诗歌流派。恰恰相反,我们承认江西诗派在艺术上有许多缺点甚至弊病,这在上文中已经予以论述。但是应该指出,这些缺点在江西诗派的创作中是瑕不掩瑜的。而且,这些缺点在很大的程度上是由于江西派诗人在艺术上勇于探索、勇于创新而引起的,这要比墨守成规而不能自振好得多。清人叶燮云:"今有人,其诗能一一无是累,而通体庸俗浅薄,无一善,亦安用有此诗哉!故不观其高者、大者、远者,动摘字句,刻画评驳,将使从事风雅者,惟谨守老生常谈,为不刊之律,但求免于过,斯足矣。使人展卷,有何意味乎?"①叶氏此论虽因后人议论杜甫而发,但对于我们如何正确地评价江西诗派,也是很有启发意义的。孔子反对乡愿,宁取狂狷,虽系论人,也通于艺,这是我们评价古代作家时应取的态度。

如果说古代的批评家们贬斥江西诗派主要是从艺术上着眼,那么,当代的批评家们却主要是从思想内容的角度来否定江西诗派的。我们先看几种影响较大的文学史和文学批评史著作中对江西诗派的批评:

> 黄庭坚和江西诗派的作者没有认识到这个最根本的弊病,因而也没有对症下药的去提倡作者注视现实,关心人民的疾苦,使作品具有充实的内容,以便进一步扫除西昆的残余影响,把诗歌运动推向前进,却错误地以为晚唐、西昆的弊病主要的是在于作者读书不多和缺乏艺术技巧。于是他们提倡多读书,提倡学韩、杜,学孟郊、张籍;在技巧上,他们提倡"无一字无来处",提倡"点铁成金"和"脱胎换骨";提倡创制拗律等。这是舍本逐末,违反内

---

① 《原诗·外篇》上。

容决定形式的规律,以形式主义来反对形式主义的错误道路。①

从江西诗派失败的经验中,愈益证明社会生活是文艺唯一的源泉这一理论的正确;而这一派错误的理论和实践之所以会阻碍我国古典诗歌的发展,而不是把它推向前进,恰恰也因为它的作者违反了这一规律。②

他们虽努力在诗法上向杜甫、韩愈以来的诗人学习,却未能更好地继承杜甫、白居易以来诗家的现实主义精神。他们摆脱了西昆体的形式主义,又走上了新的形式主义道路。这就是从北宋后期逐渐形成的江西诗派。③

论理,宋诗接近散文,理应便于反映现实,只因苏黄都走错了道路,而黄氏走得更偏,所以成为文学上的反现实主义。黄山谷诗犯上这样的偏差,而当时门人亲党反相互推尊,把它与苏轼相抗,与杜甫相并,竟成为江西诗派,也可见盲从者之多了。④

总之,他们一致认为江西诗派在理论上和创作实践上都是专重艺术技巧而忽视思想内容、脱离社会现实的,所以是"形式主义"或"反现实主义"的文学流派。

对江西诗派的这种批评是否正确呢? 我们的回答也是否定的。首先应该指出,这种批评不符合江西诗派的实际情形,犯了以偏概全的错误。我们在上文中已经论证:黄庭坚是相当重视诗歌的思想内容

---

① 中国社会科学院文学研究所编《中国文学史》第六〇二页。
② 中国社会科学院文学研究所编《中国文学史》第六〇五页。
③ 游国恩等编《中国文学史》第三册第六一页。
④ 郭绍虞《中国文学批评史》第二一一页。

和社会作用的,他的诗歌创作中有不少反映社会现实和人民疾苦的好作品或较好的作品。后期江西派诗人吕本中、曾几、陈与义等人更是积极地用诗歌反映了当时抵抗金人侵扰的民族斗争,成为南北宋之际爱国主义诗歌的主要作者。这些事实是不能一笔抹煞的。当然,我们并不否认江西诗派对诗歌的思想内容是不很强调的。他们在理论上没有像白居易那样旗帜鲜明地提倡现实主义,在创作上也没有像杜甫那样广泛而深刻地反映社会现实和人民疾苦。他们的主要注意力放在诗歌的艺术形式上,他们的诗歌理论主要是探讨诗人的艺术修养途径及各种具体的艺术技巧,包括用字、句法、章法和借鉴前人语言艺术的"夺胎换骨"等。他们在创作中则是争新出奇,努力创造新的艺术风格。但是,能否据此而说他们是"形式主义"或"反现实主义"①呢?这实际上牵涉一个如何正确地评价古代作家的问题,因为江西诗派的情况在古代,特别是在宋代,是带有一定的普遍性的。总的说来,江西派诗人信奉儒家的政治思想和文学思想,他们对人民有同情心,希望统治者施行仁政,减轻对农民的剥削。② 当发生金人侵扰的时候,他们站在抵抗侵扰的立场上。这些思想和感情在他们的创作中得到表现,就产生了那些注意反映社会现实和人民疾苦的作品。然而,他们毕竟是地主阶级的知识分子,他们的政治思想是比较保守的,他们的生活面往往不够宽广,对人民的疾苦了解得比较少,所以他们作品的主要内容是描写个人的生活遭遇,抒发自己的思想感情,而且不可避免地时时流露出封建士大夫的闲情逸趣和消极遁世思想。此外,他们还有少量的作品抽象地谈禅论理,甚至玩弄文字游戏,缺乏真情实感。总之,他们的作品在思想内容上情况很复杂。在上述三类内容的作品中,对于第一类和第三类情况,大家比较容易取得一致的意见,显然,

---

①　我们认为"反现实主义"这个概念是不科学的,由于人们批评江西诗派时用了此词,本文中姑且沿用。

②　对于封建士大夫来说,对人民的态度主要就是对农民的态度。

第一类内容的作品应该得到肯定,第三类内容的作品应予否定。问题是对于第二类内容的作品应该如何评价。这一类内容不但在江西诗派的作品中占了很大的比重,而且在整个古典诗歌中也占了很大的比重,如果对之采取简单的否定的态度,那么,整个古典诗歌史上值得肯定的诗人也就寥若晨星了。因为即使是杜甫、白居易等杰出的现实主义诗人,作品中也是这一类内容占了很大的比重[①],更不用说李白和王维了。当然,到底应该如何评价江西诗派的这一类诗歌,还应对其本身作具体的分析。我们认为,江西派诗人的这一类作品,尽管对当时的时事政治或人民疾苦没有作直接的反映,但它们却真实地描绘了诗人们自身的实际生活,表达了他们的真情实感,这就从某一个侧面反映了当时的社会现实。比如陈师道集中涉及政治和人民疾苦的作品是很少的,但是他的诗真实地描绘了他个人的不幸生活遭遇,抒发了他对家人亲友的真挚感情,这不但对于我们了解封建社会的真相有一定的认识意义,而且对于陶冶读者的心灵情操也是有所裨益的。即使是黄庭坚和曾几等人那些描写自然景物乃至题咏书画的作品,也往往体现了诗人对生活的热爱和对美的追求,从而给读者提供健康的情趣和美的享受。显然,对于这样的作品,是不能不加分析地贬之为"形式主义"或"反现实主义"的。既然江西诗派的作品中第一、第二两类的内容占了决定性的比重,那么我们就应该理直气壮地从思想内容的角度对它予以肯定。在这个前提之下,江西诗派对于诗歌艺术的努力探讨也是无可非议的。因为只有那些作品的思想内容毫无积极意义而专在艺术上争奇斗巧的诗人,比如齐梁时代的宫体诗人和宋代的西昆派,才能被称为"形式主义"或"反现实主义";而对于那些作品的思想内容积极健康的诗人来说,严肃认真地研求艺术正是应该受到肯定

---

　　①　白居易指出:杜集中直接反映民生疾苦的诗也只有三四十首,并感叹说:"杜尚如此,况不逮杜者乎!"(《与元九书》,《白氏长庆集》卷四五)在白居易自己的集中,也是"闲适诗""感伤诗"等类作品占了较大的比重。

的。比如杜甫是"语不惊人死不休"①的，他这种对艺术执着追求的严肃态度历来受到人们的赞扬。那么，为什么继承了杜甫这种精神的江西诗派就应该受到责难呢？

我们认为，要对江西诗派作出正确的评价，就必须像恩格斯评价文学作品时那样，从"美学观点和历史观点"②出发对它进行考察，尤其必须把它放到具体的历史背景中，也就是说，把它作为古典诗歌发展到宋诗这个特定阶段的产物来加以考察。否则的话，有许多问题就不容易说清楚。比如说江西诗派在以诗歌反映社会现实和民生疾苦这个方面远远比不上杜甫和白居易，但是考虑到宋代与唐代不同的历史背景，考虑到宋代的封建统治在思想上的控制比较严密、宋代的士大夫的生活比较优裕等具体情况，再把江西诗派与同时的其他诗人作些对比，就可看到江西诗派的这个缺点是有其历史根源的，而且也是当时诗坛上的普遍情形，这就毋需对江西诗派大张挞伐了。再如江西诗派对西昆派的态度，有的文学史著作认为是"以形式主义来反对形式主义"③。其实，当江西诗派开始活跃于诗坛时，从思想内容的角度来清算西昆派的任务已由石介、欧阳修等人完成了。在欧阳修领导的诗文革新运动兴起之后，西昆派那种脱离社会现实、玩弄词章典故的风气已逐渐销声匿迹。所以，摆在黄庭坚等江西派诗人面前的任务是在艺术上进一步用新的创作风格来代替西昆体那种圆熟浮艳的不良倾向，而他们也确实以生新劲挺的新风格矫正了西昆派诗风的弊病，这正是对欧阳修等人反西昆斗争的一种补充。又如黄庭坚提出的"夺胎换骨、点铁成金"之论，被后人讥为"剽窃之黠者"④。其实，这是黄庭坚在有宋承唐的历史条件下，为了充分利用唐人在诗歌艺术上的丰

---

① 《江上值水如海势聊短述》，《杜诗详注》卷一〇。
② 恩格斯《致斐·拉萨尔》，《马克思恩格斯全集》第二十九卷第五八六页。
③ 中国社会科学院文学研究所编《中国文学史》第六〇二页。
④ 王若虚《滹南遗老集》卷四〇《诗话》。

厚遗产而提出的一种"以故为新"的方法,这在当时是有一定的积极意义的。

我们对江西诗派进行比较系统的考察之后,得出的结论如下:

江西诗派是北宋末期由黄庭坚所创立的诗歌流派,促成这些诗人组成诗派的主要原因是他们对于诗歌艺术具有比较一致的见解。从思想内容的角度来看,江西诗派没有太突出的特色,它既不像唐代的新乐府运动那样致力于反映社会现实,也不像宋初的西昆派那样完全脱离现实,它在这个方面代表了宋代诗坛上的普遍倾向,我们不能简单地把它贬斥为"形式主义"或"反现实主义"。从艺术形式的角度来看,江西诗派是很有特色的诗歌流派,它是古典诗歌发展到宋诗这个阶段时的重要环节,它的产生和发展,标志着宋诗彻底地突破了唐诗的藩篱而形成了自己的独特艺术风貌。江西诗派的成员以各具特色的创作进一步丰富了古典诗歌的表现手段和风格流派,他们的诗歌理论则指出了一条切实可行的提高艺术修养的道路,这两个方面都对南宋以及后代的诗人发生了深刻的影响,时至今日,也还有着可供借鉴之处。所以说,江西诗派对于古典诗歌的发展是起了积极的推动作用的,我们不但应该对它作出基本肯定的评价,而且应该认真地研究它所留下的丰富遗产,弃其糟粕,取其精华,使之为社会主义新文学的繁荣作出贡献。

附录一　江西派诗人的政治态度

——与王达津先生商榷

　　王达津先生在论述《沧浪诗话》产生的时代背景时,提出了这样一个论点:"江西诗派的产生和发展","和北宋末和南宋的国力很弱、对少数民族割据者主退让、力求维持暂安局面的情况分不开",并举了一系列例子来说明江西诗派中的多数人在当时的民族斗争中都是主张妥协退让的。① 我们认为这种说法是不符合历史事实的。由于江西诗派人数众多,他们的政治态度也不尽一致,要对之作出全面的评价需要很多篇幅,而且我们在上文中也已稍有论及,所以这里仅就王先生文中所涉及的几位江西派诗人的政治态度谈一些不同看法。

一　黄庭坚

　　王先生首先提到的是黄庭坚写诗不主张讽刺,对此,我们在第二章和第七章中已经予以论述,此处不再重复。我们认为,古人在讨论诗歌的"讥刺"时,往往并不单指思想内容而言,而是兼指艺术风格的。黄庭坚并不是完全反对诗歌涉及政治、讥刺时事,他所不满于苏轼的只是那些以怒骂形式来讥刺政治从而不够含蓄蕴藉的作品,因为那样写诗容易有直率浅露的缺点。被王先生认为有爱国思想的严羽不是也批评宋代的一些诗人说"其末流甚者,叫噪怒张,殊乖忠厚之风,殆

---

　　① 　见王达津《论〈沧浪诗话〉》,载于《文学评论丛刊》第十六辑。下引王先生语均见是文。

以骂詈为诗"①吗？可见这与持论者的政治态度并没有什么必然的联系。

二　陈师道

接着，王先生引了一段南宋理学家叶适批评陈师道的话，认为"这一段话就是批判陈师道容忍妥协的政治态度的。叶适的批评很适合江西诗派诗人多数人的思想实际与北宋末及南宋大段时间的国策"。我们认为这个结论是夸大了事实而得出的。

叶适的批评是针对陈师道讽刺贾谊的言论而发的，陈在《拟御试武举策》②中说：

> 贾谊以谓天子贡夷狄为倒置，此少年之气褊者之心也。故其论内则欲削诸侯，外则欲有事匈奴，以尊天子，其申、韩之余意乎？至其去国千里则忧寿不长，一失其职则涕泣以卒，无以自容，其能容匈奴乎？

我们应该注意到，陈师道的这段话是在拟给皇帝看的文字中说的。北宋政权长期以来对外一直奉行纳币求和的妥协政策，这与汉朝初期对匈奴采取的怀柔政策有点相似。陈师道在拟给皇帝看的文字中当然不可能公然批评朝廷的重要国策，更何况他此文的中心意思是说"所以偃革而修文也，夫惟有德可以服人"。这是封建社会中政治家和文人经常爱发的空泛议论，并不能证明持论者就一定是持妥协退让态度的。叶适批评陈师道说："《拟武举策》陈义尤高，诮贾谊无以自容，安

---

① 《沧浪诗话·诗辨》。
② 《后山集》卷一四。

能容匈奴。师道为此语,数十年有靖康之祸,此非不能容匈奴者所致,乃自容而又容匈奴者致之也。学欲至之捷而守之迂,迂捷同轨,则知德者不贵也。识欲觉之先而持之后,先后一辙,则知务者不许也。惜乎师道见理未尽而执志甚坚,上不能为王回、孙侔,下不能为石延年、尹洙也。"①王先生文中仅引了其中"诮贾谊"那几句话,似乎叶适对陈师道的批评着重于此。其实不然。叶适此言,是南宋理学家好高谈义理的习气所致,重点在于批评陈师道"见理未尽",而不是批评他的政治态度。

而且,陈师道虽然在政治上站在旧党一边,但他为人耿介,清操自守,据《宋史》卷四四四本传记载,师道"与赵挺之友婿,素恶其人。适预郊祀行礼,寒甚,衣无绵,妻就假于挺之家。问所从得,却去,不肯服,遂以寒疾死"。与叶适同时的理学家朱熹就很赞赏陈的这种操守,罗大经更因而誉之为"志士"。② 宋末的爱国志士谢枋得有诗云:"宁持龚胜扇,不着挺之绵。"③这说明陈师道所坚持的操守和谢枋得所坚持的气节是相通的。我们相信,如果陈师道遇到金人侵扰的话,他一定会采取和谢枋得同样的立场。

三　韩驹、徐俯

王先生文中又说:

周紫芝评南宋初江西诗派代表作家韩驹子苍说:"国家承平日久,朝廷无事,人主以翰墨文字为乐,当时文士操笔和墨,摹写太平纷然。如韩子苍《题何太宰御赐画喜鹊》诗,有'想得雪穷鸡

----

① 《习学记言》卷五〇。
② 见《朱子语类》卷一三〇和《鹤林玉露》丙编卷四"志士死饥寒"条。
③ 《求纸裘》,《叠山集》卷二。

鹊观,一双飞上万年枝'之句,不动斤斧,有太平无事之象。以此知粉饰治具者,固不可以无其人也。"(《书陵阳集后》)可见江西诗派诗中的思想情感适合宋高宗所好……

首先应予指出的是,韩驹的这首题画诗作于北宋徽宗宣和初年,而不是南宋初期。周紫芝所谓的"人主",也是指徽宗而不是指高宗。宋徽宗擅长绘画,而且常常将所绘的"御画"赐给群臣,再让臣子们题诗歌咏,以为笑乐。据《许彦周诗话》所记,韩驹的这首诗就是在宋徽宗把御画双鹊赐给何桌,"诸公多赋诗"时写的。所以王先生说"适合宋高宗所好"云云,恐出于误会。当然,韩驹的这首诗确是粉饰太平,思想境界不高。① 但这是咏皇帝"御画"的诗,"摹写太平"实在是"题中应有之义"。我们试读他的另外一首《题画雪雀》:"只画山禽依雪竹,斯人用意复谁知?肯来禁御图神雀,应已传呼作画师。"诗中赞美了画家不肯效法唐代阎立本以画艺供奉宫廷的清高态度②,由于不是题御画的诗,也就不复以摹写太平为能事了。

王先生又说:"韩驹是因宦官郑谌把他的诗推荐给宋高宗,'自诸生三四年至法从'(《珊瑚钩诗话》)。他竟有《赠郑谌》诗云:'平生不喜刘蒉策,色色人中自有人。'(《诗说隽永》)"云云。

这段话也是出于误会。第一,张表臣《珊瑚钩诗话》卷二说:"近时韩驹待制、董耘尚书以诗文见知贵近,闻于天子,自诸生三四年至法从。"没有明言是在什么年代。据《宋史》卷四四五本传记载,韩驹在宋徽宗政和初年"召试舍人院,赐进士出身,除秘书省正字",后又"召为著作郎,校正御前文籍"。而入南宋以后,他仅在江州、抚州等地做过地方官,所以"自诸生三四年至法从"的事绝不可能发生在高宗朝。

---

①　此诗尚见于今本《陵阳先生诗》卷三,题为《臣桌以御画鹊示臣某,再拜稽首赋诗》。

②　阎立本事见《新唐书》卷一〇〇《阎立德传》。

第二，《宋诗话辑佚》本《诗说隽永》中说《赠郑谌》诗乃徐俯所作，而不是出于韩驹之手，在今存的韩驹诗集中也未见此诗，王先生的说法不知是否另有所据？

事实上，韩驹诗中倒是有不少作品表示了他要求抵抗金人侵扰，收复大宋国土的政治立场的。他非常怀念沦陷的大宋国土："神州北望已丘墟……握手秋风泪满裾。"①他强烈地希望抗金雪耻："逆胡未灭壮士耻，子虽年少有典型。短衣匹马肯从我，与子北涉单于庭！"②而当南宋政权镇压农民起义时，他主张以抵抗金人为主："莫将箭污偷儿血，留与官家北射胡！"③这样的识见，在当时的士大夫中是难能可贵的。

那么，写了《赠郑谌》诗的徐俯又是什么情况呢？郑谌其人的具体事迹现已不太清楚，但是此人亦能诗，在尤袤的《遂初堂书目》中就载有《郑谌诗》，所以徐俯与他的交往主要是文字关系，在《宋史》卷三七二《徐俯传》中就记载说："内侍郑谌识俯于江西，重其诗，荐于高宗。"④当然，徐俯的《赠郑谌》诗中说"平生不喜刘蕡策，色色人中有此人"，他因看重郑谌，从而认为刘蕡将宦官都看成坏人的观点不够全面。徐俯的这种看法有离开具体历史情况来评论是非的缺点，但自从唐末军阀专政以来，宦官在政治上已经起不了很大作用了，终宋之世，并未出现过宦官把持中央政权而乱政误国的事情。所以与宦官交往并不能说明徐俯的政治态度是保守的。

徐俯的作品流传很少，其中有一首《咏史》说："楚汉分争辨士忧，东归那复割鸿沟。郑君立义不名籍，项伯胡颜肯姓刘？"表明他对不事二姓的气节之士的崇敬与对腆颜事敌的无耻之徒的鄙视，这与他在靖

---

① 《抚州邂逅彦正提刑，道旧感叹，辄书长句奉呈》，《陵阳先生诗》卷四。

② 《二十九日戎服按军城外，向仪曹亦至，戏赠一首》，《陵阳先生诗》卷二。

③ 《某已被旨移蔡，贼起旁郡，未果进发。今日上城部分民兵，阅视战舰，口号五首》其三，《陵阳先生诗》卷三。

④ 《宋史》中关于郑谌荐徐的记载是否属实，尚有待研究。南宋的刘克庄就认为此事不实，说徐俯"岂一珰所能荐乎？"（《后村诗话》后集卷二）

康之乱时的表现是完全一致的。据宋人记载,当张邦昌僭位时,一些没有民族气节的无耻之徒纷纷避其讳以示臣服,而徐俯"围城中,尝置一婢子,名之曰'昌奴',遇朝士来,即呼至前驱使之"①,毫无畏惧地表示了对卖国贼张邦昌的仇恨和蔑视。对这样的一位诗人总不能责备他的政治态度是妥协退让吧。

四　陈与义

王先生又说:"宋高宗最喜爱江西诗派陈与义'客子光阴书卷里,杏花消息雨声中'之句(《朱子语类》)。当赵鼎主战,宋高宗主和议时,陈与义讲:'若和议成,岂不贤于用兵。'(《宋史·陈与义传》)"言下之意,陈与义也与宋高宗沆瀣一气。我们不能同意这种看法。

陈与义在高宗朝曾任参知政事,他在政治上虽然无所建树,但他绝不是主张对外族入侵者采取妥协、退让态度的。王先生文中引了《宋史》本传中陈与义所说的两句话,其实紧接着还有两句:"万一无成,则用兵必不免。"他还是从和、战两种可能性来考虑时势的。至于说宋高宗喜爱陈与义的"客子光阴诗卷里"②那两句诗,并不能说明什么问题。因为一则这两句诗是当时广为传诵的名句,虽没有什么积极的思想意义,也绝未流露任何妥协退让的情绪。二则陈与义的集中自有许多反映了爱国主义思想和要求抗敌的政治主张的好诗,那才是判断诗人政治态度的可靠依据。

南渡以后,爱国主义的主题在陈与义诗中是占主导地位的,诗人"感时抚事,慷慨激越,寄托遥深,乃往往突过古人"③,写下了《伤春》

---

① 见王明清《挥麈录》后录卷八。

② 这两句诗见于《怀天经、智老因访之》,《陈与义集》卷三〇。按:《朱子语类》卷一四〇提到这两句也作"客子光阴诗卷里",王先生文中引作"书卷里",当是误记。

③ 《四库提要》卷一五六"《简斋集》"条。

等一系列爱国主义的名篇，对宋高宗的逃跑政策进行了强烈的讽刺，对坚持抗金的爱国将士给予热情的赞颂。我们在第四章中已对此作了较详细的论述，这里不再重复。我们认为，这足以说明陈与义的政治态度与宋高宗的投降主义是截然不同的。

五　吕本中

王先生接着说："江西诗派代表诗人吕居仁有诗云：'忍穷有味知诗进，处世无心觉累轻。'《吕氏童蒙训》记：'崇宁间，饶德操节、黎介然确、汪信民革同寓宿州，论文会课，时时作诗，亦有略诋及时事者。荥阳公（吕居仁）闻之，深不以为然。'"

首先应予指出的是，把荥阳公说成是吕居仁（即本中），恐怕是王先生偶然疏忽所致。在吕本中的《吕氏童蒙训》《东莱吕紫微师友杂志》等书中，曾再三提及荥阳公，都是指吕本中的祖父吕希哲。在朱熹的《三朝名臣言行录》卷八中，明确地记载着："崇政殿说书荥阳吕公，公名希哲，字原明。"吕希哲作为一个仕宦甚显的前辈，不以青年人"诋及时事"为然，这与吕本中的政治态度毫无关系。而王先生所引的这条材料，恰恰证明了江西派诗人并不一味脱离现实，因为"时时作诗，亦有略诋及时事者"的饶节、汪革两人，就是江西诗派中人，姓名列于吕本中的《江西诗社宗派图》中。

其次，今存吕本中诗一千余首，其中有许多体现了爱国主义思想的好诗。我们在第六章中对此已作了论述，这里再举两首为例：

兵乱后自嬉杂诗　其一

晚逢戎马际，处处聚兵时。后死翻为累，偷生未有期。积忧全少睡，经劫抱长饥。欲逐范仔辈，同盟起义师。

其　五

碣石豺狼种，长驱出不虞。是谁遗此贼，故使乱中都？官府室如罄，人家锥也无。有司少恩惠，何忍复追呼？①

诗中表示了对金人的满腔愤恨，也谴责了统治者残酷剥削人民的罪行，还公然声明想参加人民所组织的抗金义师，这说明诗人是坚决主张抵抗金人的。可是王先生对这些诗一概视而不见，偏偏找来吕本中的两句断句为例证②，这样对待古人，是不够公正的。

此外，在南宋初年主战派和投降派的政治斗争中，吕本中坚决站在主战的赵鼎一边，因此触怒秦桧而被罢官，这在《宋史》卷三七六《吕本中传》中有着明确的记载，我们何必再怀疑他的政治态度呢？

六　其他

江西诗派中的重要诗人，还有一位曾几。曾几的哥哥曾开因反对秦桧和议而被迫离开朝廷，曾几也随之罢官。③　对于曾几，伟大的爱国诗人陆游有这样的一段回忆："绍兴末，贼亮入塞时，茶山先生居会稽禹迹精舍。某自敕局罢归，略无三日不进见，见必闻忧国之言。先生时年过七十，聚族百口，未尝以为忧，忧国而已。"④可见曾几的政治态度与陆游一样，是坚决主张抵抗侵略的。

至于江西诗派中其他一些诗人，有的是终老林泉的隐士，如潘大临、谢逸、谢薖、林敏功、林敏修等人；有的是沉沦下僚的小官吏，如江

---

①　《兵乱后自嬉杂诗》共二十九首，见《东莱外集》卷三。方回《瀛奎律髓》卷三二中收入其中的五首，题作《兵乱后杂诗》。

②　这两句诗不见于《东莱先生诗集》，仅吴曾《能改斋漫录》卷八中有载。其实这两句诗也只显示了诗人个人的处世态度，与当时的民族矛盾毫无关系。

③　见《宋史》卷三八二《曾几传》。

④　《跋曾文清公奏议稿》，《渭南文集》卷三〇。

端本、夏倪、汪革等人；还有一些人生平事迹已不可详考，如李锜、杨符、僧善权等人，这些人的政治态度一般都比较消极，但与宋王朝的妥协退让政策并无必然联系。在南北宋之际丧失民族气节的江西派诗人只有王先生所指出的洪刍一人。此外，高荷在晚年曾做过权奸童贯的门客，是其一大污点。但是，对于一个成员众多的诗派来说，出了一两个败类并不足以证明整个诗派都有问题。否则的话，近代诗社南社的名单上还有过汉奸汪精卫等人的名字，难道我们能因此而否定整个南社的政治倾向吗？

王先生还说："当时主张抗金的一些文人就推崇杜甫，赞美杜甫的爱国忠诚，反对江西诗人的用典、用事。"并举张戒与黄彻为例证。我们认为这种说法也是欠妥的。

第一，在宋代诗坛上大张旗鼓地以学习杜甫相号召的诗人，首推江西诗派的创始者黄庭坚，虽说他对杜诗的艺术性谈得更多一些，但他也是非常推崇杜甫的忠君爱国之心的。关于这一点，我们在第七章中已经作了较详细的论述，此处不再重复。需要补充的是，如果说以黄庭坚和陈师道为代表的早期江西派诗人学习杜甫主要着重于诗歌的艺术形式方面，那么，到了吕本中、曾几和陈与义的时代，情况就起了质的变化。他们经历了与杜甫相似的时代，山河破碎的形势和颠沛流离的经历使他们对杜诗思想性的认识比前辈更为深刻，并在诗歌创作中努力学习杜甫的爱国主义精神。像我们在上文中所举的陈与义的《伤春》、吕本中的《兵乱后自嬉杂诗》等作品，其爱国主义的思想内涵、深挚的感情、沉郁的风格都酷肖杜诗。这说明后人把杜甫看成江西诗派的"一祖"，并不是没有理由的。

第二，主张抗金的张戒和黄彻"反对江西诗派"，并不能用来证明江西诗派的政治态度是妥协退让的，因为文学观点和政治立场根本是两回事，否则的话，出使金国被留而不屈的朱弁和因作诗赠别胡铨而遭到秦桧迫害的王庭珪很推崇黄庭坚①，主战甚力的刘子翚与吕本中等江西派诗人交谊甚深②，又该作何解释呢？

其实，张戒和黄彻对江西诗派的批评，不但与当时主战派和主和派的斗争毫无关系，而且可议之处也很多。张戒批评黄庭坚时经常"苏、黄"并称，他所不满于苏、黄的主要是"用事押韵""议论"等宋诗的艺术特色③。黄彻的诗论虽多能从思想内容方面着眼，但往往流于过激，他对白居易还批评说："大抵淫乐之语多于抚养之语耳。"④对李白则认为："如论其文章豪逸，真一代伟人。如论其心术事业，可施廊庙，李、杜齐名，真忝窃也。"⑤他对黄庭坚的批评，也是失之偏颇的，我们在第七章中已经论及了。

综上所述，我们认为江西派诗人的政治态度虽然不尽一致，但总的说来，他们的政治态度与北宋末、南宋初的主张妥协退让的民族投降主义是判若泾渭的。所以，把"江西诗派的产生和发展"归因于"北宋末和南宋的国力很弱、对少数民族割据者主退让、力求维持暂安局面"，是没有根据的。

---

① 朱弁说黄庭坚"今之诗人少有及者"，见《风月堂诗话》卷下。王庭珪有诗云："我生不识黄太史，犹及诸老谈遗事……他年拈此一瓣香，狮子窟中狮子吼。"（《赠别黄超然》，《卢溪诗钞》）

② 刘子翚集中与吕本中唱酬之诗很多，例如《居仁报李季言论养生之益》（《屏山集》卷一九）等。

③ 见《岁寒堂诗话》卷上。

④ 《碧溪诗话》卷八。

⑤ 《碧溪诗话》卷二。

附录二　黄庭坚"夺胎换骨"辨

　　黄庭坚所提出的"夺胎换骨、点铁成金"之说,曾被很多人误解为提倡"蹈袭剽窃"。而他流传世间的某些作品,也曾使人们产生了"黄庭坚作诗好蹈袭剽窃"的误解。这两种误解以讹证讹,形成了一种恶性循环,遂致产生了不符合事实的结论,严重影响了对黄庭坚及其所开创的江西诗派的正确评价。为了弄清事实真相,我们试从诗歌理论和诗歌创作实践两个角度对黄庭坚的"夺胎换骨"说进行粗浅的分析,并谈谈我们的看法。

一　"夺胎换骨"说的实质

　　黄庭坚诗论中最受后人讥评的就是"夺胎换骨、点铁成金"之说。金人王若虚说:

> 　　鲁直论诗,有"夺胎换骨、点铁成金"之喻,世以为名言。以予观之,特剽窃之黠者耳。鲁直好胜,而耻其出于前人,故为此强辞而私立名字。①

真是骂得体无完肤,时至今日,在许多批评家的心目中,"夺胎换骨"几乎成了"蹈袭剽窃"的代名词了。② 但是,为什么黄庭坚要公然提倡

---

　　① 　《滹南遗老集》卷四〇《诗话》。
　　② 　例如刘大杰先生认为"夺胎换骨"说"表面似乎是推陈出新,实际上是教人蹈袭剽窃",见《黄庭坚的诗论》,《文学评论》一九六四年第一期。

"蹈袭剽窃"呢？我们认为有必要对此说的实质及其来龙去脉进行研究。

我们首先遇到的问题是"正名"："夺胎换骨、点铁成金"的含义究竟是什么？奇怪的是，宋人对此就不甚了然。让我们引几则宋人的诗话：

> 王君玉谓人曰："诗家不妨间用俗语，尤见工夫。雪止未消者，俗谓之'待伴'。尝有雪诗：'待伴不禁鸳瓦冷，羞明常怯玉钩斜。''待伴''羞明'皆俗语，而采拾入句，了无痕颣，此点瓦砾为黄金手也。"①

这是把善用俗语入诗当作"点瓦砾为黄金"，显然不合黄庭坚"点铁成金"之原意。

> 诗句以一字为工，自然颖异不凡，如灵丹一粒，点铁成金也。浩然云"微云淡河汉，疏雨滴梧桐"，上句之工在一"淡"字，下句之工在一"滴"字。②

这是把用字之工当作"点铁成金"，当然也不合黄庭坚的原意。

> 潘邠老云："陈三所谓'学诗如学仙，时至骨自换'，此语为得。如'不知眼界开多少，白云去尽青天回'，凡此之类，皆换骨法也。"③

陈师道以"换骨"比喻学诗日久自然悟入之理，也不同于黄庭坚所说的"夺胎换骨"。

> 曾纮云："山谷用乐天语作黔南诗，白云：'霜降水返壑，风落木归山。冉冉岁将晏，物皆复本原。'山谷云：'霜降水返壑，风落

---

① 《西清诗话》，《苕溪渔隐丛话》前集卷二六引。
② 《苕溪渔隐丛话》后集卷九。
③ 《王直方诗话》"夺胎换骨"条。

木归山。冉冉岁华晚，昆虫皆闭关。'白云：'渴人多梦饮，饥人多梦餐。春来梦何处？合眼到东川。'山谷云：'病人多梦医，囚人多梦赦。如何春来梦，合眼在乡社？'白云：'相去六千里，地绝天邈然。十书九不到，何以开忧颜？'山谷云：'相望六千里，天地隔江山。十书九不到，何用一开颜？'纡爱之，每对人口诵，谓是'点铁成金'也。"范寥云："寥在宜州尝问山谷，山谷云：'庭坚少时诵熟，久而忘其为何人诗也。尝阻雨衡山尉厅，偶然无事，信笔戏书尔。'寥以纡'点铁'之语告之，山谷大笑曰：'乌有是理！ 便如此点铁！'"①

曾纡把戏书古诗当作"点铁成金"，当然离黄庭坚的原意更远，无怪黄要说"乌有是理"了。

那么，黄庭坚的本意究竟是什么呢？ 他在《答洪驹父书》②中说：

> 自作语最难，老杜作诗，退之作文，无一字无来处。盖后人读书少，故谓韩、杜自作此语耳。古之能为文章者，真能陶冶万物，虽取古人之陈言入于翰墨，如灵丹一粒，点铁成金也。

又惠洪《冷斋夜话》卷一记黄庭坚语云：

> 诗意无穷，而人之才有限。以有限之才，追无穷之意，虽渊明、少陵，不得工也。然不易其意而造其语，谓之换骨法；窥入其意而形容之，谓之夺胎法。③

---

① 《道山清话》。

② 《豫章黄先生文集》卷一九。

③ 吴曾《能改斋漫录》卷一〇"诗有夺胎换骨诗有三偷"条引此语，"窥入"作"规模"。又王楙《野客丛书》附《野老纪闻》引此语亦作"规模"。"夺胎"，后人或引（转下页）

细察黄庭坚之言，"点铁成金"主要指师前人之辞，"夺胎换骨"主要指师前人之意，本是有所区别的。但是后人往往把这二者当作一个概念来讨论，为了方便起见，我们也沿用这种做法。

　　黄庭坚的这两段话中有一点共同的精神，就是：在学习前人的创作经验时要有所发展变化。取古人之"陈言"要经过"陶冶"，重新熔铸，然后为我所有。取古人之意要"造其语"，即改换其言词；或"形容之"，即有所引申发展。① 反对此论的人往往只看到他有所因袭，而忽略了其中包涵的求新精神，于是认为这是向古人集中做贼。其实，求新求变、要求自成一家的精神是贯穿于黄庭坚的整个诗歌创作和诗歌理论的，我们在第二章和第七章中已经作了较详细的论述，此处不再重复。我们认为，既然黄庭坚那样反对跟在古人后面亦步亦趋，那样提倡在艺术上推陈出新、自成一家，那么，他的"夺胎换骨"说就不可能是主张"蹈袭剽窃"，而只可能是要求努力向前人学习，尽可能多地吸收、借鉴前人诗文中的语言技巧，特别是词汇、典故等修辞手段，从而

（接上页）作"脱胎"（例如梁昆《宋诗派别论》第八四页、中国社会科学院文学研究所编《中国文学史》第六〇三页），美国学者 A. A. 里克特还专门对"夺胎""脱胎"之别进行了讨论（见《法则和直觉：黄庭坚的诗论》，原载普林斯顿大学出版社一九七八年版《中国的文学研究》一书，中文译文载于《文艺理论研究》一九八三年第二期）。我们认为"窥入"和"夺胎"的说法更符合黄庭坚"以故为新"的本意，见于记载又最早，故从之。另外，吴曾怀疑此说非黄庭坚之言，他说："予尝以觉范不学，故每为妄语。且山谷作诗，所谓'一洗万古凡马空'，岂肯教人以蹈袭为事乎？"（《能改斋漫录》卷一〇"诗有夺胎换骨诗有三偷"条）按：陈善亦云："后读曾公所编《皇宋百家诗选》，乃云惠洪多诞，《夜话》中数事皆妄。"（《扪虱新话》下集卷一）则惠洪之言确未可全信。但此处吴曾提出质疑的理由尚不充分，因为"夺胎换骨"说并不就是"教人以蹈袭为事"。而且黄庭坚此言还见载于宋人的其他著作（如上举之《野客丛书》），所以我们把此说当作黄庭坚之言来处理。

　　① 明人郎瑛云："山谷之言，但加数字，尤见明白，则觉范亦不错认。如'造'字上加'别'字，'形'字上加'复'字可矣。"（《七修类稿》卷二八"夺胎换骨"条）颇能帮助我们理解黄庭坚的这段话。

充分利用前人的文学遗产,达到"以故为新"①。在这里,"以故"只是手段,"为新"才是目的。

论者也许会诘难说:为什么要"以故为新"? 自创新意,自铸新词不是更好吗? 我们当然承认这是历代诗人(包括黄庭坚)所求之不得的,但是我们也不能忽略了这样的事实:除了生民之初以外,任何一个时代的文学总是其前一个时代文学的继续和发展。诚然,生活之树是长青的,生活所提供的创作源泉是变化无穷的。但是,作家用来表现生活的文学手段,特别是某一种文学样式所运用的文学语言,是相当稳固、有所从来的。它只可能非常缓慢地发生变化,不可能有突如其来的飞跃。在我国的古典诗歌中,无论是意境、形象还是用来表现这些意境、形象的词汇、典故等修辞手段,都具有很强的传统性,它们的改变是相当缓慢的。所以,当古典诗歌发展到一定的历史阶段,各种艺术手法(尤其是修辞手段)都已有了相当数量的积累之后,诗人们要想一空依傍地自创新意、自铸新词,就非常困难了。例如,杜甫是个"语不惊人死不休"②的富于独创精神的诗人,但他又何尝没有借鉴前人的瑰词丽句? 杜诗有句云:"春水船如天上坐,老年花似雾中看。"③刘克庄评之曰:"此联如在目前,而古今人所未发。"④但事实上,陈代的释惠标已有句云:"舟如空里泛,人似镜中行。"⑤初唐的沈佺期也有句云:"人疑天上坐,鱼似镜中悬。"⑥杜诗又有句云:"薄云岩际宿,孤月浪中翻。"⑦而梁代何逊诗中已有"薄云岩际出,初月波中上"⑧之句。

① 《再次韵〈杨明叔〉·引》,《山谷内集》卷一二。
② 杜甫《江上值水如海势聊短述》,《杜诗详注》卷一〇。
③ 《小寒食舟中作》,《杜诗详注》卷二三。
④ 《后村先生大全集》卷一八一《诗话(新集)》。
⑤ 《咏水》,《全汉三国晋南北朝诗·全陈诗》卷四。
⑥ 《钓竿篇》,《全唐诗》卷九七。
⑦ 《宿江边阁》,《杜诗详注》卷一七。
⑧ 《入西塞示南府同僚》,《全汉三国晋南北朝诗·全梁诗》卷九。

"读书破万卷"的杜甫当然不会没有读过前人的这些诗句。显然，上述的前一例是师古人之意，后一例是师古人之辞。由于杜甫善于"以故为新"，所以仇兆鳌赞扬他："此用前人成句，只换转一二字间，便觉点睛欲飞。"①又如韩愈生于李、杜之后，他不甘心囿于前人之藩篱，就尽力往奇险的方向发展，并提出了"惟陈言之务去"②的主张，企图避开前人在文学语言上的丰富遗产，在诗歌创作中大量运用奇字险韵。虽然由于他才大学富，在这方面仍有成就，但正如清人赵翼所言："其实昌黎自有本色，仍在文从字顺中自然雄厚博大，不可捉摸，不专以奇险见长。"③而且韩愈在实际创作中也未能完全避开前人的文学语言遗产，李商隐称韩诗"点窜《尧典》《舜典》字，涂改《清庙》《生民》诗"④，宋人王楙还举了许多例子说明"韩诗亦自杜诗中来"⑤。这种例子在文学史上是举不胜举的。⑥

---

①　《杜诗详注》卷一七《宿江边阁》诗注文。

②　见《答李翊书》，《昌黎先生集》卷一六。

③　《瓯北诗话》卷三。

④　《韩碑》，《全唐诗》卷五三九。

⑤　《野客丛书》卷七"韩用杜格"条。

⑥　宋人诗话、笔记中记录了大量例子，说明当时很多人都注意到了这个事实。参看：《王直方诗话》"句意因袭"条、"杜用何逊句"条、"晏叔原词出张子容"条；《潜溪诗眼》"杜诗学沈佺期"条；蔡居厚《蔡宽夫诗话》"古今比兴语意相类"条；《潘子真诗话》"杜诗来历"条；洪迈《容斋随笔》卷一"白用杜句"条，《容斋三笔》卷五"缚鸡行"条、卷一四"歌扇舞衣"条；王楙《野客丛书》卷七"损益前人诗语"条、卷一七"善学柳下惠"条、卷一九"诗句相近"条、"杜诗合古意"条、卷二〇"词句祖古人意"条、卷二三"韩、杜诗意"条；孙奕《履斋示儿编》卷九"递相祖述"条、"用古今句法"条、"类前人句"条，卷一一"风雅不继"条；罗大经《鹤林玉露》乙编卷三"诗犯古人"条；等等。就是在首先指责黄庭坚乃"剽窃之黠者"的王若虚的诗中也不乏此类例子。王若虚集中存诗仅四十二首（见《滹南遗老集》卷四五附诗集），其中如："甚愧故人真"（《病中》其二）之与杜甫"甚愧丈人厚，甚知丈人真"（《奉赠韦左丞丈二十二韵》，《杜诗详注》卷一）；"不妨犹有未招魂"（《再至故园述怀五绝》其二）之与杜甫"南方实有未招魂"（《返照》，《杜诗详注》卷一五）；"面目三年隔，音书万里遥"（《忆之纯》其二）之与陈师道"海外三年隔，天南万里行"（《怀远》，《后山先生集》卷九），都有"夺胎换骨"之嫌。而"甲第纷纷厌粱肉"（《贫士叹》）则一字不改地袭用杜甫《醉歌行》（《杜诗详注》卷三）中成句，可见这种现象实在是非常普遍的。

对于这种文学现象,宋以前之文人已有所觉察。西晋陆机《文赋》中已有"或袭故而弥新"之语,唐人皎然《诗式》中还提出了"偷语""偷意""偷势"之说,但他们或语焉不详,或论而未精,都未能产生很大的影响。

到了宋代,前人诗歌艺术手段的积累更加丰厚了。唐代是古典诗歌的鼎盛时代,名家巨子如众星争辉;佳篇秀句似百花竞艳。唐诗的题材和意境几乎是无所不包,炼字、用典等修辞手段也已达到炉火纯青的程度。王安石曾云:"世间好语言,已被老杜道尽;世间俗语言,已被乐天道尽。"①可见宋人确实意识到了唐诗对他们的巨大压力,他们在五、七言古今体诗的领域里很难再发现什么未经触动的宝藏,所以只能在唐人开采过的矿井里再向深处发掘。黄庭坚生当其时,他很清楚地看到了自己处境之艰难。因而他一方面继承了韩愈的"陈言务去"的精神,正如清人刘熙载所云:"陈言务去,杜诗与韩文同,黄山谷、陈后山学杜在此"②;另一方面,他转而对前人留下的丰厚的语言艺术遗产采取积极利用的态度,提出了"夺胎换骨、点铁成金"的方法。对于黄庭坚来说,"夺胎换骨"和"陈言务去"是并不矛盾的。前者意谓继承前人的精华,后者意谓扬弃前人的糟粕。它们是"怎样借鉴前人"这一问题的两个方面,它们之间的关系是相反相成的辩证关系。不过在黄庭坚所处的时代,"夺胎换骨"说比之"陈言务去"说是更为积极、更为行之有效的创作方法,因此也受到了人们更多的注意。

"夺胎换骨"说的提出,给那些在前人丰厚的语言艺术遗产面前不知所措的诗人们指出了一条出路,这是黄庭坚受到许多人的追随,并成为江西诗派的开山祖师的原因之一。但与此同时,"夺胎换骨"说也产生了较大的流弊。第一,这种对前人艺术技巧的借鉴方法容易被误

---

① 见《陈辅之诗话》"清风明月常有光景常新"条。
② 《艺概》卷二《诗概》。

解成从书本中去寻找创作源泉。第二，一些没有出息的诗人虽然奉此为圭臬，却没有学到其中最重要的"求新"精神。久而久之，就出现了江西诗派中的末流①，他们专以拾人牙慧为能事，自诩为"点铁成金"，其实却是"点金作铁"，陈陈相因。这是黄庭坚此论常常受到后人讥评的主要原因。

如果江西诗派中人都只知"蹈袭剽窃"，那么这个诗派就会像西昆派一样，虽然风靡一时，旋即销声匿迹，绝对不可能绵延二百年之久，更不可能对南宋诗坛产生那样巨大的影响。但是事实并非如此。江西诗派中的几位健将，如陈师道、陈与义、徐俯、韩驹、吕本中等，都颇有自立的气概，而绝非专事剽窃者。他们论诗时也极少谈到"夺胎换骨"，而是各有各的所从悟入之处：

> 后山论诗说换骨，东湖论诗说中的，东莱论诗说活法，子苍论诗说饱参，入处虽不同，然其实皆一关捩，要知非悟入不可。②

这就证明，"夺胎换骨"说不但不是黄庭坚诗论的主要内容，也绝不是"江西诗派最重要的纲领"③。"夺胎换骨"说在江西诗派中产生的消极影响是有限的，而且这种消极影响也理应由那些歪曲了此说精神的仿效者自负其责，黄庭坚是不任其咎的。至于后人把"夺胎换骨"说误解成提倡"蹈袭剽窃"，那就更与黄庭坚的原意南辕北辙了。

---

① 所谓"江西诗派末流"，现已不清楚究竟指哪些诗人。宋人书中时有对他们的批评，例如吴萃说："黄鲁直诗非不清奇，不知自立者翕然宗之……而乃字字剽窃，万首一律，不从事于其本，而影响于其末，读之令人厌。"(《视听钞》)可能就是因为他们的作品徒知蹈袭而毫无新意，所以已湮灭无遗了。

② 曾季狸《艇斋诗话》。按：陈师道所谓"换骨"，与"夺胎换骨"是两个不同的概念，详见第七章。

③ 中国社会科学院文学研究所编《中国文学史》第六〇一页。

二 黄庭坚诗歌创作中的"夺胎换骨"

黄庭坚的诗歌创作在艺术上的一大特色是"奇",其长处如戛戛独造、用意深刻等是"奇"的表现,其短处如多用僻典、过于雕琢等也是"奇"的表现。赞成黄庭坚的人称扬他"奇而有法"①,反对他的人指责他"有奇而无妙"②,都从不同的角度看到了黄诗的这个特点。因为尚奇,所以他绝不肯"随人作计"③。宋人陈岩肖认为黄庭坚做到了这一点:"山谷之诗,清新奇峭,颇造前人未尝道处,自为一家,此其妙也。"④罗大经也有同样的看法:"至于诗,则山谷倡之,自为一家,并不蹈古人町畦。"⑤但是到了现代,认为黄庭坚作诗好蹈袭剽窃的说法逐渐占了上风。例如,很有代表性的一种文学史著作中说黄诗"有不少是由于所谓'脱胎换骨'和'点铁成金'而来的模拟、剽窃之作"⑥。这两种水火不相容的看法,到底孰是孰非呢? 我们认为,前一种看法是基本上符合事实的,而后者则可能是误解或偏见。产生误解的主要原因是黄诗的版本非常杂乱,流传至今的有宋人作注的《山谷内集》《山谷外集》《山谷别集》;后人所辑的《山谷诗外集补》《山谷别集补》;诗文合编的《豫章黄先生文集》《豫章先生遗文》《宋黄文节公全集》。而已经亡佚的尚有《退听堂集》《南昌集》《豫章集》《山谷精华录》等多种集子。在这些集子中曾窜入了许多伪作,下面对这一情况作一简单的说明。

---

① 贝琼《双井堂记》,《清江贝先生集》卷二四。
② 王若虚《滹南遗老集》卷三九《诗话》。
③ 黄庭坚《以右军书数种赠丘十四》:"随人作计终后人,自成一家始逼真。"(《山谷诗外集补》卷二)
④ 《庚溪诗话》卷下。
⑤ 《鹤林玉露》丙编卷三。
⑥ 中国社会科学院文学研究所编《中国文学史》第六○三页。

宋人李彤于黄庭坚《外集》之后跋云：

> 彤曩闻先生自巴陵取道通城，入黄龙山，盘礴云窗，为清禅师遍阅《南昌集》，自有去取，仍改定旧句。彤后得此本于交游间，用以是正。其言"非予诗"者五十余篇，彤亦尝见于他人集中，辄已除去。①

可见在黄庭坚生前，伪诗窜入黄集的情况已相当严重。到了后代，黄诗版本更杂，窜入之伪作也就更多。南宋胡仔云："山谷亦有两三集行于世，惟大字《豫章集》并《外集》诗文最多，其间不无真伪。"②明人蒋芝亦序黄集云："夫全集多真赝庞赘。"③比如在明人伪托的《山谷精华录》中，仅《四库提要》卷一七四所指出的窜入之伪作即有陈师道《西湖徙鱼和苏公二首》、陆游《东湖新竹》等篇。

黄集中还混有他父亲黄庶、哥哥大临（字元明）、弟弟叔达（字知命）的诗。例如《山谷别集》卷下的《和柳子玉官舍十首》，亦见于黄庶《伐檀集》中。洪刍曾云："山谷父亚夫诗自有句法。山谷书其《大孤山》《宿赵屯》两诗，刻石于落星寺。两诗警拔，世多见之矣。余记其《怪石》一绝句云：'山鬼水怪著薜荔，天禄辟邪眠莓苔。钩帘坐对心语口，曾见汉唐池馆来。'"④洪刍所云《怪石》一绝即《和柳子玉官舍十首》之七，但字句稍异。洪刍乃黄庭坚外甥，其言较可信，可见这十首诗还是以出于黄庶之手的可能性为较大。又如《宋黄文节公全集·外集》卷九《双井敝庐之东，得胜地一区，长林巨麓，危峰四环，泉甘土肥，可以结茅庵居。是在寅山之颏，命曰"寅庵"，喜成四诗，远寄鲁直，可

---

① 引自黄𩥋《山谷先生年谱》卷一。
② 《苕溪渔隐丛话》后集卷二八。
③ 《黄诗内篇序》，《宋黄文节公全集》卷首。
④ 《洪驹父诗话》"山谷父亚父诗"条。

同魏都人士共和之》四诗，从题中即可看出非黄庭坚所作，而《山谷外集》卷五《次韵寅庵四首》的题注中也明言上述四诗乃元明所作。又《宋黄文节公全集·外集》卷一〇《元明留别》一诗，乃崇宁四年（1105）元明在宜州留别黄庭坚之诗，当时黄庭坚也作有一首《宜陌别元明用"觞"字韵》①。同卷中还有《奉寄子由》《奉答元明》二诗，今考后一首即苏辙的《次韵黄大临秀才见寄》②，而《山谷外集》卷九中也另有《次元明韵寄子由》《再次韵奉答子由》等诗，可证《奉寄子由》一诗实乃元明所作。又如《山谷内集》卷一二的《题驴瘦马铺》《行次巫山宋懋宗遣骑送折花厨酝》等二十首诗，编集者即注明乃知命所作："当由山谷润色，因以成其弟之名，今不复删去。"

　　在这些窜入黄集的伪作之中，最容易引起人们误解的有下面两种情况：

　　第一种是黄庭坚曾书写过的他人之诗。黄庭坚是著名的书法家，求他作书的人非常之多。惠洪曾云："山谷翰墨妙天下……殆可与连城、照乘争价也。"③甚至传说江神都喜爱他的墨迹。④而且黄庭坚又勤于作书，楼钥云："山谷真迹，中更禁绝，重以兵毁销烁，而四方得之者甚众，则知此老所书未易以千亿计。"⑤根据现存的黄庭坚题跋和别人在黄庭坚墨迹上的题跋来看，他所书写的诗文中既有古人及同时代人的作品⑥，

---

①　《山谷内集》卷二〇。
②　《栾城集》卷一二。
③　《跋山谷字》，《石门文字禅》卷二七。
④　见《冷斋夜话》卷一"江神嗜黄鲁直书韦诗"条。
⑤　《跋黄知命帖》，《攻愧集》卷七五。
⑥　其中较著名的诗人就有：嵇康（《书嵇叔夜诗与侄榎》，《山谷题跋》卷三）、陶渊明（《元祐间大书渊明诗赠周元章》，《山谷题跋》卷四）、谢灵运（《跋与张载熙书卷尾》，《豫章黄先生文集》卷二九）、庾信（清何绍基《跋黄山谷书册》，《东洲草堂文钞》卷一一）、王梵志（《书梵志翻著袜诗》，《山谷题跋》卷三）、寒山（《跋寒山诗赠王正仲》，《宋黄文节公全集·别集》卷八）、李白（《书自草〈秋浦歌〉后》，《山谷题跋》卷四）、杜甫（《跋老杜〈病后遇王倚饮赠歌〉》，《宋黄文节公全集·别集》卷八）、韦应物（惠洪《冷斋夜话》（转下页）

也有他自己的作品①,有时还在同一份帖上杂书他人和自己的作品③,而且并不写明所书诗文的作者是谁③。黄庭坚诗名震世,对他的作品,"天下固已交口传诵"④,并互相传抄⑤。而后人替黄庭坚编集时又是"悉收豫章文集、外集、别集、尺牍、遗文、家藏旧稿、故家所收墨迹与四方碑刻、它集议论之所及者"⑥,这样,就难免有一些黄庭坚所书写的别人的诗文窜入其集中。例如杨万里就曾指出:"而今集中至全载《丹书》诸铭,与山谷之文相乱。盖山谷嗜此铭,故每喜为人士书之耳。"⑦又如黄庭坚曾书写南朝梁元帝等人的三首"百花亭怀荆楚"诗,他在跋文中已经清楚地说明:"此诗出《英华集》,皆佳句也……四顾徘

(接上页)卷一"江神嗜黄鲁直书韦诗"条)、王建(元王恽《跋山谷所书王建宫词后》,《秋涧先生大全文集》卷七三)、韩愈(明唐肃《跋山谷墨迹》,《皇明文衡》卷四六)、白居易(《书乐天忠州诗遗王圣徒》,《山谷题跋》卷四)、刘禹锡(《书刘禹锡〈浪淘沙〉〈竹枝歌〉〈杨柳枝词〉各九首,因跋其后》,《宋黄文节公全集·别集》卷七)、柳宗元(《跋书柳子厚诗》,《豫章黄先生文集》卷二六)、苏舜钦(《王直方诗话》"山谷爱子美绝句"条)、苏轼(《跋自临东坡和陶渊明诗》,《山谷题跋》卷三)、秦观(《戏书秦少游〈好事近〉,因跋之》,《宋黄文节公全集·别集》卷七)等。

① 例如黄庭坚《书旧诗与洪龟父,跋其后》(《山谷题跋》卷三),宋周必大《跋黄鲁直〈昼寝呈李公择〉等四诗》(《周益国文忠公集·省斋文稿》卷一七)、《题聂侔周臣所藏黄鲁直〈送徐隐父宰余干〉诗稿》(《周益国文忠公集·平园续稿》卷八),元袁桷《跋黄太史〈松风阁〉诗》(《清容居士集》卷四五)、明王世贞《山谷老人〈此君轩〉诗》(《弇州山人四部稿》卷一三〇)、《山谷老人〈七祖山〉诗》(《弇州山人四部稿》卷一三六)等。

② 例如王世贞跋《涪翁杂帖》云:"涪翁草书自作偈语一通,又唐诗二首。"(《弇州山人四部稿》卷一三六)

③ 例如惠洪《跋山谷笔古德二偈》云:"此两诗唐智闲禅师所作也,世口脍炙之久矣,而莫知主名,岂山谷未敢必谁所作耶?"(《石门文字禅》卷二七)又洪迈《容斋续笔》卷九"太公丹书"条云:"《太公丹书》,今罕见于世。黄鲁直于《礼书》得其诸铭而书之,然不著其本始。"

④ 李之仪《跋山谷二词》,《姑溪居士文集》卷三九。

⑤ 黄庭坚《答王观复》(《山谷老人刀笔》卷一五)云:"有小儿辈杂抄猥稿,抟之尽抄去,不足观也。"可以证实这一点。

⑥ 黄𥱼《年谱序》,《宋黄文节公全集》卷首。

⑦ 《跋廖仲谦所藏山谷先生为石周卿书〈大戴礼·践阼篇〉〈太公丹书〉》,《诚斋集》卷一〇〇。

徊,怅诗人之不可见,因大书此三诗遗寺僧宗素。"①可是后人竟然还将其中的两首收入《豫章先生遗文》卷一,把梁元帝的《登百花亭怀荆楚》一首改题作《登江州百花亭怀荆楚梁元帝》,把朱超道的《奉和登百花亭怀荆楚》一首改题作《奉和朱道》,其后也无人指出此误。② 又如《山谷别集》卷上有一首《杂吟》,史季温注云:"此诗亦见寒山子诗集中,恐非山谷作。"而在《全唐诗》卷八〇六中所存的寒山诗三百零三首中,第十四首就与黄集中这首《杂吟》仅异四字。在现存的黄庭坚题跋中还能找到他书写寒山诗赠人的记载,见《跋寒山诗赠王正仲》。③ 虽然这条题跋中没有说明他所书写的寒山诗就是这首所谓《杂吟》,但我们由此而推测这首寒山诗是因黄庭坚书写于帖而窜入其集中的,大概离事实不会太远。

据宋人记载,黄庭坚书写他人诗文常常是"默诵而书之"④,这样,或者由于他记错了数字⑤,或者由于原作本有异文,这些窜入黄集中

---

① 《跋〈登江州百花亭怀荆楚〉诗》,《豫章先生遗文》卷一一。

② 梁元帝《登百花亭怀荆楚》,见《文苑英华》卷三一五,又见《全汉三国晋南北朝诗·全梁诗》卷三;朱超道《奉和登百花亭怀荆楚》,见《文苑英华》卷三一五,又见《全汉三国晋南北朝诗·全梁诗》卷一三;黄庭坚书写的另一首诗可能是阴铿的《追和百花亭怀荆楚》,亦见《文苑英华》卷三一五,又见《全汉三国晋南北朝诗·全陈诗》卷一,题作《和登百花亭怀荆楚》。《豫章先生遗文》为黄庭坚裔孙黄铢在南宋编成,清代乾隆庚子年(1780)汪雪礓翻刻之,民国壬戌年(1922)祝稚农又翻刻之,但两次翻刻本的跋文中均未指出此误。

③ 《宋黄文节公全集·别集》卷八。

④ 楼钥云:"山谷晚在宜州,或求作字……山谷许以书《范孟博传》,或谓南方无复书,山谷曰:'平日好读此《传》。'遂默诵而书之。"(《跋余子寿所藏山谷书〈范孟博传〉》,《攻愧集》卷四)又杨万里云:"予顷丞零陵,尝于同官张仲良许观山谷先生小楷《两都赋》,叹其多而不疲,且愈精也。仲良笑曰:'此未足叹也。子知其落笔时乎? 学者每求作字,山谷必问曰:欲六经何篇?《左氏传》、《太史公》、班孟坚书何篇? 它诗文亦然。即随所欲,一笔立就,命取架上书阅而校之,不错一字。盖张仲丞口诵,山谷笔诵也。'"(《跋山谷〈践阼篇〉法帖》,《诚斋集》卷一〇〇)

⑤ 例如岳珂曾指出,黄庭坚"遂默诵大书,尽卷仅有二三字疑误"(《范碑诗跋》,《桯史》卷十三)。

的他人之作就可能与原作略有不同。例如今本《山谷诗别集补》中有《书王氏梦锡扇》一诗,楼钥就曾指出:

> 东坡、少游、参寥各赋春日诗十首,参寥第八首云:"梅梢青子大于钱,惭愧春光又一年。亭午无人初破睡,杜鹃声在柳花边。"《山谷别集·书王氏梦锡扇》乃是此诗,但首句云"压枝梅子",末句云"杜鹃啼在柳梢边",岂山谷爱参寥诗,尝书之扇耶?①

后人很容易把这种情况误认为"夺胎换骨"或"蹈袭剽窃"。例如上文中所提到的所谓黄庭坚"用乐天语作黔南诗",这本来是他"偶然无事,信笔戏书"的古人之诗,可是与他同时的惠洪误以为这是黄庭坚自己的作品②,潘大临也同此误③,后来李颀、阳枋等人沿之④。而曾纡、葛立方、洪迈等人又以为这就是"点铁成金"。⑤ 虽然南宋的吴曾已明确地指出这些诗"皆乐天诗,盖是编者之误,致令渠以为山谷所为"⑥,但直到明代,瞿佑仍把它们误认为黄庭坚之诗⑦,郎瑛仍认为此乃"乐天多于敷衍,山谷巧于剪裁是也!"⑧甚至清代的考据名家梁玉绳还说:"《黔南十绝》亦全用香山《花下对酒》《渭川旧居》诸作。在名家偶戏为

---

① 《跋豫章别集》,《攻愧集》卷七三。

② 见《冷斋夜话》卷三"少游鲁直被谪作诗"条。按:这些诗仍见于《山谷内集》卷一二,题作《谪居黔南十首》。

③ 见《山谷内集》卷一二《谪居黔南十首》任渊注引曾慥《诗选》载潘大临语。

④ 李颀语见《古今诗话》"苏、黄、秦南土诗"条;阳枋语见《答门人王复孙教授》,《字溪集》卷三。

⑤ 曾纡语见《道山清话》,葛立方语见《韵语阳秋》卷一;洪迈语见《容斋随笔》卷一"黄鲁直诗"条。

⑥ 《能改斋漫录》卷三"冷斋不读书"条。

⑦ 见《归田诗话》卷中"诗无恨愁意"条。

⑧ 《七修类稿》卷二一"诗非蹈袭"条。

之,未许效颦。'叵耐古人多意智,预先偷我一联诗',尚有议之者矣。"①又如《山谷内集》卷一八有一首题为《题小景扇》的七绝,杨万里说:

> 山谷集中有绝句云:"草色青青柳色黄,桃花零落杏花香。春风不解吹愁却,春日偏能惹恨长。"此唐人贾至诗也,特改五字耳。贾云"桃花历乱杏垂香",又"不为吹愁",又"惹梦长"。②

似乎这又是黄庭坚在搞"夺胎换骨"。到了现代,果然就有人认为这是黄庭坚"夺胎换骨的好例"③,又有人以此为据而指责黄庭坚说"这种模拟,有时竟流为剽窃",并大为感叹:"这样的偷诗'伤事主矣'!"④可是事实并非如此。陆游云:"鲁直诗有题扇'草色青青柳色黄'一首,唐人贾至、赵嘏诗中皆有之,山谷盖偶书扇上耳。"⑤可见黄庭坚不过将此诗书写了一遍,把它误入黄集中又不作任何说明,乃是编集者和注家的责任,对于黄庭坚本人有什么可以指责的呢?⑥

第二种情况是黄庭坚把别人的诗稍改数字以示后学"作诗之法"

---

① 《清白士集》卷二三《瞥记》六。

② 《诚斋诗话》。

③ 汝舟《谈黄山谷诗》,《学风》第三卷第四期。

④ 阿娜《黄山谷的"标新立异"》,《处女地》一九五七年二月号。

⑤ 《老学庵笔记》卷四。

⑥ 这种因书写他人作品而窜入本人集中的情况在文学史上是屡见不鲜的,例如洪迈云:"朱载上,舒州桐城人……中书舍人新仲翌,其次子也,有家学。十八岁时,戏作小词,所谓'流水泠泠,断桥斜路梅枝亚'者,朱希真见而书诸扇,今人遂以为希真所作。又有折叠扇词……公亲书稿固存,亦因张安国书扇,而载于《于湖集》中。"(《容斋四笔》卷一三"二朱诗词"条)又如张耒书宋初郑文宝诗,赵孟𫖯书梁代柳恽诗,也都使人产生了这种误会(分别见杨慎《升庵诗话》卷八和王士禛《渔洋诗话》)。直至近代,王国维书陈宝琛"落花诗"于扇,梁启超遂误以为王氏自作(见谷燕《落花诗不是静安遗诗》,《社会科学战线》一九八一年第二期)。黄节书黄庭坚诗三首,亦被误收入《蒹葭楼集外佚诗》,参看第二三三页注①。

的。例如《山谷内集》卷七有《睡鸭》一诗："山鸡照影空自爱，孤鸾舞镜不作双。天下真成长会合，两凫相倚睡秋江。"任渊注云："徐陵《鸳鸯赋》曰：'山鸡映水那相得，孤鸾照镜不成双。天下真成长会合，无胜比翼两鸳鸯。'山谷非蹈袭者，以徐语弱，故为点窜，以示学者尔。"黄庭坚这样做的目的不过是借以表示他认为这首诗应该这样改才好，而绝没有把此诗当作自己的创作的意思。而且这种做法在当时的诗人中也是习以为常的。①

上述两种诗本来就是别人的作品，黄庭坚本人并没有想把它们据为己有。可是由于这些诗长期混在黄集之中，因之后人议论纷纷，褒之者美其名曰"夺胎换骨、点铁成金"，贬之者讥其为"蹈袭剽窃"，其实都近于无的放矢。

黄庭坚集中确有一些"夺胎换骨、点铁成金"之作，但即使在这些作品中，黄庭坚也是力求与古人异而不是求与古人同，所以是不能被看作"蹈袭剽窃"的。下面举一些例子来说明这一点。

第一，学习前人的构思方式。

宋人陈长方云：

> 古人作诗，断句辄旁入他意，最为警策。如老杜云"鸡虫得失无了时，注目寒江倚山阁"是也。黄鲁直作《水仙花》诗，亦用此体，云："坐对真成被花恼，出门一笑大江横。"②

又洪迈云：

_____

① 参看《诗史》"晏元献改王建宫词"条、《王直方诗话》"荆公改刘贡父诗"条、"荆公改王仲至诗"条、俞文豹《吹剑录·二录》所载黄庭坚改苏轼诗事等。

② 《步里客谈》卷下。所引杜诗见《缚鸡行》，《杜诗详注》卷一八。所引黄诗乃《王充道送水仙花五十枝，欣然会心，为之作咏》，《山谷内集》卷一五。

> 杜子美《存殁绝句二首》云:"席谦不见近弹棋,毕曜仍传旧小诗。玉局他年无限笑,白杨今日几人悲?""郑公粉绘随长夜,曹霸丹青已白头。天下何曾有山水?人间不解重骅骝。"每篇一存一殁,盖席谦、曹霸存,毕、郑殁也。黄鲁直《荆江亭即事十首》,其一云:"闭门觅句陈无己,对客挥毫秦少游。正字不知温饱未?西风吹泪古藤州。"乃用此体,时少游殁而无己存也。①

在这种情况下,黄庭坚只是学习了前人的诗歌结构,或者说是从构思方式上受到前人的启发,而在诗意、辞句上并不因袭,所以写出了可与杜诗媲美的好诗。

第二,模仿前人的诗意。

宋人曾季狸云:

> 山谷咏明皇时事云:"扶风乔木夏阴合,斜谷铃声秋夜深。人到愁来无处会,不关情处亦伤心。"全用乐天诗意。乐天云:"峡猿亦无意,陇水复何情?为到愁人耳,皆为断肠声。"此所谓"夺胎换骨"者是也。②

这两首诗的意思确有相似之处,黄庭坚很可能受到了白居易的启发(当然也有可能是不谋而合),但他在辞句上全不相袭,而且比白诗有所提高。诗中情理也与所咏之事(唐玄宗幸蜀)密切相合,毫无生搬硬套之病。

又如黄庭坚《寄家》一诗:

---

① 《容斋续笔》卷二"存殁绝句"条。

② 《艇斋诗话》,所引黄诗见《和陈君仪读〈太真外传〉五首》其二,《山谷外集》卷七;所引白诗见《和思归乐》,《全唐诗》卷四二五。

　　近别几日客愁生，固知远别难为情。梦回官烛不盈把，犹听娇儿索乳声。

史容注中引韩愈诗："娇女未绝乳，念之不能忘。忽如在我前，耳若闻啼声。"①黄庭坚此诗的确师韩诗之意，但他把韩诗的四句压缩成一句，前面三句又生动地写出了别情之难堪和残更梦回的情景，比韩诗的境界更为广阔，风格更为凝练。这样模仿前人诗意，可称为推陈出新。

　　第三，借用前人的辞句。

　　黄庭坚有一首《夜发分宁寄杜涧叟》：

　　阳关一曲水东流，灯火旌阳一钓舟。我自只如常日醉，满川风月替人愁。

此诗的后两句是从欧阳修的"我亦只如常日醉，莫教弦管作离声"②翻出的。但欧公只是故作旷达之语，虽亦曲折地透露出一丝离愁，立意毕竟不深。黄庭坚则翻新出奇，出人意表。王若虚未解其妙，故讥评此二句说："此复何理也！"③其实诗歌往往有"无理而妙"的情况，此诗就是一例。因为清风明月本来是使人感到舒畅开朗的景物，为什么会"替人愁"呢？毫无疑问，这个愁字只可能是来自诗人心中的离愁别恨。诗人的本意是：这离愁别恨真使人黯然销魂，虽欲强自排遣，借酒浇愁，似乎能求得一时的解脱。但是醉眼朦胧地望去，满川的清风明月竟是愁容不展，物尚如此，人何以堪？这种写法，不但使短短的四句诗中文情跌宕，而且把很深的意思化为弦外之音，很耐人寻味。这样

---

①　见韩愈《此日足可惜一首赠张籍》，《全唐诗》卷三三七。
②　见《别滁》，《欧阳文忠公集》卷一一。
③　《滹南遗老集》卷三九《诗话》。

化用前人成句,确是显示了"点铁成金"的妙用。

　　借用前人成语典故的情况,在黄庭坚集中是相当普遍的。例如杜诗有句云:"别来头并白,相对眼终青。"①对仗十分工稳,黄庭坚学之有六例:"读书头愈白,见士眼终青"②"江山千里俱头白,骨肉十年终眼青"③"身更万事已头白,相对百年终眼青"④"今日相看青眼旧,他年肯作白头新"⑤"看镜白头知我老,平生青眼为君明"⑥"青眼向来同醉醒,白头相望不缁磷"⑦。前三例尚稍嫌重复,后三例则变化较大,而下面一联更是愈变愈奇:"眼中故旧青常在,鬓上光阴绿不回。"⑧又如杜诗有句云:"鸿雁影连来峡内,鹡鸰声急到沙头。"⑨黄庭坚学之有五例:"风撼鹡鸰枝,波寒鸿雁影"⑩"鸿雁双飞弹射下,鹡鸰同病急难时"⑪"鸿雁池边照双影,脊令原上忆三人"⑫"鸿雁要须翔集早,脊令无憾急难求"⑬"急雪脊令相并影,惊风鸿雁不成行"⑭;句法多变,并不是简单相袭。此外,黄庭坚或润饰前人之句,如"烦君便致苍玉束,明日风雨皆成竹"⑮,乃是润饰白居易的"且食勿蹦蹭,南风吹作竹"⑯;或

---

　　① 《秦州见敕目,薛三璩授司议郎,毕四曜除监察。与二子有故,远喜迁官,兼述索居凡三十韵》,《杜诗详注》卷八。

　　② 《寄忠玉提刑》,《山谷外集》卷一七。

　　③ 《送王郎》,《山谷内集》卷一。

　　④ 《南屏山》,《山谷诗外集补》卷四。

　　⑤ 《次韵奉答文少激纪赠二首》其一,《山谷内集》卷一三。

　　⑥ 《和答君庸见寄别时绝句》,《山谷别集》卷上。

　　⑦ 《再次韵杜仲观二绝》其二,《山谷外集》卷一二。

　　⑧ 《次韵清虚》,《山谷别集》卷上。

　　⑨ 《舍弟观赴蓝田取妻子到江陵,喜寄三首》其一,《杜诗详注》卷二一。

　　⑩ 《和答子瞻和子由常父忆馆中故事》,《山谷内集》卷六。

　　⑪ 《答德甫弟》,《山谷外集》卷一。

　　⑫ 《同韵和元明兄知命九日相忆》其二,《山谷外集》卷九。

　　⑬ 《奉送刘君昆仲》,《山谷外集》卷一五。

　　⑭ 《和答元明黔南赠别》,《山谷内集》卷一二。

　　⑮ 《从斌老乞苦笋》,《山谷内集》卷一五。

　　⑯ 《食笋》,《全唐诗》卷四二〇。

反用古人之意,如"林薄鸟迁巢,水寒鱼不聚"①,反用杜甫的"林茂鸟有归,水深鱼知聚"②,都没有生吞活剥之弊。所以尽管黄庭坚有这些"点铁成金"的作品,刘熙载仍说他"能于诗家因袭语漱涤务尽"③。

当然,黄庭坚有时也会弄巧成拙,"点金作铁"。例如杜诗有句云:"落月满屋梁,犹疑照颜色。"④黄庭坚仿之曰:"落日照江波,依稀比颜色。"⑤杨万里认为这是"以故为新,夺胎换骨"⑥,实际上黄诗徒摹得杜诗句法,确是"点金作铁"⑦。但是这种情况在黄诗中是很少见的。

由此可见,黄庭坚诗歌创作中的"夺胎换骨、点铁成金",基本上起到了"以故为新"的作用,其实际效果与他提出此说的目的是相一致的。尽管这种方法有其局限,不无流弊,但据此而指责他作诗好"蹈袭剽窃",是不符合事实的。

根据以上分析,我们认为黄庭坚的"夺胎换骨"说是一种在当时的历史条件下可行的继承和发展前人文学遗产(主要是五、七言诗的语言技巧)的方法,对于继承了唐诗的丰厚遗产的宋代诗人来说,这种方法的提出并不是毫无裨益的。黄庭坚及其他江西派诗人在他们的创作实践中或多或少行之有效地运用了这种方法,取得了一

①　《次韵晁元忠西归十首》其二,《山谷外集》卷一二。

②　《遣兴五首》其二,《杜诗详注》卷七。

③　《艺概》卷二《诗概》。

④　《梦李白二首》其一,《杜诗详注》卷七。

⑤　《和李文伯暑时五首》其四,《山谷诗外集补》卷二。

⑥　《诚斋诗话》。

⑦　明人王世贞云:"李太白有'人烟寒橘柚,秋色老梧桐'句,而黄鲁直更之曰:'人家围橘柚,秋色老梧桐。'晁无咎极称之,何也?余谓中只改二字,而丑态毕具,真点金作铁手耳。"(《艺苑卮言》卷四)按:李白此二句见于《秋登宣城谢朓北楼》(《全唐诗》卷一八〇),而黄庭坚之二句不见于今本黄集,唯叶梦得《石林诗话》卷上云:"顷见晁无咎举鲁直诗'人家围橘柚,秋色老梧桐'……皆自以为莫能及。"王世贞之论,可能即据此而发。又《雪浪斋日记》云:"六一诗只欲平易耳……'晚烟寒橘柚,秋色老梧桐',岂不似少陵?"(《苕溪渔隐丛话》前集卷三〇引,又《野客丛书》卷一七亦引此条)而今本欧阳修集中也不见此二句。欧、黄究竟有没有写过这样的句子,尚需存疑。

定的成绩。所以,无论是黄庭坚还是整个江西诗派,无论是他们的诗歌理论还是诗歌创作,都不应该因"夺胎换骨"而得到"蹈袭剽窃"的恶谥。

附录三　吕本中《江西诗社宗派图》考辨

在文学史和文学批评史上引起了许多议论的"江西诗派"这个名称，是吕本中在他的《江西诗社宗派图》中首先提出来的。可是，吕氏原书早已失传，仅在宋人的一些著作中留下了不完整的记载，所记内容也不尽相同，这就给后人的研究造成了困难。本文试对《江西诗社宗派图》作一初步的考索。

一　写作年代

《江西诗社宗派图》的写作年代是首先需要研究的重要问题。最早记载此图的是南宋胡仔的《苕溪渔隐丛话》前集①，其次是赵彦卫的《云麓漫钞》②，此后又有王应麟《小学绀珠》和刘克庄《江西诗派小序》等书。各书均未全录吕氏原文，也没有说明此图作于何时。只有吴曾《能改斋漫录》卷一〇"江西宗派"条中明确地记载说：

> 蕲州人夏均父，名倪，能诗，与吕居仁相善。既没六年，当绍兴癸丑二月一日，其子见居仁岭南，出均父所为诗，属居仁序之。序言其本末尤详。已而居仁自岭外寄居临川，乃绍兴癸丑之夏，因取近世以诗知名者二十五人，谓皆本于山谷，图为江西宗派，均父其一也。

---

①　《苕溪渔隐丛话》前集成书于绍兴十八年(1148)。
②　《云麓漫钞》成书于开禧二年(1206)。

绍兴癸丑即绍兴三年(1133),是年吕本中已经五十岁,被列入江西诗派的许多人也已经去世。如果此说属实,那么《江西诗社宗派图》就是吕氏的晚年定论,而图中所列的许多人都是死后追认入派的。有一种文学史著作中说"南宋初期吕本中作《江西诗社宗派图》"①,也许就是根据吴曾的记载。可是,吴曾的这个记载是不实的,现论证如下:

第一,《云麓漫钞》卷一四中记载了《江西诗社宗派图》的大意,后面又说"均父又以在下为耻",也就是说《江西诗社宗派图》作于夏倪去世之前,与吴曾所记不合。

第二,范季随《陵阳先生室中语》中说:

> 家父尝具饭,招公(指韩驹)与吕十一郎中昆仲。吕郎中先至,过仆书室,取案间书读,乃《江西宗派图》也。吕云:"安得此书?切勿示人,乃少时戏作耳。"他日公前道此语,公曰:"居仁却如此说!"

曾季狸《艇斋诗话》中也说:

> 东莱作《江西宗派图》,本无诠次,后人妄以为有高下,非也。予尝见东莱自言少时率意而作,不知流传人间,甚悔其作也。

范、曾二人都与吕本中有交往,所记不应有误,所以《江西诗社宗派图》为吕本中"少时"所作,似无可疑。而古人所谓"少时",断断不会迟至五十岁。

第三,南宋初年,江西诗派中已出现了某些流弊。有些诗人亦步亦趋地模仿黄庭坚,在艺术上缺乏创新精神。吕本中对这种情况颇为

---

① 游国恩等编《中国文学史》第三册第六四页。

不满,他在绍兴元年(1131)写信给曾几说:

> 《楚词》、杜、黄,固法度所在,然不若遍考精取,悉为吾用,则姿态横出,不窘一律矣。①

又说:

> 近世江西之学者,虽左规右矩,不遗余力,而往往不知出此,故百尺竿头,不能更进一步,亦失山谷之旨也。②

而吕本中在作《江西诗社宗派图》时,对黄庭坚及其追随者是一味颂扬、无一贬词的,他说:

> 元和以后至国朝,歌诗之作或传者,多依效旧文,未尽所趣。惟豫章始大出而力振之,抑扬反复,尽兼众体。而后学者同作并和,虽体制或异,要皆所传者一。予故录其名字,以遗来者。③

如果吴曾所记属实,那么《江西诗社宗派图》是作于给曾几的信之后。可是,既然吕本中在绍兴元年已经指出一味仿效黄庭坚所引起的流弊,他怎么会在两年之后又作《江西诗社宗派图》来鼓吹学黄而一字不提这种做法的缺陷呢? 这就证明《江西诗社宗派图》不可能作于绍兴元年之后,也就是说吴曾的记载是不实的。

---

　①　《与曾吉甫论诗第一帖》,见《苕溪渔隐丛话》前集卷四九。
　②　《与曾吉甫论诗第二帖》,见《苕溪渔隐丛话》前集卷四九。按:曾几在《东莱先生诗集后序》(《茶山集》拾遗)中说吕本中的这两封信写于"绍兴辛亥",即绍兴元年。
　③　据《苕溪渔隐丛话》前集卷四八。按:《云麓漫钞》卷一四中所载大意与此略同。

那么,《江西诗社宗派图》究竟作于何时呢?要回答这个问题,必须对此图本身作一番考察。在宋人著作中所记载的《江西诗社宗派图》名单中都有三个僧人,《苕溪渔隐丛话》前集卷四八记作:"饶节""僧祖可""僧善权";《云麓漫钞》卷一四记作:"饶节"①"祖可""善权";《小学绀珠》卷四和《江西诗派小序》所记与《云麓漫钞》同。值得注意的是,图中对祖可和善权两个僧人都称呼他们的法名,唯独对饶节呼其俗名,不称其法名为"僧如璧"或"如璧"。根据当时的习俗,对于已经出家为僧的人,是不再称其俗名的。吕本中的《东莱先生诗集》中有许多与饶节唱酬的诗,都称之为"璧公"或"璧上人"。② 所以,我们有理由推论说:《江西诗社宗派图》作于饶节尚未出家之时。在《嘉泰普灯录》卷一二中有《青原第十四世香严海印智月禅师法嗣邓州香严倚松如璧禅师》篇,记饶节生平颇详。据此文所载,饶节曾为丞相曾布客,因上书论新法,曾布不纳,饶节即离去,次年他写信给吕本中,自称于"正月半间蹩然有个省处",即祝发为僧。③ 据《宋史》卷二一二《宰辅表》三、卷四七一《奸臣传》一,曾布于元符三年(1100)拜相,至崇宁元年(1102)闰六月即被蔡京排挤,出知润州,以后再也没有入朝。所以,饶节祝发只可能在建中靖国元年(1101)至崇宁二年这一段时期内。《嘉泰普灯录》又说饶节卒于建炎三年(1129),"世寿六十有五,夏腊二十有七"。"夏腊"是佛教用语,意即僧人自出家至去世所历的年岁。④ 以此推算,饶节出家应在崇宁二年,与上面的推论相合。所以,吕本中作《江西诗社宗派图》一定在崇宁二年正月半之前。此外,《云

---

① 在"饶节"下有小注:"德操,乃如璧也。"此注乃赵彦卫之言,因为后面还说"凡二十五人,居仁其一也"云云,其语气都像是赵彦卫的补充。

② 《东莱先生诗集》中仅有两处例外,即卷一《符离诸贤诗》和《德操、充之皆约九月间见过,今皆未至。扶杖出门,悠然有感》中称饶之字"德操"。

③ 此事宋人书中多有记载,如吕本中《东莱吕紫微师友杂志》、张邦基《墨庄漫录》卷五、晁公武《郡斋读书志》卷一九等,兹不赘录。

④ 见《佛学大辞典》第一七一五页"夏腊"条。

麓漫钞》卷一四在记述了《江西诗社宗派图》大意之后说："议者以谓陈无己为诗高古，使其不死，未必甘为宗派。"这说明《江西诗社宗派图》一定作于陈师道去世之后。今考陈师道卒于建中靖国元年十二月二十九日（1102 年 1 月 19 日）①，则吕本中作图必在其后。至此，我们可以推断，《江西诗社宗派图》作于崇宁元年（1102）或崇宁二年初，其时吕本中年十九岁或刚满二十岁，这与他自己所说的"少时"是互相印证的。当吕本中作图时，列名江西诗社名单中的诗人凡是卒年可考的，只有陈师道已经去世，而吕本中确实还是一个少年。

二　江西诗社名单

吕本中在《江西诗社宗派图》中开列了一份名单，认为这些诗人都是学习黄庭坚的。这份名单在各书中的记载不尽相同，为了醒目，我们把四种宋人著作中所载名单的序次情况列表如下：

姓名／书名／序次	《苕溪渔隐丛话》	《云麓漫钞》	《江西诗派小序》	《小学绀珠》
一	陈师道	陈师道	陈师道	陈师道
二	潘大临	潘大临	韩驹	潘大临
三	谢逸	谢逸	徐俯	谢逸
四	洪刍	洪朋	潘大临	洪朋
五	饶节	洪刍	洪朋	洪刍
六	僧祖可	饶节	洪刍	饶节
七	徐俯	祖可	洪炎	祖可
八	洪朋	徐俯	夏倪	徐俯

---

①　见魏衍《彭城陈先生集记》，《后山诗注》卷首。

序次 \ 书名 \ 姓名	《苕溪渔隐丛话》	《云麓漫钞》	《江西诗派小序》	《小学绀珠》
九	林敏修	林 修①	谢 逸	林敏修
十	洪 炎	洪 炎	谢 薖	洪 炎
十一	汪 革	汪 革	林敏修	汪 革
十二	李 錞	李 錞	林敏功	李 錞
十三	韩 驹	韩 驹	晁冲之	韩 驹
十四	李 彭	李 彭	汪 革	李 彭
十五	晁冲之	晁冲之	李 彭	晁冲之
十六	江端本	江端本②	饶 节	江端本
十七	杨 符	杨 符	祖 可	祖 符
十八	谢 薖	谢 薖	善 权	谢 薖
十九	夏 倪	夏 倪	高 荷	夏 倪
二十	林敏功	林敏功	江端本	林敏功
二十一	潘大观	潘大观	李 錞	潘大观
二十二	何 颙	王直方	杨 符	王直方
二十三	王直方	善 权	吕本中	善 权
二十四	僧善权	高 荷	(何 颙)	高 荷
二十五	高 荷	吕本中	(潘大观)	吕本中
二十六			(王直方)	

　　《江西诗派小序》所载名单已非吕氏原文,因为刘克庄明言他已有所去取更动:"内何人表颙、潘仲达大观,有姓名而无诗""王直方诗绝

----

　　①　恐系"林敏修"之误。
　　②　此据通行之涉闻梓旧本《云麓漫钞》。郭绍虞先生《宋诗话考》第一一八页谓"《云麓漫钞》所引吕氏序记原作'江端友子我'不作'江端本'",未知所据何本。

少，无可采""派中以东莱居后山上，非也。今以继宗派，庶几不失紫微公初意"。《小学绀珠》的名单与《云麓漫钞》完全相同，又未录吕氏序文，无助于考证。值得注意的是《苕溪渔隐丛话》和《云麓漫钞》两书所载的名单。从表中可以看出，除了第四位到第八位的序次不同之外，两书的相异之处就是《云麓漫钞》无何颉而有吕本中。我们认为，《苕溪渔隐丛话》的记载更接近于吕氏原文。因为一，《苕溪渔隐丛话》成书年代较早。二，《云麓漫钞》上说："宗派之祖曰山谷，其次陈师道无己……饶节德操，乃如璧也……高荷子勉，凡二十五人，居仁其一也。"其语气不像是吕氏原文，而是赵彦卫的说明。所以，吕本中的名字可能是由别人添进去的。

　　宋以后的著作中所记载的江西诗派名单，大抵同于上述数书，异者或有讹误，如明人彭大翼《山堂肆考》角集卷三一所载名单中有"谢迈"，可能为"谢薖"之误，"薖""迈"二字形近而误。又如清人王士禛《带经堂诗话》卷一七所载名单中有"袁颙"，可能为《江西诗派小序》中所云"何人表颙"之误，"表""袁"二字形近而误。至于明人李维桢说"吕居仁、胡元任、马端临辈所称江西诗派，人且满百"[①]和今人所编的一种文学史著作中说"吕本中作《江西诗社宗派图》，首列黄庭坚、陈师道、陈与义三人"[②]云云，皆不知有何根据，此处暂不置论。

　　吕本中开列的这张名单，在当时和后来都引起了许多议论，这些议论可分为三类：

　　一、诗派中人对自己在名单中所占的序次感到不满。例如徐俯"尝不平曰：'吾乃居行间乎？'"[③]夏倪"又以在下为耻"[④]，韩驹也因"吕居仁作《江西宗派图》，置子苍其间"而"不悦"[⑤]。

---

① 《郭生诗题辞》，《大泌山房集》卷一二七。
② 游国恩等编《中国文学史》第二册第六四页。
③④ 《云麓漫钞》卷一四。
⑤ 《诗说隽永》"苏黄门称韩子苍诗"条。

二、论者对诗派中不尽是江西人有异议。例如刘克庄就指出："派中如陈后山,彭城人。韩子苍,陵阳人……非皆江西人也。"①直到现在还有人说："韩驹的很不高兴,是因为他和陈师道不是江西人。而出于吕本中的真正江西诗人曾几,却没有列入江西诗派。"②

三、论者对吕本中的取舍不满。例如胡仔说："所列二十五人,其间知名之士,有诗句传于世、为时所称道者,止数人而已。其余无闻焉,亦滥登其列。居仁此图之作,选择弗精,议论不公,余是以辨之。"③曾季狸也诘责说："四洪兄弟皆得山谷句法,而龟父不预,何邪?"④清人钱大昕甚至认为:"后山与黄同在苏门,诗格亦与涪翁不相似,乃抑之入江西派,诞甚矣。"⑤

我们来对这些议论略作考察。

徐俯等人所不满的是他们在诗派名单上所占的名次较后。其实,范季随《陵阳先生室中语》中说得很清楚:"《宗派图》本作一卷,连书诸人姓字。后丰城邑官开石,遂如禅门宗派,高下分为数等,初不尔也。"曾季狸《艇斋诗话》中也说:"东莱作《江西宗派图》,本无诠次,后人妄以为有高下,非也。"吕本中并没有对名单中的二十五人进行评骘诠次,所以第一类议论实乃出于误会。

杨万里说:"江西宗派诗者,诗江西也,人非皆江西也。人非皆江西而诗曰江西者何? 系之也。系之者何? 以味不以形也。"⑥正确地指出了江西诗派并不是以诗人的籍贯地域而划分的。我们认为吕本中的原意大概是因为诗派的开创者黄庭坚是江西人,诗派的成员又以

---

① 《后村先生大全集》卷九五"江西诗派"条。
② 陈俊山《关于江西诗派》,《星火》一九七九年第五期。按:这种说法是没有根据的。
③ 《苕溪渔隐丛话》前集卷四八。
④ 《艇斋诗话》。按:各书所载名单中皆有洪朋(龟父),曾氏或指洪羽(鸿父)而言。
⑤ 《十驾斋养新录》卷一六。
⑥ 《江西宗派诗序》,《诚斋集》卷七九。

江西人为较多①，就给取名为江西诗派。所以第二类议论也是出于误会。

第三类议论是值得研究的。胡仔等人对吕本中的批评不无过激之处，据陈振孙《直斋书录解题》所录，《江西诗社宗派图》所列二十五人中有诗集传世的尚有二十三人，仅潘大观、何颙无集，可证名单中多数人在当时还不是默默无闻的。但是不可否认，二十五人中作品水平较高、名声较大的诗人确实不多。从宋人的记载来看，大概只有陈师道、韩驹、徐俯、晁冲之、饶节等人比较有名，其余的诗人成就皆不甚高。这有几方面的原因：第一，吕氏此图本乃"少时率意而作"，当时他交游、见闻的范围都不够广，所以只能在一个较小的圈子里进行铨选。在今存的吕氏著作中明确记载着与他有交往的江西派诗人即有韩驹、徐俯、潘大临、洪炎、夏倪、谢逸、谢薖、晁冲之、汪革、李彭、饶节、江端本、王直方十三人②，说明他主要是在自己所熟悉的人中进行铨选，这就难免有所遗漏。第二，吕本中作《江西诗社宗派图》时，还是一个二十来岁的青年，当时他的鉴赏水平还不够高，在铨选时难免有欠妥之处。他后来对自己少时作图一事再三表示后悔，很可能就是意识到了这一点。第三，吕本中选定名单，有一个明确的标准，就是"源流皆出豫章"③，在诗歌创作上受到黄庭坚较深的影响，这就使铨选的范围缩得较小。论者往往忽视了这一点，例如清人李树滋诘难说：秦观"日与山谷唱和，胡不入派"④？殊不知秦观虽与黄庭坚交往甚密，但他的诗风并未受到黄庭坚的影响，当然不该入派。

---

① 二十五人中可以考定为江西人的有谢逸、谢薖、洪朋、洪刍、洪炎、饶节、徐俯、李彭、汪革、善权十人，详见第四章。

② 详见第四章。

③ 见《云麓漫钞》卷一四所载《江西诗社宗派图》大意。

④ 《石樵诗话》卷一。

三　江西诗派总集

南宋的俞成说:"吕居仁尝序江西宗派诗,若言灵均自得之,忽然有入,然后惟意所在,万变不穷,是名活法。"①黄昇也说吕本中"尝集江西宗派诗"②。据此,则吕本中曾经编定江西诗派的总集。元人所编的《宋史》卷二〇九《艺文志》八还载有"吕本中《江西宗派诗集》一百十五卷"。今人郭绍虞先生更明确地说:"吕氏关于论诗之著凡有三种:一为《江西诗社宗派图》,以选集而兼论评,这是江西诗人的总集。"③郭先生主编的《中国历代文论选》中也说:"吕本中把这些诗人罗列一起,写成《江西诗社宗派图》,同时又有《江西诗派诗集》的编刊。"④我们认为这种说法是可以商榷的。

第一,《苕溪渔隐丛话》和《云麓漫钞》在记载《江西诗社宗派图》时,都没有说吕本中曾编定过江西派诗人的总集。《苕溪渔隐丛话》明言"其《宗派图序》数百言,大略云……"又说:"所列二十五人,其间知名之士,有诗句传于世、为时所称道者,止数人而已。其余无闻焉,亦滥登其列。"我们知道,《苕溪渔隐丛话》前集成书于绍兴十八年(1148),其时距吕本中作《江西诗社宗派图》只有四十余年。如果吕本中在作图的同时或其后曾编成江西诗派的总集,则这部总集不可能这么快就湮灭无闻。又《陵阳先生室中语》也明言:"《宗派图》本作一卷,连书诸人姓字。"据此,吕本中当时仅仅作图排了一份名单,并没有编定他们的诗集。方孝岳先生曾云:吕本中"但作了那个图,至于附录各

---

① 《萤雪丛说》卷一。
② 《中兴以来绝妙词选》卷二"吕居仁"条。
③ 《中国文学批评史》第二五二页。
④ 《中国历代文论选》中册第一四三页。

人的诗,当然是他的后学所为了"①。这种说法是接近于事实的。

第二,作为总集的江西派诗集,最早见述于杨万里《江西宗派诗序》。杨万里说:

> 秘阁修撰给事程公(按:指程叔达),以一世儒先,厌直而帅江西。以政新民,以学赋政,如春而肃,如秋而燠,盖二年如一日也。追眼则把酒赋诗,以黼黻乎翼轸,而金玉乎落霞秋水。尝试登滕王阁,望西山,俯章江,问:"双井今无恙乎?"因喟曰:"《江西宗派图》,吕居仁所谱,而豫章自出也。而是派之鼻祖云仍,其诗往往放逸,非阙欤?"于是以谢幼槃之孙源所刻石本,自山谷外,凡二十有五家,汇而刻之于学宫。②

杨万里此序作于淳熙十一年(1184),则这部《江西派诗集》即刻于其前后不久。从序中可以看出,当程叔达编刊此集时,江西派诗人的作品已"往往放逸",而程、杨二人只知道吕本中曾作过《江西诗社宗派图》,根本不知道他编过江西派诗集。至于杨万里序中所说的谢源"所刻石本",可能就是吕本中的《江西诗社宗派图》,而绝不会是江西派的总集。因为一,古人把单篇或十数篇的诗歌刻石的事是有的,但把一部总集全部刻成石本,是从未有过的事情。而且在宋人著作中也找不到关于谢氏刻成石本的江西派诗集的记载。二,杨万里序中明言其时江西派诗已"往往放逸",陆九渊还称道程叔达刻江西派诗是"网罗搜访,出隋珠和璧于草莽泥滓之中"③,如果江西派诗集仍见存于石本,则杨、陆二人不应有此等语。所以,比较合于情理的推测是:程叔达根据谢氏所刻石本之江西诗派名单,按图索骥,搜罗其诗,从而汇刻成一

---

① 《中国文学批评》第一四二页。
② 《江西宗派诗序》,《诚斋集》卷七九。
③ 《与程帅》,《象山先生全集》卷七。

部江西诗派的总集。

与杨万里同时的尤袤在《遂初堂书目》中载有《江西诗派》一部总集，然不言其原委，所以无法考知究系何人所编。但如果这是吕本中所编，作为尤袤好友的杨万里不应毫无所闻。揆诸情理，很可能即是指程叔达所编者。

后来，陈振孙《直斋书录解题》卷一五载有"《江西诗派》一百三十七卷，《续派》十三卷"，且言："自黄山谷而下三十五家，又曾纮、曾思父子诗，详见诗集类。诗派之说本出于吕居仁，前辈多有异论，观者当自得之。"所谓"《续派》十三卷"，就是杨万里为之作序的《江西续派二曾居士诗集》①，因为陈录卷二〇即载有曾纮《临汉居士集》七卷、曾思《怀岘居士集》六卷，且言"杨诚斋序其诗，以附诗派之后"。至于《江西诗派》一书，陈氏未言究系何人所编。"一百三十七卷"和"三十五家"这两个数字均启后人疑窦。因为陈录卷二〇"诗集类"载江西诗派成员的别集如下：林敏功《高隐集》七卷，林敏修《无思集》四卷，潘大临《柯山集》二卷，谢逸《溪堂集》五卷、《补遗》二卷，谢薖《竹友集》七卷，李彭《日涉园集》十卷，洪朋《清虚集》一卷，洪刍《老圃集》一卷，洪炎《西渡集》一卷，韩驹《陵阳集》四卷、《别集》二卷，高荷《还还集》二卷，徐俯《东湖集》三卷，吕本中《东莱集》二十卷、《外集》二卷，晁冲之《具茨集》十卷，汪革《青溪集》一卷，饶节《倚松集》二卷，夏倪《远游堂集》二卷，王直方《归叟集》一卷，李锌《李希声集》一卷，杨符《杨信祖集》一卷，江端本《陈留集》一卷，且于《陈留集》后注明"以上至林子仁皆入诗派"，共计二十一人，九十二卷。如果再加上同卷另载之黄庭坚《山谷集》三十卷、《外集》十一卷、《别集》二卷，陈师道《后山集》六卷、《外集》五卷，僧祖可《瀑泉集》十二卷，僧善权《真隐集》三卷，则共计二十五人，一百六十一卷，皆与总集《江西诗派》条下所标人数、卷数不合。清

---

① 见《江西续派二曾居士诗集序》，《诚斋集》卷八三。

人沈曾植已经注意到这一点①,郑振铎先生怀疑陈录所言"三十五家"或为"二十五家"之误②,不失为合理的推测。

那么,陈录所记载的这部《江西诗派》总集是不是吕本中所编的呢? 回答也是否定的。

其一,陈录卷二〇中《东莱集》的题解中说:"后人亦以其诗入派中。"既然这部《江西诗派》总集中的一种是"后人"编的,那么整部总集就不可能是吕本中编的。

其二,陈录所记载的这部《江西诗派》总集,今天尚能睹其遗貌。今存的景宋本或翻刻宋本的江西派诗集有吕本中《东莱诗集》二十卷、韩驹《陵阳先生诗》四卷、饶节《倚松老人诗》二卷,卷数均与陈录著录者同。此外,谢薖《谢幼槃文集》虽为十卷,但其中只有卷一至卷七为诗歌,卷数也与陈录著录之《竹友集》七卷同。③ 据沈曾植说,他所看到的景宋本《陵阳先生诗》和《倚松老人诗》卷首皆有"江西诗派"四字,另外,在上述二集与《东莱诗集》《谢幼槃文集》的卷末都有"庆元己未校官黄汝嘉重刊"一行题记④。而《直斋书录解题》卷二〇"《山谷集》三十卷《外集》十一卷《别集》二卷"条下的题解说:"江西所刻诗派,即豫章前后集中诗也。别集者,庆元中莆田黄汝嘉增刻。"这证明我们今天所看到的这几种江西诗派的诗集就是陈录所著录的《江西诗派》总集的一部分。我们在读这几种诗集时,注意到下面两点情况:

第一,这些诗集中收入了一些写作年代较晚的诗,例如《陵阳先生诗》卷四中有《余为著作郎,如莹为司令,官舍皆在左掖门外高头坊。绍兴四年,如莹持节江西,道抚相访,辄成长句》一诗,作于绍兴四年

---

① ④　见《重刊〈西江诗派韩饶二集〉》叙》,《陵阳先生诗》卷首。

②　《插图本中国文学史》第五一二页。

③　《直斋书录解题》卷一七另载有《竹友集》十卷,清人朱彝尊说:"《书录解题》两载《竹友集》,一曰十卷,一曰七卷。盖七卷者诗,而十卷者合文言之。"(《竹友集跋》,《曝书亭集》卷五二)推测合理,可从。

(1134)，又如《东莱先生诗集》卷一九中有《徐师川挽诗三首》，徐俯卒于绍兴十年(1140)，这三首诗当作于是年。这说明这些诗集的编定距吕本中作《江西诗社宗派图》已有三四十年。前面说过，吕氏此图本是"少时戏作"，后来"甚悔其作"，他肯定不会在晚年再根据图中的名单来编定一部江西诗派总集。

第二，在景宋本《谢幼槃文集》卷首附有吕本中和苗昌言所作的序。吕序作于绍兴三年，序中说："绍兴三年秋，自岭外北还，过临川，去幼槃之没十八年矣。始尽得幼槃书于其子长讷所，伏读累日……"苗序作于绍兴二十二年，序中说谢逸、谢薖"兄弟以诗鸣江西，有文集，合三十卷。邦之学士欲刊之以贻永久，积数十年而未能也"。并说此集是他"搜访阙遗，以相参订""又得幼槃善本于其子敏行"，从而编定付梓的。既然谢薖的遗集到绍兴三年方为吕本中所见，到绍兴二十二年方首次编定刊行，而吕本中卒于绍兴十五年，那么我们不但可以断定《直斋书录解题》所著录的《江西诗派》总集不是吕本中所编，而且可以断定吕本中生前根本没有编过包括谢逸、谢薖的诗集在内的江西诗派总集。

根据上面的论证，我们认为黄昇和《宋史·艺文志》中关于吕本中编江西诗派总集的记载是不可信的。

以上我们从三个方面对《江西诗社宗派图》作了初步的考察，目的是对此图获得一个比较接近原貌的了解。至于吕本中在此图中所阐述的文学观点是否正确，我们在第七章中已有所论述，此处就不再重复了。

引用书目

《礼记》 阮刻《十三经注疏》本

《春秋左传》 阮刻《十三经注疏》本

《史记》 司马迁 中华书局一九五九年版

《汉书》 班固 中华书局一九六二年版

《后汉书》 范晔 中华书局一九六五年版

《宋史》 脱脱 中华书局一九七七年版

《明史》 张廷玉 中华书局一九七四年版

《中国通史》第五册 蔡美彪等 人民出版社一九七八年版

《文献通考》 马端临 万有文库本

《廿二史札记》 赵翼 清光绪二十八年广雅书局刊本

《遂初堂书目》 尤袤 《海山仙馆丛书》本

《郡斋读书志》 晁公武 清光绪十年长沙王氏刊本

《郡斋读书志》 晁公武 《四部丛刊三编》本

《直斋书录解题》 陈振孙 《武英殿聚珍版丛书》本

《四库全书总目》 纪昀等 商务印书馆排印本

《四库未收书目提要》 阮元 商务印书馆一九五五年版

《续修四库全书提要》 台湾商务印书馆一九七一年版

《四库提要辨证》 余嘉锡 中华书局一九八〇年版

《中国古典文学名著题解》 中国青年出版社一九八〇年版

《世说新语》 刘义庆 文学古籍刊行社一九五五年版

《酉阳杂俎》 段成式 《四部丛刊》本

《北梦琐言》 孙光宪 中华书局一九六〇年版

《仇池笔记》 苏轼 华东师范大学出版社一九八三年版

《五总志》 吴坰 《知不足斋丛书》本

《冷斋夜话》 惠洪 《津逮秘书》本

《泊宅编》 方勺 《读画斋丛书》本

《道山清话》 阙名 陶氏涉园影印宋刊《百川学海》本

《东莱吕紫微师友杂志》 吕本中 《十万卷楼丛书》本

《却扫编》 徐度 《津逮秘书》本

《扪虱新话》 陈善 《儒学警悟》本

《陵阳先生室中语》 范季随 商务印书馆排印《说郛》本

《步里客谈》 陈长方 《墨海金壶》本

《春渚纪闻》 何薳 《津逮秘书》本

《鸡肋编》 庄季裕 《四部丛刊三编》本

《独醒杂志》 曾敏行 《知不足斋丛书》本

《墨庄漫录》 张邦基 《稗海》本

《容斋随笔》 洪迈 《四部丛刊》本

《瓮牖闲评》 袁文 《武英殿聚珍版丛书》本

《能改斋漫录》 吴曾 中华书局一九六〇年版

《老学庵笔记》 陆游 《津逮秘书》本

《芥隐笔记》 龚颐正 阳山顾氏文房本

《清波杂志》 周辉 《知不足斋丛书》本

《枫窗小牍》 袁褧 《宝颜堂秘笈》本

《玉照新志》 王明清 商务印书馆排印钱唐丁氏藏鲍廷博校本

《挥麈录》 王明清 《津逮秘书》本

*《蠹斋先生铅刀编》 周孚 清钞本

《萤雪丛说》 俞成 《儒学警悟》本

《云麓漫钞》 赵彦卫 古典文学出版社一九五七年版

《朱子语类》 朱熹 《刘氏传经堂丛书》本

《习学记言》　叶适　《敬乡楼丛书》本

《野客丛书》　王楙　《稗海》本

《履斋示儿编》　孙奕　《知不足斋丛书》本

《鹤林玉露》　罗大经　中华书局一九八三年版

《吹剑录》　俞文豹　中华书局版张宗祥校订本

*《怀古录》　陈模　清钞本

《学斋占毕》　史绳祖　陶氏涉园影印宋刊《百川学海》本

《涧泉日记》　韩淲　《武英殿聚珍版丛书》本

《爱日斋丛钞》　叶寘　《守山阁丛书》本

《癸辛杂志》　周密　《津逮秘书》本

《桯史》　岳珂　《四部丛刊》本

《小学绀珠》　王应麟　《津逮秘书》本

《视听钞》　吴莘　《说郛》本

《隐居通议》　刘埙　《读画斋丛书》本

《归潜志》　刘祁　《知不足斋丛书》本

《水东日记》　叶盛　中华书局一九八〇年版

《七修类稿》　郎瑛　中华书局一九五九年版

《山堂肆考》　彭大翼　明万历四十七年梅墅石渠阁刊本

《十驾斋养新录》　钱大昕　商务印书馆一九五七年版

《南野堂笔记》　吴文溥　清嘉庆袖珍本

《援鹑堂笔记》　姚范　清道光十五年刊本

《惜抱轩尺牍》　姚鼐　清刊本

*《牖窥杂志》　朱霈　残抄本

《求阙斋读书录》　曾国藩　清同治刊本

《姜露庵笔记》　施山　清刊本

《牧斋初学集》　钱谦益　上海古籍出版社二〇〇九年版

《陶渊明集》　陶渊明　逯钦立校注　中华书局一九七九年版

《陈伯玉文集》 陈子昂 《四部丛刊》本

《杜诗详注》 杜甫 仇兆鳌注 中华书局一九七九年版

《昌黎先生集》 韩愈 蟫隐庐影宋世彩堂本

《白氏长庆集》 白居易 文学古籍刊行社影宋本

《元氏长庆集》 元稹 《四部丛刊》本

《玉溪生诗集笺注》 李商隐 冯浩注 上海古籍出版社一九七九年版

《小畜集》 王禹偁 《四部丛刊》本

《林和靖先生诗》 林逋 《四部丛刊》本

《范文正公集》 范仲淹 《四部备要》本

《宛陵先生集》 梅尧臣 《四部丛刊》本

《欧阳文忠公文集》 欧阳修 《四部丛刊》本

《王荆文公诗笺注》 王安石 李壁注 清张宗松清绮斋刊本

《东坡七集》 苏轼 清光绪三十四年影印明成化本

《集注分类东坡诗》 苏轼 旧题王十朋集注 《四部丛刊》本

《栾城集》 苏辙 《四部丛刊》本

《豫章黄先生文集》 黄庭坚 《四部丛刊》本

《宋黄文节公全集》 黄庭坚 清光绪二十年义宁州署刊本

《山谷诗注》 黄庭坚 任渊、史容、史季温注 清光绪二十六年江西陈三立影宋刊本

《山谷诗外集补》 黄庭坚 清光绪二年叙郡刊本

《山谷全集》 黄庭坚 《武英殿聚珍版丛书》本

《豫章先生遗文》 黄庭坚 民国十一年如皋祝氏补刊乾隆四十五年婺源汪氏影宋刊本

《山谷老人刀笔》 黄庭坚 《纷欣阁丛书》本

《山谷题跋》 黄庭坚 《津逮秘书》本

《黄庭坚诗选》 黄庭坚 潘伯鹰选注 古典文学出版社一九五

七年版

　　《淮海集》　秦观　《四部丛刊》本

　　《后山先生集》　陈师道　《四部备要》本

　　《后山居士文集》　陈师道　上海古籍出版社一九八四年版

　　《后山诗注补笺》　陈师道　任渊注　冒广生补笺　《冒氏丛书》本

　　《柯山集》　张耒　《武英殿聚珍版丛书》本

　　《嵩山文集》　晁说之　《四部丛刊续编》本

　　《竹隐畸士集》　赵鼎臣　《四库全书珍本初集》本

　　《石门文字禅》　惠洪　《四部丛刊》本

　　《姑溪居士文集》　李之仪　《粤雅堂丛书》本

　　《潘邠老小集》　潘大临　《两宋名贤小集》本

　　《五桃轩诗集》　夏倪　《两宋名贤小集》本

　　《洪龟父集》　洪朋　《四库全书珍本初集》本

　　《清非集》　洪朋　《洪氏晦木斋丛书》本

　　《老圃集》　洪刍　《王雨堂丛书》本

　　《老圃集》　洪刍　《洪氏晦木斋丛书》本

　　《西渡集》　洪炎　《两宋名贤小集》本

　　《西渡集》　洪炎　《四库全书珍本九集》本

　　《西渡集》　洪炎　《小万卷楼丛书》本

　　《西渡集》　洪炎　《洪氏晦木斋丛书》本

　　《日涉园集》　李彭　胡思敬刻《豫章丛书》本

　　《玉涧小集》　李彭　《两宋名贤小集》本

　　《溪堂集》　谢逸　胡思敬刻《豫章丛书》本

　　《谢幼槃文集》　谢薖　《续古逸丛书》本

　　《谢幼槃文集》　谢薖　《小万卷楼丛书》本

　　《晁具茨先生诗集》　晁冲之　《海山仙馆丛书》本

《陵阳先生诗》 韩驹 《西江诗派韩饶二集》本

《陵阳集》 韩驹 《四库全书珍本三集》本

《东湖居士集》 徐俯 《两宋名贤小集》本

《倚松老人诗集》 饶节 《西江诗派韩饶二集》本

《倚松诗集》 饶节 《四库全书珍本三集》本

《北湖集》 吴则礼 《湖北先正遗书》本

《学易集》 刘跂 《武英殿聚珍版丛书》本

《云巢编》 沈辽 《四部丛刊三编》本

《东窗集》 张扩 《四库全书珍本初集》本

《东莱先生诗集》 吕本中 《四部丛刊续编》本

《东莱外集》 吕本中 宋庆元五年刊本

《茶山集》 曾几 《武英殿聚珍版丛书》本

《浮溪集》 汪藻 《武英殿聚珍版丛书》本

《屏山集》 刘子翚 《四库全书珍本四集》本

《陈与义集》 陈与义 中华书局一九八二年版

《陈简斋诗集合校汇注》 陈与义 郑骞注 台湾联经出版公司一九七五年版

《丹阳集》 葛胜仲 《常州先哲遗书》本

《紫微集》 张嵲 《湖北先正遗书》本

《卢溪诗钞》 王庭珪 《宋诗钞初集》本

《太仓稊米集》 周紫芝 藏园傅氏墨丝栏钞本

《梅山续稿》 姜特立 清钞本

《渭南文集》 陆游 《四部丛刊》本

《剑南诗稿》 陆游 《四部备要》本

《范石湖集》 范成大 上海古籍出版社一九七九年版

《诚斋集》 杨万里 《四部丛刊》本

《白石道人诗集》 姜夔 《四部丛刊》本

《周益国文忠公集》 周必大 清道光二十八年庐陵欧阳棨刊咸
丰元年续刊本

《攻愧集》 楼钥 《武英殿聚珍版丛书》本

《象山先生全集》 陆九渊 《四部丛刊》本

《水心文集》 叶适 《四部丛刊》本

《石屏诗集》 戴复古 《四部丛刊续编》本

《颐庵居士集》 刘应时 《知不足斋丛书》本

《乾道稿》 赵蕃 《武英殿聚珍版丛书》本

《淳熙稿》 赵蕃 《武英殿聚珍版丛书》本

《章泉稿》 赵蕃 《武英殿聚珍版丛书》本

《漫塘文集》 刘宰 《嘉业堂丛书》本

《涧泉集》 韩淲 《武英殿聚珍版丛书》本

《葛无怀小集》 葛天民 汲古阁影钞《南宋六十家集》本

《贵耳集》 张端义 中华书局一九五九年版

*《臞轩集》 王迈 清钞本

《后村先生大全集》 刘克庄 《四部丛刊》本

《字溪集》 阳枋 《四库全书珍本初集》本

《叠山集》 谢枋得 《四部丛刊》本

《滹南遗老集》 王若虚 《四部丛刊》本

《遗山先生文集》 元好问 《四部丛刊》本

《桐江集》 方回 商务印书馆影印《委宛别藏》本

《桐江续集》 方回 《四库全书珍本初集》本

《吴文正集》 吴澄 《四库全书珍本二集》本

《秋涧先生大全文集》 王恽 《四部丛刊》本

《清容居士集》 袁桷 《四部丛刊》本

《稼村类稿》 王义山 《四库全书珍本初集》本

《西岩集》 张之翰 《四库全书珍本初集》本

《沧螺集》 孙作 《粟香室丛书》本

《云村集》 许相卿 《四库全书珍本二集》本

《颐庵文选》 胡俨 《四库全书珍本四集》本

《师竹堂集》 王祖嫡 《三怡堂丛书》本

《空同集》 李梦阳 明万历刊本

《大泌山房集》 李维桢 明万历刊本

《清江贝先生集》 贝琼 《四部丛刊》本

《弇州山人四部稿》 王世贞 明万历世经堂刊本

《安雅堂稿》 陈子龙 清宣统元年上海时中书局铅印本

《南雷文定》 黄宗羲 《粤雅堂丛书》本

《曝书亭集》 朱彝尊 《四部丛刊》本

《渔洋诗集》 王士禛 清刊本

《樊榭山房文集》 厉鹗 《四部丛刊》本

《樊榭山房诗集》 厉鹗 《四部丛刊》本

《忠雅堂诗集》 蒋士铨 清乾隆二十七年刊本

《复初斋文集》 翁方纲 清光绪三年侯官李以烜刊本

《清白士集》 梁玉绳 《梁氏丛书》本

《纪文达公遗集》 纪昀 清宣统二年上海保粹楼石印本

《程侍郎遗集》 程恩泽 《粤雅堂丛书》本

《馒矶亭集》 祁寯藻 清咸丰七年寿阳祁氏刊本

《巢经巢集》 郑珍 《四部备要》本

《邵亭诗钞》 莫友芝 清同治五年江宁三山客舍修补本

《东洲草堂文钞》 何绍基 清同治八年宜章官廨刊本

《曾文正公诗集》 曾国藩 《四部丛刊》本

《邵青门全集》 邵长蘅 《常州先哲遗书》本

《散原精舍诗集》《散原精舍诗续集》 陈三立 商务印书馆民国十五年版

《散原精舍诗别集》　陈三立　商务印书馆民国二十五年版

《晚翠轩集》　林旭　《戊戌六君子遗集》本

《蒹葭楼诗》　黄节　黄氏排印本

《蒹葭楼集外佚诗》　黄节　马以君辑　顺德一九八三年油印本

《全汉三国晋南北朝诗》　丁福保辑　中华书局一九五七年版

《文选》　萧统选　《四部丛刊》本

《文苑英华》　李昉等编　中华书局一九六六年版

《古诗笺》　王士禛选　闻人倓笺　上海古籍出版社一九八〇年版

《全唐诗》　中华书局一九六〇年版

《万首唐人绝句》　洪迈编　文学古籍刊行社一九五五年版

《唐宋诗举要》　高步瀛　上海古籍出版社一九七八年版

《声画集》　孙绍远辑　上海古书流通处一九二一年影印《楝亭十二种》本

《宋文鉴》　吕祖谦编　《四部丛刊》本

《宋诗钞》　吴之振等编　商务印书馆一九三五年版

《宋十五家诗选》　陈訏选　清刊本

《圣宋九僧诗》　上海医学书局铅印本

《西昆酬唱集》　杨亿编　《四部丛刊》本

《后村千家诗》　刘克庄选　上海古书流通处影印《楝亭十二种》本

《瀛奎律髓》　方回　《忏花庵丛书》本

《宋诗略》　姚埙　清乾隆刊本

《宋诗精华录》　陈衍编　商务印书馆民国二十七年版

《南宋群贤小集》　读画斋刊本

《江湖后集》　读画斋刊本

《宋诗选注》　钱锺书选注　人民文学出版社一九五八年版

《四库辑本别集拾遗》 栾贵明辑 中华书局一九八三年版

《中兴以来绝妙词选》 黄昇 《四部丛刊》本

《皇明文衡》 程敏政编 《四部丛刊》本

《文心雕龙》 刘勰 中华书局一九五九年版

《诗品注》 钟嵘 陈延杰注 人民文学出版社一九五八年版

《诗式》 皎然 《十万卷楼丛书》本

《唐诗纪事》 计有功 《四部丛刊》本

《六一诗话》 欧阳修 人民文学出版社一九六一年版

《贡父诗话》 刘攽 《百川学海》本

《王直方诗话》 王直方 《宋诗话辑佚》本

《洪驹父诗话》 洪刍 《宋诗话辑佚》本

《潜溪诗眼》 范温 《宋诗话辑佚》本

《古今诗话》 李颀 《宋诗话辑佚》本

《童蒙诗训》 吕本中 《宋诗话辑佚》本

《东莱吕紫微诗话》 吕本中 陶氏涉园影印宋刊《百川学海》本

《蔡宽夫诗话》 蔡居厚 《宋诗话辑佚》本

《诗史》 蔡居厚 《宋诗话辑佚》本

《潘子真诗话》 潘淳 《宋诗话辑佚》本

《陈辅之诗话》 陈辅 《宋诗话辑佚》本

《西清诗话》 蔡绦 《宋诗话辑佚》本

《竹坡老人诗话》 周紫芝 陶氏涉园影印宋刊《百川学海》本

《石林诗话》 叶梦得 陶氏涉园影印宋刊《百川学海》本

《藏海诗话》 吴可 《知不足斋丛书》本

《碧溪诗话》 黄彻 《知不足斋丛书》本

《岁寒堂诗话》 张戒 《武英殿聚珍版丛书》本

《许彦周诗话》 许颉 明弘治华氏覆宋刊《百川学海》本

《风月堂诗话》 朱弁 《宝颜堂秘笈》本

《艇斋诗话》 曾季狸 《琳琅秘室丛书》本

《珊瑚钩诗话》 张表臣 陶氏涉园影印宋刊《百川学海》本

《苕溪渔隐丛话》 胡仔 人民文学出版社一九六二年版

《韵语阳秋》 葛立方 《学海类编》本

《庚溪诗话》 陈岩肖 陶氏涉园影印宋刊《百川学海》本

《观林诗话》 吴聿 《守山阁丛书》本

《白石道人诗说》 姜夔 《四部丛刊》本

《诗说隽永》 阙名 《宋诗话辑佚》本

《后村诗话》 刘克庄 《适园丛书》本

《江西诗派小序》 刘克庄 《知不足斋丛书》本

《江西诗派小序》 刘克庄 《历代诗话续编》本

《沧浪诗话校释》 严羽 郭绍虞校释 人民文学出版社一九六一年版

《诗人玉屑》 魏庆之 中华书局一九五九年版

《吴礼部诗话》 吴师道 《知不足斋丛书》本

《归田诗话》 瞿佑 《知不足斋丛书》本

《怀麓堂诗话》 李东阳 《谈艺珠丛》本

《升庵诗话》 杨慎 《函海》本

《词品》 杨慎 人民文学出版社一九六○年版

《艺苑卮言》 王世贞 《谈艺珠丛》本

《诗薮》 胡应麟 中华书局一九五八年版

《夕堂永日绪论》 王夫之 《谈艺珠丛》本

《静志居诗话》 朱彝尊 清嘉庆二十四年扶荔山房刊本

《带经堂诗话》 王士禛 清同治十二年刊本

《原诗》 叶燮 《清诗话》本

《宋诗纪事》 厉鹗 清乾隆刊本

《瓯北诗话》 赵翼 人民文学出版社一九六三年版

《石洲诗话》 翁方纲 《粤雅堂丛书》本

《昭昧詹言》 方东树 人民文学出版社一九六一年版

《养一斋诗话》 潘德舆 清道光二十九年刊本

《一瓢诗话》 薛雪 《清诗话》本

《岘佣说诗》 施补华 《清诗话》本

《载酒园诗话》 贺裳 清嘉庆二十四年刊本

《石樵诗话》 李树滋 清道光十九年湖湘采珍山馆刊本

《古今论诗绝句》 宗廷辅 民国六年徐兆玮重印清光绪中刊《宗月锄先生遗著》本

《艺概》 刘熙载 开明书店排印本

《白雨斋词话》 陈廷焯 人民文学出版社一九五九年版

《石遗室诗话》 陈衍 台湾商务印书馆一九七六年版

《嘉泰普灯录》 正受 民国十四年上海涵芬楼影印续藏经本

《佛学大辞典》 民国七年上海医学书局本

《中国文学批评》 方孝岳 世界书局一九三四年版

《宋诗派别论》 梁昆 商务印书馆一九三八年版

《谈艺录》 钱锺书 开明书店一九四八年版

《宋诗话考》 郭绍虞 中华书局一九七九年版

《照隅室古典文学论集》 郭绍虞 上海古籍出版社一九八三年版

《玉轮轩曲论》 王季思 中华书局一九八〇年版

《中国文学论集》 朱东润 中华书局一九八三年版

《古诗考索》 程千帆 上海古籍出版社一九八三年版

《李商隐研究》 吴调公 上海古籍出版社一九八二年版

《插图本中国文学史》 郑振铎 作家出版社一九五七年版

《中国文学史》 中国社会科学院文学研究所编 人民文学出版社一九六二年版

《中国文学史》 游国恩等 人民文学出版社一九六四年版

《中国文学批评史》 郭绍虞 中华书局一九六一年版

《中国文学批评史大纲》 朱东润 古典文学出版社一九五七年版

《中国文学批评史》 罗根泽 中华书局一九六一年版

《中国历代文论选》 郭绍虞主编 中华书局一九六二年版

《苏轼黄庭坚诗歌理论之比较》 周裕锴 《文学评论》一九八三年第四期

《谈黄山谷诗》 汝舟 《学风》第三卷第四期

《黄山谷的标新立异》 阿娜 《处女地》一九五七年二月号

《黄庭坚的诗论》 刘大杰 《文学评论》一九六四年第一期

《法则和直觉:黄庭坚的诗论》 （美）A. A. 里克特 莫砺锋译 《文艺理论研究》一九八三年第二期

《关于陈后山的几首逸诗》 怀辛 《光明日报》一九六二年二月二十五日

《宋词与江西诗派》 邓魁英 《江汉论坛》一九八四年第二期

《关于江西诗派》 陈俊山 《星火》一九七九年第五期

《论〈沧浪诗话〉》 王达津 《文学评论丛刊》第十六辑

《严羽别材说探微》 梁道理 《学术月刊》一九八二年第七期

《评方回〈桐江续集〉》 汪辟疆 《文史杂志》第一卷第十一期

《近代诗人述评》 汪辟疆 《南京大学学报》一九六二年第一期

《论同光体》 钱仲联 《文学评论丛刊》第九辑

《落花诗不是静安遗诗》 谷燕 《社会科学战线》一九八一年第二期

说明：

一、凡加﹡号者转引自《古典文学研究资料汇编·黄庭坚和江西诗派资料汇编》,傅璇琮编,中华书局一九七九年版。

二、凡一书有数本者,文中所注卷数均以第一种本子为准。

后　记

本书是我的博士论文。

我能够写成此书，首先要感谢导师程千帆教授。一九七九年九月，我被录取为南京大学中文系的研究生，开始在程先生指导下学习古典文学。当时我虽年已而立，但是在专业学习上尚未启蒙。高中毕业以后，在农村插队十年，从江南到淮北，从务农到做零时工，谋生耗费了我的大部分时光。由于受到父亲"政历"问题的株连，我受到各种各样的歧视，即使是读读唐诗宋词的小册子，也往往会引起非议和嘲讽。而且那时的农村极难找到有用的书，有时对着一盏孤灯却无书可读。岁月蹉跎，倏忽十年，我在学业上并没有什么长进。恢复高考制度后，我进入安徽大学外语系学习了一年多时间，然后来到南大学习古典文学。要把我这样基础薄弱的学生培养成材，先生就必须付出加倍的心血，而先生也确实付出了加倍的心血。五年来，先生手把手地教我，从怎样找资料、做卡片到怎样选题、钻研，循循善诱，步步深入。不但教我如何治学，而且教我怎样做人。先生曾遭受磨难近二十年，但他始终热爱祖国、热爱生活、热爱真理，始终在执着地追求，忘我地工作。这一切都激励着我努力前进。

我还要感谢审阅本书的其他专家们。本书初稿写定以后，系里把它寄给学术界的有关专家进行评议，写了书面评阅意见的专家有山东大学萧涤非先生，中山大学王季思先生，北京大学林庚先生，苏州大学钱仲联先生，复旦大学朱东润、顾易生先生，南京师范大学唐圭璋、孙望、金启华先生，华东师范大学徐中玉先生，陕西师范大学霍松林先生，中国社会科学院舒芜先生，中华书局傅璇琮先生。此外，本校的管雄、郭维森、周勋初、吴新雷等先生也提出了宝贵的意见。前辈学者们本着汲引后进、培养学术界新生力量的心愿,在对本书予以热情鼓励的同时,也具体地指出了它的许多错误和不足之处。这不但使我能较快地对论文进行修改,而且对我今后的研究具有很大的启迪作用。我特别要感谢傅璇琮先生,他编的《古典文学研究资料汇编・黄庭坚和江西诗派资料汇编》给我的研究带来了很大的方便,使我能够按图索骥地去收集资料,从而节省了许多时间。

本书于一九八三年二月定题,次年六月完成初稿,时间比较仓促。更重要的是,江西诗派是一个前人研究较少的重大学术课题,而我的学力又很浅薄,在研究过程中就时有汲深绠短之感。本书的主要目的是对江西诗派在中国文学史上的地位和作用,尤其是在宋诗发展过程中的地位和作用进行考察,从而对之作出比较实事求是的评价。但是从结果来看,很多问题没有能得到解决。比如江西诗派的范围,即哪些诗人属于江西诗派的问题,本来是我希望能解决的,结果却未能如愿。在吕本中作《江西诗社宗派图》的同时,人们就有各种不同的看法,有些被列入《宗派图》的诗人也表示过不满。至于《宗派图》之后的江西诗派的范围,更是众说纷纭,莫衷一是。我们现在要想解决这个问题,就必须给江西诗派的成员确定一个明确的标准。由于我的学力有限,虽然作了一些努力,却没有能找到这样一个标准,也就是说,江西派诗人和受江西派影响的诗人之间的界限在本书中仍是比较模糊的。在答辩会上有几位答辩委员指出了这一点,但我经过探索以后,暂时仍然未能取得进展。此外,专家们还指出了本书的许多不足之处,比如江西诗派与宋文、宋词的关系,禅学对黄、陈诗歌的影响,等等,由于这些问题牵涉的面较广,像我这样浅陋的初学者是不可能在短期内予以解决的,所以只好留待今后再作努力了。

总的说来,虽然本书已经通过答辩并参照专家们的意见作了一些修改,但我自己完全明白它只是一篇很粗糙肤浅的论文,并无多少学术价值。现在考虑到学术界对江西诗派一向不够重视,迄今为止还没有研究江西诗派的专著问世,我就不揣浅陋,贸然献芹,交齐鲁书社出版,以期进一步得到教正并引起学术界对这一研究课题的重视。

莫砺锋

一九八五年一月三十日

于南京大学

【补记】

本书付梓以后,我对江西诗派的研究工作并未结束。因为按照程千帆教授的设想,本书已经列为国家教委文科博士点的南京大学中文系唐宋诗歌流派研究计划,应该对这两代中某些重要的诗派进行全面的研究,这些研究一般应当包括:一,对诗派的组成情况及其成员的生平进行研究(包括编制某派成员的综合年表并补作或修订重要诗人的年谱);二,对诗派的作品进行整理(包括校勘、注释和辑佚);三,汇编关于诗派及其成员的研究资料;四,对诗派作综合性的论述。在上述四项工作中,如学术界已有研究成果发表,则不再重复。就以我所研究的江西诗派而言,傅璇琮先生所编的《黄庭坚和江西诗派资料汇编》早已出版,我就无须再做这项工作。所以目前我正着手收集、整理江西派诗人的作品。学科点的其他同志也正在对其他诗派进行类似的研究。特此说明,希望学术界对我们的工作不吝指教。

莫砺锋

一九八六年八月二日

于南京大学